KB039578

석류나무에
앵두가 열리듯

리얼 장편소설   김순진 옮김

자음과모음

차례

서문

　중국 향토에 관한 소설을 쓰는 것은 나의 오랜 꿈이었다. 물론 현재 중국 향토는《변성邊城》《홍기보紅旗譜》《백록원白鹿原》그리고《금광대도金光大道》에 묘사된 모습과는 다르다. 여기서 내가 말하는 현재란, 다양하고 복잡한 현실과 환경 속에서 힘겹게 변화하고 있는 지금 이 순간을 가리킨다.

　눈과 귀가 있는 사람이라면 누구나 중국 시골에서 발생하고 있는 일련의 '희비극'을 듣고 보았을 것이다. 그건 '다른 곳'에서 발생하는 일이 아니며, 또한 단지 '시골의 이야기'만도 아니다. 적어도 당신이 달에서 사는 게 아니라면, 당신이 도시에서 살든 시골에서 살든 이 희비극은 당신 삶에 아주 큰 영향을 주고 있을 것이다. 만약 자신에게 미래가 없다고 여기지만 않는다면, 당신의 현재와 미래

삶도 그 영향을 받을 것이다.

2003년 4월, 나는 베이징 근교의 시골에서 이 소설을 쓰고 있었다. 그때 나는 베이징 교외에 있는 농민들에게서 중국 내륙에 살고 있는 농민들의 얼굴을 발견했다. 그리고 중국 내륙에 사는 농민들의 얼굴에서 베이징과 상하이 사람들의 얼굴을 발견했다. 비록 베이징 사람들의 눈이 종종 구불구불한 베이징 골목인 후퉁을 통해 붉은 담장 위의 유리를 쳐다보기는 하지만, 또 상하이 사람들의 눈이 종종 혼탁한 황푸강을 통해 너른 바다 저편의 여신을 바라보기는 하지만 말이다. 사실 황허강 위아래로, 만리장성 안팎으로 이런 얼굴이 없는 곳은 없다. 온전히 1년이 들어간 창작 기간에, 수많은 얼굴이 줄곧 눈앞에서 아른거렸다. 난 다시 한 번 중국 향토가 지닌 의미를 느꼈다.

물론 내가 이전에 '도시와 시골의 차이'를 구분하지 못했던 것은 아니다. 하지만 '도시와 시골의 차이'가 갈수록 커지는 오늘날에는 그 간격이 더 분명해 보인다. 난 부자만 보고 가난한 사람은 보지 않는 일은 하지 않는다(아직까지는 나도 그렇게 멍청하지 않다). 또 가난한 사람만 보고 부자들은 보지 않는 일도 하지 않는다(난 그렇게 극단적이지도 않다). 하지만 내부 균형에 금이 가서 만들어진 보편적 한과 슬픔만큼은 절실히 이해하고 있다. 거짓말이 난무하는 상황에서 진실한 변혁을 시도할 때, 이런 감정은 너무나도 복잡하고 애매하게 드러난다. 어떤 때는 너무나도 의미심장하게 드러나기도 한다.

석류는 서역에서 생산되던 식물로 서한西漢의 장건張騫이 동쪽으로 가져왔다. 서한은 바로 중국이라는 민족국가가 형성된 시작점이다. 앵두는 동양에서 생산되었는데, 어떤 사람이 어느 시기에 중국으로 가지고 들어왔는지는 알 수 없다. 근대에 들어와, 중국은 민족국가 의식을 각성하고 전례 없는 성장을 했다. 오랜 시간을 거쳐 석류와 앵두는 오늘날 민간에서 가장 흔히 볼 수 있는 식물이 되었다. 크고 풍성한 과실이 오랜 시간 이어져 내려온 우언처럼 집 안의 나뭇가지 위에 걸려 있었다. 민족국가의 우언과 신화(물론 향토를 배경으로 하는 우언과 신화를 말한다)는 중국 작가들이 지속적으로 관심을 기울여온 초점이었다. 하지만 21세기의 오늘날, 이 우언과 신화의 많은 요소와 요소 사이에서 게임과 갈등이 시작되었다. 그리고 이로 인해 바로 '석류나무에 앵두가 열리듯' 많은 '희비극'이 만들어졌다. 하지만 우리는 인내심을 가지고 이야기하고 세심하게 분석할 필요가 있다.

이런 목적에서 나는 이 이야기, 이 배경, 이 상황을 썼다. 나의 근심과 깨달음 그리고 힘겨운 요구를 썼다. 이야기는 비록 거짓과 웃음의 테두리 밖에 있지만, 거짓과 웃음보다 훨씬 더 깊이 있을 것이라 믿는다.

1부

막 이발을 마친 듯한 땅에 밀을 심었다. 파릇파릇한 싱그러움 속에 이름 모를 어색함이 스며 있는 듯했다. 쿵판화孔繁花는 허리가 조금 이상했다. 자주 시큰거렸는데, 시큰거리면서 약간 저릿저릿하기까지 했다. 막 산후조리를 끝낸 느낌이었다. 그래도 어쩔 수 없었다. 쿵판화가 마을의 촌장이기는 하지만 집안의 농사일 역시 그녀가 아니면 할 사람이 없었으니까.

그녀의 남자 장뎬쥔張殿軍은 데릴사위가 되어 관좡官莊 마을로 왔지만 지금은 선전深圳 교외에 있는 한 신발 공장에서 수하에 열 명 남짓을 거느린 기술자로 일하고 있다. 장뎬쥔은 자신이 그곳에서 '사업을 하고 있다'고 말한다. 밀을 심는 것이 '사업을 하는 것'과 비교나 되겠는가? 그래서 장뎬쥔은 농번기에도 줄곧 집으로 돌아오지 않았다.

작년은 장뎬췬에게 그다지 좋은 시간이 아니었다. 하루 일찍 집으로 돌아와 밭에서 한나절 일을 하고는, 집으로 돌아오자마자 치질이 도졌다고 말했다.

며칠 전에 판화는 그의 전화를 받았다. 집으로 전화를 걸어서는 자신에게 가정이 있다는 사실을 아직 잊지 않고 있다고 말했다. 판화는 그에게 언제 돌아올 거냐고 물었다. 사실은 마을 선거가 이제 곧 시작될 테니 돌아와서 표를 끌어모으고 선거 유세문을 좀 써달라는 말을 하고 싶었다. 지난번 선거 유세문은 장뎬췬이 써주었다. 고등학교에 다닐 때도 뎬췬은 글을 잘 썼다. 하늘 끝에 걸린 자그마한 노을도 그가 글로 쓰면 천상의 궁궐로 변했다. 좋은 쇠는 칼날을 만들 때 써야 한다고 했는데 지금이 바로 그를 써야 할 때였다.

그런데 그녀가 미처 말을 꺼내기도 전에 그는 또 치질 이야기를 꺼냈다. 공장에서 급하게 물건을 생산해 홍콩과 타이완으로 보내야 하는데 대충 할 수 없어서 동지들 모두 정신이 없고, 그 역시 너무나 바빠 치질이 도져 피가 흐른다고 했다. 뎬췬은 '동지'라는 이 두 글자를 광둥어로 말했는데 마치 '퉁즈지童子鷄(영계)'라는 말처럼 들렸다. 그렇지만 '타이완'이라고 말할 때는 표준 중국어로 바꾸어 말했다. 그는 지금 자신이 조국의 통일대업을 위해 벽돌을 한 장 얹고 있기 때문에 아무리 힘들고 피곤해도 달갑게 여긴다고 했다. 그러면서 말했다.

"무공훈장을 받으면 반이 내 몫이고 나머지 반은 당신 거야."

판화는 화가 났다.

"내 몫은 필요 없으니까 모두 당신이나 가져."

판화가 화를 낼 때 덴퀀은 지금껏 맞받아치며 화를 낸 적이 없었다. 덴퀀은 꿈속에서 뻐꾸기 우는 소리를 들었다고 말을 돌리면서 혹시 뻐꾸기가 하늘을 날아갔냐고 물었다. 덴퀀 이 사람이 정말 잠꼬대를 하고 있네. 뻐꾸기가 언제 우는데? 밀을 거둘 때 울잖아.

그러고 나더니 덴퀀은 다시 '타이완 독립파' 이야기를 꺼냈다. 그가 있는 곳에서는 '바다 저편'에서 방영하는 텔레비전 프로그램을 볼 수 있는데 '타이완 독립파'가 나오기만 하면 화가 나서 심장이 터져버릴 것 같다고 말했다.

판화가 살짝 비꼬았다.

"뤼슈렌呂秀蓮(타이완 최초의 여성 부총통―옮긴이) 그 아줌마 말하는 거야? 당신 같은 어르신께서, 대단하신 기술자 양반이 그 아줌마 때문에 화가 날 리 있어?"

"됐어, 당신도 뤼슈렌을 알아? 그래도 당신이랑 집안 식구들은 모두 마음 놓고 있어. 타이완 독립파들은 절대 좋은 꼴 못 볼 테니까."

"장덴퀀, 잘 들어. 돌아올 생각 말고 거기 있다가 내가 힘들어 죽은 다음에 젊은 여자 하나 구해 장가가는 게 현명할 거야."

그런데 그로부터 며칠 지나지 않아 덴퀀이 돌아왔다. 여전히 거들먹거리는 모습이었다. 얼굴에는 각질이 일고 눈꼬리에는 주름이 잔뜩 잡혔는데, 그 주름 사이로 모래가 가득 끼어 있었다. 뭐랄까, 그 얼굴을 보니 마치 다 쓰고 버린 거즈 같았다. 결코 산 좋고 물 좋은 남쪽 지방에서 돌아온 사람 같지 않았다. 그는 또 야구 모자를 쓰고 선글라스를 꼈다. 관청 사람들이 말하는 잠자리안경이었다.

그날 오후 그가 상자를 들고 집 안으로 들어설 때 마침 딸 더우더우뮤뮤가 뜰에서 토끼 몇 마리와 함께 할머니가 가르쳐준 노래를 부르면서 놀고 있었다.

거꾸로 된 이야기, 이야기를 뒤집어
석류나무 가지 위에 앵두가 맺히고
토끼는 강아지 다리를 머리에 베고
쥐는 고양이를 물어요

더우더우는 토끼에게 "착하지, 강아지 다리 베고 코 자요"라고 말하면서 연근처럼 고운 팔뚝을 내밀었다.

이때 덴쿤이 뜰 안으로 들어섰다. 더우더우는 올해 겨우 다섯 살이고 반년 넘게 아버지 얼굴을 보지 못한 터라 얼른 알아보지 못했다. 덴쿤은 격자무늬 양복을 입고 있었는데 더우더우 눈에는 그가 '얼룩무늬 살쾡이'가 아니라 더 대단한 것으로 보였다.

덴쿤이 무릎을 꿇고 양복 주머니를 뒤지더니 고무줄과 나비 리본을 꺼냈다. 그러고는 표준 중국어로 "내 딸, 꽃보다 예쁜 딸, 아빠가 뽀뽀해줄게"라고 말했다.

하지만 더우더우는 '와' 하고 울음을 터뜨렸다. 연달아 맑은 콧물 방울이 터져 나왔다. 덴쿤은 황급히 가방 속에서 망원경을 꺼내 더우더우의 목에 걸어주었다. 그러고는 사진을 한 장 꺼냈다. 사진 속에서 덴쿤은 낙타를 타고 있었다. 집에도 이 사진이 있었다.

"봐봐, 이게 아빠야. 내가 바로 네 아빠야."

그는 낙타를 가리키면서 더우더우에게 이게 무엇인지 맞혀보라고 했다. 더우더우가 쭈뼛거리며 공룡이라고 말하자 덴쿤은 손가락을 하나 흔들며 "No, No" 하고 말했다. 더우더우가 당나귀라고 말하자 덴쿤이 다시 한 번 "No"라고 했다. 더우더우는 'No'가 대체 무슨 말인지 알지 못해 다시 입을 벌리고 울음을 터뜨렸다.

그 순간 장인이 문발을 젖히고 밖으로 나왔다. 장인은 기침을 한 번 하고는 더우더우를 달랬다.

"더우더우, 무서워하지 마라. 저 사람은 나쁜 사람이 아니야. 네 아빠야."

덴쿤은 급히 일어나 선글라스를 벗었다. 장인이 다가와 한 손으로 더우더우의 머리를 쓰다듬으면서 다른 한 손으로 짐을 집어 들고는 짐 가방 위에 달린 바퀴를 어루만졌다.

"돌아왔군. 판화한테 정류장으로 마중 나오라는 말 한마디도 없이."

덴쿤이 건강은 어떠냐고 묻자 장인은 기침을 두어 번 하고 말했다.

"죽으려면 아직 멀었어."

그러고는 갑자기 목소리를 높여 방문을 향해 소리 질렀다.

"마누라, 덴쿤이 돌아왔어. 빨리 여기 국수 한 그릇 좀 삶아줘."

덴쿤이 허리를 구부리고 물었다.

"더우더우, 엄마는?"

더우더우는 막 울음을 그치고 그렁그렁한 눈으로 그의 손에 들린 선글라스를 뚫어지게 바라보고 있었다. 장인이 더우더우를 대신해 판화는 회의 때문에 현縣에 갔다고 말했다.

현은 슈수이溴水에서 멀리 떨어져 있었다. 슈수이는 본래 하천의 이름으로《수경주水經注》(중국 남북조 시대의 지리서—옮긴이)에도 언급되어 있었다. 백 년 전에는 수면 위로 자욱하게 안개가 끼기도 했지만 지금은 냄새나는 좁은 개울만 남아 있을 뿐이다. 현은 슈수이 양쪽에 세워져 있어서 이 현을 슈수이현이라고 하는데 사람들은 그냥 슈수이라고도 불렀다. 관창 마을은 향鄕정부 소재지인 왕자이王寨에서 십 리쯤 떨어져 있고 왕자이에서부터 슈수이 마을까지는 이십 리 길이었다.

저녁 일곱시가 되었는데도 판화는 돌아오지 않았다. 휴대전화도 꺼져 있었다. 덴쥔은 약간 좌불안석이 되어 마을 입구까지 그녀를 마중 나가려 했다.

장인의 얼굴에 서리가 끼었다.

"뭘 마중을 나가? 앉아 있어. 자네처럼 높은 사람이 멀리서 돌아왔는데, 예의가 있지. 감히 자네에게 그렇게 하라고 할 수 있겠나."

덴쥔은 장인이 자기를 보자 화가 났다는 사실을 느끼고 있었다. 장인은 다른 사람들에게 쉽게 간파당하는 단점이 있었다. 일반적으로 사내아이를 낳지 못하면 노인들은 며느리를 원망하기 마련이었다. 그런데 이 집은 거꾸로 딸을 원망하지 않고 사위를 원망했다.

덴쿤은 앉을 수도 없고 설 수도 없어 곁눈질로 장모만 살폈다. 장모가 남편을 노려보더니 의자를 덴쿤의 엉덩이 아래로 밀어 넣었다.

"덴쿤, 여기 앉아서 텔레비전이나 보게. 안 보고 싶으면 나가서 나 대신 소금이나 한 포대 사다주겠나?"

장모의 말이 그에게 퇴로를 열어주었다. 그런데 덴쿤이 막 밖으로 나가려고 할 때 무슨 소리가 들렸다. 자동차 경적 소리였다. 마치 전보를 치는 소리처럼 가볍고 경쾌했다.

장인이 눈썹을 추켜세우면서 말했다.

"돌아왔군, 자동차를 타고 돌아왔어."

정말 판화가 베이징현대차를 타고 돌아왔다. 기사가 차에서 내리더니 한 바퀴 빙 돌아 판화를 위해 차 문을 열어주었다. 장인이 기사와 인사를 나눌 때 판화는 기사에게 손을 흔들어 잘 가라고 손짓했다. 그러자 덴쿤이 이어서 '빠이빠이'라고 말했다. 판화가 고개를 돌려 덴쿤을 보더니 위아래로 그를 한번 훑어보고는 다시 고개를 돌려 기사에게 조심해서 운전해 가라고 당부했다.

차가 떠난 뒤 판화는 손에 든 봉지를 덴쿤에게 던지듯 건네주었다.

"눈치가 없어, 눈치가 조금도 없어. 내가 힘들어 죽는 꼴을 보고 싶은 거야?"

봉지에는 그녀의 여동생 판룽繁榮이 두 노인네에게 드리라고 사준 물건이 들어 있었다.

판룽은 현에 있는 신문사에서 일하고 있고 남편은 현 재정국 부국장이었다. 바로 그 제부가 차를 보내 판화를 배웅해준 것이다.

작년에 마을의 어떤 사람이 집에서 노인이 죽자 화장을 하지 않고 몰래 매장한 사건이 발생했다. 그러자 상부에서 조사를 하고는 즉시 촌지부서기 지위에서 판화를 해임한다고 선포했다. 뉴+ 향장이 그 일을 직접 처리했다. 뉴 향장은 평소에는 판화를 보면 오빠니 동생이니 하며 떠들어댔지만 일이 생기자 안면을 바꾸고 모른 척해버렸다. 개 같은 새끼, 순식간에 변해버리다니. 만일 제부가 그 와중에 편을 들어주지 않았더라면 판화의 마을위원회 주임 자리도 함께 날아갔을 것이다.

잠시 뒤 문으로 들어선 판화는 뎬쥔의 손에서 다시 봉지를 가져갔다. 애교 부리는 식으로 '빼앗은' 것인지 아니면 성질을 부리며 '빼앗은' 것인지는 모르겠지만, 어쨌든 이 '가져갔다'라는 말 속에는 '빼앗다'는 의미가 약간 들어 있었다. 뎬쥔은 비어 있는 양손을 두 다리 사이에 모으고 마당에 서 있었다. 얼굴에는 여전히 환심을 사기 위한 웃음을 띤 채였다.

판화는 손에 든 봉지를 들어 올리며 말했다.

"모자, 목도리 그리고 대중화大中華 담배 한 보루예요. 제부가 아버지께 한껏 효도를 하네요."

그러고는 다시 물건을 뎬쥔에게 건넸다.

"좀 받아. 정말 내가 힘들어 죽는 꼴 보고 싶어?"

뎬쥔은 두 손으로 봉지를 받아들어 다시 장인에게 건넸다.

장인은 담배 보루를 뜯어 한 갑을 꺼내더니 뎬쥔에게 건넸다. 판화가 뎬쥔에게 물었다.

"그래, 조국은 통일되었어? 그렇게 큰일을 난 왜 못 들었지?"

덴쿼은 허리를 구부정하게 꺾고 말했다.

"치질 부위에서 더 이상 피는 안 나."

판화가 다시 물었다.

"뻐꾸기 우는 소리는 들었어?"

덴쿼은 고개를 들어 하늘을 보더니 다시 허리를 굽히고 말했다.

"하늘에 달이 떴네."

부부의 대화가 마치 무슨 접선암호 같기도 하고 도둑들이 쓰는 은어 같기도 해서 두 노인네는 무슨 말인지 도통 알아들을 수가 없었다. 궁금해진 장인이 물었다.

"뻐꾸기? 깃털 하나조차 남김없이 진작 죽어 없어졌잖은가. 그리고 달도 없잖아? 눈에 문제 있는 건 아니지, 덴쿼?"

데릴사위 노릇은 녹록지 않았다. 두 노인이 집에 있으면 덴쿼은 항상 손발을 어디에 두어야 할지 알 수 없었다. 덴쿼은 그날 침대에 몸을 누이고서야 비로소 해방감을 느꼈고, 가장이 된 듯한 느낌도 약간 들었다.

덴쿼은 침대에 오르자마자 판화를 발가벗겼다. 이제는 상황이 바뀌어 판화가 오히려 조금 부자연스러워 보였다. 감히 덴쿼을 똑바로 바라보지도 못했다. 덴쿼이 황급히 판화의 몸에 올라타자 판화는 팔꿈치로 그를 막더니 '그것'을 끼라고 했다.

봐봐, 판화는 콘돔이라는 말조차 입 밖으로 꺼내지 못하잖아.

그런데 덴쿼은 '그것'을 어디에 두었는지 잊어버렸다. 판화에게 찾아보라고 했지만 그녀는 몸을 움직이는 대신, 그건 어르신 일이지요, 라고만 말했다.

"당신, 루프 끼지 않았어? 아, 당신은 내가 밖에서 더러운 병이라도 옮아올까 봐 두려워하지 않았나? 난 아내가 있고 딸이 있는 사람이야. 아주 깨끗하다고. 못 믿겠으면 봐봐."

판화는 눈을 한 번 흘기고 덴켠의 겨드랑이에 얼굴을 묻더니 그의 어깨를 한입 깨물었다. 본래 정말로 깨물 생각이었지만 이가 그의 살에 닿자 마음이 약해져서 물지 않고 핥아버렸다. 판화는 순간 덴켠이 아직 야구 모자를 쓰고 있다는 사실을 알아차렸다.

바지까지 벗고서 아직 모자를 쓰고 있다니, 뭐 하자는 거야.

판화는 그의 모자를 벗겼다. 그 순간 문제가 드러났다. 덴켠의 정수리 쪽 머리카락이 한 움큼이나 사라져 있었다.

"머리카락은?" 그녀가 물었다.

덴켠은 모르는 척하면서 무슨 머리카락이냐고 되물었다.

"정수리가 왜 다 벗겨진 거야?"

"아, 내 말 하는 거였어? 그건 말이지, 그냥 저절로 빠져버렸어. 흔히 말하는 원형탈모증이지 뭐."

판화는 손을 뻗어 그의 머리를 만져보았다. 원형탈모증은 무슨, 헛소리. 원형탈모증에 걸린 두피는 반들반들하고 잔털도 모두 빠져버리는데, 그의 두피는 뻣뻣했고 까끌까끌한 머리카락 끝부분이 남아 있었다. 판화가 물었다.

"어떻게 된 거야?"

그제야 덴쉰은 기계 위에 서서 물건을 고치다가 실수로 넘어지면서 머리를 부딪혀 두 바늘을 꿰맸다고 말했다. 덴쉰은 자기 머리를 손으로 두드렸다.

"이제 머리가 많이 자라서 당신을 속이려고 했는데, 제기랄." 그러고는 판화의 몸을 향해 개처럼 달려들었다.

섹스를 할 때만큼은 판화도 결코 남자에게 뒤지지 않았다. 자신이 올라타는 것을 좋아하지 남이 올라타는 것은 별로 좋아하지 않았다. 다시 말해 판화는 위에 있는 것을 좋아하지 아래에 있는 것을 좋아하지 않았다.

한번은 마을 의사 셴위憲玉에게 여자가 침대에서 남자보다 '그 짓'을 더 잘하면 틀림없이 여자아이를 낳을 팔자라고 하는 말을 들었다. 좋은 것만 다 차지할 수는 없잖아! '그 짓'을 잘하고 사내아이까지 낳을 수 있다니, 세상에 어떻게 그렇게 좋은 일이 있을 수 있겠어? 꿩 먹고 알 먹고야? 응? 그래서 여자들은 '그 짓'을 더 잘할 수 있고 '그 짓'을 더 하고 싶어도 참아야 해. 한마디로 꼭 조이고 있어야 해.

셴위야 셴위야, 그건 전형적인 사후 약방문이잖아. 진작 말했어야지. 진작 말했더라면 내가 좀 더 참았을 텐데. 지금은 모든 게 다 늦어버렸잖아. 더우더우가 이미 곧 학교를 가게 되었는데 이제 와 참아서 뭐 하겠어.

이렇게 생각하자 마음이 허전해지고 머리는 몽롱해졌다. 그런데 몸은 오히려 너무 멋대로 흔들리고 있었다. 일종의 자포자기 상태의 흔들림이었다. 판화는 물고기처럼 몸을 뒤집어 덴쿤을 몸 아래로 눌렀다. 그녀 몸에서 과즙 같은 액체가 흘러나왔다. 그때 어떤 냄새가 문틈으로 새어 들어왔다. 향냄새였다. 어휴, 어머니가 또 향을 살라 아들을 점지해주는 관음보살에게 기도를 하고 있구나. 잠깐 동안 판화는 정신이 아득해졌다. 이렇게 애액이 많으면 과연 아이를 몇이나 가질 수 있을까? 그렇지만 그녀는 아무 쓸데도 없이 그걸 그냥 흘려보낼 수밖에 없었다. 아득한 느낌 속에서 그녀는 문을 두드리는 소리를 들었다. 마치 관음보살이 정말로 현신해서 직접 방문한 것만 같았다. 그렇지만 뭔가 조금 이상했다. 아들을 보내주는 관음보살은 항상 흔적도 없이 왔다 간다던데, 지금은 정원의 문고리가 달그락 부딪히고 심지어 뭐라고 외치고 있었다.

"저예요, 저라고요, 저예요."

판화는 멍칭수孟慶書가 내는 소리란 걸 알아챘다. 마치 아들을 점지해주는 관음의 천적 같았다. 판화는 약간 짜증이 났다. 하지만 어쩔 수 없었다. 좋은 일이 칭수로 인해 훼방을 받은 것은 별문제가 아니었다. 오히려 좋은 일이 훼방을 받은 탓에 향을 사르는 일이 공염불이 된 게 걱정이었다. 어머니가 화를 낼지도 몰랐다.

덴쿤이 이불 속에서 머리를 내밀고 숨을 헐떡이며 물었다.

"누구야, 누구? 제기랄, 누구야?"

"누구긴 누구야. 칭수지, 멍칭수."

멍칭수는 퇴역군인으로, 부대에 있을 때 입당을 했다. 지금은 마을 치안보안위원회 위원이며 부련婦聯주임으로서 가족계획사업에

24

도 관여하고 있었다. 이전에 덴쿤은 칭수가 하고많은 일 가운데 '부녀자를 다루는 일을 한다'고 놀리길 좋아했다.

칭수는 어떤가. 그 말에 화를 내지도 않았을 뿐 아니라 자신이 가장 숭배하는 사람이 바로 연기자 자오번산趙本山이라고 말하곤 했다. 예전에 자오번산이 텔레비전에서 남성 부련주임 역할을 맡았기 때문에 이 일이 주는 괴로움과 즐거움을 잘 알 거라는 게 이유였다.

칭수가 왔다는 소리를 듣더니 덴쿤이 입을 헤 벌리고 웃었다.

"정말 때도 잘 골랐네. 난 오늘은 안 만나겠어. 내일쯤 부녀자를 다루는 저 녀석에게 술이나 한잔 사지."

판화가 말했다.

"칭수는 지금 아주 열심히 일하고 있어. 곧 선거잖아. 새로운 조직이 만들어지면 칭수한테 무게를 더 실어주자는 요구가 벌써부터 나오고 있어."

덴쿤이 웃었다.

"무게를 더 실어줘? 그 말 참 좋네. 아주 수준이 있어. 발전이 빨라."

"칭수가 누구와 일을 하는지가 중요하지 않겠어? 기차가 빨리 달리는 이유는 머리에 잘 붙어 있어서라고 하잖아. 나랑 몇 년쯤 일하다 보면 멍청한 나귀도 똑똑해질 수 있지."

판화가 몸을 일으켜 세우고는 창문을 향해 소리쳤다.

"지진이라도 났어? 아니면 하늘이라도 꺼졌어? 일이 있으면 내일 이야기하지."

칭수는 그래도 여전히 소리를 질러댔다.

"저예요, 저. 저라니까요."

판화는 옷을 입을 수밖에 없었다. 그리고 아이를 달래듯 뎬췬의 엉덩이를 두드리고는 말했다.

"착하지, 애태우지 마. 얼른 저 못된 놈 멀리 쫓아내고 나서 미쳐 버리게 해줄게."

밖은 하늘에 거대한 솥뚜껑이라도 엎어놓은 듯 칠흑같이 어두웠다. 달이 떠 있었지만 구름에 가려 아예 없는 것이나 마찬가지였다.

그림자 두 개가 어둠 속에서 모습을 드러냈다. 판화는 먼저 향수 냄새를 맡았다. 로션 냄새보다는 약한데 약간 살구꽃 향기 같기도 하고 어찌 보면 박하 향도 났다. 판화는 밖에 나서자마자 그게 페이전裴貞 냄새라고 직감했다. 두 사람을 데리고 주방으로 쓰고 있는 동쪽 사랑방으로 갔다. 정말로 민영학교 교사 리상이李尚義의 아내 페이전이었다. 페이전과 칭수의 두 번째 부인 페이훙메이裴紅梅는 같은 마을 출신이고 한집안 사람이었다. 페이전도 이전에 민영학교 교사여서 그런지 약간 지식여성 같은 느낌이 있었다. 날씨가 따뜻해지면 격자무늬 치마를 입고 날씨가 추워지면 깃이 높은 털옷을 입곤 했다. 이 순간에도 그녀는 손으로 털옷을 뜨고 있었다. 이따금 두 코를 한꺼번에 꿰기도 했다.

판화는 칭수와 훙메이가 싸웠다고 예상했다. 평소에 '처형' 역할을 하길 좋아하는 페이전이 뭔가 맘에 안 들었는지, 훙메이는 왜 안 왔냐고 칭수에게 따지듯 물었다. 칭수는 훙메이가 잠보여서 일찍 잠자리에 들었다고 말했다. 판화는 칭수를 살펴보았다. 얼굴에 할

퀸 자국도 없는 걸 보니 싸운 것 같지는 않았다. 판화는 보온병을 집어 들고 물을 마시겠냐고 물었다. 그들이 마시지 않겠다고 하자 판화는 보온병을 내려놓았다. 동작이 매우 빨랐다. 마치 조금만 천천히 하면 그들이 생각을 바꾸기라도 할까 봐 염려하는 것 같았다.

판화는 어머니가 뜰에서 물을 뿌리면서 쉬지 않고 중얼거리는 소리를 들었다.

"한밤중인데도 새가 날고 개가 짖으니 무슨 영문인지, 원."

판화는 어머니가 공연히 역정을 내고 있음을 알아채고 문을 꼭 닫았다.

보아하니 칭수가 회의 내용을 알아보려고 왔나 보군, 하고 판화는 생각했다. 칭수야, 뭐가 그렇게 급하니? 아무리 급해도 뜨거운 두부는 먹지 못하는 법이야. 네가 알아야 할 때가 되면 내가 어련히 너한테 말해줄 텐데.

판화가 물었다.

"그래, 무슨 일이지? 페이전, 혹시 상이가 괴롭혔어? 그럴 리 없지. 고상하신 상이 선생은 방귀를 뀌어도 소리가 나지 않잖아."

페이전이 말했다.

"감히 어떻게 그러겠어요. 당신이 제 뒤에 버티고 있는 걸 아는데, 그 사람이 감히 어떻게요."

"그래, 그리고 칭수도 있잖아. 칭수는 문무를 겸비했으니 서생 하나에게 따끔한 맛 보여주는 것쯤은 일도 아니지."

칭수가 대신 말했다.

"샹이는 페이전한테 아주 잘하고 있어요."

페이전이 코웃음을 쳤다.

"흥, 아무리 잘한들 덴쥔만 하겠어요? 쿵 서기님이 더우더우를 임신했을 때 덴쥔이 매일 사과를 깎아주는 것을 봤는데."

칭수가 말했다.

"자네도 복 많은 거야. 난 샹이가 자네한테 볶은 씨를 하나씩 까주는 걸 본 적 있어. 교양 있는 사람이어서 마음이 바늘 끝보다도 세심하고 보리까락보다도 섬세하더라니까."

두 사람이 야밤중에 온 것은 당연히 사과 쪽이나 볶은 씨 껍질, 바늘 끝이나 보리까락 때문은 아닐 터였다. 판화는 칭수에게 무슨 다급한 일이 있는지 물었다.

칭수가 말했다.

"먼저 작은 일부터 말할게요. 링페이命佩가 감옥에서 나왔어요. 머리를 박박 밀었더군요."

링페이는 마을에서 가장 유명한 도둑이었다. 어려서부터 슈수이 뒷골목에서 스승을 모시고 소매치기 기술을 배웠다. 그의 사부는 돼지기름을 뜨겁게 달군 뒤 탁구공을 하나 떨어뜨려 그에게 건지도록 했다. 건져내는 날이 하산하는 날이었다. 그건 조기교육이었다. 링페이는 확실히 뛰어났다. 지금 사는 집도 소매치기를 해서 얻었다. 반년 전에 파출소에서 칭수의 도움을 받아 그를 붙잡을 수 있었다. 칭수는 종종 '도둑을 잡으려면 장물을 잡아야 한다'라고 떠벌리는데, 바로 그 사건을 가리키는 말이었다. 하지만 사실은 아직 '출근'도 하지 않은 그를 둘둘 말린 이불 속에서 붙잡았다.

판화가 칭수에게 말했다.

"내일 가재도구를 좀 가져다줘야겠군. 조직에서 관심을 가지고 온정을 보여주는 것이 마땅한 도리니까."

"개 버릇 남 못 줍니다. 그놈이 입고 먹을 것이 없겠어요?"

"발전적인 눈으로 문제를 봐야지. 한두 가지 잘못으로 전체를 부정해서는 안 돼. 좋아, 또 무슨 일이지? 말해봐."

칭수가 머리를 긁적이더니 다시 귓불을 만지작거리고는 말했다.

"일이 좀 있어요. 어떻게 말해야 하나. 이런 상황은 정말 말하기 좀 곤란하네요."

"할 말 있으면 빨리 해봐."

"상황이 심각하다면 심각하고, 별일 아니라면 별일 아닌데요. 먼저 페이전이 하는 말부터 들어보세요."

페이전은 못 들은 것처럼 고개도 들지 않고 계속 털옷을 떴다. 새끼손가락을 높이 쳐든 모양이 왠지 춤출 때의 손동작 같았다. 칭수가 다급하게 따졌다.

"오는 길에 다 말했잖아. 자네가 말하면 내가 보충하지. 지부서기라면 이런 사건의 기초 자료를 잘 파악해야 하지 않겠어?"

판화가 먼저 그에게 지부서기라고 부르지 말고 그냥 이름을 부르거나, 그러고 싶지 않으면 촌장이라고 부르라고 고쳐주었다. 판화는 문을 꽉 닫고서 페이전에게 말했다.

"말해봐, 밖에 아무도 없어."

페이전이 대바늘로 턱을 받치고 기침을 한 번 하고는 마침내 입을 열었다. 그러나 그녀의 말은 이랬다저랬다 조리가 없었고, 대개는 헛소리였다. 전혀 교사 출신으로 보이지 않았다. 페이전은 자기 집 돼지 이야기를 꺼냈다가 비료 이야기를 하고, 비료 이야기를 하다가 변소 이야기를 하고, 다시 변소 이야기에서 별안간 화장지 이야기를 꺼냈다. 화장지 이야기를 할 때 페이전은 우아하게 코를 가리기도 했다. 그때 칭수는 벌써 담배를 두 대째 태우고 있었다. 결국 그가 참지 못하고 직접 끼어들었다.

"간단히 말해서 이래요. 리톄쒀李鐵鎖와 페이전 두 집이 뒷간 하나를 함께 쓰고 있어요. 리톄쒀네 뒷간이 무너졌는데 고칠 돈이 없어서죠. 그러고 나서 문제가 터진 겁니다."

그런데 구체적인 '문제'를 말할 때 칭수는 목소리를 잔뜩 낮추고 무슨 비밀스러운 군사기밀을 말하는 듯 굴었다. 가뜩이나 낮은 목소리가 동물들의 울음소리에 눌려버렸다.

관창 마을의 서쪽은 물에 가깝고 북쪽에는 언덕이 있어 마을 사람들은 주로 양식을 부업으로 삼고 있었다. 당나귀, 산양, 토끼 따위가 땅에서 뛰놀고, 오리와 거위가 물에서 헤엄쳤다. 하늘을 나는 것으로는 벌, 비둘기, 메추리가 있었다. 칭수의 말에 따르면 바로 육해공 삼군을 모두 갖춘 셈이다. 칭수 본인 역시 반쯤은 양식업을 한다고 할 수 있다. 그렇지만 그가 기르는 것은 앵무새, 그것도 사랑앵무새였다. 팔기 위해 기르는 게 아니다. 그저 '정신 휴양'을 위해서였다. 칭수는 그의 앵무새 한 마리가 〈활 쏘고 돌아오다打靶歸來〉라는 곡을 부를 줄 알아, 입만 열면 '서쪽 산으로 해 떨어지고 붉은 노을이 일면, 전사는 활을 쏘고 관영으로 돌아오네'라고 한다고 했다.

그때 멀리서 당나귀 재채기하는 소리가 우렁차게 들렸다. 판화는 그게 마을의 동쪽 끝 리신차오李新橋의 집에서 기르는 암나귀라는 걸 알아챘다. 곧 노새를 낳게 되어 잡종을 생산한다는 설렘이 있었다. '잡종'이라는 단어가 떠오르자 판화의 마음속에 어떤 생각이 번득였다. 페이전이 볼일을 보고 있을 때 톄쒀와 마주친 걸까? 아니면 어떤 행동? 혹시 톄쒀의 부인 야오쒀어姚雪娥가 볼일을 보고 있을 때 상이와 마주친 걸까? 그런 좆같은 일은 확실히 말하기 좀 그렇긴 하지.

판화는 물을 한 모금 마시면서 어지러운 머릿속을 가다듬고는 물었다.

"그래서?"

칭수는 이때 목소리를 가성으로 바꾸어 아주 가늘게 만들었다.

이게 어디 군인 출신다운 모습이야. 금방이라도 계집애로 바뀔 것 같잖아!

"나중에 페이전이 지랄 같은 일을 발견했어요. 그 말도 안 되는 일은 속옷 때문에 생겼지요. 얼마에 한 번씩은 여자들 속옷이 저녁노을 같아지잖아요. 그런데 적어도 두 달이나 지났는데 톄쒀 부인 야오쒀어의 속옷에 저녁노을이 지지 않았대요."

판화가 눈썹을 찌푸렸다.

"무슨 저녁노을이 어쩌고저쩌고야. 생리대 말하는 거지?"

"맞아요, 바로 그거. 두 달 동안 사용하지 않았대요."

판화는 몸을 위로 길게 뻗고 숨을 내쉬었다. 그러고는 다시 앞으로 몸을 숙여 훅 하고 숨을 들이쉬었다.

"그 말뜻은?"

칭수가 다시 담뱃불을 붙이고 천천히 빨았다.

"여자들 일이니 잘 알지는 못하지만, 대략 그런 뜻이지요 뭐."

판화가 다시 물었다.

"그러니까 뭐?"

칭수가 말했다.

"서기님, 난 그저 현상만 말한 거예요. 본질이야 서기가 직접 찾아봐야겠지요. 사실 이런 건 본래 페이전이 말해야 하는 건데. 사내들이 말하기에는 조금 저급한 느낌이 들어서. 그리고 우리 공산당원들이 가장 반대하는 것이 바로 저급한 취미니까요. 안 그래, 페이전?"

페이전은 마치 못 들은 것처럼 털옷을 뜨면서 판화에게 말했다.

"이 소맷부리는 한 코 더 떠야 하지 않을까요?"

"알아서 떠." 판화가 퉁명스럽게 대답했다.

그녀는 페이전과 판에 박힌 인사말을 할 여유가 없었다. 무슨 본질이고 나발이고야. 저 말 속에 숨은 뜻이 바로 '본질'이잖아. 판화는, 저들이 내게 말하려는 건 쉐어가 임신했다는 거잖아, 하고 생각했다. 페이전이 우물쭈물 숨기는 것쯤은 이해할 수 있었다. 그런데 칭수 저 사람은 간부인 데다 이런 일을 다루는 사람이면서도 우물대다니 대체 뭐야.

판화가 칭수에게 말했다.

"오늘 회의에 대해 알고 싶지 않아? 맞아, 마을 선거를 계획하는 회의였지. 그런데 가족계획을 담당하는 장張 현장도 발언을 했어. 아주 긴 연설이었어. 자네가 이쪽 일을 하니까, 원래는 내일 말해주려고 했는데 지금 이야기해야겠군. 위에 천 개의 가지가 있어도 아래쪽 뿌리는 하나지. 장 현장이 기층 사업은 실제적인 측면에서 시행되어야 한다고 강조했어. 계획 밖의 임신은 단호하게 떼어내야 해. 사건이 하나라도 터지면 기존 마을위원회 주임은 더 이상 선거명단에 들어갈 수 없지. 그런 일이 두 번 발생하면 조직 구성원 모두 아주 멀리 쫓겨나서 아무도 선거에 입후보할 생각을 하지 말아야 해."

칭수가 숨을 크게 들이켰다.

"제기랄, 지독하네. 목숨 걸고 싸워야겠군."

판화가 말했다.

"더 지독한 건 다음에 말하지."

칭수가 탄식을 했다.

"참, 관직이 높아질수록 일하기는 쉽다더니, 칼을 목에 들이대고 우격다짐으로 일을 시키는구면."

판화가 말했다.

"그래서 내가 일깨워주려는 거야. 우리 목 위에 칼이 채워져 있다고. 괜히 겁을 주려는 게 아니야. 내 책임도 무겁지만 자네 책임도 가볍지 않아. 쉐어는 이미 쌍둥이를 낳았잖아."

칭수가 말했다.

"위에서 가족계획을 재차 강조할 거라는 건 눈치챘어요. 그래서 이 일을 듣자마자 급히 보고하러 온 거예요."

페이전이 말했다.

"그런데 전 아무것도 말하지 않았어요. 홍메이가 월경이 띄엄띄엄하고 규칙적이지 않다고 저한테 물어보는데, 언니가 되어서 모른 척할 수 있나요? 제가 말을 잘할 줄 몰라서 쉐어의 월경도 규칙적이지 않고 한두 방울 잘 떨어지지도 않는다고 했는데, 칭수가 유심히 신경을 썼던 거예요. 전 여기까지 말했어요. 아무것도 몰라요. 서기님, 다시 한 번 봐줄래요? 이 소매는 한 코 더 뜨는 게 좋을까요, 아니면 한 코 푸는 게 좋을까요?"

그때 깨달았다. 판화는 결국 분명히 깨달았다. 페이전은 공연이 시작되기를 기다리고 있다. 자세까지 이미 다 잡았다. 속에 구린내 나는 벌레만 잔뜩 있는데, 무슨 인정이라는 게 있겠어.

페이전이 꽤 머리를 썼다. 몇 달 전에 페이전 역시 아이를 임신했다. 이미 사내아이를 둘이나 낳았는데 꼭 계집아이를 하나 더 낳고 싶어 했다. 말은 잘해서, 계집아이를 낳아야 구색이 갖추어진다나. 또 벌금을 내면 되지 않느냐고도 했다. 페이전 친정은 돈이 많았다. 판화가 페이전과 상이를 찾아가 국가 정세와 국가 정책에 대해 말하느라 입술이 다 얇아질 정도였다.

지난번에 페이전이 말했다. 인구가 많으면 기초가 약해지는 거 아니에요? 알아요, 저도 알아요. 그렇지만 안심하세요, 우리는 국가의 발목을 잡지 않을 거예요. 아이들이 크면 모두 미국으로 보낼 거니까요. 국가를 위해 외화 좀 더 버는 게 위법인가요? 위법은 아니잖아요.

그때 판화는 이렇게 말했다. 미국은 그렇게 쉽게 보내나? 하나를 보내려면 얼마나 드는지 자네가 알아? 상이가 한 달에 버는 오륙백 위안으로? 그 보잘것없는 수입으로 미국 사람들 이빨 틈새나 메꿀 수 있을까?

페이전이 작은 허리를 뒤뚱거리며 방 안으로 들어가더니 있는 물건을 와르르 쓸어버렸다. 입도 쉬지 않았다. 오륙백 위안이 어떻다는 거야. 깨끗한 돈이잖아. 분필 한 자루 한 자루하고 바꾼 거잖아.

그 말은 개똥보다 더 구렸다. 누구는 공금을 횡령했다는 말이니까. 그런데 누가 횡령을 했다는 것인지는 말하지 않았다.

판화는, 자네와 말이 통하지 않으니 상이 선생과 상의를 해야겠어, 하고 말했다. 판화는 상이에게, 자네는 오호가정五好家庭(1950년대 중국 부녀협회에서 애국과 공익, 진취적 학습과 직업 존중, 남녀평등과 노인과 아이 존중, 풍속 교화와 가족계획, 근검절약과 환경 보호 등을 강조하며 벌인 운동 중에 선발된 가정을 말한다—옮긴이) 아닌가. 자네가 이 아이를 떼어내기만 하면 난 자네를 가족계획정책의 모범으로 삼을 거야. '오호'에 '모범'이 되면 매년 3천 위안을 상금으로 받을 수 있지. 거기에 자네 임금을 보태면 아들 학비 대기 충분하지 않겠어?

페이전이 다시 안에서 소리쳤다. 3천 위안에 딸을 팔라고?

화가 난 판화는 방 안으로 뛰어들어가 페이전을 마주하고 소리쳤다.

"자넨 자네가 밴 아이가 여자아이인지 어떻게 알지? 자네가 봤어? 자네처럼 자기 앞가림도 못하는 위인이 장모가 될 운명이나 되나? 내가 보기엔 아니야. 그런 생각 버려."

페이전의 입을 틀어막은 판화는 다시 상이에게 작업을 했다. 그는 상이에게 고속도로를 만들 때 나라에서 100여 무畝(1무는 약 200평—옮긴이)가 넘는 마을 땅을 점유했는데 보상금이 이미 입금되었다는 소식을 흘렸다. 그리고 그 돈을 누구도 건드리지 못하게 하고, 나중에 대학에 가는 아이가 있으면 마을에서 보조해줘서 실질적인 교육 사업을 하려는 생각을 이미 굳혔다고 말했다. 그리고 또 이렇게 말했다. 자네 큰아이는 고등학교 입학시험에서 일등이 아니었나? 그게 무슨 운명이겠어. 대머리 위에 올라타 있는 이처럼 뻔히 보이지 않아? 장원할 운명이라고. 한마디로 말해서, 자네는 고개를 쳐들고 돈 들어오기만 기다리면 되는 거네. 상이의 마음이 움직이는 것을 보고 그녀는 다시 말했다. 이미 정부 문건이 내려왔는데 한 명이 더 태어나면 최고책임자가 자리를 물러나야 해. 만약 내가 물러나면 그 돈이 어떻게 쓰일지는 내가 관여할 수 없어. 자네는 내가 물러나기를 바라나?

갖은 수단과 방법을 동원한 끝에 판화는 결국 페이전이 밴 아이를 낙태시켰다. 판화는 그때 긴 숨을 내쉬고 일이 그렇게 잘 지나가 버렸다고 여겼다. 그런데 페이전이 지금까지도 원한을 품고 있을 줄 누가 짐작이나 했겠는가?

그건 그렇다고 쳐. 판화는 생각했다. 옛말에 뭐라더라? 도둑이 훔쳐가는 것을 두려워하지 말고 도둑이 마음에 둘 것을 두려워하라고 했던가. 지금 페이전이 온 마을 여자들의 배를 마음에 두고 있잖아. 좋아, 페이전이 미국 상원의원과 약간 비슷해졌군. 미국 의원들은 공짜로 중국 여러 기관을 감독하고 있고, 페이전은 공짜로 관청 여자들 배를 감독하고 있는 거야. 좋아, 아주 좋아. 페이전이 마음을 조금 덜 쓰게 해줘야겠군.

판화는 털옷을 잡아끌어 살펴보고는 말했다.

"자네는 정말 똑똑하고 손재주도 좋아. 세상에, 위에 수도 놓았네. 무슨 꽃이야? 모란인가, 복숭아꽃인가?"

판화는 본래 강아지풀꽃이라고 말하고 싶었지만 얼른 말을 바꾸었다. 페이전이 입을 살짝 벌려 대답했다.

"장미요. 흰 장미 한 송이하고 붉은 장미 한 송이요."

"그래서 못 알아봤구나. 이것 참, 견문을 넓혔네. 난 털옷에 장미를 수놓은 건 처음 보거든."

"모란은 촌스럽고 복숭아꽃은 더 촌스러워서요. 그래도 장미가 세련되죠."

칭수가 말했다.

"장미는 사랑이지. 장미는 사랑을 의미해."

판화는 그를 거들떠보지도 않고 계속 페이전에게 말했다.

"상이가 자네를 아내로 맞이한 건 정말이지 큰 복이야."

판화는 이렇게 말을 하면서 그들에게 각각 물을 따라주었다. 그러고는 앉자마자 손뼉을 치고 다시 벌떡 일어나 '깜빡했다, 깜빡했다' 하고 연거푸 말했다. 판화는 냉장고를 열어 황금색 오렌지를 꺼냈다. 제부가 보내준 오렌지였다. 하지만 판화는 들뜬 목소리로 뎬쵠이 직접 가져왔다고 말했다.

"뎬쵠? 뎬쵠이 돌아왔어요?" 칭수가 물었다.

판화는 에둘러 뎬쵠을 한번 추켜세웠다.

"방금 왔어. 돈을 좀 모았다고 지금은 너무 오만방자해졌어. 내일 그 사람 좀 끌고 나가서 모두에게 술이나 한잔 사라고 해. 페이전, 상이가 술 마시는 건 상관없지?"

도마에서 오렌지를 썰면서 판화가 다시 말했다.

"페이전, 칭수가 따귀 한 대는 맞아야 하지 않겠어? 자네가 분명히 처형인데 처형이라고 부르지 않고 페이전이라고만 하니 말이야."

페이전이 말했다.

"그래도 높은 간부이신데요. 어디 우리 같은 일반 백성이 중요한가요."

칭수가 말했다.

"이건 지위랑 관계없어. 내가 당신보다 나이가 많잖아. 내가 서서 오줌을 누기 시작할 때 당신은 아직 아버지 아랫배에서 뒹굴고 있었다고."

판화가 말했다.

"내 생각을 말하지. 이쪽에서는 오빠라고 하고 저쪽에서는 처형이라고 하면 누구도 손해 안 볼 거야."

판화는 잘 썬 오렌지를 페이전에게 건네고 말했다.

"뎬쵠이 그러는데, 귤은 몸에 화기火氣를 일으키지만 오렌지는 화기를 없애고 소화도 돕는대. 받아, 모두 받아."

이렇게 말한 판화는 갑자기 청수에게 물었다.

"요 며칠 사이에 야오쉐어 본 적 있어? 배가 불렀어 안 불렀어? 평소에는 자네가 일을 꼼꼼하게 하더니 이번 일은 어째 소홀했네."

"이 두 눈으로도 볼 수 없는 곳이 있지요. 게다가 전 당원인데 어떻게 종일 여자들 배꼽이나 쳐다보고 있겠어요."

판화가 말했다.

"망할, 난 배라고 했지 배꼽이라고 하지 않았어."

수탉은 시골의 자명종이다. 평소 상황이라면 닭이 한 번 울자마자 판화는 잠에서 깼을 것이다. 그러나 이날 판화가 잠에서 깼을 때는 닭이 세 번이나 운 뒤였다. 덴쿼은 이미 일어나 있었다. 그는 책을 넘기면서 발톱을 깎고 있었다. 저녁에 그의 발톱이 판화의 종아리에 생채기를 냈다. 그때 판화는 그에게 생채기 난 곳을 가리키면서 말했다.

"다 당신 때문이야. 이리저리 문질러대더니."

덴쿼은 듣지 않고 계속 책만 뒤적거리며 멍하니 있었다. 무릎 위에 올라간 책은 《영어회화 300구》였다. 덴쿼은 손이 아니라 턱을 사용해서 책을 넘기고 있었다. 덴쿼은 돌아와서 몸이 더 말랐다. 턱이 점점 더 뾰족해지고 있었다. 판화는 그를 안쓰럽게 여기고 있었지만, 턱으로 책을 넘기는 모습을 보니 오히려 조금 우스운 생각이

들었다. 덴쿤이 다시 턱으로 책을 넘기자 판화가 그의 귀를 틀어쥐
었다.

"보기 흉해. 정말 망측하다고. 알파벳 스물여섯 개를 기억하기는
해?"

"왜? 당신은 봐도 되고 난 안 된다는 거야? 영어는 특별한 사람만
할 수 있는 게 아니야. 누구나 할 수 있다고."

판화는 그제야 자신이 이 책을 가지고 왔다는 사실이 생각났다.
어제 점심때 회의를 하기 전에, 현위원회 서기가 몇몇 모범적인 마
을 촌장들을 잠깐 먼저 만났다. 관례대로, 모두들 일을 아주 잘했다
고 칭찬해서 마을의 명예를 높여준 뒤에 다시 약간의 요구를 했다.
한마디로 모두가 한 단계 더 발전해야 한다는 말이었다.

회의가 끝날 때쯤 현위원회 서기가 마치 지나가는 말처럼 '사소
한 일'을 하나 꺼냈다. '위'에 있는 친구에게서 들은 말인데 외국인
이 슈수이에 올 수도 있다는 거였다. 구체적으로는 두 가지 가능성
이 있는데, 하나는 우리 투자환경을 살피고 합작할 지역 기업을 찾
으려는 거예요. 그리고 다른 하나는 우리 마을 선거를 살펴보려는
거죠. 어느 것이 진짜고 어느 것이 거짓인지는 '위'의 그 친구도 분
명히 알지는 못해요.

서기는 '위'의 그 사람이 누구인지는 밝히지 않았다. 시에 있는 사
람인지 성省에 있는 사람인지도 말하지 않았다. 아주 비밀스러웠다.
서기는 또 일반적인 외국인이 아니라 좀 특별한 사람이라고 했다.
미국인이기 때문이다. 전날 저녁 자신이 인터넷으로 찾아보았는데,

중국 농촌 건설과 선거에 관심을 두고 있는 그 미국인은 정말 대단한 사람이라고 했다. 정말 찾아보지 않았으면 알 수 없었겠지만 찾아보고 깜짝 놀랐는데, 알고 보니 미국의 전 대통령 카터였다는 것이다. 미국 대통령이라는 말을 듣자마자 촌장들은 너무 놀라 새된 소리를 내지르고 머리까지 공손히 숙였다. 서기는 아주 가볍게 웃고는 닭털먼지떨이로 먼지를 털듯이 손을 내저었다.

"주눅 들 것까지는 없지요. 개혁을 하겠다면서 어떻게 주눅이 들 수 있습니까? 예전에는 미 제국주의자를 모두 종이호랑이라고 했지요. 하지만 지금은 문명과 예절을 중요하게 여겨야 하고 또 그들 손에서 몇 푼을 가져와 써야 하니 그들에게 체면을 세워주자, 뭐 이런 말에 불과합니다."

그는 또 카터의 키가 커서 마치 하늘까지 닿는 백양나무 같다고 했다. 그렇지만 우리들의 농구선수 무톄주穆鐵柱나 야오밍姚明과 비교하면 우다랑武大郎(《수호지水滸誌》에 나오는 판진롄潘金蓮의 남편으로 무능하고 볼품없는 인물을 의미한다─옮긴이)이라고 했다. 우다랑쯤이야 두려워할 게 뭐 있나요? 호떡 파는 사람에 불과한데. 서기가 이렇게 말하자 허리를 구부렸던 촌장들이 다시 허리를 쭉 폈다. 서기는 궁둥이를 살짝 옮겨 슈양촌澳陽村 촌장의 손을 붙잡고 말했다.

"제 기억이 틀리지 않는다면 당신은 슈수이현의 땅콩대왕이지요. 지난번에 제가 상장을 드렸던 것 같은데, 맞지요?"

군인 출신인 슈양의 촌장은 즉시 일어서서 뒤꿈치를 부딪치고 거수경례를 하며 말했다.

"지도자님께 보고드립니다. 촌의 전체 인민을 대신해서 지도자님께 감사를 드립니다."

서기가 그의 손을 잡아끌어 자리에 앉힌 뒤 말했다.

"카터도 이전에는 땅콩을 파는 사람이었어요. 당신과 같은 업종이었으니 공감대가 형성될 겁니다."

'땅콩대왕'은 흥분해서 목을 꼿꼿이 세웠다.

"만나지 못한다면 할 수 없지만 만나기만 한다면 말을 걸어보겠습니다. 그 사람 땅콩에서는 벌레가 나오는지 물어보겠습니다."

서기가 잠깐 멍하게 있더니 우렁차게 웃음을 터뜨렸다. 웃음을 그친 서기가 다시 말했다. 물론 카터가 직접 올 수는 없을 겁니다. 오더라도 접대할 순번이 우리한테까지 안 오고 성에서 '커트' 당할 겁니다. 아마도 그의 수하들이 올 겁니다.

서기가 이렇게 말하자 촌장들의 허리가 다시 구부러졌다. 긴장해서가 아니라 마음이 놓여서였다. 어떤 사람은 심지어 담배를 꺼내 한두 모금 빨려고도 했다. 서기가 다시, 그 미국 사람이 언제 올지는 아직 정확히 알 수 없어요, '미지수'지요. 그러나 우리는 전투준비를 해야 합니다. 전략을 중시하고 전술도 중시해야 합니다. 어떻게 중시해야 하는지는 여러분이 현에 있는 사람들의 말을 들어보면 됩니다. 현에서는 상부의 말을 들어야 합니다. 그렇지만 음, 사전에 해야 할 일은 반드시 사전에 해야지, 똥이 똥구멍까지 왔을 때 똥구덩이를 파려고 해서는 안 됩니다.

여기까지 말하고 서기는 양복 주머니 안에서 예전의 '붉은 책'(마오찌둥 어룩집. 표지가 붉은색으로 되어 있다—옮긴이)과 크기가 비슷한 책을 한 권 꺼냈다.《영어회화 300구》였다. 서기는 '붉은 책'을 흔드는 것처럼 '300구'를 흔들었다. 몇 번 흔들자 서기의 얼굴에서 빛이 났다. 붉은빛이었다. 양복 넥타이가 매달려 흔들리는 모습이, 마치 희극 무대 위에 선 배우의 수염 같았다. 서기는 자신도 지금 다시 영어를 잡았다고 말했다. 미국 사람들이 오니 그들과 대화를 잘해야 하잖아요. 이렇게 말하면서 서기는 갑자기 영어를 한마디 했다. 서기는 양꼬치를 파는 티베트 사람들이 하는 중국어처럼 떠듬거렸다. 그렇지만 그중에서 판화가 알아들은 말이 있었다. 그것은 'welcome'이라는 말로 '환영합니다'라는 의미였다. '땅콩대왕'은 이해하지 못하고 서기의 말을 이상한 상소리로 알아들었다. 판화 옆에 있던 다른 촌장은 낮은 소리로 중얼댔다.

"웩? 웩이라고? 어떻게 저렇게 태도가 금방 바뀔 수 있지?"

서기 옆에 앉아 있는 장 현장이 가장 먼저 박수를 치고 일어나서 서기를 마주 보았다. 장 현장이 일어나니 촌장들도 일어났다. 서기는 먼저 장 현장에게 앉으라고 하고는 촌장들을 향해 손을 흔들었다.

"감사합니다, 여러분의 격려에 감사드립니다. 마을은 마을을 보고, 집은 집을 보고, 군중은 간부를 봐야 하지요. 그러면 간부는 뭘 보지요? 이 자리에 함께 있는 앞서가는 간부들을 보아야 합니다. 저는 여러분에게 모범을 보이고 싶을 뿐입니다."

그러고는 장 현장에게, 현에 있는 신화서점에 이미《영어회화 300구》가 몇천 권 들어와 있고 그 안에는 녹음 시디도 들어 있는데,

그가 이미 신화서점에 몇 박스를 보내라고 했으니 조금 있으면 모두에게 전달될 것이라고 말했다. 판화는 그때 책을 한 권 받았다. 그런데 회의가 끝나고 제부가 차로 그녀를 바래다줄 때 또 한 권을 주었다. 제부는 자신과 판룽의 직장에서도 책을 주었는데, 집에 한 권만 있으면 되니 남는 것은 더우더우에게 주겠다고 했다. 어려서 외국어를 학습하는 것이 바로 조기교육이다. 기사는커녕 주위에 사람이 아무도 없는데도 제부는 목소리를 낮게 깔았다.

"얼마 지나지 않아 슈수이 전체에 영어 공부 바람이 불 거예요."

판화는 어찌 된 일인지 물었다. 제부가 말했다.

"이 책은 서기의 조카가 만든 건데 1년을 처박아둬도 팔리지 않았어요. 이해하겠지요?"

"저런 개자식, 우리한테 이런 꼼수를 부리다니."

이렇게 말했지만 판화는 순간, 마을에서 좀 많이 사고 학교에서도 많이 사야겠다, 조직의 근심을 분담하는 셈이니까, 하는 생각을 했다. 제부는 그녀의 마음을 알아챈 듯했다. 황급히 그녀에게 충고하길, 마을에서 사겠다면 말리지 않지만 절대 학생들한테 돈을 걷어서 사지는 말라고 했다. 판화는 어리둥절해서 이유를 물었다. 제부의 목소리가 더 낮아졌다.

"이 서기는 곧 물러날 거예요. 임기가 다 되었어요. 매번 새로운 서기가 자리에 앉으면 모두 교육부터 손을 대지요. 그렇게 되면 마구 돈을 걷은 일이 걸릴 거고, 그러면 엉덩방아 찧으면서 나가떨어질 거예요."

제기랄, 지랄 맞네.

덴퀀이 그 '300구'를 뒤적거리는 것을 보고 판화는 알아볼 수나 있느냐고 물었다. 덴퀀이 말했다.

"시험해봐. 시험해보려면 일반적이지 않은 것을 물어봐. 예를 들어 낙타나 당나귀 같은 거."

판화는 덴퀀이 '낙타'를 안다는 사실이 믿기지 않아 어떻게 쓰는지 물었다. 덴퀀은 눈을 굴리며 한참을 생각하더니 말했다.

"그냥 아무렇게나 말한 건데 정말로 시험을 보는군. 그렇지만 생각해낼 수 있을 거야. 분명히 c, a, m, e, l, camel 맞지?"

덴퀀은 만두를 뜯어 먹는 모습을 흉내 냈다.

"당나귀는?"

덴퀀은 다시 눈을 굴렸지만 결국 말을 하지 못했다. 참 이상하다. 희한한 단어는 알면서 오히려 자주 접하는 단어에는 벙어리가 되다니. 판화는 책을 낚아챘다. 그때 덴퀀의 밑천이 드러났다. 그가 마침 보고 있던 페이지에 낙타가 그려져 있었고, 낙타 옆에는 당나귀가 서 있었던 것이다. 판화는 당나귀라는 단어를 두 번 읽었다. donkey, 발음은 '덩키'이다. 슈수이에서 '키'라는 말은 '질책하다'는 뜻이다. 자신의 입장과 연결하니 자연스럽게 '덩키'라는 말이 '당이 질책하다'로 연상되었다. 그렇게 생각하다 보니 단어가 암기되었다.

판화는 덴퀀에게 서기의 말을 전해줬지만 제부가 한 말까지 꺼내지는 않았다. 그녀는 덴퀀이 개집 안에 뜨거운 만두를 넣어놓고 가만히 있을 수 없는 위인임을 너무나 잘 알고 있었다. 순식간에 모든 사람이 다 알게 퍼뜨릴 것이다. 뎬췬이 말했다.

"외국인이 온대? 잘됐네, 잘됐어. 판치繁畜네 아들 샹차오祥超가 영
어를 배우지 않았어? 외국인들이 온다면 샹차오를 불러들이면 되
는 것 아닌가? 외국인들한테는 샹차오가 당신 수하라고 말하면 되
지."

"좋아, 샹차오를 잘 대해줘야겠군. 차표도 끊어주고 월급도 주고
말야."

뎬췬이 책을 덮더니 하품을 했다. 그는 밤새도록 잠을 잘 못 잤으
니 다시 개잠이나 자야겠다고 했다. 판화가 말했다.

"잘 못 잤다고? 천지가 진동할 정도로 코를 골아놓고서. 내 귀가
다 먹는 줄 알았어."

그러자 뎬췬이 말했다.

"당신한테 거짓말을 하면 내가 개새끼다. 근데 뭔가가 우는 소리
가 계속 들렸어."

"울어? 누가 울어? 난 왜 듣지 못했지?"

"처량하더라고, 아주 처량했어. 귀신 곡소리 같기도 하고, 늑대가
울부짖는 소리 같기도 했지."

판화가 웃었다.

"맞다, 그건 정말 늑대 울부짖는 소리야. 칭린慶林이 집에서 늑대
를 기르잖아."

판화가 이불 속에서 나와 두 손을 귀 끝에 대고는 뎬췬을 향해 달
려들었다.

46

"늑대다, 커다란 회색 늑대."

두 사람이 뒹굴며 소란을 피울 때 어머니는 이미 아침을 준비하고 있었다. 식사를 할 때 판화가 말했다.

"조금 있다가 나가서 산책이나 하자고. 마을이 어떻게 변했는지도 좀 살펴봐야지."

덴쿼은 손을 내저었다.

"어디도 가볼 생각 없어. 그저 집에 누워서 잠이나 좀 자고 싶어. 좀 쉬면서 인구를 늘리고 재기해야지."

쉬면서 인구를 늘려? 그리고 재기해? 판화는 무슨 말인지 알아들을 수 없었다. 선전에서 무슨 일을 일으킨 거 아냐?

판화는 그를 노려보았다.

"도대체 무슨 말이야? 뭐 숨기는 거 있어? 곤란한 거 있어?"

덴쿼은 코웃음을 치며 또 허풍을 떨었다.

"웃기네. 곤란? 무슨 곤란? 나는 지금 참깨에 꽃이 피고 마디마디 성장하듯이 나날이 좋아지고 있어. 아주 좋다고. 언젠가 기를 펴면 총리가 될지도 모른다고."

판화는 손등으로 그의 이마를 짚어보고는 혹시 열이 있어 정신이 어떻게 된 게 아니냐고 물었다. 덴쿼이 그녀의 손을 한쪽으로 밀쳤다.

"그때는 칭수가 나를 만나면 장 총통이라고 불러야 할 거야."

덴쿼이 허풍을 떨고 있을 때 더우더우가 밖에서 큰 소리를 냈다. 더우더우는 할머니가 가르쳐준 '거꾸로 말하기'를 암송하고 있었다.

거꾸로 노래해서 똑바로 노래해

강가의 돌덩이는 언덕으로 굴러가고

하늘에 가득한 달들과 별 하나

수많은 장군과 병사 한 명

지금껏 거꾸로 말해보지 않았어

귀머거리가 듣고는 낄낄거리네

더우더우는 암송을 하다가 멈추고는 할머니에게 장군이 뭐냐고
물었다. 할머니는 네 엄마가 바로 장군이다, 하고 일러주었다. 더우
더우가 다시 장군은 무슨 일을 하느냐고 물었다. 그러자 할머니가
장군은 계집애를 낳지, 너 같은 요 계집애를 말이야, 하고 말했다.

판화가 슬며시 웃음 짓고는 생각했다. 노인네들이 아직도 내가
아들을 낳기를 바라고 있구나. 이것도 거꾸로 말하기 아니겠어? 난
촌장이고 다른 사람들에게 모범을 보여야 하는데 어떻게 낳을 수
있다고 다 낳겠어?

덴쥔은 판화의 유방을 움켜쥐고 젖꼭지를 만지작거리며 말했다.

"하늘에 가득한 달들과 별 하나, 달에게 키스하고 별에게 입 맞추
게 해주오."

판화가 다시 그의 손을 떨쳐냈다.

"좀 점잖게 굴어. 곧 선거라고. 내 연설 원고를 어떻게 써야 할지
나 잘 좀 생각해봐."

"이 당당한 장 총통께서 기록 비서관이 되는 것은 조금 굴욕적이

잖아."

뭐라고 지껄이는 거야? 판화는 그에게, 정신 차려, 무슨 기록 비서관이라는 거야, 하고 물었다. 덴쿤이 고개를 저으며 말했다.

"너무 꽉 막혔어, 국제 정세를 조금도 몰라. 기록 비서관은 총통을 위해 강연 원고를 써주는 사람이야. 아주 대단해, 아주 잘나가는 사람이야."

판화는 밥그릇을 내려놓고 밖으로 나갔다. 쉐어의 배를 한번 살펴보고 싶었다. 쉐어의 배를 생각하자 판화는 태양이 서쪽에서 떠오르는 것만 같았다.

한 달 전에 향의 가족계획 부서에서 검사를 했다. 그때 계획 밖의 임신이라면 무조건 그 자리에서 잡아 병원으로 보내 그날 밤으로 낙태를 시켜버렸는데, 쉐어가 어떻게 빠져나갈 수 있었지? 페이전이 잘못 본 게 아닐까? 페이전은 당연히 자신이 말한 것처럼 변소에서 문제를 발견했을 리 없었다. 틀림없이 쉐어의 배를 봤을 것이다. 그렇지만 잘못 본 거라면 좋겠네. 만일 쉐어의 배가 정말 불러온다면 문제가 정말 커져. 그건 배가 아니라 시한폭탄이야.

국무원 총리와 마찬가지로 판화의 머릿속에도 줄줄이 이어진 숫자가 들어 있었다. 가장 분명하게 기억하는 것은 여자들과 관련되어 있었다. 관창 마을 인구는 1,245명인데 다섯 개 그룹으로 나눌 수 있었다. 그중 가임기 여성은 143명이었다. 묶은 사람이 78명이고 애를 낳을 수 없는 4명까지 빼면, 언제고 배가 부를 수 있는 사람은 61명이었다. 그중에서 정책적으로 배 부르는 게 허락된 사람은 37명이었다. 그렇게 제거해내면 24개의 배가 남았다. 이 24개의 배가 바로 24개의 폭탄이었다. 그중 하나가 터진다면 나머지 배가 착실하게 잠자코 있을까? 칭수의 말을 빌리자면 그것은 '핵재난'에 비교될 수 있다. 여기에 생각이 미치자 판화의 머리가 찌릿찌릿 저려왔다.

쉐어의 집은 칭린과 마주하고 있었다. 그곳에 거의 도착했을 때 판화는 매우 빠르게 타닥거리는 발자국 소리를 들었다. 칭린이 기르는 늑대가 뛰어다니는 소리였다. 그 늑대를 막 가져왔을 때 칭린은 자신이 언덕에 덫을 놓아 잡아왔다고 곳곳에 허풍을 치고 다녔다. 나중에 어떤 사람이 그에게 야생동물을 마구 잡는 것은 법률 위반이라고 지적하자, 그제야 말을 바꾸어 한저우漢州동물원에서 사왔고 증명서도 있다고 말했다. 그저 재미 삼아 키울 수는 있지만 죽여서 먹지는 못한다고 했다. 물론 칭린은 재미 삼아 기르는 게 아니었다. 늑대를 개와 교배시켜 늑대개를 낳게 하려는 목적이었다. 늑대와 개를 교배해 낳은 첫 번째 늑대개는 가장 가치가 높아서 한 마리에 700위안까지 받을 수 있었다. 돼지 두 마리보다 값이 더 나갔다. 지금 칭린은 개는 기르지 않고 늑대만 길렀다. 교배에만 신경 쓰고 생산은 신경 쓰지 않는 셈이었다. 어떤 사람이 우스갯소리로 칭린네 집이 교배장, 그러니까 개가 씹하는 교배장이 되었다고 말했다. 그러자 칭린은 정색을 하고 고쳐 말했다.

"틀렸어, 틀렸어. 개가 씹하는 것이 아니라 개를 씹하는 거야."

칭린은 늑대에게 후이후이灰灰라는 이름을 지어주었다. 후이후이는 사람들의 띠로 치자면 바로 개띠라고 했다. 사람의 명을 하늘이 정하듯이 늑대의 운명 역시 하늘이 정하는데, 후이후이가 개띠이니 그가 이렇게 사는 것도 운명이라는 논리였다. 칭린은 손가락 두 개를 펼치고는 판화에게 말했다.

"제 후이후이가 개 몸뚱이를 한 번 올라타는 데 최소한 이 정도는 됩니다."

20위안? 판화가 물었다. 칭린은 판화의 손바닥에 열십자를 그리고는 말했다. 십을 곱하세요.

우와! 그렇게 한 번 집어넣고 200위안을 손에 넣다니. 마을의 인민중재위원회 쿵판치孔繁奇가 칭린을 모범적인 집에 수여하는 '쌍문명호雙文明戶'로 선발해야 할지 검토해보자고 제안한 적이 있었다. 늑대를 기르는 일은 생태환경을 보호하는 셈이니 정신문명 범주에 속한다. 그러니 물질문명과 정신문명 양쪽에서 성과를 거둔 것이 아니냐는 말이었다. 시대가 달라졌다. 개 오입질에도 돈을 써야 하고 잡종개로도 돈을 벌 수 있으니. 이걸 뭐라고 하는 거지? 바로 시장경제다! 판화는, 차라리 잡종개를 키우는 편이 애를 키우는 편보다 낫겠구나, 하고 생각했다.

톄쒀네 집 대문은 꿈쩍도 하지 않았다. 길 한쪽에서 칭린이 마침 망치를 휘둘러 뼈를 바수고 있었다. 그는 뼈를 잘게 부수어 다시 돌절구에 넣고 갈아 분말을 만들어 사료에 섞었다.

"자네 마누라한테보다 늑대한테 더 잘하는군." 판화가 말했다.

칭린이 망치를 내려놓고 말했다.

"아, 촌장님이시군요, 식사하셨어요?"

"먹었어."

판화는 이렇게 말하면서 곁눈질로 테쒀의 대문을 살펴보았다. 마침 칭린의 부인이 그녀의 말을 들었다. 칭린의 부인은 산시山西의 양청陽城에서 쌀 한 포대와 참기름 한 주전자를 주고 바꿔 온 사람이었다. 오륙 년이 지났는데도 아직 그녀는 이곳 발음을 잘 이해하지 못했다. 이번에도 그녀는 잘못 알아듣고 엉뚱한 말을 했다.

"예? 칭린은 저한테 잘해주는데요."

칭린은 머리도 들지 않고 파리를 쫓는 것처럼 휘휘 저었다.

"염병할, 저쪽으로 가."

칭린이 망치를 집어던지고는 판화에게 말했다.

"저 좆같은 마누라는 데려오나 마나였어요. 먹는 것만 안다니까요, 먹는 것만. 그저께 바이퉈거우白陀沟 사람이 교배를 하러 와서는 늑대 먹이라고 소고기 두 근을 사주었는데 순식간에 저년이 고기를 삶아버렸지 뭐예요. 후이후이는 한참을 고생하고도 고기 한입 베어물지 못했어요."

옆에서 그 소리를 들은 칭린의 부인은 화를 내기는커녕 웃으면서 손을 크게 벌렸다.

"제가 이렇게 큰 덩어리를 먹었어요."

그녀는 손을 벌렸다. 손이 점점 더 크게 벌어지더니 소 반 마리 정도 크기가 되었다. 판화는 이 여편네는 시골 사람이지만 오래 살더니 이곳 풍속도 알게 되었네, 체면이 기름보다 중하다는 것을 알아, 하고 생각했다. 이것은 과시였다. 별 볼 일 없는 나날이지만 자신이 잘 지낸다고 과시하는 거였다. 하지만 칭린은 부인의 고심을 이해하지 못하고 눈을 부라렸다.

"쌍년, 내가 진즉에 말했잖아, 생고기를 먹여야 한다고. 이건 과학이야. 과학을 따르지 않으면 후이후이가 뭔 힘이 있어 그 짓을 하겠어. 날 성질나게 하면 네넌 발톱을 다져서 늑대한테 먹일 거야."

잠시 뒤에 판화는 갑자기 문고리에서 나는 소리를 들었다. 상이 선생이 밖으로 나오고 있었다. 상이는 양복을 입고 겨드랑이에 책을 끼고 걸으면서, 고개를 뒤로 젖혀 와이셔츠 넥타이를 밖으로 잡아당겼다. 판화가 칭린의 집 앞에 서 있는 것을 본 상이는 시골 사람들처럼 "식사하셨어요?"라고 묻는 대신, 교양 있게 "안녕하세요, 좋은 아침입니다"라고 말했다.

몇 걸음 가던 상이가 다소 '의심쩍다는' 듯이 다시 고개를 돌려 판화를 보았다. 바로 그 '의심쩍음' 때문에 판화는 페이전이 일러바쳤던 일을 그가 알고 있음을 눈치챘다. 어쩌면 그가 충동질을 했을지도 모른다. 그녀는 상이를 불러 세웠다. 그러나 입에서 막 말을 뱉자마자 그녀는 약간 후회했다. 적절하지 않아, 큰길에서 쉐어의 배 이야기를 꺼내는 건 적절하지 않아. 그러나 상이는 이미 다시 돌아오고 있었다. 상이는 판화 앞으로 와서 다시 한 번 "좋은 아침입니다" 하고 말하고는 뭐라도 '지시'할 게 있는지 물었다.

판화가 물었다.

"상이 선생, 양복이 몸에 아주 잘 맞네. 산 건가 아니면 맞춘 건가?"

"몸에 잘 맞아요? 저는 잘 모르겠는데요" 하고 상이가 말할 때 판화는 이미 다음에 무슨 말을 해야 하는지를 생각해두었다.

"상이 선생한테 상의를 좀 해야 할 일이 있어. 문제를 몇 개 만들어서 나한테 줬으면 해서."

"좋습니다. 어떤 분야인가요?"

그러자 판화가 대답했다.

"가족계획과 선거에 관한 거야. 보안은 지켜줘야 하네."

상이는 정말 총명한 사람이어서 판화의 속내를 금방 알아차렸다. 그가 낮은 소리로 물었다.

"퀴즈게임이군요?"

판화가 막 설명을 하려고 할 때 갑자기 마을의 확성기가 울렸다. 매일 아침 일곱시 반이 되면 확성기가 한차례 울리곤 한다. 이 규칙은 칭수가 제안하고, 마을위원회의 토론을 거쳐 통과되었다. 칭수는, 이것은 기상나팔 소리인 셈입니다, 하고 말했다. 시골에서 기상나팔을 울리는 것은 적합하지 않다. 판화는 노래를 한 곡 틀어주는 편이 더 좋겠다고 제안했다. 진취적이면서도 단결력을 강화할 수 있는 곡이 가장 좋다. 그날 확성기에서 나온 노래는 〈우리 마을이 좋다고 하지 않을 사람이 누군가〉였다.

우리 마을이 좋다고 하지 않을 사람이 누군가

자식을 얻고 자식한테 의지해

행복한 삶이여

천년만년 이어지길

노래가 끝난 뒤에 판화가 다시 말했다.

"문제는 사실과 밀접하게 연결되어 있어야 해. 마르크스나 뭐 그런 건 이번에 내지 마."

판화의 이 말에는 사연이 있었다. 작년 징병 기간에 분위기를 북돋우려고 판화는 상이에게 문제를 몇 개 내도록 했다. 첫 번째 문제는 문답식이었다. 상이는 마르크스가 몇 년 몇 월 며칠에 태어났는지 물었다. 당연히 대답할 수 있는 사람은 없었다. 상이가 직접 설명했다. 아주 기억하기 좋아요. 마르크스는 태어나자마자 바로 '씨팔 씨팔' 하며 자본주의를 때려서 '오오'하고 울렸어요. 그래서 마르크스는 1818년 5월 5일에 태어났지요.

상이가 말했다.

"그러지요, 마르크스는 이번에 출제하지 않겠습니다."

"그렇고말고, 이제 어르신은 좀 쉽게 해드려야지."

그러자 상이가 물었다.

"그런데 지식, 흥미, 실용 세 가지는 통일되어야겠지요?"

판화는 그렇다고도 아니라고도 하지 않고 말했다.

"알아서 하게."

상이는 "안녕히 계세요"라고 말하고는 책을 끼고 가버렸다.

상이가 가자마자 판화는 칭린이 '푸우' 하고 웃음을 터뜨리는 소리를 들었다. 칭린은 아주 자랑스러운 말투로, 상이가 단지 두 '사람'에게만 '안녕'이라는 말을 하는데, 하나가 판화이고 다른 하나가 바로 후이후이라고 했다. 상이가 처음 후이후이를 봤을 때 했던 말이 "안녕, 회색 늑대야"였다.

어느덧 책가방을 메고 있는 아이들이 쉴 새 없이 길가로 모여들고 있었다. 아이들은 칭린의 대문 앞을 지날 때면 모두 고개를 마당 쪽으로 들이밀고 안을 쳐다보았다. 장난꾸러기 남자아이들은 일부러 개 짖는 소리를 흉내 내서 늑대를 골렸고, 그 소리를 들은 늑대는 집 안에서 마구 날뛰었다.

판화는 또 전임 촌장 멍칭마오孟慶茂가 등교하는 손녀를 배웅하는 모습을 보았다. 칭마오의 손녀가 메고 있는 가방은 정말 평범하지 않았다. 위쪽에 도날드 덕이 수놓여 있었을 뿐만 아니라 성조기도 그려져 있었다. 한눈에 봐도 미국 물건임을 알 수 있었다. 설사 짝퉁이더라도 중국제 짝퉁은 아니었다. 작은 얼굴을 도도하게 쳐들고 걷는 손녀는 마치 공주 같았다.

그렇지만 칭마오의 모습은 오히려 보는 이의 마음을 약간 아리게 만들었다. 날씨가 그렇게 많이 춥지도 않은데 칭마오는 팔짱을 끼고 어깨를 잔뜩 움츠리고 있었다. 정말 나이가 들었구나. 판화가 '아저씨' 하고 부르자 칭마오가 멈추어 섰다. 칭마오는 손을 소매에서 빼내서는 얼굴을 문지르며 말했다.

"아, 시찰을 하는군."

"그냥 지나는 김에 좀 둘러보는 거예요."

"살펴볼 만하지. 저건 늑대가 아냐. 칭린네 집에서 가장 발전적인 생산력이지."

"역시 아저씨는 말씀을 잘하세요."

칭마오가 손을 내저으며 말했다.

"늙었어, 쓸모없어. 그저 헛소리를 지껄이는 거지. 헛소리라도 열 마디를 지껄이면 한 마디 정도는 맞지 않겠어?"

판화는 순간적으로 정신이 멍해졌다. 칭마오는 3년 전에 일을 그만두었는데, 그게 얼마나 되었다고 머리가 완전히 하얗게 세어버렸다.

지난번 선거 때 세 사람이 마을위원회 주임 자리를 놓고 경쟁을 벌였다. 칭마오와 판화 그리고 샹성祥生이었다. 첫 번째 투표에서 자신이 얻은 표가 판화보다 훨씬 적은 것을 본 그는 그 자리에서 사퇴를 선언했다. 그리고 자신에게 투표하려는 사람은 판화를 지지해달라고 요청했다. 어딘지 미국 사람 같은 분위기였다. 그 계책은 아주 대단한 효과를 발휘했다. 그 자신에게 빛나는 자취를 남긴 것이다. 당시 향 당위원회 서기는 성이 궈郭였다. 궈 서기는 칭마오의 행동에 매우 감동을 받아 칭마오가 대국적으로 상황 판단을 할 수 있는 거시적인 안목을 지녔다고 추켜세웠다.

"성인의 후예가 아닙니까. 모든 일에 예의를 중시해야지요. 조상님들 체면을 깎으면 안 되니까요." 칭마오는 이렇게 말하고 이어서 "예의범절은 관챵 마을의 소중한 유산입니다. 다른 마을처럼 물러나는 간부가 사람을 해치거나 해서는 안 됩니다. 난위안향南轅鄉에 마을이 하나 있잖아요. 거기서는 아홉 번을 찔렀답니다. 제기랄, 한 번만 더 찔렀으면 딱 떨어지는 숫자로 맞추었을 텐데. 그런 건 칼질이 아니죠. 만두소 다질 때나 그렇게 하죠"라고 했다.

귀 서기는 연달아서 고개를 끄덕였다. 칭마오가 또 말했다.

"저는 말띠인데, 경험이 많은 말은 길을 잘 안다고 하지 않습니까. 판화는 용띠예요. 용포를 입을 운명을 타고났죠."

다소 말이 되지 않기는 했지만 뜻은 통했다. 귀 서기는 계속 고개를 끄덕였다. 판화는 칭마오가 떠벌린 이야기 가운데 어떤 것은 사실 그녀 자신에게 하는 말이라는 것을 알고 있었다. 오는 정이 있으면 가는 정이 있는 법. 판화 역시 '예'를 중시하지 않을 수 없었다.

그녀는 단團지부서기 멍샤오홍孟小紅에게 슈수이에 가서 감사패를 사 오라고 했다. 영예롭게 퇴임하는 칭마오에게 줄 물건이었다. 샤오홍은 300위안을 들고 감사패를 사러 갔다가 감사패가 130위안밖에 하지 않는 것을 보고는 두 개를 사 왔다. 앞면에 글자를 쓸 때 칭마오는 '한 해에 쇠락과 홍성이 있고, 한 송이 꽃에 하나의 세계가 있다'라는 문장을 넣어달라고 했다. 글자는 상이가 썼다. 상이가 '쇠락과 홍성'이라는 말이 조금 '거시기'하다고 했다. 그러자 칭마오는 칭수를 한차례 '키(질책)'하며 말했다.

"사람 말을 해야지, 거시기가 어떤 건데?"

상이가 대답했다.

"약간 처량하고, 비가 파초에 떨어지는 듯한 느낌요. 왠지 거슬

58

려요."

칭마오는 담뱃대로 탁자를 두드렸다.

"무슨 깃털부채고 파초부채라는 거야? 글자 하나하나 가리고 따지는 것은 내가 자네만 못하지만 나는 '쇠락과 흥성'이라는 말을 좋아해. '쇠락'에서 시작해 '흥성'해지는 것이잖나. 한 해 한 해 좋아진다는 뜻이지."

칭마오는 '한 해에 쇠락과 흥성이 있고'를 가져가고 '한 송이 꽃에 하나의 세계가 있다'를 남겨놓았다. '한 송이 꽃에 하나의 세계가 있다'에 대해서도 칭마오는 설명을 늘어놓았다. '꽃'은 판화를 가리키고 '세계'는 관창 마을이라는 것이었다. 그것은 그 자신이 판화에게 내리는 축복이라고 칭마오가 말했다. 이임하는 마을 관리는 감사를 받아야 하는데, 나중에 감사를 할 때 판화가 칭마오에 대해 내린 결론은 정말이지 갈채를 보낼 만했다. 그 결론에 따르면 칭마오는 헬리콥터를 타고 주요 정부기관이 즐비한 중난하이中南海로 날아갈 자격이 있고, 제3세대 지도자는 말할 나위도 없고 곧장 당위원회에 들어갈 수도 있었다.

마을에 석회가마가 하나 있었다. 길이나 집을 보수하고 다리를 놓을 때면 반드시 석회가마가 필요했다. 바보라도 돈을 벌 수 있을 정도였다. 판화는 마을위원회와 상의해서 칭마오가 그 일을 하도록 조치했다. 다시 반년이 흘렀다. 판화는 그제야 상성이 하는 말을 들었다. 칭마오가 그때 선거에서 물러난 건 성인의 말 때문이었다고 했다. 《공자가어孔子家語》에서 말하기를 '남자는 노예가 되어서는 안 되고 여자는 하녀가 되어서는 안 된다'고 했단다. 허, 이 말이 최고가 되지 않으면 차라리 노예가 되어야 한다는 뜻이라고? 보아하니 칭마오의 마음속에는 아직도 앙금이 남아 있는 듯했다. 판화는 약간 화가 나서 다음 해에는 그에게 많은 도급금을 부과했다.

칭마오가 멀리 가자 판화는 다시 칭린의 늑대를 살펴보았다. 늑대는 서쪽 사랑방에 갇혀 있었다. 낮에는 자고 밤에 움직이는 동물인지라 태양이 뜨자 바닥에 누워 턱을 모래흙에 편안하게 얹고 쿨쿨 자면서 마누라를 취하는 꿈을 꾸고 있었다. 귀를 쫑긋이 세우지 않을 때는 사람을 무시하는 듯 흘겨보기 일쑤여서 대단한 늑대로는 보이지 않았다. 칭린이 한쪽에서 말했다.

"녀석이 아주 예민해요. 하루라도 모래를 갈아주지 않으면 기분이 좋지 않아서 신랑 역할도 안 하려고 해요. 어휴, 나쁜 버릇이 들었어요."

판화가 말했다.

"녀석이 진보적인 생산력을 지녔으니 까탈을 부리는 것도 당연하지."

칭린이 갑자기 물었다.

"서기님, 비아그라라고 하는 약이 있어서 남자가 먹으면 밤새도록 미친 듯이 날뛴다고 하던데, 그 약을 늑대가 먹어도 될까요?"

"자네는 먹어봤나?"

"있어도 아까워서 못 먹죠. 지난번 샹민祥民이 제게 와서 그러는데, 비아그라는 박하 조각처럼 푸르고 반짝인다면서요?"

샹민은 종종 자신이 진보적인 문화를 관청에 들여왔다고 허풍을 떨곤 했다. 설마 이런 게 그가 말한 진보적인 문화인 걸까? 샹민에게 생각이 미치자 판화는 약간 머리가 아팠다. 교활한 놈. 샹민은 마을에서 가장 먼저 부를 챙긴 사람이다. 몇 년 전 샤리 자동차가 비교적 값이 나가던 시절에, 그는 종종 자동차가 두 대 있는데 한 대가 샤리고 다른 한 대도 역시 샤리라고 다른 사람들에게 자랑을 늘어놓았다. 굼벵이도 구르는 재주가 있다더니 대체 그가 어떻게 집안을 일으켰을까? 답은 간단했다. 가축을 팔고 사람을 팔아서였다. 그는 슈수이의 가축을 산시성으로 가져가고 산시의 여인들을 슈수이로 들여왔다. 청린의 부인도 바로 샹민이 데려다준 사람이었다. 슈수이의 홀아비들은 샹민을 보면 하느님이라도 만난 듯 굴었다. 뜻밖에도 나중에 이 교활한 놈이 정말로 종교를 갖게 되었다. 기독교였다.

한번은 궁좡鞏莊 마을의 어떤 사람이 그를 찾아왔다. 그 사람의 부인도 샹민이 마련해준 사람이었다. 그 사람은 샹민의 집 문 앞에서 무릎을 꿇고는 간절하게 샹민을 바라보면서 말했다.

"선심을 베푸세요. 제발 다시 한 명만 해주세요, 돈은 섭섭하지 않게 해드리겠습니다."

샹민이 말했다.

"니미럴, 처첩을 쌓아두려는 거요?"

그러자 그 사람이 말했다.

"그런 뜻이 아니에요. 우리 집 둘째가 아직 홀아비로 살고 있어요."

샹민이 뜸을 들이더니 말했다.

"지금 감시가 심해서 평소 같지 않소. 게다가 정부에서 경제가 지금보다 네 배는 증가해야 한다고 호소하고 있지 않소. 산시 지방에서도 네 배를 늘리려고 노동력을 남겨두려 한단 말이오."

그 사람은 그 뜻을 금방 알아챘다.

"잘 상의해보죠. 저도 당신한테 네 배를 드릴게요."

말을 마쳤는데도 그 사람은 여전히 갈 생각을 하지 않고 있었다. 샹민이 말했다.

"왜, 여자는 진흙으로 빚으니까 기다리면 다 만들어진다고 생각하는 거요? 빨리 돌아가 돈이나 마련해요."

그러자 그 사람이 잇몸을 빨더니 한참 만에 결국 한마디를 내뱉었다.

"그 사람은 제 동생 부인이 될 테니, 도중에 절대, 절대, 마음대로 하지 말아주세요."

샹민이 발길질을 해대고는 말했다.

"니미럴, 난 신자가 되었어. 그런데 나한테 그딴 이야기를 해? 난 예수로 가득한 사람이 되었고 이제는 선한 행동만 하려고 하는데. 니미럴, 다른 사람이나 찾아가봐."

이전에 판화는 샹민이 작은 교회당을 지으라고 왕자이에 기부를 했다는 말을 아주 생생하게 들은 적 있었다. 칭수의 말에 따르면 교회당을 운영해도 돈을 벌 수 있었다. 향초를 팔아 벌어들이는 돈이 굉장해서 반나절이나 침을 묻혀가며 셀 정도였다. 가축을 파는 벌이보다 대단하다고 했다.

저쪽에서 마침내 움직임이 있었다. 톄쒀의 두 딸 야난亞男과 야디亞弟가 나오고 쉐어도 나오는 것이 보였다. 쉐어는 몇 걸음을 바짝 따라가더니 작은딸 야디를 따라잡고는 아이 주머니 속에 종이를 한 움큼 찔러 넣어주었다.

"또 소매로 콧물을 닦으면 납작해질 때까지 두들겨 패줄 거야."

무슨 일이든 선입견이 무서운 법이다. 평소의 판화였다면 분명 알아채지 못했을 테지만 이번에는 조금만 다가가자 바로 알아볼 수 있었다. 쉐어의 걸음걸이는 분명히 조금 둔했다. 임신부 특유의 그런 '둔함'이었다. 쉐어는 본래 불나방처럼 날렵했다. 지금은 어떤가. 가슴이 나오고 엉덩이가 치켜 올라간 모습이 약간 펭귄 같았다. 쉐어가 고개를 숙이고 돌아갈 때 판화가 그녀를 불러 세웠다.

"어이, 야디가 자네 기분을 상하게 했군. 자네가 두들겨 패겠다고 하는 걸 보니 말이야. 자네가 때리면 저 가녀린 팔뚝과 다리가 견뎌내겠어?"

쉐어는 판화를 향해 걸어왔다. 걸으면서 몸을 돌려 딸을 가리키며 말했다.

"화가 나 죽겠어요. 하루면 소매가 번쩍번쩍해지는 게, 딱 이발소 가죽숫돌처럼 된다니까요."

"야디를 나무라서는 안 돼. 그건 유전이야. 톄쒀가 어렸을 때 코흘리개였어. 야디보다도 더했는걸. 심지어 콧물 닦는 것도 귀찮아서 혓바닥으로 핥았지."

이렇게 말하면서도 판화의 눈은 쉬지 않았다. 마치 지뢰탐지기처

63

럼 쉐어의 배 위를 이리저리 훑고 지나갔다. 쉐어가 말했다.

"덴쿼이 선전에서 큰돈을 벌었다면서요?"

"그 주제에 버는 것보다 쓰는 게 더 많아. 더 벌어봐야 그 한 사람 쓰기에도 부족하지. 내가 보기에는 칭린이 티 내지 않고 큰 힘을 쓰지도 않으면서 돈을 손에 넣는 것 같은데."

칭린이 억울한 듯 말했다.

"큰 힘을 쓰지 않다니요. 하루 종일 저놈 주변을 뱅뱅 돌고 있는데요."

판화가 말했다.

"자네가 무슨 힘을 쓰나? 그 짓을 늑대가 하나 아니면 자네가 하나?"

판화가 자기 말에 웃음을 터뜨리자 쉐어도 따라 웃었다. 쉐어가 웃음을 터뜨리자 판화는 문제를 더욱 잘 찾아낼 수 있었다. 쉐어가 배를 가린 것이다. 쉐어는 한 손으로 등허리를 받치고 다른 한 손으로 배를 덮고 있었다. 등허리를 받치는 것은 허리 통증 때문이고 배를 덮는 것은 그래야 배가 들어가 보여서겠지. 자세를 보니 적어도 3개월은 된 것 같은데. 페이전이 정말 잘못 본 게 아니구나. 아, 쉐어야 쉐어야, 네 배를 보니 어쨌든 칼을 한번 대야겠구나.

칭린의 아내가 변소에서 나오더니 소매를 걷고 칭린을 도와 사료를 휘저었다. 그러나 칭린이 팔로 그녀를 막고는 먼저 '발톱'을 깨끗이 씻고 오라고 말했다. 그렇게 말하는 칭린의 목은 차바퀴처럼 시커멨다. 하지만 깨끗해야 할 곳은 아주 깨끗했다. 판화는 미국인이 정말 온다면 반드시 칭린네 늑대를 보여줘서 관창 사람들이 동물 보호에 애쓰고 있음을 알려야겠다고 생각했다. 미국 사람들은 중국의 인권 상황을 잘 파악하지 못하고 있다. 봐봐, 우리는 동물조차 이렇게 정성스레 보호하잖아. 고기를 먹이고 국도 주고 게다가 부인도 얻어주잖아. 그런데 하물며 사람이야 어떻겠어? 판화는 또 여동생 판룽에게 말을 좀 해서 칭린의 사진을 찍어 신문에 실어야겠다고 생각했다. 칭린은 사연이 많은 사람이어서 쓸 만한 내용이 아주 많았다. 비록 젊어서는 건달 짓을 하면서 난잡하게 살았고, 부인도 쌀을 주고 사 오기는 했지만, 나중에는 당의 부민富民장려정책 아래 마을 간부의 도움을 받아 열심히 노력했다. 이제는 양식 사업을 발전시켜 한 걸음 한 걸음 중산층이 되어가고 있었다. 이걸 뭐라고 하지? 생각지도 못한 일이라는 뜻에서 '석류나무에 앵두가 열렸다'고 하는 거다.

판화는 쉐어의 배를 힐끗 보고는 생각했다. 쉐어의 배가 깔끔하게 정리되면 쉐어네 집에서도 개를 기를 수 있겠지. 물론 어미 개로 말이야. 칭린의 늑대가 뒤에서 올라타기만 하면 그 개도 배가 불룩해질 거야. 그러면 개 배 속에 담긴 것은 개새끼가 아니라 지도자 얼굴이 새겨진 100위안짜리 지폐 더미인 거지. 지금의 어미 개들은 모두 다른 마을에서 왔고, 비료도 외부인의 논으로 흘러가버리지. 시장경제가 되었으니 계속 지역보호주의를 실천할 수는 없겠지만, 먼저 이곳 마을 어미 개들을 사용한다고 해서 원칙을 어기는 것은 아니잖아?

한 번 하는데 200위안이지만, 그녀가 칭린에게 말하면 반값 아니면 20퍼센트라도 할인을 하게 해줄 수 있다. 그렇게만 되면 여동생이 마을 관련 기사를 신문에 쓸 수 있을지도 몰랐다. 마을 간부의 지도 아래 마을 전체가 한마음으로 단결해 자원을 공유하고, 능률적으로 계획을 짜서 서로의 장점을 취하고 단점을 보완해 함께 발전했다는 내용으로. 관챵 마을 인구 증가율이 떨어지고 가축 출산율은 높아지면, 생활이 갈수록 좋아질 게 뻔했다. 확성기 속에서 흘러나오는 노래처럼 자식을 얻고 자식한테 의지해, 행복한 삶이 천년만년 이어질 터였다.

관챵의 마을위원회가 커다란 뜰에서 열렸다. 예전에 그곳은 공자묘였다. 묘는 크지 않고 사방에는 담벼락도 없었다. 묘 안에서는 공자 점토상과 산둥山東 취푸曲阜에서 베껴 온 《공자세가보孔子世家譜》를 모시고 있었다. 비림비공批林批孔(문화대혁명 시기에 린뱌오林彪와 공자를 비판하던 운동—옮긴이) 시절에 관챵 사람들은 봉건종법을 비판하기 위해 그것을 불살라버렸다. 첫 번째 불은 쿵자오위안孔昭原이 질렀다. 자오위안은 당시 마을 혁명위원회 주임이었다. 그는 마을 사람들을 공자묘 앞으로 불러 모아 대회를 하면서 '공씨네 둘째 어르신'(공자를 말한다—옮긴이)을 비판하고 '대머리 임씨'(린뱌오를 말한다—옮긴이)를 비판했다. 그러고 나서 '공씨네 둘째 어르신'과 '대머리 임씨'를 함께 싸잡아서 걸쭉하게 욕을 해댔다. 둘 모두 좋은 놈들이 아니고 모두 간신 개새끼들로, 진즉에 한통속이 되어 '사회주의 귀퉁이'를 후벼 파내고 있다고 말했다. 비판할수록 더 열정적이 되고 비판할수록 더 불이 붙었다. 자오위안은 고개를 돌려 공자묘를 보더니 갑자기 "이 씨발 ×, 내가 불로 다 태워버릴 거야" 하고 소리를 질렀다.

노인들은 나중에 자오위안이 본래 순박한 사람이었다고 말했다. 욕설을 늘어놓은 자오위안은 겁이 나서 바들바들 떨었고 몸뚱이마저 움츠러들었다. 원래 순박한 사람도 순박하지 않은 면이 있는 법이다. 떨림이 멈추자 사방을 둘러본 자오위안은 누군가 그에게 반대 의견을 내놓기를 기다렸다. 그런데 그에게 돌아온 것은 도리어 "붙여라, 붙여라, 붙여라!" 하는 고함소리였다. 이미 시위는 당겨진 셈이었다. 하지만 결정적인 순간에 자오위안은 또 한 가지 수를 썼다. 그는 몸을 더듬고 뒤지면서 성냥을 찾았다. 몸을 두 번 샅샅이 살피고는 다시 소리쳤다.

"누구 성냥 없어요? 성냥 없어요?"

그때 성냥을 올려 보낸 사람이 바로 지금의 치안위원인 멍칭수였다. 칭수는 그때 겨우 네다섯 살로 아직 똥꼬바지를 입고 있었다. 칭수의 아버지가 잠깐 한눈을 팔고 있을 때 칭수가 아버지의 성냥을 꺼내 갔다. 나중에 노인들이 말하기를 링페이보다 손이 빨랐다고 했다. 링페이는 손을 쓰기 전에 그래도 먼저 동정을 살피지만, 칭수라는 녀석은 동정을 살피지도 않았다. 칭수는 성냥을 꺼내고 나서 다시 아버지의 담뱃대까지 꺼내려고 했다. 자오위안이 담배를 피우고 싶어 하는 줄 알았던 것이다. 아버지가 담뱃대를 주지 않자 어린 칭수는 입을 벌리고 울음을 터뜨렸다. 그 울음 탓에 성냥이 눈에 띄어버렸다. 자오위안이 말했다.

"제기랄, 올려 보내라. 마오 주석의 훌륭한 아이, 우리 혁명의 후계자를 좀 보십시오. 저 아이를 보니 깨닫는 바가 많습니다. 니미럴, 너는 정말 무서운 게 아무것도 없구나. 어리지만 패기가 대단하다."

성냥을 받아든 자오위안은 또 불을 붙일 건초를 갖고 있는 사람이 있는지 물었다. 모두 땅바닥에 앉아 있어서 대부분 엉덩이 아래로 마른풀이 깔려 있었다. 그렇지만 올려 보내는 사람이 없었다. 나중에 누군가 말했다.

"자네 마누라가 엉덩이에 마른풀을 깔고 앉아 있잖은가!"

자오위안은 할 수 없이 군중 속으로 가 마누라의 엉덩이 아래에서 마른풀을 뽑아올 수밖에 없었다. 그는 한 번 당기고 또 한 번을 당겼다. 그의 마누라는 아들을 껴안고서 조금도 움직이지 않았다. 세 번째 당겼을 때에야 겨우 몇 가닥을 뽑을 수 있었다. 그런데 풀은 이미 그의 마누라 오줌에 젖어서 딱딱한 얼음사탕이 되어 있었다. 얼음사탕이 되었어도 불은 붙여야 했다. 자오위안은 불을 붙이느라 진땀을 흘렸지만 성공하지 못했다. 나중에 누군가 그곳에서 '거꾸로 하는 말'을 지어냈다.

자오위안을 이야기해, 자오위안에게 이야기해
자오위안은 공자를 타도하고 개는 벽돌을 부숴

동쪽으로 해가 떨어지고 서쪽에서 떠올라

마누라는 얼음사탕을 낳고

자오위안은 납월에 땀을 흘리지

참깨 줄기 위에 꽃송이 이고 있네요

이고 있네요, 꽃송이를 이고 있어요

거꾸로 하는 말은 사실 거꾸로가 아니다. 기본적으로는 사실이다. 노인들의 말에 따르면 칭마오는 당시 스무 살이 막 넘은 나이로, 언제나 자신을 드러내고 싶어 했다. 그래서 아래에서 마오 주석의 어록을 낭송하면서 자오위안의 사기를 올려주고 있었다.

"결심을 하고, 희생을 두려워하지 말며, 온갖 어려움을 제거해 승리를 쟁취하자."

옛말에 호랑이를 잡을 때는 형제가 함께하고, 전쟁에 나갈 때는 부자가 함께해야 한다고 했다. 중요한 순간에 자오위안의 아버지가 자리에서 일어섰다.

"제길, 눈이 멀었냐? 앞에 사람이 저렇게 많잖아. 엉덩이 밑에 마른풀 안 깐 사람이 어디 있어."

자오위안은 아버지가 하는 말조차 듣지 못하고 여전히 애가 타서 발을 동동 구르며 불만 붙이고 있었다.

"귓구녕이 먹었냐? 귀를 잘라내서 개 먹이로 던져줘야겠구먼."

자오위안은 여전히 듣지 못했다. 그의 아버지는 조급해져서 얼굴을 붉히고 씩씩거리며 걸어 나가 직접 불을 붙여주었다. 그 늙은 여

우는 불을 아들의 손에 건네주지 않고 '실수로' 땅에 떨어뜨렸다. 앞
줄에 있는 혁명위원회 회원의 발아래였다. 혁명위원회 회원은 어쩔
수 없이 불을 키워줄 수밖에 없었다. 여러 사람이 힘을 합하니 담배
를 태우는 정도의 짧은 시간에 불이 사원 안팎을 모조리 태워버렸
다. 쥐 떼 한 무리가 사원 안쪽에서 뛰어나와 발작이라도 하듯 찍찍
거리며 마구 울어대자 고양이가 놀라 도망쳤다.

큰불이 하늘을 붉게 태웠다. 진정한 노을이었다.

며칠 뒤에 사람들은 종종 자오위안이 호랑이 같은 얼굴로 뒷짐을
지고는 그곳에서 거니는 모습을 보곤 했다. 노새가 맷돌을 돌리듯
한 바퀴 한 바퀴 돌았다. 다시 며칠이 지나고 나자 그가 말했다.

"이곳은 너무 텅 비었군. 보는 사람 마음도 횅하게 만들어. 무대
를 세우는 것이 좋겠어. 무대가 있으면 혁명 모범극을 공연하기도
좋으니까 마오쩌둥 사상을 더 잘 선전할 수 있을 거야."

영원한 시간이 걸릴지언정 오늘 열심히만 하면 되는 법이다. 자
오위안은 말을 하고 나더니 곧장 일을 시작했다. 그해 밀이 월동을
할 때쯤 무대가 완성되었다. 지붕 위의 대들보로 사용한 것은 마을
에 하나밖에 없는 은행나무였다. 그 나무의 나이는 관창 마을의 역
사보다도 오래되어 강희康熙 시대까지 거슬러 올라간다고 했다. 도
리로 사용한 것도 백 년 된 회나무였다. 돌처럼 단단해서 도끼날마
저 이가 나갈 정도였다. 고생 끝에 낙이 오고 하늘과 땅이 바뀌기도
하는 법이다.

몇 년이 지나 그때 호되게 비판받은 공자가 다시 인기를 끌고, 그

당시 자오위안에게 어록을 암기해줘서 사기를 진작시켰던 멍칭마오는 지부서기가 되었다. 칭마오는 자리에 앉자마자 기본적인 건설을 시작했다. 동쪽으로 세 칸짜리 흙벽돌집을 짓고 겉에는 하얀 석회를 발랐다. 무대와 연결되어 있어 마치 동쪽 사랑채 같았다. 모든 것이 다 준비되었는데 공자상과 《공자세가보》만 빠져 있었다. 공자상이야 만들기 쉬웠다. 진흙으로 대강 하나 만들면 되었다. 하지만 《공자세가보》는 취푸에 가서 베껴 와야만 했다. 누구를 보내야 하나. 자오위안의 아들을 보내자. 그런데 자오위안의 아들은 공금을 들고 길을 나섰지만 보름이 지나도 돌아오지 않았다. 나중에 어떤 사람이 그가 취푸에는 가지도 않았다는 걸 알아냈다. 그는 슈수이에 머물고 있었다. 슈수이에 있는 친척 집에 짐을 풀고 며칠에 한 번씩 거리에 나가 거하게 먹으며 공금을 다 쓰고서야 돌아왔다. 이상한 것은 그가 틀림없이 《공자세가보》를 가지고 왔다는 사실이었다. 나중에 자오위안의 마누라가 엉겁결에 비밀을 실토해버렸다. 노부인의 말에 따르면 자오위안은 그때 이미 손을 써서 《공자세가보》한 권을 집에 마련해놓고 있었다. 불을 붙였던 그날 저녁, 자오위안은 집으로 돌아와 향불을 사르고 《공자세가보》를 바쳤던 것이다.

어쨌든 간에 사원은 마침내 완공되었고 더욱 근사해졌다. 칭마오는 무대도 다시 수리했다. 발판은 돌로 감싸 더 견고하게 만들었다. 돌 위에는 '상서로운 용과 봉황' 그림을 조각해 넣었다. 그림을 조각한 장인은 성 정부 소재지에서 모셔온 분으로 조각을 매우 잘했다. 용은 날아오르며 입을 벌린 채 몸을 돌려 봉황을 바라보고 있었다.

봉황은 날개를 펼치고 꼬리를 추어올린 모습으로 선회하며 눈을 들어 용을 바라보았다. 상서로운 구름이 뭉게뭉게 피어올라 용의 머리와 봉황의 꼬리에서 떠다녔다. 모두 상서롭고 평화로운 모습이었다.

그때 어떤 사람이, 칭마오가 늙어 죽을 때까지 나라를 위해 온 힘을 다해 일하기 위해서 자신을 위한 기초사업을 닦은 것이라고 말했다. 그렇지만 칭마오는 자리에서 물러났다. 칭마오가 물러나자 사원의 기본 사업은 판화에게 넘어갔다. 재작년에 판화는 다시 푸른 벽돌로 된 세 칸짜리 기와집을 서쪽에 지었다. 마치 사합원에 딸린 서쪽 사랑채 같았다. 이렇게 되어 진정한 사합원이 갖추어졌다. 사합원이 좋지. 베이징에서 학생들을 가르치는 샹차오가 중앙 지도자들은 모두 사합원에서 산다고 말한 적이 있었다. 그들의 정원에는 석류나무가 심어져 있어 봄에는 보드라운 잎이 파란 윤기를 빛내며 자라고, 여름이면 새빨갛게 붉은 꽃이 피며, 가을이 되면 과실이 주렁주렁 열린다고 했다. 왜 석류나무를 심는지에 대해서도 설명했다. 자손이 번성하고 복이 많이 들어오라는 의미라고 했다. 그 말을 들은 어떤 사람이 석류나무도 한 그루 심자고 건의했지만 판화는 동의하지 않았다. 석류나무가 열매를 맺자마자 누군가 따갈 것을 염려해서가 아니었다. '자손이 번성하고 복이 많이 들어온다'는 샹차오의 말이 조금 '거시기'했기 때문이다. 그렇다, 그건 가족계획과 정면으로 맞서는 게 아닌가? 판화는 벽에 흰 석회를 덧바르지도 않았다. 안팎으로 흰 도자기 타일만 한 겹 박아서 도시 공중화장실 같은 느낌이 약간 들었다. 그때 도자기 타일은 매우 잘 팔리는 상품이었다. 슈수이의 큰 도로나 작은 골목 할 것 없이 모두 도자기 타일을 붙였다. 이렇게 해서 '도시화'를 이루면 성 정부 소재지의 위성도시가 될 수 있다고 했다. 그때 현의 현장은 왕王씨였는데, 왕 현장의 별명인 '왕 도자기'는 이렇게 해서 생겨났다. '도시화'로 인해 '왕 도자기'는 매우 빨리 승진했고 곧 한저우시 부시장이 되었다. 그때 도자기 타일 한 트럭 분량도 판화가 제부에게 부탁을 해서 간신히 얻었다.

동쪽에서 거대한 노을이 지고 있었다. 아침나절의 노을은 붉은 비단 같고, 저녁 무렵의 노을은 숯불 같다. 판화가 마을위원회에 도착했을 때는 뜰 전체에 붉은 비단이 깔려 있는 것만 같았다. 참새 몇 마리가 붉은 비단 속으로 떨어져 똑같이 붉은색으로 물들어 붉은 새가 되었다. 마치 황야에 열린 새빨간 과실 같았다. 농사와 관련된 속담에서 말하기를, 아침노을에는 집을 나서지 않고 저녁노을에는 천 리 길을 간다고 했다. 보아하니 날씨가 나빠질 것 같았다.

칭수는 마침 사무실에 앉아서 전화를 하고 있었다. 중산복 단추를 아래턱까지 채우고 있는 칭수의 모습은 매우 엄숙해 보였다. 머리는 완전히 뒤로 넘겼고, 파리가 앉으면 미끄러지기라도 할 것처럼 번쩍번쩍 기름을 발랐다. 판화가 들어오는 것을 보더니 잠깐 얼떨떨하게 있다가 전화를 끊고 말했다.

"이렇게 일찍 일어나셨어요? 덴쿼이 간만에 돌아왔는데."

이 말을 할 때 칭수는 입술에 침을 바르면서 얼굴 가득 음흉한 웃음을 지어 보였다.

"꼴값하네, 좀 점잖게 굴어. 한 번만 더 헛소리를 하면 내가 네놈 입을 찢어놓을 테니까."

칭수가 얼굴을 가까이 대고는, "찢어요, 찢어요. 찢어버리면 누가 당신을 위해 일을 할까요" 하고 느물댔다.

칭수가 아침뉴스를 봤냐고 물었다. 판화가 낮에는 텔레비전을 보지 않는다고 대답하자 칭수는 아쉽다고, 너무 아쉽다고, 정말 너무 아쉽다고 말했다. 판화가 도대체 뭘 보았냐고 물었다. 상부에서 어떤 지도자를 죽였나? 중동에서 또 전쟁이 터졌나? 아니면 테러리스트들이 또 지하철을 폭파했나?

칭수가 말했다.

"중동보다 더 재미있지요. 성 텔레비전 방송국에서 회의를 뉴스로 내보냈어요. 서기님이 나온 장면도 나오던데요."

그러자 판화가 말했다.

"헛소리, 얼마나 많은 사람이 아래에 앉아 있었는데 어떻게 나까지 찍을 수 있었겠어?"

"현 전체에서 서기님 혼자만 여성 촌장이고 또 현 인민대표대회 대표잖아요. 지부서기님은 돼지 목에 걸린 진주인데요, 서기님이 안 나오면 누가 나오겠어요."

판화가 작은 소리로 물었다.

"내가 관창 사람들 체면을 깎지는 않았지?"

"에이, 그럴 리가요. 관창 사람들을 빛나게 하셨고 슈수이 인물들을 빛나게 하셨어요. 우리들의 홍보대사이십니다."

칭수는 문을 나설 때 휴대전화를 잡고 다니길 좋아했다. 이때 칭수는 또 휴대전화를 끄집어내서 왼손에서 오른손으로 옮기고 다시 또 오른손에서 왼손으로 옮겼다. 판화가 그에게 도대체 어디 가느냐고 묻자 칭수는 학교에 한번 가봐야 한다고 대답했다. 교장이 전화를 걸어와 향 교육부에서 최근에 관창초등학교에 가서 수업을 들어보려 한다고 전했다. 교실 탁자 다리가 부러져 임시로 벽돌을 괴어서 사용하고 있기 때문에 교장은 마음이 조급했다. 사내 녀석들이 또 유리를 몇 장 박살낸 터라 그것 역시 급히 보수를 해야 했다. 그러지 않으면 보기에 좋지 않았다. 판화가 말했다.

"일손이 부족하면 샹성을 찾아가 봐."

샹성은 마을의 문화교육위생위원이고 마을 회계를 겸하고 있었다. 그런데 최근 2년 동안은 줄곧 슈수이에서 돼지껍데기 파는 장사를 했다. 그는 판화와 칭수보다 나이가 많아 오십에 가까웠다. 그렇지만 촌수로만 따지면 그는 판화를 고모라고 부르고 칭수를 할아버지라고 불러야 했다. 칭수가 말했다.

"전화를 드렸는데 통화가 안 되어서 할 수 없이 샹성에게 전화를 했어요. 샹성이 자기를 먼저 도와달라고 하더군요."

"샹성이 아직 슈수이에서 돼지껍데기를 팔고 있나?"

"네. 천 일 동안 병사를 관리하는 이유는 긴급한 순간에 쓰기 위해서잖아요. 그런데 매번 써야 할 때 항상 자리에 없네요. 샹성이 돌아오면 칭린 집으로 압송해 가야지, 안 그러면 안 되겠어요."

판화는 무슨 말인지 알 수 없었다. 이 일에 왜 칭린을 끌어들이는 거지? 칭수의 얼굴에 음흉한 미소가 깔리기 시작했다.

"마을 일은 조금도 마음에 두지 마세요. 좆같은 일이 아니면 뭐겠어요?"

샹성이 없다면 마을에서 쓰는 돈은 모두 판화가 우선 융통해주어야 했다. 판화는 칭수에게 200위안을 주었다.

"수리해야 할 것은 수리하고 유리를 끼워야 하면 끼워. 부족하면 다른 방편을 생각해보고."

칭수가 돈을 받아들었다. 매우 감동한 듯한 모습이었고 존경하는 눈빛도 약간 띠고 있었다. 판화가 말했다.

"잠깐만 있어봐. 쉐어가 지난번에 어떻게 빠져나갔는지 좀 살펴봐야지."

칭수가 머리를 긁적긁적 긁으면서 자신도 답답해하는 중이었다고 말했다. 시월에 임신을 했으면 지금 두세 달은 되었다는 말인데, 한 달 전에 어떻게 발견되지 않을 수 있었지? 설마 배 속에 무슨 '레이더 방해기'라도 장착되어 있다는 건가? 칭수는 이런저런 이야기를 하다가 또 군사적인 문제로 새어버렸다. 판화는 애가 탔다. 애가타서 쉐어의 임신 시기를 몇 달 앞당기기까지 했다.

"두세 달? 서너 달이 됐을 수도 있지. 잘못하면 칠팔 개월이 되었을지도 모르고. 엉덩짝 한 번 들썩하면 새끼를 깔지도 모른다고."

가족계획은 마을에서 가장 큰 일이다. 옛말에 하늘이 크고 땅이커도 배 속 문제만큼 큰 것은 없다고 했다. 예전에는 당연히 밥을 먹는 문제, 그러니까 먹을 게 없어서 배고픈 문제를 말했다. 그러나 지금은 의미가 달라졌다. 여자들의 배가 불러오는 것, 다시 말해 임신에 대해 말하는 것이다.

한번은 칭수가 책임을 좀 더 떠맡겠다고 했다. 하지만 판화가 자네 짐은 이미 충분히 무거워, 미국에서 가장 중요한 직무는 국무장관이고 관청에서 가장 중요한 직무는 바로 부련주임이야, 하고 말했다. 그 중요성을 부각시키기 위해 판화는 그에게 사무실 한 칸을 단독으로 내어주었다. 그 당시 칭수는 열쇠꾸러미를 흔들면서 판화를 그의 사무실로 데리고 갔다. 문을 들어서자마자 벽에 걸린 그림 두 장이 보였다. 한 장은 남녀 신체 경혈도로 정면, 후면, 좌측면, 우측면에 있는 각 경혈의 위치가 상세하게 구분되어 있었다. 심지어 귀에 있는 경혈까지 모두 표시되어 있었다. 그가 의사 셴위에게서 얻어온 그림이었다. 다른 한 장은 마을 전체의 가임 연령기 여성 일람표였다. 이 표는 막 결혼한 사람, 임신 중인 사람, 루프를 삽입한 사람, 묶었던 사람 등으로 매우 상세하게 구분되어 있었다. 각각의 분류 밑에 또 몇 개의 작은 분류가 있어서 하나하나가 피라미드 형태를 이루었다. 예를 들어 막 결혼한 사람은 이미 출산 목표를 신청한 사람과 아직 신청하지 않은 사람으로 구분되었다. 목표를 신청한 사람은 또 허가가 난 사람과 아직 허가가 나지 않은 사람으로 구분되었다. 표 위에는 아주 많은 그림이 그려져 있었다. 산아 제한 규정을 초과하지 않은 사람 이름 아래에는 밀 이삭이 한 줄기 그려져 있었다. 그 의미는 '수확', 정확하게 말하자면 업무와 관련된 자신의 '수확'이라는 뜻을 나타냈다. 하나만 낳은 사람들은 홍기를 그려 넣고 또 오각별도 그려 넣었다. '선두 병사'라는 뜻이었다. 루프를 삽입한 사람에게는 보름달을 그렸다. 묶었던 사람에게는 반달을 그려넣었다. 칭수는 반달이 사실은 낫이라고 말했다.

칭수는 문을 들어서자 먼저 서랍을 열어 텔레비전 안테나를 하나 꺼내 손수건으로 위부터 아래까지 닦았다. 그러고는 도표 앞에 서서 마치 지형 모형 앞에 서 있는 장군처럼 가슴을 쭉 내밀고 손을 허리에 댔다. 판화가 "멍청한 짓 하지 말고 빨리 살펴봐줘" 하고 말했다.

안테나는 밀 이삭과 오각별, 달 그리고 낫 사이에서 움직이다가 '야오쉐어'라는 글자 아래에서 잠깐 멈추었다. 그러고는 붉은 화살표가 가리키는 방향을 따라 '정기 신체검사'란으로 건너뛰었다. 안테나 끄트머리가 움직이면서 어떤 때는 군인이 제자리걸음을 하는 것처럼, 또 어떤 때는 잠자리가 물을 차는 것처럼 이리저리 점을 찍었다. 잠시 뒤에 칭수가 보고했다.

"아주 분명합니다. 임신하지 않았어요."

"배도 나왔는데 임신하지 않았다고?"

칭수가 의자를 밟고 표 위로 몸을 기울여 살펴보더니 다시 판화에게 보고했다.

"맞아요, 임신하지 않았어요. 석류나무에 앵두가 열릴 리가요. 이상하죠."

칭수는 의자에서 뛰어 내려왔다. 그는 아주 독특하게 뛰어내렸다. 마치 체조 선수가 안마 운동을 하듯 의자 등받이를 넘어서 뛰어내렸다. 땅에 착지한 이후에 칭수는 곁눈질로 힐끗 천장의 들보를 노려보면서 잠시 생각에 잠겼다.

그러더니 갑자기 서랍을 열고 《해방군 화보》를 한 권 꺼냈다. 화보 안에는 각종 증명서가 붙어 있었는데 윗부분에 모두 '왕자이병원' 직인이 찍혀 있었다. 칭수가 침을 묻혀 빠른 속도로 넘기다가 마지막에 어떤 증명서에서 멈추었다. 기계로 뽑은 쉐어의 신체검사표였다. '임신 여부'라는 항목에는 '부否'라는 글자가 찍혀 있었다.

판화가 말했다.

"아니야, 이걸로 다른 사람은 속일 수 있을지 몰라도 나는 못 속여."

칭수가 말했다.

"제기랄, 기계에 문제가 있었네요. 미국의 레이더 유도 폭탄 아시죠? 세계에서 가장 뛰어난 첨단 컴퓨터로 통제하지요. 그래도 문제를 일으키려면 일으켜요. 그래서 마오 주석께서도 미 제국주의는 종이호랑이라고 하셨잖아요."

판화는 초조해졌다. 초조해지자 거친 말도 쏟아져 나왔다.

"니미! 눈먼 닭 좆같은 소리 하지 말고 빨리 왕자이병원에 가서 문제를 좀 분명하게 파악해봐."

이렇게 말한 판화는 갑자기 웃음을 터뜨리고 남자처럼 휘파람도 휘익 불었다. 비리가 있다. 판화는 마침내 어떤 비리를 발견했다. 표 위에 있는 이름은 야오쉐어이지만 나이가 야오쉐어와 맞지 않았다. 쉐어가 몇 살이지? 대략 서른다섯쯤 되었지. 그런데 표 위에 있는 나이는 서른이었다. 가장 중요한 증거는 위에 표기된 '난소 발육 불량'이라는 글자였다. 이 말은 만일 쉐어의 난소가 좋지 않다면 세상에 좋은 난소는 없다는 뜻이다.

"증명서를 잘 보관해둬." 판화가 말했다. "쓰일 데가 있을지 모르니까."

"안심하세요, 서기님. 제 눈을 보호하듯 잘 보관하겠습니다."

판화가 다시 그에게 헛소리하지 말라고 주의를 주었다.

칭수가 말했다.

"그럼 빨리 직무에 복귀하세요. 그래야 제가 허튼소리를 하지 않을 거 아닙니까."

판화는 칭수가 정말로 잘 모르는 것인지, 아니면 잘 모르는 척하는 것인지 고민했다. 지부서기는 위에서 임명해야지 그녀가 복귀하고 싶다고 마음대로 복귀할 수 있는 자리가 아니었다.

칭수는 왕자이병원에 가고 싶지 않았다. 그는 조금도 군인 출신답지 않게, 오히려 막 시집간 여인처럼 쭈뼛거렸다. 그는 매번 갈 때마다 사람들이 그를 놀릴 뿐 아니라 배 속에 있는 아이가 그의 씨냐고 물어 난처해 죽겠다고 우물거렸다.

"서기님과 여자들이 가는 것이 좋겠어요. 샤오훙은 어때요?" 칭수가 말했다.

어떻게 하면 그딴 생각을 할 수 있는 걸까. 샤오훙은 아직 결혼도 하지 않았는데. 어떻게 아가씨가 바짓가랑이 속의 일에 쑥스럽게 끼어들 수 있겠어? 마지막에는 결국 판화가 갔다. 판화는 먼저 셴위를 찾아갔다. 셴위는 왕자이병원에 약을 납품하기 때문에 그곳 사람들과 잘 알았다.

그런데 셴위는 쉐어에 대해 듣자마자 연달아 손을 내젓고 가래침까지 몇 번 뱉었다. 판화는 그제야 쉐어가 셴위의 부인 추이셴翠仙과 말다툼을 했다는 사실이 떠올랐다. 쉐어의 어미닭이 담장을 넘어 셴위의 보릿대 더미 속으로 가서 알을 까자 셴위의 아내 추이셴이 그 달걀을 항아리 안에다 넣어 보관했다. 나중에 싸움이 번져 한 덩어리가 되어 뒹굴고 머리카락을 잡아당기며 물고 뜯고 했다. 셴위가 싸움을 말리러 갔는데 쉐어는 셴위까지 싸잡아서 나쁜 놈이라고 욕을 해댔다. 매번 여자들한테 주사를 놔줄 때 당신 눈알이 번쩍이는 걸 모를 줄 알아? 손도 쉬지 않고 이쪽 엉덩짝을 살살 주무르다가 저쪽 엉덩짝을 살살 주무르지. 여자 엉덩이가 두 짝밖에 없어서 다행이지, 만일 세 짝이 있었더라면 그 역시 당신이 가만두지 않았을걸! 쉐어는 한바탕 셴위에게 욕을 퍼붓고 나서는 다시 추이셴에게 욕을 퍼부었다. 추이셴이 명목상으로는 셴위 대신 주사를 놓는다고 하지만 사실은 남자들의 바지를 벗길 뿐이라고 했다. 관창 마을 남자들 바지는 그녀가 모두 벗겨봤다고 했다.

셴위가 검사증을 보더니 비밀스러운 웃음을 짓고는 말했다.

"이 더러운 여편네, 내가 가만두지 않겠어."

판화가 웃으며 말했다.

"자네는 그 사람이 쉐어가 아니라 자네 부인이라고 생각하면 돼. 자네는 전문가잖아. 나는 병원 사람들이 나를 속였을까 봐 염려하는 거야."

"그 여자가 내 마누라였다면 진즉에 안락사시켰을 겁니다. 그런데 다른 사람이 당신을 속이려고 한다면 저도 별수 없지요."

"자네는 그 사람들과 잘 알지 않나? 그 사람들한테 한번 검토해서 증명서를 다시 한 부 뽑아달라고만 해줘."

셴위가 갑자기 입을 벌리고 두 눈을 동그랗게 뜨고는 멍한 얼굴을 했다. 판화는 무슨 꿍꿍이속인지 알 수 없었다. 그저 재채기를 하려 했을 뿐이라고는 전혀 예측하지 못했다. 슈수이에서 재채기는 매우 상징적인 의미를 지니고 있다. 뒤에서 누가 그리워한다는 의미일 수도 있고 누가 저주한다는 의미일 수도 있다. 판화는 셴위가 그걸 저주로 생각할까 봐 염려스러웠다. 그러나 귀신을 두려워할수록 귀신은 더 잘 나타나는 법이다. 셴위는 정말 누군가 뒤에서 자신을 저주한다고 여겼다. 그리고 그 사람이 바로 톄쒀라고 추측했다. 셴위가 말했다.

"톄쒀가 무슨 소리를 들은 게 아닐까요? 분명히 그 사람이 뒤에서 내 욕을 하고 있는데."

판화가 급히 다독였다.

"알긴 쥐뿔이나 알겠어. 내가 당성과 인격을 걸고 보장하지. 반드시 비밀을 지키겠네. 뭘 두려워하는가, 응, 두려워 말게."

셴위가 아주 태연하게 웃음을 터뜨렸다. 전혀 신경 쓰지 않는다는 의미였다. 셴위는 가슴을 두드리고는 말했다.

"죽이 되든 밥이 되든 이판사판이죠. 욕하려면 하라고 해요. 그 사람이 나를 어떻게 할 수나 있겠어요? 게다가 이번에는 날 위한 게 아니라 기본적인 국가 정책을 확실히 시행하려는 건데. 씨발, 이 몸이 희생하지요."

왕자이병원은 왕자이 마을의 선전용 건축 공사로 매번 신문에 실리곤 했다. 신문에 실리지 않으면 무슨 선전용 건축 공사이겠는가? 이제 막 병원 증축이 끝난 상태였다. 정원은 엄청나게 커졌다. 판화가 이전에 보지 못했던 나무가 많이 심겨 있었다. 가장 커다란 나무는 은행나무였다. 은행나무는 판화도 이전에 본 적 있었다. 관창 마을에 한 그루가 있었기 때문이다. 하지만 그 나무는 나중에 공연 무대를 세울 들보로 사용되었다. 눈앞에 있는 이 나무는 다른 곳에서 옮겨온 것으로 잔가지를 모두 베어버려 나무줄기만 남아 있었다. 나무줄기 위에는 은행나무에 놓을 주사병이 몇 개 묶여 있었다. 은행나무 왼쪽에 있는 건물에는 유리 기와로 된 커다란 지붕이 얹혀 있었고, 오른쪽 건물에는 가죽 북처럼 생긴 둥근 공이 설치되었다. 그 공 위쪽으로 다시 위로 갈수록 점점 뾰족해지는 탑이 우뚝 솟아 있었다. 상하이 위성 텔레비전에서 종종 보여주는 동방명주 텔레비전 송신탑처럼 생긴 탑이었다. 이 공사는 뉴 향장이 책임진 증축이었다. 그래서 어떤 사람들은 원구와 뾰족한 첨탑이 마치 소불알처럼 생겼다고 말하기도 했다. 증축된 이후로 아직 와보지 못해서 몰랐는데, 이번에 보니 정말 그런 것 같았다.

셴위는 산부인과가 그 탑 위쪽에 있다고 했다. 판화가 말했다.

"그것참 이상하군. 산부인과에 오는 사람들은 대부분 배가 부른 사람들이어서 저렇게 높은 곳까지 올라가기 쉽지 않을 텐데 말이야."

셴위가 농담처럼 말했다. "보기만 해도 두려워하게 만들려는 거지요. 적게 낳으면 좋으니까요. 그렇지만 엘리베이터가 있습니다."

그들은 엘리베이터를 타고 올라갔다. 엘리베이터 안에서 오줌 지린내가 풍겼다. 판화는 지린내 나는 게 당연하지 뭐, 엘리베이터가 '쇠불알'로 가는 요도일 테니 말이야, 하고 생각했다.

산부인과에 가서 셴위는 잘 알고 있는 의사를 찾았다. 그런데 막상 의사를 보자마자 판화는 조금 어색해졌다. 판화가 더우더우를 낳을 때 받아준 사람이었다. 당시 뎬쵠은 그 사람에게 미리 500위안이 든 봉투를 건네기도 했다. 의사는 성이 왕씨로 바로 왕자이 마을 사람이었다. 뎬쵠은 봉투를 주고 돌아와서는 적선한 셈 치자고 말했었다. 왕 의사는 그녀를 전혀 알아보지 못했다. 셴위는 담배를 권한 뒤에 증명서를 건넸다.

증명서를 본 왕 의사가 간단히 평했다.

"필적이 아주 분명하군요."

판화가 다급하게 말했다.

"이 사람은 아이를 낳은 적이 있어요. 그런데 난소에 문제가 있다고 되어 있네요."

"아이를 낳은 적이 있다고 해서 문제가 발생하지 않을 수 있습니까? 누가 그렇게 규정했어요?"

판화는 황급히 셴위에게 담뱃불을 좀 붙여주라는 암시를 주었다. 그러고 나서 다시 말을 이었다.

"그래도 이 위에 난소 발육이 완전하지 않다고 쓰여 있는데요?"

"이게 바로 과학의 힘이에요. 과학 기술은 첫 번째 생산력입니다.

발육이 완전하지 않은 건 중요하지 않아요. 발육을 완전하게 할 수 있는 방법을 생각해낼 수 있으니까요."

판화가 물었다.

"발육이 불완전하다면 병이 있다는 말 아닌가요? 그리고……."

판화가 아직 말을 다 끝내지 않았는데 왕 의사가 말했다.

"정말 문제가 있어도 중요하지 않아요. 조그만 덩어리만 떼어내 버리면 되죠."

셴위가 끼어들었다.

"왕 선생님, 지부서기 말은 이 신체검사표에 문제가 있다는 거예요. 이 여자는 난소가 아주 좋은데 여기에는 난소 발육이 불량하다고 되어 있어요. 그리고 여자 나이도 잘못 나와 있고요."

왕 의사가 말했다.

"제길, 호랑이 꼬리는 밟으면 안 되고 여자 나이는 물으면 안 되잖아요. 어찌 된 일인지 누가 알겠습니까."

판화가 조심스레 물었다.

"기계에 문제가 있었나요?"

"무슨 일이든지 문제가 생길 수 있죠. 하물며 기계인데."

판화가 다급하게 덧붙였다.

"이 여자는 분명히 임신을 했는데 여기에는 임신하지 않았다고 쓰여 있어요. 이건 아주 큰 문제예요."

"이보시오 여성 동지. 어쨌든 임신하지 않았는데 임신했다고 쓴 것보다는 좋은 거 아닙니까? 헛물만 켜고 말 테니까."

이렇게 말하면서 왕 의사는 증명서를 셴위에게 주고 진찰실로 돌아갔다. 판화는 화가 나서 낮은 소리로 한마디 했다.

"이 개새끼, 도대체 진짜 멍청한 거야, 아니면 멍청한 척하는 거야?"

셴위가 말했다.

"당연히 멍청한 척하는 거죠. 쓸데없이 일을 벌이는 것보다는 줄이는 편이 나으니까요."

판화는 위에 쓰인 사인을 보았다. 사인은 마치 지렁이가 기어가거나 거미가 그물을 친 것 같았다. 아무리 봐도 사람이 쓴 것 같지 않았다. 판화는 셴위를 진찰실 안으로 떠밀었다.

"자네가 다시 물어봐. 이게 누구 사인이냐고."

셴위는 얼굴에 철판을 깔고 들어가는 수밖에 없었다. 왕 의사는 본래 근시였는데 이번에는 원시인 것처럼 증명서를 멀찌감치 들고 보면서 고개를 저었다. 판화는 밖에서 셴위에게 다시 맞은편 의사에게 보여주라는 눈짓을 했다. 맞은편 의사가 보고는 역시 고개를 흔들었다. 그 의사가 말했다.

"이 글자는 정말 용이 날고 봉황이 춤을 추는 것 같군요. 초서예요, 대초大草. 아주 수준 있는 초서예요. 나도 못 알아보겠군요."

그가 셴위에게 물었다.

"당신은 알아볼 수 있어요?"

셴위는 모르겠다고 말했다.

"그렇지요, 당신이 모르는데 난들 어떻게 알겠어요?"

판화는 뉴 향장을 한번 찾아가봐야 할지도 모르겠다고 생각했다.

그러나 재빨리 다시 생각을 바꾸었다. 작년 겨울 마을 적립금 문제로 그녀는 뉴 향장과 몇 마디 언쟁을 했다. 뉴 향장은 제지공장 생산을 중지한 일 때문에 마음속으로 분을 품고 있었다. 뉴 향장이 제지공장 공장장과 의형제 사이일 줄은 전혀 몰랐다. 뉴 향장은 오리 양식과 벼 재배를 시찰하기 위해 동남아에 갈 때 제지공장에서 비용을 타냈다. 제부의 체면 때문이기는 했지만, 뉴 향장은 군자여서 소인의 잘못을 문제 삼아 그녀에게 불쾌한 낯빛을 드러내지는 않았다. 하지만 이 일을 뉴 향장이 알게 된다면 그건 큰일이었다. 관챵 마을을 반면교재로 삼을지도 모르니까. 니미 씨발, 잘못되면 잘못되라지 뭐. 만일 정말 기계에 문제가 생긴 거라면 꼭 나쁜 일이라고는 할 수 없어, 하고 판화는 생각했다. 그때가 되면 관챵 마을만이 아니라 모든 마을에서 숫자가 초과될 것이다. 게다가 판화는 쉐어를 잘 다룰 자신이 있었다. 그렇지만 다른 촌장들은 그녀만큼 능력이 있다고 볼 수 없다. 판화와 셴위는 엘리베이터를 타고 '쇠불알'에서 빠져나와 거리에서 차를 잡았다. 빵차가 한 대 와서 판화가 손을 흔들자 셴위가 말했다.

"아무래도 승용차를 타야 하지 않을까요?"

판화가 말했다.

"자네 체면 깎이는 일인가?"

셴위가 쑥스러운 듯이 말했다.

"조금 남아 있던 체면도 모두 다 깎여버렸는데요 뭘."

이렇게 말하더니 셴위는 갑자기 이마를 한 대 치면서 말했다.

"생각났어요. 도와줄 수 있는 사람이 있어요."

셴위의 말에 판화는 그가 누구를 생각하고 있는지 알아차렸다. 그 사람은 판范씨 성을 지닌 여성 지식청년으로 일찍이 농촌 의무대원으로 있기도 했다. 판 의사는 그때 두 사람을 가장 숭배했다. 하나는 영화 〈새싹春苗〉에 등장하는 농촌 의무대원 톈춘먀오田春苗이고 다른 한 사람은 톈춘먀오를 연기한 리슈밍李秀明이었다. 그녀는 최초의 오빠부대였던 셈이다. 심지어 자신의 이름마저 판캉메이範抗美에서 판먀오슈範苗秀로 바꾸었다. 판먀오슈와 셴위는 슈수이 위생학교 연수 시절에 사이가 좋았다. 판먀오슈는 지금 입원 접수처 주임이다.

셴위와 판화가 입원 접수처를 찾아갔을 때 판 의사는 마침 병실에서 나오고 있었다. 판 의사는 막 머리를 염색해서 멀리서 보면 아주 젊어 보였다. 하지만 가까이서 보면 그렇지 않았다. 썩은 나무에서 자라는 목이버섯 같았다. 그렇지만 그녀가 셴위를 바라보는 눈빛에는 여전히 젊은 사람들의 질투심이 들어 있었고 여인의 원망 같은 것도 섞여 있었다. 어찌 보면 약간의 조소와 약간의 수줍음도 들어 있었다. 판화는 그녀가 젊어 보이고 또 갈수록 젊어지고 있다고 추켜세웠다. 판 의사는 담담하게 미소를 짓고는 셴위에게 말했다.

"너희 집에 누가 또 아픈 거야? 설마 그분은 아니겠지?"

"말하는 것 좀 보게. 병이나 변고가 없으면 널 볼 수 없다는 거야?"

판 의사는 그들을 데리고 사무실로 가서 앉았다.

"물을 못 따라주겠네. 일회용 컵을 다 썼거든. 말해봐, 무슨 일이야?"

셴위는 다른 이야기를 좀 한 뒤에 판화에게 증명서를 꺼내라고 하고는 자초지종을 설명했다. 판 의사는 증명서를 살펴보고는 말했다.

"됐어, 그냥 끝내."

판화가 깜짝 놀라 황급히 어찌 된 일인지 물었다. 판 의사는 자리에서 일어나 문밖을 살피고는 다시 문을 닫고 앉았다.

"이건 기계 문제가 아냐. 소변 검사잖아. 아주 간단한 거라고. 일반적으로는 문제가 생길 수 없어."

셴위가 판화에게 눈짓을 했다. 마침내 사람을 제대로 찾아왔다는 의미였다. 판 의사가 말했다.

"내가 뭐라고 하든 간에 당신들이 이 문을 나서고 나면 난 아무것도 인정하지 않을 거야."

셴위가 말했다.

"그래."

판화가 말했다.

"우리는 애초에 여기 오지도 않은 거야."

판 의사가 말했다.

"이 사람은 이미 올라갔어. 승천했어."

셴위가 물었다.

"죽었어?"

판 의사가 대답했다.

"어쨌든 올라갔어. 아마 당신들은 이 사람이 누군지 모를 거야.

장스잉張石英이라는 사람인데 언니가 당신네 마을에 있지."

판화가 물었다.

"누구야? 그런데 어떻게 내가 모를 수가 있지?"

판 의사가 말했다.

"그 사람 언니가 장스류張石榴라고 아주 미인인데."

셴위가 말했다.

"장스류라고? 정말 아름답지. 그런데 예쁘기는 해도 대단치 않은 사람인데. 마을 전체에서 아이를 낳을 수 없는 여자 넷 가운데 하나야."

판 의사가 말했다.

"그 여자가 아이를 낳을 수 있는지 없는지는 난 몰라. 하지만 분명 낳을 수 없을 거야. 한국에 김희선이라고 불리는 배우가 있지? 몰라? 셴위, 넌 공부 좋아하는 사람 아니었어? 어떻게 책도 안 보고 신문도 안 보는 사람으로 변한 거야? 김희선은 한국 최고 미녀야. 이 사람 별명이 바로 중국의 김희선이야. 시대가 달라져도 예쁜 얼굴이면 먹고살 수 있는 법이야. 올라갔다고!"

판화가 물었다.

"슈수이병원 산부인과로 갔나?"

"더 올라갔어요."

이번에는 셴위가 물었다.

"슈수이병원 원장이라도 됐어?"

"그건 네 장래 희망이지. 더 올라갔어."

션위가 말했다.

"더 올라가면 달로 올라가야 하는데, 그 여자가 월궁의 상아가 되었을 리는 없잖아."

"상아? 상아가 되려면 과부가 되어야 하는 거잖아. 그 여자가 어떻게 과부가 될 수 있겠어? 혼자서는 하루도 지낼 수 없는데. 그 여자는 현장 아들한테 시집갔어. 석류나무에 앵두가 열린 거라고. 지금은 위생국 부국장이 되었지."

판화는 약간 이해가 되지 않았다. 그런 사람이 왜 테쒀를 도와주려는 거지? 판 의사의 혀는 정말 신랄했다.

"두 가지 가능성이 있지. 하나는 실수로 잘못을 한 것이지. 그 여자는 본래 베갯잇에 놓인 수처럼 겉만 화려한 사람이거든. 또 하나는 일부러 잘못한 거지. 베갯잇에 수를 놓으려고 해도 돈이 드는 법이거든."

판화는 아연실색했다. 순간적으로 뭐라고 해야 할지 알 수 없었다. 션위가 정신을 차리게 해주지 않았더라면 그녀는 왜 여기 왔는지조차 알지 못했을 것이다. 션위가 말했다.

"다시 한 번 검사해서 실수를 증명할 수는 없어?"

"그건 어렵지 않아. 한 달에 한 번 검사를 하니까 그때 그 여자를 데려오기만 하면 돼."

션위가 잘됐어, 잘됐어, 하고 몇 번이고 말했다. 그리고 또 자신의 체면을 봐서 그때 반드시 다시 잘못되지 않도록 지켜봐달라고 부탁했다. 판 의사는 션위를 흘겨보더니 갑자기 물었다.

"그 여자 배 속에 있는 게 네 아이는 아니겠지?"

셴위는 황급히 변명을 했다. 맹세도 하고 서약도 하고, 그러고도 모자라 판화의 팔을 잡아끌어 증인으로 내세웠다. 판 의사의 눈빛이 판화의 팔로 옮겨졌다가 다시 판화의 얼굴 위로 옮아갔다. 마치 판화가 검사표 위에 쓰여진 쉐어라도 되는 듯했다. 이 여자는 정말 밥맛이네, 본래 감사를 표시할까 했는데 그만둬야겠다, 하고 판화는 생각했다.

칭마오가 권력을 잡았을 당시 입버릇처럼 하던 말이 하나 있었다. 사상 공작의 중요성에 대한 것으로, '빗자루를 대지 않으면 먼지는 결코 사라지지 않는다'였다. 마오 주석의 어록에 있는 말이기도 했다. 인수인계를 할 때 칭마오는 향 간부들 앞에서 이 말을 다시 한번 반복했다. 그리고 대대로 '가보'로 삼고 절대 잃어버리면 안 된다고 강조했다.

다음 날 판화가 쉐어를 찾아갈 때 그녀는 사상 공작이라는 '빗자루'로 쉐어의 배 속에 있는 '먼지'를 쓸어버리려고 했다. 판화는 칭수를 끌고 함께 갔다.

"원래 자네가 가야 하는 거잖아. 자네가 다 처리해."

그러나 칭수는 흔쾌히 받아들이지 않았다. 오히려 장 현장이 텔레비전에서 각 마을에는 최고 통솔자가 있어야 한다고 했는데 자신은 기껏해야 심부름꾼에 지나지 않는다고 뻗댔다. 칭수 이놈은 중요할 때는 용감하게 돌진하지 않고 거꾸로 자라 모가지처럼 움츠리기만 할 뿐이다. 판화는 양미간을 찌푸리고 으름장을 놓았다.

"알아서 해."

칭수는 또 몇 마디 웅얼거리면서 판화의 뒤꽁무니를 따라갔다.

톄쒀는 슈수이 밖으로 도로를 건설하려고 갔기 때문에 쒀어 혼자 집에 있었다. 톄쒀가 도로를 건설하러 간 것도 마을에서 추천해서였다. 판화는 제부를 통해 열 명을 추천했다. 이 열 명은 양식을 하지 않는 것은 아니지만 본전을 밑진 변변치 못한 인간들이었다. 쒀어는 지금 닭 열몇 마리와 돼지 한 마리를 키우고 있었다.

"닭이 우니 아이가 울어요. 마당에는 살찐 돼지 한 마리."

20년 전이라면 이 정도만 해도 번영의 상징이었겠지만 지금은 아니다. 개혁개방을 한 지 이미 20년이 지났는데 아직도 닭 궁둥이를 은행으로 여긴다면 스스로 못난이 밥통임을 증명하는 셈이다. 그때 검은 돼지가 홰나무에 기대 몸을 긁어대고 있었다. 짧고 가느다란 꼬리를 이리저리 흔들며 파리를 쫓고 있는 모습이 매우 편안해 보였다. 판화는 돼지를 보면서 어떻게 쒀어에게 맞서야 할지 생각했다. 홰나무 잎사귀가 아직 깨끗하게 떨어지지 않아서 마당 담벼락에 동전 크기만 한 그림자를 한 덩이 한 덩이 남겨놓았다. 돼지가 이리저리 몸을 비비자 나뭇잎 그림자가 마구 흔들렸다. 쒀어는 옥수수가 가득 담긴 깨진 그릇을 들고는 입으로 구구구구 하며 닭에게 모이를 주고 있었다.

"울지 마라. 고모가 왔다."

판화는 입에 나오는 대로 한마디 했다.

"자네 컬러텔레비전을 보러 왔네."

쉐어네 집에는 히타치 상표 대형 컬러텔레비전이 있었다. 사람들이 톄쒀가 복권을 뽑아서 타온 것이라고 말하는 소리를 판화는 이미 여러 번 들었다. 하지만 판화는 이제 막 들은 사람처럼 다시 복권 사건을 캐묻기 시작했다.

"우와, 이게 바로 톄쒀가 당첨되었다는 그 텔레비전이야? 톄쒀가 정말 손재주가 좋네. 손에 참기름을 발랐어, 아니면 향비누라도 문질렀나?"

쉐어는 고개를 쳐들고는 눈을 살짝 가늘게 뜨고 기쁨에 차서 오래전 기억 속으로 빠져들었다. 마치 맛있는 음식을 맛보는 것 같았다. 그날 톄쒀는 삽자루를 메고 집을 나섰다가 한 스님을 우연히 만났다. 관창 마을에 언제 스님이 왔었지? 백 년 동안 한 사람도 오지 않았다. 스님은 보통 사람이 아니라 수련을 해서 성불하는 사람이다. 그런 스님이 어쩌다가 여기 왔는데 톄쒀와 딱 마주쳤다는 것이다. 판화는 그녀의 말에 반박하지 않았다. 관창 마을에서 멀지 않은 곳에 푸지사普濟寺가 있고 두세 명의 스님이 살고 있었다. 그녀도 길에서 몇 번 마주친 적이 있었다. 어쨌든 그날 마침 새로 개장한 슈수이 슈퍼마켓 입구까지 길이 깔렸는데, 톄쒀는 야난과 야디가 진작부터 필통을 좀 사다달라고 떼를 썼던 게 떠올랐다. 점심을 먹고 톄쒀는 슈퍼로 들어갔다. 필통은 사실 하나에 겨우 4위안밖에 하지 않을 만큼 아주 쌌다. 톄쒀는 8위안을 주고 두 개를 샀다. 톄쒀는 물건을 사고 여태껏 영수증을 끊어본 적이 없었다. 시골 사람들에게는 그런 습관이 없었다. 하지만 그날 많은 사람들이 영수증을 끊는 것을 보고는 톄쒀도 따라서 끊었다. 물건을 파는 사람이, 오빠 다른 것도 조금 더 사세요, 10위안어치 사면 복권을 한 장 뽑을 수 있어요, 하고 말했다. 톄쒀는 낯짝이 얇았다. 달걀 껍질보다 더. 게다가 아가씨 앞이어서 안 사기가 곤란했다. 결국 그는 볼펜을 한 자루 사서 다른 사람들을 따라 복권을 한 장 뽑았다. 앞사람도 아니고 뒷사람도 아니고, 바로 톄쒀가 당첨되도록 조상님들이 도우셨다. 판화가 말했다.

"야난과 야디에게도 고마워해야겠네. 그 애들이 필통을 원하지 않았더라면 톄쒀가 재주가 있어도 뽑지 못했을 거야."

칭수가 옆에서 거들었다.

"방귀를 뽑았겠지요. 아무짝에도 쓸모없는."

판화가 말했다.

"뭐니 뭐니 해도 역시 자네 아이들이 훌륭해. 링후이슈輝도 그곳에서 도로를 놓지 않았어? 링후이도 뽑았는데 왜 당첨되지 않았겠어?"

"그럼요, 그날 링후이는 70~80위안어치를 샀는데 방귀도 뽑지 못했어요."

"그러니까 자네 두 딸을 잘 키워야 해. 그 애들이 다 자란 뒤에는 자네와 톄쒀가 복을 누릴 걸세."

그런 다음 판화는 다시 톄쒀가 길을 닦으러 나가면 하루에 얼마를 버는지 물었다. 쉐어는 말을 하지 않고 몸을 일으키더니 안으로 들어가 한바탕 헤집고는 비닐 가방을 하나 들고 나와 거꾸로 쏟아서 보여주었다. 가죽 구두 여러 켤레였다.

"그 씨발 ×, 이런 걸 벌어왔어요. 지난달에는 다섯 켤레를 가져와서는, 한 켤레에 70위안 하는 명품이라는 거예요. 저도 처녀시절에 명품 신어봤어요. 저는, 됐다, 내가 샀다고 치자, 하고 생각했어요. 그런데 한 켤레를 신었는데 일주일을 신기도 전에 발가락이 툭삐져나오는 거예요. 나중에서야 이 신발이 교통국 국장 처제가 만든 제품이라고 들었어요. 우리 슈수이에서 만든 신발이라고요!"

판화가 말했다.

"이것 좀 봐. 물러달라고 하자니 벌써 자네가 신었고, 무르지 않자니 분명히 사기당한 셈이고. 자넨 정말 세심하지 못했군. 왜 신을 신기 전에 잘 살펴보지 않은 거야?"

칭수가 한마디 끼어들었다.

"바이白 국장? 그 사람도 군인이었는데."

쉐어가 칭수를 가리키면서 말했다.

"맞아요, 그 사람 성이 바이였어요. 하얀 얼굴을 한 간신이죠."

칭수가 그녀의 손가락질에서 몸을 피하며 말했다.

"성이 바이이기는 한데 그렇게 희지는 않아요, 거무튀튀하지. 군인으로 있을 때 레이펑雷鋒(인민을 위해 전력을 다한 중국인민해방군 전사이자 위대한 공산당 혁명 전사로 추앙받는 인물이다—옮긴이)을 학습한 진보적인 사람이었죠. 그 사람은 레이펑을 흉내 냈고 우리는 그 사람을 흉내 냈고 또 신병들은 우리를 흉내 냈죠. 그런 사람이 어떻게 그렇게 금방 변한 거지."

그러다가 그 신체검사표에 대해 이야기를 하게 되었다. 판화가 말했다.

"쉐어, 이것 좀 보게. 내가 자네한테 뭐라 하는 것은 아니지만, 자네가 너무 세심하지 못했어. 참깨와 녹두를 구분하지 못해도 괜찮고, 구두를 대강 살펴도 괜찮아. 그런데 신체검사를 어떻게 감히 대강대강 했던 겐가? 지난번에 자네가 병원에서 신체검사를 하고서 증명서에 잘못 표기했던 걸 아나? 분명 자네는 몰랐을 거야. 칭수, 증명서를 꺼내서 쉐어한테 좀 보여줘. 쉐어 자네가 잘 좀 봐봐. 위에 잘못 기입했잖아."

쉐어의 표정이 일순간에 울 듯 말 듯 이상하게 변했다. 그녀는 꼼짝도 않고서 앉아 있다가 갑자기 머리카락을 쓸어내려 얼굴 반쪽을 가려버렸다. 판화가 또 말했다.

"다행히 가족계획 신체검사일 뿐이니까 잘못되었으면 바로잡을 수 있어. 만일 정말 무슨 병이라도 있는데 찾아내지 못하면 그땐 정말 큰일 아닌가 말이야."

쉐어는 증명서를 보면서 마치 치통이라도 앓는 사람처럼 입으로 씨룩씨룩 소리를 내고 혀로 양쪽 볼을 받치기도 했다. 판화가 계속 나무랐다.

"대강 하지 말아야 할 때 대강 하면 말썽을 일으키게 되네. 물론 이건 자네 잘못이 아니야. 책임은 왕자이병원에 있지. 하지만 자네도 증명서를 받고 나서 잘 살펴봤어야 해. 내 추측에 병원에서 자네와 다른 사람을 헷갈린 것 같아. 그 사람은 문제가 있는데도 전혀 알지 못하고 자기 남자랑 열심히 노력하고 있을지도 모르잖은가. 파이팅, 파이팅, 아무리 파이팅 해도 안 되지. 석류나무에 앵두가 열릴 수 있겠어?"

판화는 이 말을 웃으면서 했다. 말하면서 칭수를 향해 얼굴을 돌렸다.

"칭수, 그렇지 않아?"

칭수가 즉시 따라서 말했다.

"결혼 헛한 셈이지요. 아무런 성과도 없어요."

다리를 놓으면 강을 건너야 하고 나귀한테 굴레를 씌웠으면 물레를 돌려야 하는 법이다. 판화는 이 순간 아주 자연스럽게 칭수를 끌어들였다.

"쉐어, 나한테 감사할 필요 없네. 감사하고 싶으면 칭수한테 해야 해. 역시 칭수의 눈이 예리해서 이 문제를 발견할 수 있었으니까."

칭수는 순간적으로 불에 덴 듯 당황했다. 연달아서 손을 내저으며 말했다.

"전, 전, 전 감히 남의 공을 가로채고 싶지 않아요."

"물론 내가 칭수한테 다시 살펴보라고 시키기는 했지. 이번에 다시 살펴보다가 문제를 발견한 것이기는 해. 자네, 일이라는 것은 때를 놓치면 안 되는 법이야. 하루빨리 다시 병원에 가서 검사를 받아야 하네. 이번에는 대강해서는 안 돼, 좀 더 꼼꼼하게 살펴야 해. 안심하게, 돈이 얼마나 들든 모두 마을에서 내줄 테니."

쉐어는 몇 번이고 연달아서 머리카락을 귀 뒤쪽으로 넘겼다. 얼굴에는 여전히 울 듯 말 듯한 표정이 어려 있었다. 판화는, 내가 너한테 계단을 잘 깔아주었으니 넌 계단을 따라 내려오기만 하면 되는 거야, 하고 생각했다. 하지만 전혀 예상 밖으로 쉐어는 증명서를 청수에게 건네주면서 이렇게 말했다.

"이 증명서는 잘 되어 있는데요. 문제는 찾아볼 수 없어요."

이제는 판화가 울 듯 말 듯한 표정을 지을 차례가 되었다. 처음에는 울 듯 말 듯했지만 나중에는 크게 웃었다. 몸을 앞뒤로 흔들면서 크게 웃었다.

"제길, 문제가 없다고? 난소가 잘못되었잖아."

그러자 쉐어는 도리어 차분하게 변해 다리까지 꼬고 앉았다. 그녀가 판화에게 물었다.

"난소가 뭔데요? 어디서 자라는 거예요? 꺼내서 보여주세요."

판화가 계속 웃었다. 한참을 웃고는 다시 말했다.

"야난은 어디서 나왔어? 야디는 어디서 나왔어? 바위틈에서 솟구쳐 나왔는가? 그렇지 않지?"

쉐어가 지지 않고 말했다.

"당신 집에 있는 더우더우가 나온 곳에서 야난과 야디도 나왔죠."

청수가 말했다.

"난소는 배란하는 곳이야."

"배란요? 무슨 알을 까는 거예요? 당신들이 절 속일 수는 없죠. 저도 고등학교 나온 사람이에요. '난'이라는 것은 알, 닭 알, 바로 달걀이잖요. 멍 주임님, 주임님은 여자가 알을 까는 걸 본 적 있어요?"

칭수가 말했다.

"본 적 없어, 정말 본 적 없어. 서기님은 본 적 있어요?"

판화의 말투가 바뀌었다. 부드러움 속에 강함을 담고 있었다.

"쉐어, 어리석은 체하지 마. 말 들어, 다시 검사하게. 자네를 위해서 이러는 거야."

"뭘 난소라고 하는지 전 아직 잘 모르겠어요, 어떻게 검사해요? 뭘 검사해요?"

"모르겠으면 뒷방으로 들어가 자네 옷을 벗기고 가르쳐줄까?"

쉐어의 혓바닥이 다시 뺨을 불룩하게 받쳤다. 한참 동안 입을 열지 않았다. 뜰은 아주 고요했다. 검은 돼지가 꿀꿀거리는 소리만 또렷이 들려왔다. 대나무 발을 통해 판화는 수탉 한 마리가 비행기가 활공하듯이 날개를 펼치고 암탉을 쫓아다니는 모습을 보았다. 아주 즐거워 보였다. 살쾡이는 앙칼진 소리를 내면서 담장 위를 걷고 있었다. 등을 구부리고 야옹 소리를 내는 것이 매우 만족스러운 모습이었다. 실내의 분위기는 고압밥솥 내부처럼 긴장되어 있었다. 분위기를 누그러뜨리기 위해 판화는 문밖을 가리키며 우스갯소리를 했다.

"쉐어, 집 안에 있는 모든 게 바쁘네. 닭까지도 아주 바빠."

쉐어는 대꾸하지 않고 방 안에 아무도 없는 것처럼 손가락 관절만 물어뜯으며 지붕을 쳐다보았다.

판화가 말했다.

"어떻게, 잘 생각했어? 만일 아직도 잘 모르겠다면 바지를 벗어야지."

쉐어가 바지를 벗으려는 것처럼 엉덩이를 들어 올렸다. 그러나 판화가 자리에서 일어서자 그녀는 도리어 주저앉아버렸다.

"당신이 추이쎈이면 제가 바지를 벗었겠죠. 하지만 당신은 아니잖아요. 추이쎈은 남자 바지뿐만 아니라 여자 바지도 벗기죠. 그런 걸 동성애라고 한다는 것은 심지어 야난도 알아요."

쳇, 쉐어 이 사람, 말 속에 뼈를 담아 다시 한 번 쎈위의 아내 추이쎈을 욕하고 있군. 판화는, 이젠 마구 생트집을 잡고 있으니 체면 봐줄 것 없어, 결판을 보지 않으면 끝나지 않아, 하고 생각했다. 판화는 나오려는 웃음을 억누르고 정색을 했다.

"쉐어, 우리 속 터놓고 솔직하게 말하지. 당신 임신 했어 안 했어? 내가 보기엔 그런 것 같은데. 내가 잘못 보지 않았지? 내가 잘못 보지 않았으면 이건 가족계획에 어긋나는 임신이야. 농담이 아니야. 벌금을 내야 한다고. 텔레비전 열 대를 벌금으로 내야 한다고."

판화가 말을 하고 있는데 쉐어가 갑자기 몸을 일으키더니 대나무 발을 걷고 밖으로 나갔다. 판화와 칭수는 쉐어가 무엇을 하려는지 알지 못해 대나무 발을 들치고 밖을 살펴보았다. 쉐어가 비틀비틀 뜰의 중앙으로 걸어가더니 갑자기 펄쩍 튀어 올랐다. 마침 먹이를 쪼고 있던 닭이 놀라 날아갔다.

쉐어는 서쪽 담벼락을 향해 욕을 퍼부었다.

"이 씨발 ×아, 너 왜 나를 이렇게 괴롭히는 거야. 오줌을 싸갈겨서 네 자신을 똑똑히 비춰봐. 마누라가 만만하냐? 네놈 팔 대 조상까지 씨발이다."

쉐어는 서쪽에다 대고 '씹' 소리를 하고는 다시 동쪽에다가 '씹' 소리를 했다. 그리고 또 1미터 높이로 펄쩍 뛰어오르더니 다시 욕을 했다.

"양심은 다 개한테 팔아먹은 놈아, 이 별 볼 일 없는 새끼야, 이 씨발 ×아, 네놈 팔 대 조상까지 씨발이다."

칭수는 눈을 가늘게 뜨고 얼굴에 웃음을 띤 채 말했다.

"말이야 쉽지. 네가 뭔데 씨발이야."

판화는 화가 머리 꼭대기까지 났다. 그런 말을 참고 들을 수 없어 칭수에게 말했다.

"입 좀 깨끗이 하지 못 해!"

칭수는 겸연쩍게 웃으며 쉐어를 가리키고 말했다.

"보세요, 아주 팔팔해요. 얼굴을 돌리자마자 암컷 야차가 되어버렸어요."

"저 여편네가 이치를 잘 몰라서 그래. 빨리 공사장에 가서 톄쒀를 데리고 와. 돌아오면 곧바로 나한테 알려주고."

문 앞에는 이미 여자들과 아이들 한 무리가 둘러싸고 소란스러운 모습을 지켜보고 있었다. 페이전도 그 안에 있었다. 손으로는 여전히 털옷을 짜고 있었다. 칭수가 나오는 모습을 본 페이전이 물었다.

"싸웠어요? 톄쒀가 어떻게 그럴 수 있대요. 쉐어가 집에서 아이를 돌보는 게 쉽겠어요?"

페이전은 또 옆에 있는 덜렁이 부인에게 말했다.

"우리 여자들은 허리가 뻣뻣해서 남자들 주먹을 버티지도 못해요."

덜렁이 부인의 친정은 쉐어의 친정과 같은 지방에 있어서 자연히 쉐어의 편에서 말을 했다. 유유상종이라고, 덜렁이는 아주 멍청했고 그의 아내는 그보다 더 멍청했다. 모두 천둥벌거숭이에 멍텅구리였다. 그때 덜렁이 부인이 '카악' 하고 가래를 내뱉고는 허리에 손을 대고 말했다.

"허, 이게 누구야. 부련주임 아니신가. 당신이 부녀를 대신해서 말을 좀 하셔야지."

청수가 떠나려는 것을 본 여자는 청수의 소맷자락을 붙잡았다.

"불알이나 떼고 도망가요! 해방군 아저씨께서 어떻게 탈주병이 될 수 있겠어? 도망치면 안 되지."

물론 머리가 빨리 돌아가는 사람들은 재빨리 아이를 낳는 일을 머릿속에 떠올렸다. 전임 지부서기 청마오의 부인도 그렇게 생각했다. 청마오의 부인은 6개월 된 손자 웨웨樂樂를 안고 젖병을 물리면서 말했다.

"톄쒀도 정말. 쉐어가 뭘 잘못했어. 고추 달린 놈 하나 낳지 못한 것밖에 더 있어? 고추 달린 게 뭐가 좋아서. 사람 참 열받게 하네."

청마오 부인은 매우 근엄했지만 근엄함 속에 자상함도 품고 있었다. 고급 간부 부인들의 근엄함과 자상함은 의미하는 바가 많았다. 청마오 부인은 젖병을 겨드랑이에 끼고 손을 올려 웨웨의 작은 고추를 쓸어 올렸다.

"웨웨야, 웨웨야, 그렇지? 지금은 먹는 것만 알지만 다 먹고 나면 화나게 만들 거지."

그러고는 노래를 부르기 시작했다. 딸을 기르는 좋은 점에 관한 노래였다.

딸을 기르는 것이 좋지요
수박 껍질로 저고리를 만들 수 있고
동과 껍질로 소매를 기울 수 있고
호박 꼭지로는 단추를 달고
옷을 다 만들면 시집을 가요
호박에게 시집가 부인이 되어요

부인은 웨웨를 칭수에게 건네주면서 싸움을 말리러 들어가게 대신 아이를 안고 있으라고 말했다. 칭수가 반응을 보이기도 전에 칭마오 부인은 웨웨를 칭수의 품 안으로 밀어 넣었다. 그 보들보들한 것을 안고 있자니 칭수는 마치 두부를 들고 있는 것만 같았다. 순간 어떻게 해야 좋을지 알 수 없었다. 갑자기 손바닥이 뜨거워져서 그는 깜짝 놀랐다. 하마터면 아이를 떨어뜨릴 뻔했다. 웨웨가 오줌을 싼 것이다. 그는 황급히 웨웨를 페이전에게 밀어 넣었다. 페이전은 피하려 했지만 칭수에게는 그녀를 다룰 수 있는 방법이 있었다. 칭수가 그녀의 귀에 대고 말 한마디를 하자 페이전은 순간 멍해지더니 이어 온순하게 아이를 받았다. 칭수가 낮은 소리로 말했다.

"역시 자넨 눈치가 빨라. 조직에서 자네한테 감사를 표하네."

칭수가 떠나고 구경꾼들은 뜰 안으로 밀고 들어갔다. 덜렁이 부인은 호들갑을 떨면서 맨 앞에 서서 소리를 질러댔다.

"톄쒸, 이리 나와. 이리 기어 나와. 쉐어가 잘못한 게 뭐야? 어? 낮에는 일하고 밤에는 너랑 자주는 게 쉬워? 이리 기어 나와."

대나무 발이 걷히더니 판화가 구두 한 켤레를 들고 나왔다. 덜렁이 부인은 "니미" 하고 한마디 하고는 멍하니 있었다. 판화가 앞으로 나가자 그녀는 뒤로 물러났다. 돼지를 잡아매놓은 홰나무 앞까지 물러나서는 순식간에 땅바닥에 주저앉아 손으로 얼굴을 감쌌다. 판화는 씩 웃어 보이고는 덜렁이 부인을 일으켜 세운 뒤 "올케" 하고 불렀다. 그러고는 구두를 든 채 사람들 앞으로 걸어나가서 말했다.

"모두 좀 보세요. 이게 바로 골 때리게 만든 신발입니다. 아직 이틀도 신지 않았는데 볼이 터지고 발가락이 삐져나옵니다. 이 일이 우리 자신에게 닥치면 누군들 화가 나지 않겠습니까? 백성이 어떻게 살라고 하는 겁니까? 욕을 해야 하는지 말아야 하는지 말씀들 좀 해보세요."

그때 쉐어는 이미 몸을 돌려 집 안으로 들어가버렸다. 판화는 방문 입구를 향해 소리쳤다.

"쉐어, 속상해하지 마. 내가 자네 대신 일을 처리해줄게."

이렇게 말하면서 판화는 문으로 걸어가 문발을 젖히고 말했다.

"그래 봐야 신발 몇 켤레잖아. 그렇게 크게 화낼 만한 가치는 없어. 화는 몸을 상하게 해. 톄쒸가 돌아와 자네를 돌봐줄 거야."

판화가 실감 나게 말하는 것을 듣고 사람들은 정말 쉐어가 냄새 나는 신발 한 켤레 때문에 화가 났다고 생각했다. 별로 볼만한 게 없다고 느껴지자 뿔뿔이 흩어졌다.

판화와 쉐어 두 사람만 남자 판화는 다시 굳은 표정을 했다.

"소란 다 피웠지? 덜 피웠으면 계속 피워. 충분히 소란 피웠으면 고분고분 왕자이에 다녀와. 톄쒀에게 데리고 가라고 할게. 안심해, 쉐어, 톄쒀의 임금에서 얼마가 빠지든 마을에서 보충해줄게. 알아들었지? 헤, 누가 우리 관계를 이렇게 사이좋게 만들었을까? 우리는 뼈가 부러지면 힘줄로 이어지는, 끊으려야 끊을 수 없는 사이야."

판화는 쌓인 구두를 들어 비닐봉지에 넣고 말했다.

"부처는 극락까지 보내주고 좋은 일은 끝까지 하라고 했으니, 이 신발은 내가 가져갈게. 뎬쿼이 돌아왔으니 고쳐주라고 할게. 잘못 고치면 자네가 흠씬 패주어도 아무런 불만 없어."

점심은 무척 풍성했다. 어머니는 고기와 채소를 고루 섞어 요리를 준비했다. 그중에 고기 요리 한 가지는 정말 저속하게도 '쇠불알 감자찜'이라는 이름이었다. 쇠불알은 통조림 안에 들어 있는 제품이었다. 제부는 얼마 만에 한 번씩 선물로 받은 통조림을 한 무더기씩 보내곤 했다. 판화의 아버지는 젓가락으로 그릇을 뒤적거리면서 감자만 집었다. 뎬쿼은 얼굴이 시뻘게지도록 쇠불알을 씹어댔다. 판화는 웃음이 났지만 감히 웃을 수 없었다. 웃기에는 약간 무안했다. 그게 다 가여운 이 세상 부모 마음인 것을. 판화는 물론 두 노인네가 꿈에서라도 손자를 안아보고 싶어 한다는 사실을 잘 알고 있었다. 그래서 덴쿼에게 보신을 시키고 힘을 채워주려는 것이다.

그리고 감자. 감자 역시 깊은 의미가 있었다. 보름 전에 판화는 어머니가 하시는 말씀을 들었다. 어떤 사람이 남자아이를 낳고 싶으면 감자를 많이 먹으라고 했다는 것이다. 판화가 누가 그런 말을 했냐고 묻자, 어머니는 어쨌든 지식인이라고, 지식인이니 많이 알 것이라고 말했다. 판화의 예상은 틀리지 않았다. 그 사람은 페이전이었다. 어머니는 페이전이 감자를 먹어야 하지만 그것도 많이 먹어야 한다고, 한 번에 최소한 두 개는 먹어야 한다고 했다고 말했다. 감자 두 개를 함께 놓으면 무슨 모양이지? 남자아이 불알이야. 어머니는 또 자신을 원망했다. 자신이 헛살았다고, 몇십 년을 헛살아 이렇게 단순한 이치도 깨우치지 못했다고 스스로를 원망했다.

페이전 이 사람, 어떻게 이런 못된 방법을 생각해낸 거야? 그냥 노인네를 갖고 논 것 아니야? 그러고도 네가 인민교사 출신이라고 말할 수 있어? 그리고 내가 임신하기를 바라고 있다는 거지? 내가 잘못되기를 바란다는 거지? 나중에 판화가 밭에서 이랑을 매다가 페이전을 만났을 때 감자를 먹는 것과 남자아이를 낳는 것이 도대체 무슨 관계가 있냐고 물었다. 그때 페이전은 감자 두 알이 남자아이 불알을 닮았다는 말은 하지 않았다. 페이전은 고상하게 과학적인 이치라고만 설명했다. 감자를 먹으면 자궁 내부의 알칼리성이 높아지고, 알칼리성이 높아지면 남자아이를 낳을 수 있다고 말했다. 아, 알칼리성이니 아니니 하는 것을 어머니는 당연히 모른다. 아는 것이라고는 감자 두 알을 한데 놓으면 '남자아이 불알'을 닮았다는 점이다. 게다가 어머니는 판화가 감자를 먹어야 한다는 사실도 몰랐다. 그래서 지금 어머니는 감자를 집어서 덴쿈의 그릇에 놓아주었다. 감자를 보면서 아버지가 물었다.

"덴쿈, 설도 아니고 명절도 아닌데 어떻게 집에 올 생각을 다 했니?"

덴쿈이 아부하며 말했다.

"두 분께 효도하고 싶어서요."

아버지가 말했다.

"히야, 아주 감격스러운데."

판화는 아버지가 못마땅해하는 것을 알아채고 급히 한마디 덧붙였다.

"제가 돌아오라고 했어요. 절 좀 도와달라고요."

아버지는 아무 말도 하지 못했다. 판화가 다시 말했다.

"제가 돌아와서 연설 원고를 좀 써달라고 했어요."

이렇게 말하고는 다시 애교 부리듯이 아버지에게 말했다.

"그때가 되면 앞장서서 박수를 쳐주셔야 해요."

아버지의 표정이 금방 진지해지더니 밥그릇을 두드리면서 어머니에게 말했다.

"모두 박수를 쳐야 해. 썰렁한 분위기가 되도록 해서는 안 돼."

덴쿈이 말했다.

"그럼요, 그럼요. 개 한 마리가 짖으면 모든 개가 다 짖는 법이니까요."

그러자 아버지가 물었다.

"개? 무슨 개?"

뎬쵄이 급히 변명하며 말했다.

"저는 비유적으로 말씀드린 겁니다. 누군가 앞장서서 박수를 치면 다른 사람들이 모두 따라서 박수 친다는 뜻이죠."

판화는 줄곧 칭수와 톄쒂를 기다리고 있었다. 식사를 마치고 그릇도 씻었지만 칭수와 톄쒂는 나타나지 않았다. 판화는 기다리기 초조해서 더우더우를 데리고 뎬쵄과 산책을 나갔다. 기분 전환을 하려는 의미도 있고 또 핑계 김에 뎬쵄에게 마을의 상황을 알려주고 싶기도 해서였다. 까놓고 말하자면 자신의 성과를 좀 똑똑히 알려주어 그가 자신감을 갖고 연설문을 쓸 수 있도록 하고 싶어서였다. 물론 뎬쵄을 그의 어중이떠중이 친구들과 만나게 하려는 생각도 있었다. 교감을 좀 나누면 그녀 쪽으로 표를 유도하게 될 것이다. 뭐랄까? 비록 그녀가 연임을 하고 촌지부서기 직무를 회복할 이유가 충분히 있다고는 하지만, 설마가 사람 잡는다고 하지 않던가. 옛말에 뭐라고 했지? 열 길 물속은 알아도 한 길 사람 속은 모른다고 했지. 만일 누군가 뒤에서 생트집을 잡으면 그때 그녀는 당황할 것이다. 제발, 내 마음속의 웅대한 청사진이 아직 완전히 실현되지 않았는데, 어쨌든 간에 중도에 그만둘 수는 없잖아? 뎬쵄은 대중화 상표 담배를 한 갑 챙기고는 선글라스를 꼈다.

"그 잠자리안경 좀 벗어!"

판화는 말하면서 안경을 확 벗겨서는 더우더우에게 가지고 놀라고 주었다. 뎬쵄은 또 아동용 망원경을 가지고 나와 고향의 산과 물

그리고 페이샹費翔이 노래했던 '고향의 구름'을 잘 봐두어야 한다고
했다. 판화는 그의 코를 비틀었다.

"구름은 놔둬. 개혁개방의 성과나 잘 살피도록 해."

마을 입구에서 판화는 발밑의 아스팔트 도로를 밟으며 뎬쥔에게
말했다.

"봤지, 내가 사람들을 거느리고 닦은 길이라고. 아직 기억해? 그
때 내가 당신에게 시집올 때 이곳을 통해 마을로 들어왔는데 차가
푹푹 빠졌잖아. 봐봐, 지금은 곡식 타작장보다도 매끈하다니까."

"분명하게 말해. 당신이 나한테 시집온 게 아니라 내가 당신한테
시집간 거지."

판화는 그를 주먹으로 한 대 치고 말했다.

"제길! 내가 말하지 않았어? 두 노인네가 세상을 뜨면 당신의 성
을 따라 더우더우를 장씨로 하겠다고. 말해봐, 누가 누구에게 시집
온 거라고?"

마을 서쪽에는 관장 사람들이 서하西河라고 부르는 강이 하나 있
었다. 서하 서쪽에는 제지공장이 있는데, 택지는 관챵의 택지이지
만 공장은 향의 것이어서 매년 관챵 사람에게는 2만 위안만 주었다.
20년 전에 2만 위안이면 큰돈이었다. 돼지 200마리를 살 수 있었고,
마을 사람들 전체가 전기세를 낼 수 있었다. 또 무대를 두 개 세우기
에도 충분했다. 하지만 지금은 안 된다. 무대 반 개도 세울 수 없다.
더 화나는 문제는 제지공장에서 내보내는 폐수였다. 아기들이 싸대
는 똥 덩어리처럼 누런데, 악취가 나고 끈적끈적하고 퀴퀴했다. 폐

수는 강 전체를 오염시켰다.

칭마오가 권력을 잡고 있을 때 제지공장과 담판을 지어 그들이 폐수를 해결하겠다는 약속을 마을 사람들에게 하게 했다. 해결하지 않으면 강경하게 대응해서 정문을 막아버리겠다고 경고했다. 그렇지만 몇 년이 지났는데 공장은 여전히 폐수를 내보낼 뿐만 아니라, 정문도 점점 더 근사하게 만들었다. 문 앞에 있던 돌사자는 본래 청석青石으로 만들었는데 지금은 흰 대리석으로 바뀌었다. 마을에 백치가 하나 있었다. 후천적인 백치였다. 젊었을 때 베이징에서 군대 생활을 했고 외국 사람도 몇 명 본 적이 있었다. 그 백치가 이 사자는 중국 사자가 아니라 외국 사자라고 지적했다. 외국인은 모두 백인이기 때문에 그들이 조각한 사자 역시 흰색이라고 했다. 이 말도 안 되는 소리가 점점 퍼지더니 뜻밖에 일부 사람들은 정말 이 사자가 외국에서 만들어온 것이라고 믿게 되었다. 외국 사자 두 마리가 마을 주변에 웅크리고 있는 건 당면 문제를 잘 말해주고 있었다. 뭘 말해주느냐고? 제지공장은 점점 잘되고 칭마오의 사업은 하면 할수록 어려워진다는 사실 말이다. 한번은 마을위원회 회의에서 칭마오가 개망신을 당했다. 하지만 칭마오는 그를 원망할 수 없다고 했다. 이치는 아주 간단했다. 설사 아득히 먼 하늘 끝이나 바다 끝까지 가더라도, 설사 우주선을 타고 달로 날아가더라도, 약한 팔뚝이 강한 넓적다리를 꺾을 수는 없다. 관창 마을은 팔뚝이고 왕자이향은 바로 넓적다리다. 그러니 그를 원망할 수 없다는 것이다.

지금 판화는 서하를 가리키면서 덴첸에게 그녀가 이 강을 어떻게 다스렸는지 아직 기억하느냐고 물었다. 판화가 말했다. 처음부터 나는 그런 사술은 아무래도 믿음이 가지 않았어. 뉴 향장이잖아. 아무리 거들먹거려도 향장에 불과하고, 넓적다리가 아무리 튼튼해도 국가의 넓적다리보다는 튼튼하지 않지. 뉴 향장이 만일 국가주석이었다면 나도 그렇게 끝냈을 거야. 그렇지만 아니잖아.

판화의 말은 틀리지 않았다. 관직에 오른 이후 그녀는 제지공장과 다시 담판을 지었다. 여장부가 출마하여 혼자서 두 사람을 당해냈다. 판화는 제지공장을 달래 마을에 가로등을 설치해주도록 하고 또 학교에는 교실 책상과 환등기 그리고 컴퓨터 한 대를 '찬조'하도록 했다. 관창 마을과 제지공장의 관계를 강화하고, 제지공장 직공 자녀들이 '가까운 곳에 입학'하기 편하도록 강에 아치형 돌다리도 건설하게 했다. 공장 측은 처음에는 우물쭈물 돈을 내지 않으려고 했지만 때가 되자 그래도 온순하게 돈을 냈다.

물론 그 과정에는 멍샤오훙의 공도 있었다. 멍샤오훙이 낸 생각이었으니까. 샤오훙은 이렇게 말했다. 제가 다른 사람한테 들은 건데, 지금 교육 방면에 학생들의 부담을 줄이기 위해 초등학생들에게 교과 과정 이외의 숙제를 내줄 수 없도록 하는 규정이 있다는 거예요. 하지만 하교시간을 한 시간 늦춰서 숙제를 다 못 끝낸 학생들을 집에 돌려보낼 수 없다고 하면, 위에서도 할 말이 없을 거예요. 샤오훙은 자신감에 차서 말했다. 반년도 안 돼서 노동자 자녀들이 큰물로 나가기 시작할 테고, 그때가 되면 모든 것이 잘될 거예요. 샤오훙도 계집이니 그녀의 말을 전부 사실로 여길 수는 없었다. 판화는 그래도 그녀를 존중해 그 건의를 흔쾌히 받아들였다. 나중에 과연 큰물로 나가는 사람이 생겼다. 남자아이 하나 여자아이 하나로 두 명이었는데, 모두 중등간부의 자제들이었다. 잘됐어요, 잘됐어요. 샤오훙이 말했다. 이럴 때 '용과 봉황이 상서로운 기운을 드러낸다' 그리고 '좋은 일이 쌍으로 이루어진다'라고 하는 거지요. 이후에 다리가 놓였다.

마지막에는 또 그들에게 임시로 마을에 오염 보상비 50만 위안을 내도록 했다. 돈이 다 들어오자 판화는 여동생 판룽과의 관계를 이용해 성에 있는 기자들을 불러들여 제지공장의 오염수 배출을 세상에 알렸다. 오래지 않아 성에서 정부 문건을 보내 제지공장을 폐쇄해버렸다. 판화는 다음에는 저 제지공장을 회수해 오겠다는 생각까지 다 해놓았다. 그녀는 이미 예전의 서류를 살펴서 택지만 20년 기한으로 향에 빌려주었는데, 내년 정월 십오일이면 기간이 만료된다는 사실을 알아냈다. 이것은 정말 작은 일이 아니었다. 관챵 사람들에게 있어 제지공장을 회수해 오는 것은 홍콩 반환에 맞먹는 사건으로 마을 역사에 남을 만한 일이었다.

"이게 내 만족스러운 작품이지. 그렇지만 당신 절대 내 이름을 거론해서는 안 돼. 또 판룽의 이름을 거론해서도 안 되고. 제지공장 같은 그런 잡놈들이 앙갚음을 당한 거야. 당신은 마을위원회가 민의를 존중해 성공적으로 오염수 처리 문제를 해결했다고 간략히 언급하기만 하면 돼. 만일 내가 다시 당선된다면 자금을 좀 끌어모아서 제지공장을 가져와 처음부터 다시 시작할 거야. 그 방면으로는 내가 집중적으로 쓸 수 있어."

덴쿼이 물었다.

"무슨 공장을 하려는 거야?"

판화가 웃더니 말했다.

"당신 망원경 있지 않아? 저 멀리 좀 봐봐. 나중에 저곳에서 뭘 할 수 있을까?"

"신발 공장 하자. 나 같은 기술자도 없잖아. 구두 도매시장을 하는 거야. 이곳은 번화가와도 좀 떨어져 있고."

판화가 디우디우를 안아 들고 공장의 담벼락을 가리키며 물었다.

"디우디우야, 네가 말해봐. 저곳에 무엇이 보였으면 좋겠어?"

디우디우가 단번에 말했다.

"동물원. 난 공룡을 보고 싶어."

"봐봐, 심지어 디우디우도 알잖아. 난 저곳에 동물 농장을 할 거야. 무슨 동물을 기를지는 당신이 잘 좀 생각해줘. 어쨌든 간에 칭린이 많은 깨달음을 주었어. 내 꿈은 마을 사람들 전체를 부유하게 만드는 거야. 그때가 되면 당신도 선전에 가지 마. 어차피 아르바이트하는 거잖아. 그런 것쯤 어디서든 할 수 있다고. 돌아와서 날 도와 농장을 좀 살펴줘."

"알겠습니다. 부인의 이상은 교배하고 양식하고, 양식하고 교배해서, 공동의 부를 실현하겠다는 것이군요."

"제길, 좀 진지해져봐."

도중에 종종 사람들이 판화와 인사를 나누었다. 비록 '식사하셨

114

어요?'라는 일반적인 안부 인사였지만 그 안에는 존경의 뜻과 약간의 조심스러움이 담겨 있었다.

덴쥔은 판화보다 머리 하나는 더 컸는데 사람들은 늘 먼저 판화를 보고 그다음에 덴쥔을 보았다. 덴쥔과 말을 할 때는 별로 조심스러워하지 않고 입만 열면 '쌍'이나 '씨발' 소리를 내뱉었다. 덴쥔이 바쁘게 담배를 뽑아대는 바람에 담배 한 갑이 금방 없어졌다. 덴쥔이 담배를 나눌 때마다 판화가 한마디를 더하곤 했다.

"당신 그 담배 어디서 산 거야. 가짜는 아니겠지?"

그러면 덴쥔은 나귀가 방아를 돌리듯이 자연스럽게 대꾸했다.

"가짜 담배? 니미! 이 어르신께서는 다른 담배는 진짜인지 가짜인지 몰라도 대중화 상표라면 좀 피울 줄 안다고."

관창 마을 뒤에는 커다란 언덕이 하나 있었다. 높고 낮게 이어진 언덕은 약 300무에 달했다. 본래는 과일나무가 자라고 있었다. 저지대에는 배나무, 살구나무, 복숭아나무가 심겨 있었고, 고지대에는 호두나무가 심겨 있었다. 그런데 대약진이 발생한 그해에 영국과 미국을 앞지르기 위해 강철사업을 대규모로 벌이면서 하룻밤 사이에 나무를 전부 베어버렸다. 나중에 다시 과실수를 심었지만 미처 과일이 열리기도 전에 '다자이大寨 배우기' 운동(1964년에 시작되어 1978년까지 지속된 농촌 개혁 운동—옮긴이)이 시작되었다. 어떻게 하지? 물론 베어내야 했다. 그래서 다시 베었다. 몇 년 전에 다시 나무를 심었는데 이번에는 과실수를 심지 않고 백양나무와 느릅나무를 심었다. 마을의 어떤 사람이, 이번에는 잘했어, 모두 빨리 자라는 것으로 심었으니 설사 형세 변화가 있어서 베어내더라도 재목으로 쓸 수 있겠어, 베어내도 마음이 아프지 않겠어, 하고 말했다. 그런데 나무가 아무리 빨리 자라도 형세 변화만큼 빠르지는 않았다. 백양나무가 팔뚝 두께만큼 자랐을 때 슈수이에 있는 부동산 매매업자가 현의 간부들을 대동하고 와서 이 땅을 개발해 별장을 지어야겠다고 말했다. 칭마오가 그때 계산을 해보니 1무의 땅을 10만 위안에 팔면 300무니까 3천만 위안이었다. 모든 마을 사람들이 먹지도 마시지도 않고 10년을 모아도 그렇게 큰돈을 모을 수는 없었다. 일찌감치 단번에 중산층으로 뛰어오를 수 있게 된 것이다. 이런 좋은 일이 있는데 손을 놓고 하지 않으면 으뜸가는 바보가 아니고 또 뭐겠어? 당연히 해야 했다. 허둥지둥 또 나무를 베어냈다. 그런데 시간이 지나도 그 부동산 매매업자가 오지 않았다. 알아봤더니, 니미 씨발, 감옥에 들어간 뒤였다. 판화가 지금 이 언덕에 온 것은 한편으로는 마음을 달래기 위해서였지만, 다른 하나는 덴쿤에게 이 언덕을 어떻게 이용할지 잘 좀 궁리해보라고 하기 위해서였다.

창공 아래서 언덕은 부침하면서 망망대해로 이어져 있었다. 저 멀리 하얀 거울이 놓여 있는 것처럼 보였는데, 그것은 사실 수역水域이었다. 이따금 백양나무 한 그루가 천양지간에 가지를 쭉 뻗고 있어 멀리서 보면 마치 고아 같았다. 마을에서 멀지 않은 저지대에는 잡초가 사람 키 반만큼이나 높이 자라 있었다. 결혼 전에 판화와 덴쥔은 종종 그곳에서 뒹굴곤 했다. 몸에 풀씨가 묻고 엉덩이에는 잡초로 얼룩덜룩한 그림이 그려졌다. 그렇지만 그때는 그게 행복이라고 느꼈고 마음은 벌꿀 통 속에 빠진 듯했다. 지금 높은 곳에 서서 아래를 내려다보는 그들의 얼굴에 희미한 미소가 떠올랐다. 그리고 약속이나 한 듯이 그쪽으로 걸어갔다.

덴쥔이 말했다.

"이곳에 낙타를 길러도 되겠어. 낙타는 아무거나 잘 먹으니까."

걷다가 그들은 뜻밖에 양을 치고 있는 리하오李皓를 만났다. 리하오와 판화, 덴쥔은 모두 고등학교 동창이다. 슈수이 제일중학에서 공부할 때 리하오에게는 별명이 두 개 있었다. 하나는 화학두뇌였고 다른 하나는 소수점이었다. 화학두뇌는 그의 두뇌가 사람 두뇌라고는 할 수 없을 만큼 빨랐기 때문이고, 소수점은 그가 원주율을 소수점 아래 몇 단위까지 암기할 수 있기 때문이었다.

사실 리하오에게는 또 다른 별명이 하나 있었다. 그는 '리 철지팡이'라고도 불렸다. 다만 감히 그의 앞에서 그 이름을 당당히 부를 수 있는 사람이 없었을 뿐이다. 그는 선천적으로 소아마비를 앓은 절름발이였다. 그렇지만 리하오는 평소에 지팡이를 짚지 않았다. 리하오가 가장 싫어하는 사람은 바로 명칭수가 가장 좋아하는 자오번산이었다. 자오번산이 〈지팡이를 팔다〉라는 극을 연기한 적이 있어서 오랜 시간 아이들이 리하오만 보면 자오번산이라고 소리치곤 했기 때문이다. 사실 고등학교에 다닐 때 리하오도 평범한 상황에서라면 1년에 한 번 지팡이를 짚은 적이 있었다. 그는 장애인이었기

117

때문에 빗자루를 조금 움직이기만 해도 노동 모범이 되어서, 해마다 '삼호학생三好學生'(사상, 학습, 신체 세 방면에서 뛰어난 학생에게 주는 명예로운 호칭─옮긴이)으로 뽑혔다. 연말이 되어 상을 줄 때가 되면 리하오는 반드시 많은 사람의 주시 아래 지팡이를 짚고 단상에 올라 상을 받았다. 명실상부함을 드러내기 위해서였다.

음, 말이 나왔으니 하는 이야기지만, 만일 그때 대입 시험이 지나치게 엄격하지만 않았다면 그는 일찌감치 멀리까지 날아올랐을 것이다. 진즉에 관리가 되고 첩을 거느렸을지도 모른다. 그렇지만 그는 지금 양치기에 불과하고 마누라조차 얻을 수 없는 형편이었다. 판화는 그를 조직 안으로 데려와서 마을 회계를 맡길 생각을 했었다. 하지만 지난번 선거 때 그는 맞선을 보기 위해 떠나버렸다. 그는 샹성에게 '아랫도리 문제'는 혁명에서 가장 중요하며 '아랫도리 문제'를 잘 해결하면 다른 것도 알아서 잘 해결된다고 말했다. 결국 '아랫도리 문제'가 잘 해결되지 않아 자리도 날아갔다. 들리는 말에 따르면 나중에 약간 후회를 하고 화가 나서 양 몇 마리를 절름발이로 만들어버렸다고 했다. 그렇지만 세상에는 어떤 약이든지 다 있지만 '후회약'은 팔지 않는 법이다. 잘못은 잘못으로 넘겨야 한다. 다행히 다음번이라는 것이 있으니까. 이번에 판화는 그를 조직으로 끌어들일 생각이었다. 마을에는 장애인이 열 명 남짓 있는데 백치 둘을 빼고 나머지는 모두 똑똑했다. 리하오는 그들의 우두머리였다. 만일 리하오가 판화를 지지한다면 나머지 장애인들도 그녀에게 표를 던질 터였다. 후일 농장이 세워지면 그 장애인들도 매우 유용하게 쓰일 수 있을 것이다. 머리통이 조금 똑똑하면 관리 계급에도 들어갈 수 있다. 물론 조금 멍청하다면 그들을 위해 바닥을 쓸고 전화를 받고 서류 처리를 해야 하겠지. 백치 두 명은 어쨌든 똥인지 된장인지 알지도 못하니 마구간을 청소하고 오물을 치우게 하면 되었다.

산양 열댓 마리가 흰 구름처럼 언덕 위를 점점이 수놓고 있었다. 더우더우는 양을 보더니 덴쿤의 어깨에서 이리저리 몸을 틀어대면서 '양 친구'들과 함께 놀겠다고 떼를 썼다. 양 한 마리가 뛰어왔다. 털에는 풀씨가 묻어 있었다. 풀씨에는 뾰족한 보리까락 같은 반짝거리는 가시가 나 있었다. 판화는 더우더우가 찔려서 상처를 입을까 봐 손을 뻗어 풀씨를 떼어냈다. 더우더우는 옆에서 고함을 치고 소리를 지르며 양을 타겠다고 소란을 피웠다.

리하오가 고개를 돌려 보더니 "제길" 하고 한마디 하고는 다시 고개를 돌려버렸다. 판화는 웃었다. 장애인들은 대부분 체면을 중시하고 자존심이 강해서 먼저 아는 체를 하지 않으면 그 사람을 상대하려 들지 않았다.

리하오는 흙더미에 기대 누워서 저고리로 얼굴을 덮고 있었다. 잠이 든 것 같았다. 흙더미 위에는 사람 키 반 높이로 풀이 자라 있고, 그 위로 느릅나무가 한 그루 서 있었다. 나이가 오래되었는데 지금은 껍질이 완전히 벗겨져서 살았는지 죽었는지 알 수 없었다. 판화는 하마터면 그 흙더미가 원래는 무덤이고 그 안에 고독한 노파가 묻혀 있다는 사실을 잊을 뻔했다. 노파의 아들 쿵칭강孔慶剛은 젊은 시절 기세당당하게 압록강을 넘어 항미원조抗美援朝(미국에 대항하고 조선을 구한다―옮긴이) 전쟁에 참여했다. 그때 영웅의 어머니였던 노파는 뽕나무 지팡이를 짚고 마을을 거닐면서 지팡이로 땅을 땅땅 두드리곤 했다. 얼음사탕을 물고 있어서 노파의 뺨은 불룩했다. 판화는 아버지가 국경절이 되면 마을의 첫 번째 홍기가 항상 칭강네 문 앞에 걸리곤 했다고 말하는 걸 들은 적이 있었다. 그러나 전쟁이 끝났는데도 칭강은 돌아오지 않았다. 노파에게 물으니 죽었다고 했다. 노파는 뽕나무 지팡이를 두드리며 씨발 ×이 됐졌지만 어쨌든 마오 주석을 빛냈으니 잘 죽었다고, 조금 잘한 것이 아니라 크게 잘한 것이라고 말했다. 문화대혁명이 시작되었을 때 사람들은 비로소 칭강이 그때 죽지 않고 미국인에게 포로로 잡혔다가 나중에 타이완으로 갔다는 사실을 알게 되었다. 노파는 그 일로 낮에 비판을 받고는 그날 밤에 목을 맸다. 판화의 어머니는 그해 막 관창으로 시집을 왔는데 그곳으로 구경을 하러 갔다. 어머니 말에 따르면 노파의 혀가 더운 날 늘어진 개 혓바닥처럼 아래턱까지 축 처지고 위에는 개미가 바글바글 기어 다녔다고 했다. 왜 개미가 기어 다녔던 걸까? 노파가 죽을 때 얼음사탕, 그러니까 최후의 얼음사탕을 입에 물고 있었기 때문이다. 노파의 친정은 근처 마을 궁창인데 자오위안이 직접 궁창으로 가서 그녀의 친정 식구들에게 시신을 수습하러 오라고 알렸다. 그런데 친정 식구들은 자신들이 혁명을 하느라 바빠 시간이 없다고 말했다. 다시 채근하자 그들은 늙은 뼈다귀는 차라리 개에게나 던져 먹여요, 하고 말했다. 자오위안은 화가 났다. 그는 한마디를 내뱉고는 떠나버렸다.

"내가 여기서 한마디 해야겠소. 우리 관챵의 개도 무산계급의 개요. 무산계급의 똥을 먹을지언정 자산계급의 뼈다귀는 먹지 않소."

하지만 어쩌겠는가. 그곳에서 구더기가 들끓게 내버려둘 수는 없지 않은가. 결국 관챵 사람들이 너덜거리는 멍석으로 시체를 말아 땅에 묻어버렸다. 쿵씨네 집안사람들은 그녀가 조상 묘소로 들어오는 것을 원치 않았다. 할 수 없이 이 황무지 벌판에 묻을 수밖에 없었다. 그때는 이곳이 마을에서 꽤 멀리 떨어져 있었고 들개도 어슬렁거렸다. 판화와 뎬쿤이 예전에 이곳에서 뒹굴 적에 봉분은 이미 사라져 있었다. 몇 년 전 노부인 친정에서 사람을 언덕으로 보내 무덤에 흙을 쌓았다. 그래서 이 작은 흙무덤이 만들어졌다. 판화는 2년 전 슈수이에서 막 화장을 실시했을 때 상부에서 경지 면적을 늘리기 위해서는 죽은 사람들이 산 사람에게 길을 양보해야 한다고 지시했던 것을 기억했다. 마을에 있는 무덤은 하나도 남김없이 모두 평지로 만들어버리라고 했다. 남겨두는 마을이 있으면 그 마을의 지부서기가 자리에서 물러나야 했다. 그런데 맙소사, 어떻게 칭강 어머니의 무덤을 잊어버렸던 것일까. 보아하니 그녀 혼자만 잊었던 것이 아니라 마을 사람 전체가 잊었고, 심지어 궁챵 마을 사람들도 잊었던 것 같았다.

말할 필요도 없이 리하오도 분명 잊었다. 그렇지 않다면 이 무덤에 기대 잠을 자지는 않을 것이다. 판화가 그를 소리쳐 부를 때 갑자기 언덕 위에서 자오중샹趙忠祥(중국의 유명한 방송인—옮긴이)의 정겨운 목소리가 들려왔다. 지나치게 정겨워 약간 낯간지러웠다. 물론

121

자오중상이 관창에 올 리도 없고 관창에 왔더라도 언덕에서 양을 칠 리는 없었다. 그건 당연히 리하오의 목소리였다. 리하오가 시를 읊고 있었다.

　　한바탕 꿈인 줄 누가 먼저 깨달을까
　　평생을 살며 이제 알았거늘
　　봄날 초가집에서 늘어지게 한숨 자고 나니
　　창밖에는 해가 뉘엿뉘엿 저무네

　판화는 약간 웃음이 났다. 곧 사십이 되어가는 이 홀아비야, 네가 굳이 말하지 않아도 사람들은 이미 네가 '뉘엿뉘엿'하게 된 줄 알아. 지금 조직에 하소연하고 있는 거구나! 사실 이 문제는 네가 나를 따라가서 내 회계가 되어준다면 잘 해결될 수 있지. 신분이 변해 임금을 받게 되면 자네가 부인을 얻을 수 있도록 해주지.
　판화는 이 생각을 덴쿤에게 말했다.
　"당신이 잘못 생각했어. 쟤가 읊은 건 제갈량의 시야. 저 리 철지팡이는 기분 좋아지면 자기가 숨은 영웅이라고 생각하거든."
　판화가 "잘났어, 당신 잘났어. 됐어?" 하고는 소리를 질렀다.
　"소수점, 네 못된 친구가 널 보러 왔어."
　리하오가 몸을 뒤척이더니 저고리 밑에서 말했다.
　"누구야, 누구? 어르신 단잠을 완전히 망쳐버리는 놈이."
　덴쿤은 리하오의 저고리를 들추면서 '리 철지팡이' 하고 소리쳤다. 리하오는 그제야 당나귀가 구르는 것처럼 풀밭 위를 데굴데굴 구르고는 일어나 앉았다. 덴쿤이 건네주는 담배를 받아들고는 상표를 힐끔 쳐다보더니 이쑤시개로 사용하는 풀줄기를 뱉어버리고 말했다.

"제길, 형편 좋아졌구나."

'좋아졌구나'라는 말에 힘을 주고 길게 늘이자 본래는 좋은 뜻인데 좀 이상하게 들렸다. 판화가 말했다.

"좋아졌든 안 좋아졌든 다 쓸모없어. 뭐니 뭐니 해도 여유가 있는 게 좋지. 이 사람한테 너 같은 여유가 있는 줄 알아? 넌 신선놀음하고 있잖아. 다음부터는 너를 소수점이라고 부르지 말고 차라리 살아 있는 신선이라고 해야겠다."

리하오가 삽을 집어 들더니 흙을 한 덩이 파서 양 떼 쪽으로 던지며 말했다.

"하기야, 양 치고 경치 보고 고개 들면 하늘엔 별이 천지지. 나야 뭐, 나 한 사람 배부르면 온 가족 배를 채우는 거니까."

리하오는 비록 배움이 많기는 하지만 어찌 보면 개와 다를 게 없었다. 그에게 벽돌을 하나 던져주면 갈비로 알고 냅다 물어뜯을 것이다. 봐, 살아 있는 신선이라고 추켜세우니까 손에 든 저고리를 새털 부채처럼 부치면서 노래를 부르잖아. 〈공성계空城計〉 노래를 부르네.

　내가 성 위에서 산 경치를 보는데
　성 밖에서 시끄러운 소리가 들리고

공중에서 깃발이 나부끼네

알고 보니 사마가 보낸 병사로군

리하오의 목소리는 처음에 들으면 약간 슬픔에 잠긴 듯하다가도, 다시 들으면 즐거움이 숨겨져 있는 듯했다. 탁주 한 사발로 만남의 기쁨을 나누자는 느낌도 약간 있었다. 더 듣다 보니 한이 끊이지 않고 이어지는 느낌도 들었다. 하늘에 뜬 구름이 천천히 움직이고 있었다. 가장 큰 구름이 회백색에서 담홍색으로 바뀌더니 다시 암홍색으로 변했다. 리하오는 노래를 마치고도 여전히 연극 속에 빠져 있는 듯 눈썹을 살짝 치켜세우고 있었다. 눈빛이 공허했다. 손에 들린 저고리도 여전히 그대로 흔들거렸다. 메뚜기가 그들 사이에서 날아오르더니 한 바퀴 돌고는 다시 리하오 발 옆 풀 위로 떨어졌다. 메뚜기는 본래 녹색이지만 지금은 마치 녹이 한 겹 슨 것처럼 암홍색으로 변해 있었다. 잠시 뒤에 덴쿼이 갑자기 말했다.

"자네는 와룡이지만 나는 사마의司馬懿가 아니네. 난 그저 신발을 만드는 사람이지."

리하오는 대꾸하지 않았다. 다시 약간의 시간이 흘러서야 리하오가 입을 열었다.

"자네는 당연히 사마의가 아니지. 사마의는 아들이 황제였지만, 자네는 부인이 황제이지 않은가."

판화가 입을 삐죽거렸다.

"미안하지만 그 감투는 쓸 수 없어. 지금은 민주적인 선거를 하잖

124

아. 황제를 돌아가면서 하니까 내일 내 차례가 되면 다음 날은 네 차례가 되겠지."

리하오는 여전히 바로 대꾸를 하지 않았다. 리하오는 이미 연극 속에서 빠져나와 있었고 얼굴에는 평상시의 교활한 표정이 떠올랐다. 보통 사람의 교활함은 사람을 서늘하게 하고 겁나게 하지만 리하오의 교활함에는 약간 따스한 정감이 있었다. 리하오의 눈빛이 구름에서 땅으로 떨어졌다.

"한번은 내가 양을 치고 있었는데 대학에 들어간 동창 몇 명이 왔더라. 제길, 모두들 신수가 훤해졌더군. 마을에서 묵는 것이 편하지 않아서인지 맥주와 통조림을 사가지고는 이 황량한 들판으로 주말을 보내려고 왔어. 내가 그 자리에서 양을 한 마리 잡아 바비큐를 해주고 이 언덕에서 자라는 달래를 곁들여 먹게 했지. 헤, 입에 기름이 번들거리고 방귀를 뀌어도 기름이 둥둥 떠다녔어. 걔들이 쿵판화에 대해 묻기에 내가 판화는 사람들을 따라 외부로 시찰을 나갔다고. 그때 나는 네가 황제라고 말 안 했어. 걔들이 먼저, 지금은 판화가 여왕이야, 하고 말했지. 덴쿤, 게네들이 너에 대해서는 어떻게 말했는지 맞혀봐. 게네들이, 그렇다면 덴쿤은 필립(영국 엘리자베스 여왕의 남편─옮긴이)이로군, 하더라고. 내가 보기에도 자네는 사마의가 아니고 필립이야."

판화가 말했다.

"저 사람한테 어디 필립 같은 복이 있어. 저 사람은 고생할 운명이어서 무슨 일이든지 직접 해야 해. 나도 저 사람한테 아무런 도움이 못

돼. 오히려 나랑 더우더우가 저 사람에게 의지해서 살아가고 있어."

판화가 내친김에 리하오에게 그날 누가누가 왔었는지 물었다. 그 무리 속에 난위안향의 향장 류쥔제劉俊杰가 있었다는 말을 듣고 판화가 말했다.

"류쥔제 그 사람, 시찰단에 있어야 했는데 일이 너무 바빠 갈 수 없다고 하더니 이곳 관청에 와서 놀고 있었구먼. 언제 한번 만나면 제대로 손을 좀 봐줘야겠어."

덴쥔이 물었다.

"류쥔세도 도심에 집을 샀나?"

리하오의 눈빛이 갑자기 싸늘하게 변하고 목소리도 낮게 깔렸다.

"당연하지. 집을 사면 서로 오가며 마실 다니기 좋고, 마실을 다니다 보면 적의 상황을 분명히 파악할 수 있고, 적의 상황을 분명히 파악하면 올가미를 놓을 수 있고, 올가미를 놓아 쓰러뜨리면 관직이 오르고 재물이 불어나지. 모두 다 연결되어 있는 거야."

덴쥔이 어깨를 툭툭 쳤다.

"걔 신경 쓰지 말고, 리하오, 언제 우리 함께 코가 삐뚤어질 때까지 마시자고. 내가 대접하지."

리하오가 말했다.

"모르는 것도 아니면서 왜 그래. 나란 인간은 술을 이기지 못해. 난 술독에 빠진 신선은 될 수 없어."

판화가 다시 권했다.

"많이 마시게 하지 않을게. 사실 너한테 자문을 좀 구할 일이 있

126

어서 그래."

리하오는 매우 총명한 사람이었기 때문에 당연히 그녀가 말하는 의미를 알고 있었다. 그는 이미 고개를 숙이고 깊은 생각에 잠겨 있었다. 잠시 뒤에 리하오가 결국 입을 열었다.

"붉은 콩 검은 콩 아닌가? 셀 필요도 없지. 붉은 콩이 분명 많을 거야."

리하오가 말하는 '붉은 콩'과 '검은 콩'도 유래가 있었다. 이 이야기는 가장 먼저 〈평원 유격대〉라는 옛날 영화에서 나왔다. 영화 속에서 한 유격대원이, '인민 여러분 손에 콩 두 줌이 있을 겁니다. 한 줌은 붉은 콩이고 다른 한 줌은 검은 콩입니다. 좋은 일을 한 사람에게는 뒤에서 엉덩이를 향해 붉은 콩을 한 알 던지고, 인민을 괴롭힌 사람에게는 뒤에서 엉덩이를 향해 검은 콩을 한 알 던지세요'라고 했다. 그 자리의 떠들썩함은 문제도 아니었다. 나중에 청산할 죄상이 문제였다. 붉은 콩과 검을 콩을 하나씩 세면 좋은 사람인지 나쁜 놈인지가 한눈에 분명히 드러나게 될 테니까.

칭마오는 촌장 선거에 참여한 그해에 이 이야기를 떠올리고는 그걸 십분 이용했다. 선거 한 달 전에 칭마오가 말하길, 자신에게 두부 장사를 하는 친척이 있는데 둥베이東北에서 대두를 몇 포대 들여와서 풀어보니 정말 눈 깜짝할 사이에 대두가 붉은 콩과 검은 콩으로 바뀌어 있더라고 했다. 귀신이 곡할 노릇이었다. 반고盤古가 천지를 개벽하고 삼황오제가 나타난 이후로 지금까지 어디에 붉은 콩과 검은 콩으로 두부를 만든 일이 있단 말인가? 근심으로 인해 하룻

127

밤 사이에 머리가 하얗게 세어버린 친척을 보고는 참을 수 없어 돈을 꺼내 몇 포대를 샀다. 사서 돌아오기는 했는데 내버려두자니 벌레가 생길 게 뻔하고 내버려두지 않더라도 다 먹을 수 없었다. 칭마오가 사방에 알아보니 붉은 콩과 검은 콩이 소화를 도와줘 노인들에게 좋은 점이 많다고 했다. 그래서 특별히 마을 형님들과 형수님들을 모셔 드시게 했다. 선거할 때 칭마오는 당시의 마을 위원에게 마을에서 글자를 모르는 사람은 투표할 때 용지에 기입하는 방식을 사용하지 말자고 건의했다. 어떤 사람이 촌장이 되는 데 찬성하면 투표함에 붉은 콩을 한 알 넣고 찬성하지 않으면 안에 검은 콩을 한 알 넣도록 했다. 마을에서 항렬이 가장 높은 쿵지성孔繼生은 젊은 시절 산시에서 기근을 피해 떠돌던 시절 옌시산閻錫山(신해혁명에 참여한 중국 정치가—옮긴이)이 했던 투표에 참여한 적이 있었다. 그는 옌시산이 그때 했던 것이 바로 '콩 선거'라고 했다. 그리고 쉬운 노래를 만들어 부르기도 했다. '금 콩, 은 콩, 콩콩 마음대로 던지면 안 돼. 사람을 잘 뽑아야 일을 잘해. 좋은 사람 그릇 안에 던져봐.' 칭마오는 이 가사를 '붉은 콩'과 '검은 콩'으로 바꾸었다.

붉은 콩콩, 검은 콩콩
콩콩 마음대로 던지면 안 돼
사람을 잘 뽑아야 일을 잘해
붉은 콩을 상자 안에 넣어요

선거가 끝나고 나서야 사람들은 당황했다. 그때 칭마오의 콩을 먹은 사람들이 모두 글자를 모르는 사람들이었던 것이다. 그래서 마을의 어떤 사람은 칭마오 촌장이 붉은 콩 몇 알 덕을 톡톡히 보았다고, 그러지 않았으면 칭마오는 실패했을 거라고 말했다. 그때 리하오가 붉은 콩과 검은 콩을 언급하자 판화가 웃었다.

"넌 정말, 아무것도 속일 수 없구나. 그래서 말인데, 마침 네 의견을 좀 구하고 싶어."

리하오가 말했다.

"나야 네 황명에 따르면 되잖아. 그렇지만 알아? 어떤 일은 사람이 적으면 할 수 없지만, 오히려 사람이 많으면 할 수 없는 일도 있어."

그의 말은 마치 불교의 게송 같아서, 일반 사람들은 알아들을 수 없었다. 판화가 약간 어리둥절해하는 것을 보자 리하오가 직접 설명해주었다. 이건 《수호전水滸傳》에서 오용吳用 장군이 한 말로 사람이 많아 개나 소나 모두 짖어대면 아무 일도 할 수 없다는 뜻이지. 판화는 즉시 관계자 외 한 사람도 더 부르지 말고 단지 옛 동창 세 사람만 함께 모이자고 말했다.

언덕을 떠나 돌아가는 김에 판화는 학교로 돌아갔다. 교장은 새로 부임한 사람으로 쉬許씨 성이었다. 본래는 향의 교육부에서 일했는데 생활태도 문제 때문에 다른 사람에게 꼬투리를 잡혀 시골 초등학교로 내려왔다는 말이 있었다. 판화는 쉬 교장과 거의 교류를 하지 않았다. 사람들 사이에 떠도는 쓸데없는 말이 두려워서가 아니었다. 학교는 샹성이 관리했는데, 해마다 책걸상을 마련하고 교구를 구입하면서 의외의 수입을 올렸다. 그녀는 거기에 끼어들고 싶지 않았다.

쉬 교장이 마침 뒷짐을 지고 운동장을 거닐고 있었다. 바깥으로 벌린 팔자걸음을 걷는 모습이 마치 무대용 장화를 신고 무대 위를 거니는 배우 같았다. 판화가 쉬 교장을 부르자 그는 즉시 그 자리에 멈추어 서더니 신속하게 뒤로 돌았다. 뒤로 돌면서 두 손을 펼치고는 잰걸음으로 다가왔다.

판화가 그에게 뎬쥔을 소개하자 쉬 교장은 즉시 진작부터 '장 선생님'을 학교로 모셔 강의를 맡길 생각이었다고 말했다.

"저 사람이 무슨 강의를 하겠어요?" 판화가 말했다.

"개혁개방의 성과에 대해 말씀하셔야죠. 마을 사람 수천 명 중에서 장 선생님보다 식견이 넓은 사람이 누가 있겠어요?"

뎬쥔이 말했다.

"조금 알기는 하지만 체계적이지 못해요. 저는 그저 평범한 엔지니어에 불과해요."

판화가 뎬쥔을 흘겨보고는 교장에게 말했다.

"쉬 선생님, 저 사람 허풍에 귀 기울이지 마세요."

쉬 교장이 즉시 정색하고는 판화를 '비판'했다.

"쿵 서기님, 제가 당신보다 몇 살 많으니 감히 한마디 하겠습니다. 장 선생님의 성과는 눈만 있으면 다 볼 수 있습니다. 성공한 인물이고 위험에 맞선 투사입니다. 장 선생님이 어디서 일하셨습니까? 바로 선전입니다. 선전이 어떤 곳입니까? 개혁개방의 최전선입니다. 장 선생님께서 강의를 할 수 없다면 '개혁개방'이라는 네 글자는 슈수이현 전체에서 아무도 꺼낼 수 없을 겁니다. 시야, 중요한 것은 시야입니다. 시간이 돈이고 시야는 성과입니다. 구체적으로 교육 분야에 빗대어 말하자면 시야는 성적입니다. 그러니 쿵 지부서기님께서는 그걸 감추고 혼자서만 누리려고 해서는 안 됩니다."

이렇게 아부를 잘하는 사람인데 상부에서는 왜 이 사람을 시골로 내려보낸 걸까, 하고 판화는 생각했다. 보아하니 단지 생활태도만의 문제는 아닌 것 같았다.

판화가 말했다.

"쉬 선생님, 그 일은 잠시 놔뒀다가 다시 이야기하시죠. 상부에서 수업을 참관하러 온다면서요? 이렇게 많은 마을이 있는데 왜 하필이면 관좡을 택했나요? 무른 감을 골라서 일부러 찔러보는 걸까요?"

교장이 "흥" 하더니 "무른 감? 누구네 감이 우리 것보다 더 단단하겠어요? 당신은 인민대회 대표잖아요. 강한 장수 아래에는 약한 병사가 없는 법이지요. 쿵 서기님이 마을 일을 잘하시니 학교도 제가 잘 처리하겠습니다. 그 사람들은 돌아가면서 참관하는 거예요. 안심해요. 우리 마을 학업 수준이 현 전체에서 제일이니까. 그 사람들에게 한번 본때를 보여주지요."

판화가 또 사람들이 오면 식사를 제공해야 하느냐고 물었다. 쉬 교장이 말했다. 먼저 누가 사람들을 이끌고 오는지 봐야 해요. 교육부 주임이 인솔하면 식사 한 끼는 반드시 해야 해요. 만일 부주임이 온다면 꼭 식사할 필요는 없어요.

"부주임은 비교적 청렴결백한가 봐요?"

교장이 웃었다.

"청렴결백? 그런 셈이죠. 사실 그 사람은 숨죽이고 때를 기다리고 있는 거예요. 이제 막 자리를 잡아가고 있거든요."

뎬쥔이 말했다.

"그럴수록 더 대접해야지요. 그 사람이 우뚝 서고 관직도 올라간 다음에는 대접해도 늦을 테니까."

그가 가슴 앞에 걸린 망원경을 두드리며 '성공한 인물'처럼 허리에 손을 대고 서서 이어 말했다.

"산은 돌지 않아도 물은 도는 법이죠. 모든 일은 좀 더 멀리 내다봐야 해요. 판화, 어쨌든 마을에서도 그 정도 돈은 아무것도 아니잖아."

쉬 교장이 곧장 뎬쥔을 가리키며 말했다.

"보세요, 이런 게 바로 시야입니다. 교육을 하는 데 가장 중요한 것이 시야입니다. 한 방울의 물에서도 태양을 볼 수 있는 법이지요. 장 선생님 말씀하시는 것이 벌써 다른 사람과 다르잖아요."

판화는 속으로 비명을 질러댔다. 뎬쥔을 데려오지 말았어야 했어! 뎬쥔은 남의 입장은 생각도 않고 쓸데없는 말만 하고 있잖아. 그런 사람들은 입이 번드르르하고 간사해서 뒷돈이 없으면 안 되지만 뒷돈이 많으면 더 큰 일 난다. 밥 한 끼에 몇백 위안이 드는데, 그건 농민 한 사람이 1년 동안 쓸 수 있는 돈이다. 말이 새어나가면 큰

일이다. 판화는 다른 곳을 쳐다보면서 말했다.

"샹성이 돌아오면 다시 생각을 좀 해보죠. 누구 수업을 참관하게 할지는 정했나요?"

쉬 교장이 상부에서 민영학교 교사가 주관하는 수업으로 정했다고 말했다. 향 전체에서 강의를 잘하는 두세 사람을 골라서 공립학교 교사가 될 수 있는 기회를 준다고 해서 상이 선생님이 강의하도록 결정했다는 것이다. 상이 역시 적극적으로 그 일을 간청해서 팔을 걷어붙이고 제대로 해보려고 한다고 했다.

판화가 말했다.

"좋아요, 호박이 넝쿨째 굴러들어오는 거네요. 상이의 표준어는 어떤가요?"

쉬 교장이 "음" 하더니 "좋아요, 곧 자오중상을 따라잡을 수 있을 겁니다" 하고 말했다.

한 바퀴 돌고 집에 돌아와서 판화는 덴췬을 쏘아보았다. 덴췬은 얼굴에 뭐가 묻었다고 생각해 몇 번이고 닦고는 다시 거울을 들여다보았다. 판화는 계속 그를 노려보면서 말했다.

"됐어, 됐어."

덴췬이 당황해서 말했다.

"무슨 일인지 말해봐. 계속 노려보기만 해서 어쩌겠다는 거야."

"됐어. 언제 순식간에 엔지니어로 둔갑을 하셨나."

덴쿤의 얼굴에 난처한 빛이 한 가닥 비치고 이마에서는 가느다란 땀방울이 샘솟았다. 잠시 뒤 덴쿤이 목소리를 가다듬고는 모호한 말을 했다.

"사람은 정신이 중요하고 나무는 거죽이 중요하잖아."

"무슨 거죽이고 나발이야. 다른 능력은 늘었는지 어떤지 알 수 없지만 허풍 치는 능력은 늘었군. 지금은 당신 말 중에 어떤 게 진짜고 어떤 게 거짓인지 나도 분간할 수 없어. 덴쿤, 당신 뭐 나한테 숨기는 게 있는 건 아니지?"

"말하는 것 좀 보게. 내가 당신한테는 지극히 충성스럽잖아. 게다가 난 별말 하지 않았어. 당신의 이상은 관창 사람들을 이끌고 중산층으로 들어가는 것이고, 내 이상은 바로 엔지니어가 되는 것, 자본가가 되는 것인데. 뭐가 문제야?"

판화는 더 대꾸하지 않고 쉐어의 신발 더미를 꺼내 들어 '투툭' 하는 소리와 함께 그의 눈앞에 던졌다.

"좋아요, 엔지니어, 저거나 좀 잘 고쳐보세요."

2부

해가 서쪽 구름 사이로 뚫고 들어갔다. 마치 신방에라도 들어간 듯 한참이 지나도 나오지 않았다. 틈 사이로 마치 피 묻은 칼처럼 가느다란 빛만 한 줄기 스며들었다. 그 칼이 조금씩 조금씩 아래로 떨어지면서 핏방울도 시나브로 컴컴해졌다. 약간의 시간이 지나자 마을은 고요해졌다. 당나귀가 재채기하는 소리가 들리고 곧이어 뒹구는 소리마저 들렸다. 판화는 신차오네 당나귀가 다 뒹굴고 난 뒤에는 마을이 시끌시끌해지리라는 것을 알고 있다. '당나귀'를 영어로 어떻게 말하더라? 판화는 순간 멍해졌다. 다행히 금방 생각이 떠올랐다. '덩키'라고 했다. '덩키'가 아직도 땅바닥 위에서 부득거리고 있는데 마을이 벌써 소란스러워졌다. 어른들이 아이들을 시끄럽게 불러대는 것은 둘째 치고, 방목하는 가축이 모두 마을로 돌아와 마소가 난리도 아니었다. 오리 한 무리가 꽥꽥거리고 지나갔다. 수컷 오리가 우는 소리는 약간 쉰 듯하고 암컷이 우는 소리는 약간 낭랑했다. 마치 구름이 땅 위에서 펄럭이듯이 거위 한 무리가 오리 뒤를 따랐다. 링원슈文이 기르는 거위인데, 링원 부인이 나뭇가지를 하나 들고 거위 무리를 몰고 있었다. 링원 부인의 배가 약간 나온 것을 보자 판화는 몸을 부르르 떨었다. 정말이지 뱀에게 한 번 물려 두레박줄 십 년 무서워하는 격이었다. 그렇지만 바로 알아차렸다. 똑같이 나온 배지만 링원 부인은 쉐어와 약간 달랐다. 링원 부인 배가 나온 이유는 근묵자흑이라고 거위를 닮아서였다. 거위 머리는 붉은 감색으로 마노瑪瑙 보석이 박혀 있는 듯한데, 링원 부인의 핀에도 플라스틱으로 만든 마노가 한 조각 박혀 있었다.

바로 그때 고급 승용차가 들어왔다. 베이징현대 같았다. 판화의 제부가 바로 베이징현대를 타서 판화는 제부가 온 줄 알았다. 그런데 차가 아무리 경적을 울려도 거위는 길을 비켜주지 않았다. 네가 경적을 울리는 거냐. 우리도 할 수 있다. 우리는 하늘을 향해 목을 구부려 노래도 부를 수 있다. 선두에 선 흰 거위가 목을 비틀더니 단번에 쭉 뻗어 올리며 꽥꽥거렸다. 잠시 뒤에 기사가 내렸는데 제부가 아니었다. 정수리 쪽 머리가 비어 있는 중년이었다. 차 안에는 아직 한 사람이 앉아 있었는데 창문을 아래로 내리더니 머리를 내밀어 밖을 보았다. 기사는 양복을 입었는데 그 사람은 오히려 중산복을 입고 단추를 턱밑까지 채우고 있었다. 덴쿤이 긴 것 같은 선글라스도 끼고 있었다. 기사가 화를 내며 흰 거위를 향해 발길질을 했다.

흰 거위는 보기에는 멍청한 듯했지만 사실은 매우 영리했다. 주둥이를 기사의 다리 쪽으로 향하고는 털썩 앉아버렸다. 흰 거위가 만일 인간으로 환생한다면 분명 당원이 될 것이다. 매 순간 모범적으로 앞장서는 역할을 하기 때문이다. 이것 좀 보라지. 거위 떼를 이끌고 길을 건넌 것도 그 녀석이고, 앞장서서 기사를 공격한 것도 역시 그 녀석이었다. 흰 거위는 기사를 부리로 쪼면서 동시에 팔을 휘두르며 고함이라도 치는 것처럼 날개 한쪽을 높이 치켜세웠다. 그러자 다른 거위 떼가 기사를 에워싸더니 푸드덕거리면서 날갯짓을 하기 시작했다. 다 함께 목을 총대처럼 쭉 뻗고 기사를 향해 달려들면서 꽥꽥거리고 울부짖었다. 기사는 부들부들 떨더니 머리를 감싸고 바닥에 웅크려 앉았다. 판화가 그를 향해 빨리 차로 돌아가라고 소리쳤다.

기사는 기다시피 차로 돌아갔다. 머리는 들어갔지만 엉덩이는 아직 밖에 있었다. 선두에 선 흰 거위가 기사의 엉덩이를 한 번 쪼자 기사가 '악' 하고 소리를 질렀다. 그 목소리는 배에서 나는 것 같지 않았다. 거위 한 마리가 갑자기 사람 키 반 높이로 날아올라 차 앞 유리를 향해 입을 벌렸다. 그러고는 자동차 와이퍼를 물어버렸다. 차 안에 있던 다른 한 사람은 이때 선글라스를 낀 채 머리를 밖으로 빼고 팔꿈치를 창 위에 대고는 차와 거위의 대전을 구경하고 있었다. 판화가 다급하게 소리쳤다.

"죽고 싶어요? 빨리 창문 올려요!"

이쪽에서 소리치고 있는데 저쪽에서 거위 한 마리가 갑자기 자동차 꼭대기로 날아올라 날개와 주둥이, 두꺼운 발바닥, 그리고 마노

같은 머리의 혹을 돌아가며 사용해 자동차 지붕을 공격했다. 너무나 힘을 쓴 나머지 알까지 낳아버렸다. 거위알은 마치 수류탄처럼 자동차 지붕에서 아래로 굴러떨어졌다. 살쾡이 한 마리가 슬그머니 다가와 소란에 가담했다. 쉐어네 담 꼭대기를 거닐던 그놈 같았다. 살쾡이는 허리를 자동차 지붕에 붙이고 앞 발톱으로 귀를 긁어댔다. 자세만 보면 마치 깊은 생각에 잠긴 듯했다. 판화는 웃음을 참고 링윈 부인에게 말했다.

"빨리 가, 빨리 좀 가."

링윈 부인에게 거위를 쫓으라고 한 말이었다. 그런데 링윈 부인은 뜻밖에 "알았어요, 저 갈게요" 하고 말하더니 거위 무리는 내버려둔 채 혼자 가버렸다. 그때 많은 사람이 둘러싸 환호하고 갈채를 보냈다. 온 세상이 혼란스러워지는 것만 같았다. 기사는 감히 다시 경적을 울리지도 못하고 조용히 차를 빼서 돌아갔다. 자동차 지붕에 있던 거위는 독수리처럼 날아서 내려왔다. 와이퍼를 물었던 거위는 공을 가로채서 상이라도 받으려는 듯 꽥꽥거리며 링윈 부인을 쫓아 달음질을 쳤다.

판화는 본래 길옆에서 칭수를 기다렸다. 하지만 오라는 칭수는 오지 않고 자동차와 거위의 대전만 기다린 꼴이었다. 사람들이 흩어지고 난 뒤에도 칭수가 오지 않자 판화는 칭수의 휴대전화로 전화를 걸었다. 이상하게도 칭수의 전화기가 꺼져 있었다. 칭수는 지금껏 전화기를 끈 적이 없었다. 이전에 고지서에 나온 휴대전화비를 청구할 때면 늘 칭수의 사용료가 가장 많았다. 그의 부인 훙메이는 칭수가 지금은 그녀와 말도 잘하지 않고, 매일 휴대전화에 대고 말하지 않으면 앵무새와 말을 한다고 불평했다. 하루는 그녀가 뜰에서 돼지 먹이를 주고 있는데 갑자기 전화가 울렸다. 한참을 울려도 집 안에 누워 있던 칭수가 받지 않았다. 그녀가 안으로 들어가 수화기를 집어 들었을 때 어떤 일이 벌어졌을까? 알고 보니 칭수가 건 전화였다. 칭수는 몇 발자국도 걸으려 하지 않았다. 침대에 누워서 휴대전화로 집에 전화를 해 그녀에게 앵무새 밥 주는 일을 잊지 말라고 한 것이다. 그런데 지금 판화가 칭수에게 전화를 했는데, 이제껏 전화기를 끈 적이 없던 칭수의 전화기가 꺼져 있는 것이다.

날이 어두워지려 할 때 판화는 조직 지부서기 멍샤오훙에게 전화를 걸어 식사가 끝난 뒤 회의를 소집한다고 간부들에게 알리라고 지시했다. 사람은 성격이 맞고 개는 털이 맞아야 한다고 했다. 판화는 멍샤오훙에게 말로 표현할 수 없는 친근감을 느끼고 있었다. 샤오훙이 그 아치형 돌다리 건설을 건의했다는 말을 들은 이후로 판화는 샤오훙을 더욱 높이 샀다.

샤오훙은 본래 오빠가 하나 있었는데 홍수가 나던 해에 익사했다. 그녀의 오빠는 강에 쌓아둔 목재를 건지려고 뛰어들었다가 떠내려오던 들보에 맞아 가라앉았다. 다시 떠올랐을 때는 이미 쌀을 정미하는 궁글대처럼 퉁퉁 불어 있었다. 그래서 샤오훙은 나중에 판화의 뒤를 따라 데릴사위를 들이려 하고 있었다. 말하자면 이것 역시 운명이었다. 샤오훙의 어머니가 말하길, 샤오훙은 태어날 때 얼굴을 아래로 하고 등을 위로 했다고 한다. 슈수이에서 전해오는 말에 따르면 이것은 여자가 친정에서 죽게 될 운명을 암시했다. 판화는 자신이 태어났을 때도 얼굴을 아래로 하고 등을 위로 했다고 어머니가 중얼거리는 말을 들은 적이 있었다.

판화는 링페이가 샤오훙을 좋아한다는 말을 들었다. 하지만 그들은 항렬로 한 세대 차이가 난다. 사실 차이가 나지 않아도 이루어질 수 없다. 링페이는 '소매치기'였는데 어떻게 샤오훙에게 어울릴 수 있겠는가. 샤오훙은 황금 봉황이었으니 오동나무 위에 앉아야 했다. 링페이는 오동나무는커녕 높이 자라지도 못하고 가지마다 아래로 축 늘어뜨린 수양버들이었다.

샤오훙 이 계집아이는 아주 총명하고 눈치가 빨랐다. 지난번 마을에서 도로를 계획할 때 사유주택을 조금 뜯어내고 새롭게 택지를 나누어야 했다. 샤오훙의 집도 신청을 했다. 그녀의 아버지는 마을 동쪽의 풍수가 좋다고 하며 꼭 그쪽으로 가기를 원했다. 많은 사람들이 모두 마을 동쪽을 원했고 판화가 화가 날 정도로 보챘다. 중요한 순간에 판화가 샤오훙에게 가볍게 언질을 주자 샤오훙은 곧장 신청을 바꾸었다.

"고속도로는 마을 서쪽을 지날 거야. 이번에는 국가에서 일률적으로 돈을 지급하기 때문에 정부가 제대로 돈을 지급할 거야. 자네는 다른 여자들과는 달리 남자에게만 의지할 수 없잖아."

샤오훙은 판화의 말을 단번에 이해했다. 민가를 사용하면 국가에서 보상해줄 것이었다. 나중에 정말로 큰돈을 보상받았다. 상부에서 반포한 택지사용규정에 따라 마을에서는 반드시 먼저 사람들의 주거 문제를 해결해야 했다. 마을위원회는 회의를 열어 다시 마을 동쪽 땅을 약간 개발하기로 했다. 샤오훙은 모범적으로 솔선수범하여 당원의 역할을 다하면서, 원하는 대로 동쪽에 집을 짓고도 약간의 돈을 모을 수 있었다.

판화가 샤오훙이 아주 똑똑하다고 여기게 된 사건이 또 하나 있다. 판화가 말했다. 샤오훙아, 이름을 좀 바꾸는 게 어때. 멍자오훙孟昭紅이라고 바꾸지그래. 사람들이 샤오훙이라는 이름을 두고 뭐라고 하는지 들었어? 그러자 샤오훙이 말했다.

"고전극에 나오는 샤오훙이 모두 계집종이잖아요. 제가 바로 계집종이 될 운명이에요. 저희 부서에서 저는 바로 당신이 부리는 계집종이에요."

이렇게 말하는데 누가 기분이 좋지 않을 수 있겠는가? 그런데 이건 아첨하는 말도 아니었다. 실제로 그렇게 말하고 또 그렇게 행동하니까. 샤오훙과 비교하면 다른 계집애들은 아주 등급이 낮았다. 놀기만 좋아하고 남자아이들과 희희덕대거나 잘난 척만 해댔다. 당시 판화는 샤오훙에게 이렇게 말했다.

"우리는 인연이 있어. 화花하고 훙紅이 모이면 꽃이 붉다는 뜻이잖아. 붉지 않은 꽃이 어디 있어. 붉지 않으면 어떻게 꽃이라고 하겠어. 자넨 아직 젊고 아리따우니 좋은 날이 많이 있을 거야. 열심히 일하면 나중에 내가 자네한테 이 자리를 내주지."

샤오훙은 아주 겸손하게 대꾸했다.

"마을에 능력 있는 사람들이 많이 있으니 먼저 그 사람들에게 자리를 맡기세요. 저는 계집아이에 불과해서 감당할 수 없을 거예요."

말을 정말 잘했다. 자신의 가치를 알고 자기 위치를 정확하게 잡았다. 어디 떡 줄 사람은 생각도 않는데 공공연하게 손을 벌리고 관직을 원하는 칭수 같기나 한가. 칭수는 조금도 때를 기다릴 줄 몰랐다.

판화는 선거가 끝나면 가족계획 사업은 전적으로 샤오훙에게 건네주면 되겠다고 생각했다. 샤오훙에게 맡기면 근심을 덜 수 있을 것이다. 샤오훙은 능력이 있을 뿐만 아니라 패기도 있었다. 판화가 지금 생각해도 탄복하는 일이 하나 있었다. 마을의 판촨繁傳 부인 이름이 궈린나郭琳娜인데, 이름은 서구적이지만 사람은 바보였다. 그녀는 다섯 손가락도 한참을 세어야 할 정도로 정말 바보였다. 궈린나는 이미 일남일녀를 낳았는데 또 하나를 낳으려고 했다. 칭수가가서 먼저 판촨을 설득하고 그다음에 바보 부인을 설득하려고 했다. 바보에게 사상 작업을 하는 건 장님이 등불을 켜서 쓸데없이 기름이나 낭비하는 격 아닌가. 궈린나는 옥수수자루만 씹어댔다. 한 자루를 다 씹으면 또 한 자루 씹기만 할 뿐 칭수를 상대하지 않았다. 칭수는 다급해져서 그녀를 끌고 왕자이로 데려가 루프를 시술하려고 했다. 궈린나는 다른 능력은 없지만 사람을 무는 능력이 있었다. 칭수를 덥석 물어 하마터면 칭수 손등의 살을 뜯어낼 뻔했다. 결국 샤오훙이 바보 부인을 설득했다.

"린나 언니, 우리 착한 언니. 그건 언니 몸에서 뭔가를 빼가는 것이 아니라 몸에다 무언가를 넣어주는 거예요."

바보 부인이 무슨 물건이냐고 묻자 샤오훙이 말했다.

"언니 아들이 굴렁쇠 좋아하지 않아요? 바로 그거예요. 가지고 있다가 언니가 쓰지 않으면 아들에게 가지고 놀게 할 수도 있어요."

바보 부인이 다시 굴렁쇠가 그렇게 큰데 어떻게 넣을 수 있느냐고 물었다. 샤오훙이 말했다.

"그것보다는 작고 좋거든요."

바보 부인은 비록 바보이기는 하지만, 이익을 탐하는 방면에서는 조금도 바보가 아니었다. 그것보다 작다는 말을 듣더니 다시 안 하겠다며 바닥에 털썩 주저앉아 발을 뻗대고 억지를 부리기 시작했다. 샤오훙이 달랬다.

"손목시계는 괘종시계보다 작지만 더 비싸잖아요. 플라스틱도 있고, 철도 있고, 금도 있고, 은도 있어요. 언니가 골라봐요."

궈린나가 말했다. 나는 금으로 된 것이 좋아. 샤오훙이 말했다.

"그럼 금으로 하세요. 2년이 지나면 꺼내서 금반지를 만드세요. 전 은으로 했는데 싫증이 나서 은팔찌로 만들었어요."

궈린나가 금반지가 뭐냐고 물었다. 샤오훙은 구두 밑창을 박을 때 사용하는 골무라고 말해주었다. 바보 부인은 골무도 원하고 은팔찌도 원한다고 억지를 부렸다. 샤오훙이 말했다.

"좋아요, 그럼 언니한테 골무 하나에다 은팔찌도 얹어줄게요."

말을 마친 샤오훙이 궈린나를 병원으로 데리고 갔다. 판화는 그때 뒤를 따라가면서 계속 탄복했다. 병원에 도착하자 샤오훙이 큰 소리로 의사에게 말했다.

"하면 돼요. 두 개를 해주세요. 금으로 된 것하고 은으로 된 것까지요."

누군가 나중에 이것으로 거꾸로 하는 말을 지어냈다.

　　태양은 서쪽에서 떠서 동쪽으로 지고
　　석류나무에는 앵두가 열렸어
　　하늘에게 천둥 치는데 소리는 울리지 않고
　　린나 × 안에 보석이 가득 박혔어
　　판찬이 문 앞을 지날 때부터
　　판찬의 거시기에 은팔찌가 채워졌지

그날 간호사가 궈린나를 데리고 들어간 다음, 샤오홍이 판화에게 물었다.

"의사에게 한마디 해야 하지 않을까요? 아예 불임으로 만들어버리면 되잖아요."

판화가 고개를 저었다.

"궈린나를 불임으로 만들면 걱정이야 놓을 수 있지만 판찬에게 알리기가 불편해서."

이 말만 아니었다면 샤오홍은 그때 정말 그녀를 불임으로 만들어버렸을 것이다. 패기가 있다. 젊은 사람이 정말 패기가 있어. 판화는 샤오홍이 일하는 요령이 있고 세세한 것까지 세밀하게 구분해서 '구체적인 문제를 구체적으로 분석'할 줄 안다고 칭찬했다. 그리고 거대하게 말하자면 그런 게 바로 마르크스주의의 정수라고 추켜세웠다. 샤오훙이 허리를 비틀고 손으로는 머리를 꼬면서 말했다.

"그만하세요. 무슨 요령이고 아령이고, 정수고 골수고 하세요. 감당할 수 없는 칭찬이에요. 저도 바보예요. 판촨 부인보다 더 잘나지 않았어요. 그래서 똑똑한 사람은 생각도 못하는 방법을 생각할 수 있는 거죠. 제가 멍청한 사람이어서 멍청한 방법이 나온 거예요."

봐봐, 모두 좀 봐봐. 이런 걸 깨달음이라고 하는 거야. 칭수야, 칭수야, 넌 저 사람과 비교하면 정말 하늘과 땅 차이구나. 판화는 선거가 끝나면 샤오훙에게 가족계획 업무를 맡겨야겠다고 다짐했다. 샤오훙에게 먼저 일부를 맡겨 위신을 세워주고, 몇 년이 지난 뒤에 전면적인 업무를 맡겨야겠다. 난 두 번만 더하고 그만두자. 그리고 그때 반드시 자리를 명샤오훙에게 넘겨줄 방법을 생각해야겠어. 명샤오훙은 내 그림자야. 우리 둘은 어쨌든 똑같잖아. 내가 하는 거나 샤오훙이 하는 거나 같은 것 아닌가?

그때 가족계획과 관련된 말을 듣자 샤오훙이 말했다.

"제가 메가폰을 들고 알릴 필요도 없어요. 막 밥을 먹어서 마침 한 바퀴 돌려고 했으니까 사람들 집을 뛰어서 돌아다니면 되겠네요. 마을 조장한테는 알리지 않는 거지요?"

봐봐, 총명한 사람은 한마디 더 할 필요가 없이 똑똑하다니까. 당연히 메가폰을 사용해서는 안 되지. 리하오도 말하지 않았던가. 사람이 많으면 안 좋고 사람이 적어도 안 좋다고. 당연히 너무 많은 사람이 알도록 해서는 안 된다. 마을 조장 다섯 명도 참가할 수 없다. 또 무슨 대표대회도 아닌데 개나 소나 한마디씩 할 필요도 없지 않은가.

샤오홍은 '무의식중'에 그녀에게 소식을 하나 알려주었다. 칭수의 말을 빌리자면 '정보'였다. 샤오홍이 오후에 궁챵 마을에서 칭수와 샹성을 봤다고 했다. 칭수가 차를 몰고 궁챵 마을 학교 입구에 멈추어서는 턱을 팔에 괴고 팔은 차창에 얹은 채 궁챵 마을의 촌지부서기와 이야기를 나누고 있었다고 했다. 판화가 물었다.

"샹성? 샹성은 슈수이에 있지 않나? 어떻게 관챵에 온 거지?"

샤오홍이 말했다.

"누가 알겠어요. 어쨌든 아주 사이좋게 이야기를 나누더라고요. 샹성이 담배를 한 대 건네주고 또 한 대를 건네줬어요. 아주 사이가 좋던데요."

샤오홍이 칭수와 샹성에게 손짓을 했지만 그들은 보지 못한 척했다고 했다. 궁챵과 관챵은 옆 마을 옆 동네여서 많은 사람들이 알고 지낸다. 궁챵의 지부서기는 궁웨이훙鞏衛紅이라고 하는데, 아명兒名은 '마른 강아지'였다. 그런데 지금은 뚱보가 되어 술배가 불쑥 나왔다. '마른 강아지'가 뚱보개가 된 것이다. 마른 강아지는 칭수와 함께 군대 생활을 했는데 그가 1년 빨랐다. 한번은 칭수가 마른 강아지는 복이 많다고 한 적 있었다. 마른 강아지는 입대한 첫해에 수재를 당해 홍수와 싸우며 긴급 구조에 임했기 때문에 최전선에서 입당을 할 수 있었다. 하지만 칭수는 더럽고 힘든 일도 모두 나서서 하고 때마다 선물을 챙기곤 했는데도 제대할 때가 되어서야 간신히 당원이 되었다. 샤오홍이 또 말했다.

"칭수 그 사람이 날 보고도 보지 않은 것처럼 굴더라고요. 그래도 동료인데. 체면이 땅에 떨어졌어요."

"칭수는 돌아왔니?"

"돌아왔어요. 제가 한발 먼저 마을에 들어서고 그 사람 차가 마을로 들어왔어요. 차가 부드럽게 나가던데요."

판화가 급히 고개를 돌려 부모에게 칭수가 왔었는지 물었다. 아버지가 말했다.

"나이도 젊은 것이 건망증이 그리 심하냐. 엊저녁에 오지 않았어? 냉장고에 있던 오렌지를 먹었잖아?"

판화는 다시 샤오훙이 하는 말을 들었다.

"빨래가루를 사용하세요? 아니면 비누를 사용하세요?"

"어떤 때는 빨래가루를 사용하고 어떤 때는 비누를 사용하지. 왜?"

샤오훙이 그냥 물어본 것뿐이라고 말했다.

판화는 매우 화가 났다. 생각해보자, 칭수가 찾아오면 반드시 한마디 해야겠어. 칭수 이 사람은 호랑이 쓸개를 먹었나, 내가 기다리는 것을 분명히 알 텐데 보고를 하러 오지 않다니. 그녀는 집에서 기다렸다. 덴췬은 집 안을 이 잡듯이 뒤져서 예전에 신을 고칠 때 사용하던 '도구함'을 찾아냈다. 불만이 가득했는지 뚱땅뚱땅 큰 소리가 났다. 판화는 밖에서 기다리며 텔레비전을 보았다. 심기가 불편해서 텔레비전 리모컨을 화풀이 대상으로 삼았다.

중앙 제일 방송에서 〈초점 탐방〉이라는 프로를 방송하고 있었다. 산시山西의 한 탄광에서 가스가 폭발한 모양이었다. 마치 토굴 속에 매달린 고구마처럼 시체가 석탄 운송 광주리에 담겨 갱도를 통해 밖으로 들려 나오고 있었다. '고구마'가 하나씩 하나씩 포개져 있어 아주 끔찍했다. 판화는 평소에는 〈초점 탐방〉을 가장 즐겨 보았다. 한 마을의 수장으로 그녀는 나랏일과 집안일 그리고 천하의 일, 바람 소리, 빗소리, 글 읽는 소리 할 것 없이 모두 관심을 두었다. 어느 것 하나 그냥 지나칠 수 없었다. 그러나 지금은 그 프로를 지나쳐버렸다. 상하이 위성방송에서는 쑹주잉宋祖英의 가곡 〈오늘은 좋은 날〉을 틀어주고 있었다. 지도자 간부들이 모두 쑹주잉을 좋아한다고 하는데 이 말이 사실인지 아닌지 모르지만, 어쨌든 판화도 좋아한다. 쑹주잉의 목소리도 좋아하지만 눈썹꼬리도 좋아한다. 그녀의 목소리는 너무나 달콤해서 설사 막 쓰디쓴 깽깽이풀을 먹었다고 해도 쑹주잉의 노래를 듣기만 하면 이틈 사이에 사탕이 가득 박혀 있는 것만 같았다. 눈썹꼬리는 살짝 치켜 올라갔는데, 특히 그녀가 얼굴을 45도로 기울였을 때 앞머리 아래쪽으로 보이는 눈썹꼬리는 정말 너무나 아름다웠다. 이렇게 살짝 저렇게 살짝 올리면, 와, 사내들은 말할 필요도 없고 여자들 마음마저 간질거렸다. 어떨 때는 그녀를 의붓딸로 삼고 싶다는 생각도 들었다. 그 두 눈은, 와우, 말도 할 수 없을 정도다. 그건 정말 검은 밤마저 반짝이게 하는 반딧불이다. 판화는 그녀가 부르는 〈오늘은 좋은 날〉을 좋아하고 또 〈작은 등짐〉과 〈후난 아가씨〉를 좋아한다. 후난 아가씨는 매서우면서도 아름답다. 판화 자신이 바로 후난 아가씨다. 매섭지 않으면 수하의 사내들을 통제할 수 있겠는가? 아름다운 것으로 따지면 물론 이전보다는 못하지만 그래도 슈수이현 촌급 간부 중에서는 가장 아름답다. 왜

냐하면 현 전체에서 그녀만 여성 촌장이니까. 장 현장도 그녀가 현 전체의 꽃이라고 말한 적이 있다. 그러나 지금은 쑹주잉 역시 건너 뛰었다. 좋기는 뭐가 좋아, 개뿔이 좋아! 판화는 발을 휘둘러 신발 더미를 마구 차버렸다. 날아간 신발 하나가 하마터면 덴쿤을 맞출 뻔했다. 덴쿤이 말했다.

"더우더우, 빨리 좀 봐. 네 엄마가 '황제의 딸'로 변했다."

부모도 한쪽에서 판화에게 욕을 해댔다.

"미쳤군."

판화는 리모컨을 소파 위에 내던지고 말했다.

"여러분끼리 보세요. 전 회의하러 가요."

매번 회의를 할 때마다 그녀는 검은 가죽 노트를 가지고 가곤 했다. 덴쿤이 그 검은 가죽은 진짜 소가죽이어서 좋은 구두코도 만들 수 있다고 말했다. 여동생 판룽이 판화에게 보내준 것으로, 제부가 성에서 회의를 할 때 가지고 왔다. 겉에는 '성 재정청'이라는 네 글자가 박혀 있었다. 그런데 지금은 아무리 찾아도 노트가 보이지 않았다. 그녀는 덴쿤에게 노트를 보지 못했는지 물었다. 덴쿤이 마침 쉐어의 구두를 보면서 냉소를 짓다가 그녀에게 옷깃을 잡히자 황급히 손을 내저으며 말했다.

"당신을 비웃은 게 아니야. 나는 이 구두를 비웃은 거야. 제길, 이것도 구두야? 이건 그냥 비닐봉지야."

판화가 다시 어머니에게 물으면서 한참 동안 손짓발짓을 해댔다. 어머니는 그제야 부엌에 그런 물건이 있었던 것 같다고 말했다. 판

151

화가 부엌으로 가서 보니 노트가 정말 그곳에 있었다. 노트 위에는 여전히 오렌지 껍질 두 조각이 놓여 있었다. 판화는 그때서야 칭수와 페이전과 대화를 할 때 노트를 가지고 나온 사실을 떠올렸다. 판화는 다시 집 안으로 들어가 그 노트로 덴쿤을 툭툭 치고는 말했다.

"잘 고치든 못 고치든 당신이 손을 한번 봐야만 해. 한 달 싸우기 위해 8년 양병한다고 했어. 그걸 신으려고 기다리는 사람이 있다고."

이때 어떤 사람이 문에 달린 자물쇠 고리를 두드렸다. 판화는 칭수가 왔다고 생각해 일부러 문을 열지 않고 다른 사람도 열지 못하게 했다. 잠깐 그를 내버려두고 싶었다. 충분히 내버려두었다고 생각했을 때 잔뜩 화가 난 모습으로 문을 열었다. 그런데 문을 열고 보니 칭수가 아니라 샹성이었다.

"아, 샹성 왔어? 어떻게 왔어? 장사에 지장이 있을 텐데."

아마도 판화의 목소리가 약간 격하다고 생각해서인지 샹성은 입술을 깨물고 웃기만 했다. 판화를 따라 마당으로 들어설 때 샹성은 바로 들어서지 않고 문 앞에 서서 집안사람들에게 말했다.

"누가 내 왕고모 할머니를 화나게 한 거야? 어? 덴쿤? 무슨 바람이 불어 돌아왔어? 자네 호랑이 쓸개를 먹었나? 돌아오자마자 판화를 화나게 했어?"

샹성은 덴쿤과 잠깐 농담을 주고받고는 판화와 함께 나왔다. 바람이 불더니 무엇인가가 갑자기 날아와 하마터면 판화와 샹성에게 부딪힐 뻔했다. 샹성이 손전등으로 비추어보니 비닐봉지였다. 바람 때문에 불룩 부풀어 고무풍선 같았다. 샹성이 욕을 내뱉었다.

"제길, 사방에 온통 쓰레기야."

"텔레비전에서 그러는데 이걸 백색오염이라고 한다더군. 국가에 인재가 이렇게 많은데 어떻게 비닐봉지 하나 처리하지 못하지?"

판화는 이렇게 투덜대고는 더 이상 아무 말도 하지 않았다. 샹성의 발걸음 소리가 무거워 담 밑에 있던 귀뚜라미가 깜짝 놀랐다. 귀뚜라미가 우니 날이 차가워졌다. 울음소리가 점점 약해지다가 마지막 한 번은 비교적 크고 맑게 울리더니 갑자기 멈추었다.

판화는 샤오훙이 궁중에서 샹성을 보았다고 했던 말을 떠올렸다. 그러나 묻지 않았다. 샹성이 말하지 않으면 그녀도 묻지 않을 것이다. 샹성이 갑자기 길게 한숨을 쉬었다. 판화는 그가 왜 한숨을 쉬는지 알지 못해 물었다.

"양장피 몇 그릇 덜 파는 것뿐인데 뭐, 이럴 필요까지 있어?"

샹성이 "쳇" 하더니 발을 동동 굴렀다.

"뭐요, 난 마을위원회 때문에 탄식한 거예요. 당신들이 너무 늦게 손쓴 것 때문에 탄식한 거라고요."

무슨 말이지? 판화는 뭔 소리인지 몰라 어리둥절했다. 샹성이 몸을 뒤로 젖히자 등불이 하늘을 가리키고 있는 샹성의 손을 비추었다. 손이 약간 떨리고 있었다. 특히 치켜세운 집게손가락이 줄곧 떨렸다. 한참 동안을 떨더니 샹성이 비로소 말을 꺼냈다.

"제길, 정말 모르는 거요 아니면 모르는 척하는 거요? 쉐어가 도망쳤어요. 야오 성을 지닌 그 쌍년이 도망쳤다고요."

뭐라고, 쉐어가 도망을 쳐? 판화는 이마가 뜨거워지고 귀도 따라서 둥둥 울렸다. 그녀는 아무런 대꾸도 하지 않고 곧장 앞을 향해 걸었다. 구보라도 하는 듯이 속도가 빨라졌다. 한참을 내달리다가 비로소 샹성이 아직 뒤에 있다는 걸 깨달았다. 그녀는 멈추어서 샹성이 가까이 오기를 기다렸다. 침을 삼키고 마음을 가라앉힌 뒤 말했다.

"걱정 붙들어 매. 도망을 쳐? 어디로 도망쳐? 부처가 도망쳐봐야 절간을 벗어나진 못하지."

마을위원회 뜰로 들어서기도 전에 누군가, 살았으면 사람을 봐야 하고 죽었으면 시체를 봐야 할 것 아닙니까, 하고 고함을 지르는 소리가 들렸다. 누구 목소리가 이렇게 당나귀처럼 크지? 판화는 그 사람이 리톄쒸일 것이라고는 아예 생각조차 하지 못했다. 귀신이 곡할 노릇이지, 톄쒸는 늘 공손하고 애처로운 모습을 하고 있었는데 지금은 호랑이 쓸개를 먹었나? 마누라가 도망쳐서 미쳤나? 판화는 회의실 문 앞에 도착했지만 바로 들어가지는 않았다. 밖에서 문틀에 기대어 톄쒸가 어떤 수작을 부리는지 살펴보았다. 많은 사람이 담배를 피워대 담배 연기가 문을 통해 스며 나왔다. 눈물이 나오려 했다.

톄쒸도 담배를 들고 있었지만 빨지는 않고 손에 잡고만 있었다. 톄쒸의 그런 자세는 판화도 처음 보았다. 걸상을 발로 밟고 저고리를 손에 걸고는 목을 빳빳하게 세우고 있었다. 어쩐지 옛날 영화에 나오는 지하당원 같았다. 판화는 그가 더 이상 말을 하지 않자 안으로 들어서려고 했다. 바로 그때 톄쒸가 갑자기 입을 열었다. 톄쒸는 담배를 잡고서 칭수를 가리키며 말했다.

"내가 여기서 분명히 말하는데 쉐어가 사흘 안에 돌아오지 않으면 이곳을 불 질러버리겠어요. 이렇게 살 수는 없으니까."

칭수는 줄곧 몸을 뒤로 젖히고 있어서 자칫 의자와 함께 뒤로 넘어갈 것 같았다. 톄쒀가 다시 말했다.

"내일은 당신 집에서 밥을 먹을 겁니다. 당신 집에서 밥을 먹고는 저 사람 집으로 가지요. 저 사람 집에서 밥을 먹은 다음에는 쿵판화 집에서 먹을 겁니다. 공산당이 사람을 굶어 죽게 놔둘 수는 없을 테니까."

톄쒀는 말을 할수록 힘이 붙었다. 잠자는 문제까지 다 계획했고 시간도 이미 엄동설한 때까지 계획해두었다.

"날씨가 추워지면 나한테 따뜻한 이불을 주는 사람이 있어야 할 겁니다. 내가 누구 집에 먼저 가야 할지는 여러분이 잘 연구해보세요. 난 붉은 침대보를 깔고 붉은 면 이불을 덮어야 해요. 꽃무늬 베개도 필요하고 발은 침대머리에 올려야 해요."

그가 이렇게 말하자 판화는 톄쒀가 평소에 잠을 잘 때 머리를 침대 밑쪽으로 돌려서 잔다는 사실을 깨달았다. 다리를 침대머리에 올려야 하니까 말이다. 샹성이 한마디 했다.

"톄쒀, 자네 샤오훙을 놀라게 하지는 말게나."

샤오훙은 그때 톄쒀와 샹성의 말을 듣지 못한 것처럼 책을 한 권 들고 한쪽 구석에 숨어 있었다. 어떻게 듣지 못할 수 있겠는가. 판화는 샤오훙이 사실은 모두 들었다는 걸 알고 있었다. 샤오훙은 회의를 할 때 늘 듣지 못한 것처럼 구는 습관이 있다. 그녀는 늘 풍선껌을 씹으며 책을 뒤적였다. 누군가 웃음을 터뜨리자 샤오홍이 얼굴을 돌리고 머리를 더 낮게 묻어버렸다. 누군지 모르지만 방귀를 큰 소리로 뀌어 더 많은 사람들이 웃음을 터뜨렸다.

칭수가 "조금 엄숙해주세요, 음, 모두 좀 더 엄숙해주세요" 하고는 다시 말을 이었다.

"그런데 이건 너무 구리긴 하군. 고구마 방귀인가?"

누군가 목청을 가다듬으면서 말했다.

"고구마 방귀? 내 배 속에는 고구마만 들어 있는 게 아니라 코카콜라도 들어 있다고. 코카콜라는 다 좋은데 하나가 안 좋아. 가스가 많아서 배 속에 들어가면 방귀가 많아지거든. 그러니까 고구마 방귀일 뿐만 아니라 코카콜라 방귀이기도 해."

판화는 목소리를 듣고 중재위원 판치라는 걸 알아차렸다. 이게 무슨 회의야, 완전히 도깨비 시장이지. 이상한 것은 샤오홍을 제외하고 가장 엄숙한 사람이 뜻밖에 톄쒀라는 점이었다. 톄쒀는 얼굴을 잔뜩 찌푸리고는 발을 바꾸어 걸상을 디디고 말했다.

"저는 시중들기 쉬운 사람이 아닙니다. 하루에 달걀 두 개를 먹어야 해요. 한 개도 되기는 하지만 반드시 쌍란이어야 하죠."

허, 정말 생각지도 못했네, 톄쒀가 유머를 할 줄 아는구나. 쉬 교장의 말이 맞았어. 시야, 중요한 것은 시야야. 톄쒀가 며칠 도로를 놓으러 나가더니 시야가 넓어지고 재주가 좋아졌어.

톄쒀는 '쌍란'을 말하고는 다시 그의 '냄새나는 발'을 언급했다.

156

그는 바짓가랑이를 걷어 올리더니 말했다.

"먼저 한 말씀 드리면, 전 지금껏 직접 발을 닦은 적이 없어요. 모두 쉐어가 씻어줬지요."

톄쒀는 거리낌 없이 말했다. 더듬지도 않을 뿐 아니라 손짓이며 억양이며 모두 딱 깡패가 연설하는 모양새였다. 이건 준비해온 거야, 하고 판화는 생각했다. 이 자세는 분명 연습한 거다. 그런데 이게 뭘 말해주는 거지? 모든 것이 오랜 시간 공을 들여 계획적으로 조직에 대항하려는 음모라는 이야기밖에 안 되잖아. 멍청이! 네가 연기를 잘하면 잘할수록 네 속셈만 더 까발리는 거야. 봐, 이 멍청이야, 눈 깜짝할 사이에 우스워졌잖아. 그는 입을 벌리고 분명 무엇인가를 더 말하려고 했지만 대꾸하는 사람이 없자 아무 말도 하지 않고 그냥 입을 닫았다. 담배를 귀 뒤에 꽂을 때는 손이 약간 떨렸다.

판화는 그 틈을 타고 들어갔다. 판화를 보더니 톄쒀가 급히 다리를 내렸다. 판화는 노트로 탁자를 두드렸다.

"족발 잘 올려놓지 내리긴 뭘 내려? 그냥 그렇게 내버려둬."

톄쒀의 반응을 기다리지도 않고 판화는 곧바로 그다음 말을 했다.

"우리는 칭수 사무실에 가서 회의를 합시다. 톄쒀는 좀 남아 있도록 하고. 샤오훙, 너는 여기 남아서 계속 책을 보도록 해. 젊은 사람이 공부를 즐기는 건 좋은 일이지."

그녀는 눈짓으로 샤오훙에게 자신의 말이 사실임을 알려주었다. 샤오훙이 다시 앉자 판화가 말했다.

"저 사람 무서워하지 마. 멍자오위안하고는 달라. 멍자오위안이

건물에 불을 지른 건 당의 호소에 부응해서 린뱌오와 공자를 비판하기 위해서였어. 톄쒀가 감히 건물에 불을 지른다면 그건 죽음의 길로 스스로 들어서는 거야."

그러고는 노트로 걸상을 두드렸다.

"톄쒀, 자네가 조금 전에 한 말에 내가 특별히 감명을 받았어. '살았으면 사람을 봐야 하고 죽었으면 시체를 봐야 한다'고 했지? 맞아, 그게 바로 조직에서 자네한테 요구하는 바이기도 해."

판화는 먼저 걸어 나와 뜰에 잠깐 멈춰 섰다. 비록 하늘이 어스름하기는 했지만 무대 용마루 끝의 동물머리는 보였다. 오랜 세월이 흘러 지붕 위의 기왓고랑에는 잡초가 가득 자라 있었다. 그때 누군가 구름 속에서 굽어보기라도 하듯 잡초가 바람에 흔들거렸다. 깊은 가을날의 잡초는 이미 말라버렸다. 그래서 마치 많은 사람들이 소곤소곤 비밀 이야기라도 하는 듯 바스락거렸다. 멀리서 조심스럽게 크르릉 하고 개 짖는 소리가 몇 번 들려왔다. 분명 꼬리를 다리 사이에 끼고 있을 것이다. 판화가 말했다.

"날씨가 변했네요. 비가 올 것 같아요."

아무도 말을 잇지 않았다. 이웃한 사무실에 도착하자 판화는 깔깔 두 번 웃고는 먼저 칭수를 농담거리로 삼았다.

"부녀활동을 하는 데 손색이 없군요. 이 사무실은 알록달록하게 꾸며져 있어서 깨끗하고 예뻐요. 모두 예전에 링원이 쓰던 사무실을 기억하겠지요? 그땐 정말 개집하고 똑같았어요."

물론 이 말을 하는 목적이 있었다. 사실은 예방주사였다. 링원은 칭수의 전임자였는데 일을 잘하지 못했다. 그래서 판화가 그에게 물러나서 오리 사령관이나 하라고 조치했다. 어떤 사람이 이곳이 뉴 향장의 사무실보다도 좋다고 말했다. 그 말이 끝나기도 전에 누군가 말을 이었다.

"향장? 세계지도만 한 장 걸면 미국 대통령과 맞먹겠는걸."

판화가 말했다.

"마땅히 그래야지요. 칭수 어깨에 짊어진 짐이 본래 좀 무겁잖아요."

샹성이 말했다.

"마을에 돈이 좀 생기면 칭수 사무실에 컴퓨터를 놔주세요. 컴퓨터가 있으면 이런 도표나 홍기는 벽에 걸어놓을 필요가 없어요."

"제 여동생 판룽의 집에도 컴퓨터가 있어요. 열 손가락으로 이렇게 한 번 치고 저렇게 한 번 치면 글자가 벼룩처럼 툭툭 튀어나와요."

이 말을 끝으로 판화는 노트를 탁자 위에 놓고서 갑자기 정식 주제로 화제를 바꾸었다.

"칭수, 먼저 마을위원회에 도대체 어떻게 된 일인지 보고하도록 하세요."

칭수가 긴장된 얼굴로 텔레비전 안테나를 집어 들었다. 이번에는 벽 위를 가리키지 않고 손뼉을 치는 것처럼 한 번씩 다른 손 위를 두드렸다. 그는 어깨 위의 짐이 무겁다는 것을 알기 때문에 지부서기의 명령을 받고 곧바로 슈수이로 갔다고 말했다. 부대에 있을 때 그는 화물차만 운전하고 자동차를 운전해본 적이 없었지만, 되도록 일찍 임무를 완수하기 위해 샹민의 자동차를 몰고 갔다. 칭수가 말하는 샹민은 바로 기독교를 믿는 그 샹민으로, 샹성의 친동생이었다. 판화가 한마디 끼어들었다.

"공적인 일은 공적으로 처리하지요. 그 유류비와 임대료는 모두 마을에서 지급하겠습니다. 칭수, 먼저 중요한 일을 말하세요. 다른 일은 다음에 상의하죠."

칭수는 슈수이 남쪽에 도착하니, 와, 곳곳이 공사장이고 정말 활기찼으며 기중기도 있더라고 말했다. 기중기는 정말 대단해서 가볍게 잡기만 해도 뭔가가 쑥 올라가더라고도 했다. 판화가 물었다.

"그래요? 무얼 잡았는데요?"

칭수는 구체적으로 무엇을 잡았는지 똑똑히 보지 못했고 또 그럴 시간도 없었지만 어쨌든 생기 넘치는 모습이었다고 말했다. 이것은 본래 좋은 일이었다. 하지만 그때는 좋은 일이 나쁜 일이 되어버려 사람을 찾기가 더 힘들었다. 정말 찾기 힘들어서 오죽하면 그의 신발 바닥이 다 닳아버렸다고 했다. 판화가 말했다.

"이곳이 부대가 아니어서 아쉽군요. 그렇지 않으면 공을 세울 수 있었을 텐데. 톄쒀를 찾은 다음은요?"

칭수는 어떤 석회 동굴 옆에서 마침내 톄쒀를 찾았다고 말했다. 톄쒀는 마침 체로 석회를 치고 있어서 수염과 털이 온통 영화 속 산타클로스처럼 하얗게 되어 있었다나. 햐, 칭수가 많이도 알고 있구나. 산타클로스도 알고 있다니.

판화가 말했다.

"중요한 것을 골라서 말해요."

칭수는 톄쒀를 잡아 한바탕 훈계를 하고 국가 정세와 국가 기본 정책을 한번 들려주었다고 말했다. 톄쒀는 알아듣는 것처럼 고개를 숙이고 있었다. 그가 톄쒀에게 무슨 생각이 드느냐고 묻자, 톄쒀는 하루 종일 일을 했더니 배가 고파 현기증이 나서 뭘 좀 먹고 싶다는 생각을 하고 있다고 말했다. 칭수는 톄쒀를 데리고 마을로 들어가 끼닛거리를 좀 먹였다. 그러고는 샹성을 만나 샹성의 가게에서 양장피를 한 그릇 먹었다. 기름장에 비비고 다진 마늘을 위에 얹으니, 와, 정말 맛있었어요. 향기롭고 상큼하고 씹히는 맛까지 있었어요. 여기까지 말하고는 고개를 돌려 샹성에게 물었다.

"양념 안에 담배껍질을 넣지는 않았겠지?"

샹성이 판화를 힐끗 보더니 이어서 칭수를 한 대 쳤다.

"넣었다, 씨발, 너한테만 넣었다."

판화가 말했다.

"시끄럽게 하지 말아요. 샹성, 양장피 한 그릇에 얼마예요? 조금 있다가 내가 사인해줄 테니 청구하세요."

샹성이 말했다.

"남처럼 대하네요, 남처럼 대해요. 고작해야 양장피 몇 그릇일 뿐이잖아요?"

칭수가 양장피를 먹을 때 샹성도 톄쒀에게 한바탕 훈계를 했다고, 하마터면 양장피를 그의 얼굴에 덮을 뻔했다고 말했다.

샹성이 말했다.

"제길, 양장피 한 그릇에 3위안이야. 내가 어떻게 그걸 다른 사람 얼굴에 얹을 수 있겠어? 정으로 마음을 움직이고 이치로 일깨워주는 거라고 했어. 말로 교육을 하는 게 진짜야."

칭수는 그다음에 샹성과 함께 돌아왔다고 말했다. 오는 길에 그와 샹성이 핏대를 세워가며 한마디씩 번갈아 욕을 해서 톄쒀가 고개도 들지 못하고 바짓가랑이 속에 얼굴을 처박고 있었다고 했다. 칭수는 여기까지 말하고는 안테나를 내려놓더니 톄쒀가 '머리를 처박은' 모습을 흉내 냈다. 판화는 본래 그에게 궁창으로 돌아갔냐고 물어볼 생각이었지만 샹성도 그 자리에 있어 묻지 않았다.

"됐어요, 됐어요. 마을로 돌아온 이후의 상황을 말해봐요."

칭수가 다시 안테나를 집어 들었다. 이번에는 손을 두드리지 않고 안테나를 목뒤로 찔러 넣어 등을 긁적였다.

"마을에 돌아와서 톄쒀는 집으로 가고 저도 집으로 갔지요. 촌장님께 보고합니다, 상황 보고를 마칩니다."

"그렇게 끝났어요? 쉐어는? 쉐어가 톄쒀와 얼굴을 마주쳤어요? 칭수 당신도 쉐어를 만났어요?"

판화가 물었다. 칭수가 계속 등을 긁적이며 말했다.

"저한테 톄쒀를 데려오라고 했지 쉐어를 만나라고는 안 하셨는데요."

판화는 그 말을 듣고 가슴이 답답해져 숨소리조차 거칠어졌다.

"그럼 묻겠습니다. 쉐어가 도망간 것을 언제 알았어요?"

칭수가 말했다.

"집에 돌아가서 세수를 하고 간단하게 먹을 걸 좀 먹었습니다. 아직 앵무새 밥도 주지 않았는데 저녁에 회의가 있다고 해서 급히 나왔습니다. 길에서 톄쒀네 집을 지나는데 누군가 칭린과 교배에 관해 말하고, 또 어떤 사람은 차와 거위의 대전을 말하면서 깔깔거리고 있었죠. 사람들이 많이 에워싸고 있어서 그곳에서 잠깐 있었습니다. 지부서기님, 저는 사실 무슨 정보라도 건질 수 있을까 해서 그랬던 겁니다."

"다시 한 번 바로잡겠습니다. 저는 지부서기가 아닙니다."

"네, 촌장님. 제가 막 자리를 뜨려는데 톄쒀가 나오는 것이 보였습니다. 톄쒀가 제게 밥을 먹었는지 물어서 저는 먹었다고 했지요. 그가 제게 무엇을 먹었냐고 묻기에 국수를 먹었다고 했어요. 그랬더니 자기가 가장 좋아하는 음식이 국수라고 하더군요. 제가 그럼 쉐어한테 국수 한 그릇 말아달라고 하면 되지 않느냐고 말했어요. 동지 여러분, 어르신들, 그가 뭐라고 했는지 아십니까? 말다니, 말긴 뭘 말아, 쉐어가 어디 갔는지도 모르는데, 하더라고요. 청천벽력이었죠. 전 온몸이 바들바들 떨려 곧바로 그의 집으로 달려갔습니다. 그곳에 가보니 두 딸만 보이더군요. 큰 녀석은 울고 있고 작은 녀석은 소란을 피우고."

판화의 얼굴빛이 점점 안 좋게 변했지만 칭수는 계속 말을 이었다.

"그 작은 녀석이 땅바닥에서 뒹구는데, 나귀가 뒹구는 것 같았어요. 콧물도 이렇게 길게 늘어뜨리고."

칭수가 다시 안테나를 내려놓고는 콧물이 얼마나 긴지 손짓하려는 게 보였다.

판화는 결국 화를 참지 못했다. 판화는 그 안테나를 집어 들고는 '딱' 하고 탁자를 한 번 두드렸다.

"됐어요."

그 고함 소리에 사람들이 모두 얼어붙었다. 판화는 길게 숨을 돌리고는 안테나를 살며시 탁자 위에 놓았다.

"야디 아닙니까. 야디가 마술을 할 수 있어요? 저는 콧물을 그렇게 길게 늘어뜨릴 수 있다는 말은 믿을 수 없어요. 칭수, 당신을 나무라는 건 아니지만, 이미 발등에 불이 떨어졌는데도 여전히 여기서 개나발이나 불고 있잖아요. 이러쿵저러쿵하고 있는데, 이런 게 당신이 말하는 정보예요? 말해봐요, 이런 정보 중에서 어떤 것이 쓸모 있어요? 내가 뭐라고 지시했어요? 돌아오자마자 바로 톄쒀를 나한테 넘기라고 했잖아요. 그런데 오히려 쉐어에게 직접 인계를 하다니요. 확신하는데, 쉐어는 톄쒀가 따돌린 겁니다. 말씀해보세요, 일을 어떻게 한 건지."

칭수가 말했다.

"지부서기님, 저는……"

판화가 그의 말을 끊었다.

"주임 동지, 차라리 판화라고 부르세요."

칭수는 얼굴마저 벌겋게 되어서 한마디 했다.

"저는 부련주임이 아니고 그저 치안보호위원일 뿐입니다."

판화가 다시 그의 말을 끊었다.

"치안보호위원이 아녀자 하나 지키지 못하나요? 개를 키워도 문은 지킬 수 있잖아요."

이 말은 좀 심했나? 심하면 심한 거지 뭐. 난세에는 엄격한 법규가 필요한 거야. 판화는 잠깐 멈추었다가 다시 말했다.

"조금 전에 뭐라고 했죠? 저한테 보고를 해요? 당신은 마을위원회에 보고를 하고 있는 겁니다. 알겠어요? 분명하게 말해서 쉐어의 배가 부른 데에는 당신도 절반의 책임이 있어요. 동지들이 모두 당신을 도와주고 관심을 기울이고 있어요. 알기나 합니까? 동지들의 관심에 떳떳합니까? 동지들에게 말하라고 해봐요. 당신이 누구에게 떳떳합니까?"

물론 아무도 찍소리 하지 않았다. 칭수는 눈빛으로 도움을 구했지만 아무 소용이 없었다. 칭수는 천천히 자리에서 일어나더니 다시 천천히 허리를 굽혔다. 잘못을 시인하려는 자세인 듯했다. 그때 어느 집 개인지는 알 수 없지만 갑자기 개가 '왕' 하고 짖었다. 소리는 매우 우렁찼지만 분명 꼬리를 말고서 짖었을 것이다. 칭수는 그 소리에 마음이 끌린 듯 고개를 돌렸다. 그 순간 아마도 판화가 말한 '개도 문을 지킬 수 있다'는 말이 떠올랐는지 얼굴이 다시 벌겋게 달아올랐다. 그의 허리가 재빨리 펴지더니 술배도 불쑥 튀어나왔다. 권총이라도 꺼내려는 것처럼 손도 쉬지 않고 가랑이를 이리저리 더듬었다. 모두들 그가 성질이라도 부릴 모양이라고 여겼지만, 뜻밖에 눈 깜짝할 사이에 털썩 주저앉더니 히죽거리는 모습으로 변해 있었다. 그렇지만 히죽거리는 모습 속에 약간의 억지스러움이 배어 있었고 웃는 얼굴 위로 약간의 냉담함이 떠올랐다.

칭수가 마침내 입을 열었다. 목소리가 목구멍 안에서 쥐어짜여 나왔다. 비록 낮기는 했지만 원망하는 느낌이었다.

"저, 저한테도 인격이 있습니다."

아이고야, 성질을 부리고 싶은 거야, 그래? 판화는 '흥' 하더니 말했다.

"쓸데없는 짓거리는 집어치우고, 말해봐요, 언제 쉐어를 데리고 낙태시키러 갈 건지. 난 당신에게 그 한마디를 원해요."

칭수는 대꾸하지 못했다. 만일 판치가 나서서 중재하지 않았다면 정말 수습할 방도가 없었을 것이다. 마을위원회에서 가장 말을 잘하는 사람이 바로 판치였다. 야디가 콧물을 흘리는 것이 유전이라면 판치의 뛰어난 말재주 역시 유전이었다.

판치 어머니는 죽기 전에 근방 몇십 리에서 가장 유명한 매파였고 사람들에게 '슈수이 최고의 재담가'로 불렸다. 그녀의 혀는 꽃을 피울 수도 가시가 돋게 할 수도 있었다. 잘되던 혼담도 그녀의 입으로 망할 수 있었고 망해가던 혼담도 그녀의 입으로 살아날 수 있었다. 자오위안이 권력을 쥐고 있을 때 마을 전체를 통틀어 가장 무서워하던 사람이 바로 판치의 어머니였다. 그녀가 나서면 마을 전체 부인들이 그를 반대하도록 만들 수 있었기 때문이다. 판치 어머니가 지팡이로 땅을 두드리면 자오위안은 그녀의 입이 떨어지기 전부터 말을 더듬기 시작했다. 자오위안이 국제급 웃음거리가 된 적 있었는데 바로 판치의 어머니와 관련된 것이었다.

하루는 자오위안이 국제정세를 이해하는 모임을 조직했는데, 판치의 어머니가 지팡이를 짚고 나타났다. 그날 자오위안은 신문 윗부분에서 언급한 '시아누크 친왕 8일 베이징 도착. 저우 총리 친히 비행장에서 영접'이라는 기사를 읽고 있었다. 그런데 판치 어머니를 본 자오위안은 문장을 잘못 읽었다. 허둥대다가 문장을 잘못 끊어 읽어 '시아누크친 왕8일 베이징 도착'이라고 발음했다.(중국어로 '王八'은 '개자식'을 뜻하는 욕설이다─옮긴이) 마을 사람들이 정신없이 웃었다. 한바탕 웃은 다음에는 약간 걱정이 돼 순간적으로 찍소리 하나 없이 조용해졌다. 지나쳤다. 이 국제적 유머가 너무 지나쳤다. 다행히 이곳이 공맹孔孟의 일가인 관창이어서 고발할 사람이 없었지 그렇지 않았다면 자오위안은 그날로 감옥에 갇혔을 것이다.

청마오는 권력을 잡자 급히 판치를 마을위원회로 끌어들였다. 청마오는 나중에 판치 어머니가 중국에서 태어난 것이 정말로 중국의 행운이라고 말했다. '어르신'께서 만일 미국에서 태어나서 자칫 WTO 미국 측 회담 대표라도 되었더라면 중국은 끔찍했을 거라고 했다. 가입? 꿈도 꾸지 마. 다음 세기에도 들어갈 생각일랑 하지 말고.

이 말은 비록 약간 과장되기는 했지만 몇몇 문제를 설명해줄 수는 있었다.

판치는 그의 어머니와 비교하면 분명히 많이 떨어졌다. 그는 '중량급'이 아니었다. 그렇지만 판치는 그래도 마을 안에서 가장 말을 잘하는 사람이다. 그렇지 않다면 중재위원을 여러 번 연임할 수 없었을 것이다. 중재위원이 뭘 하는 사람이지? 툭 까놓고 말하자면 문제를 잘 수습하는, 그러니까 주둥아리만 까면 되는 자리였다.

판치는 '사람의 마음은 살에서 나온다'라고 입버릇처럼 말했다. 리하오가 판치의 이 말을 결코 가볍게 여겨서는 안 된다고 말한 적이 있었다. 비록 듣기에는 통속적인 말 같지만 매우 깊은 뜻이 있다는 것이다. 리하오는 외교적으로는 이것을 '구동존이求同存異'(저우언라이가 한 말로, 이견은 미뤄두고 같은 의견부터 협력한다는 뜻—옮긴이)라고 하는데 '평화공존 5대 원칙' 중에서 가장 중요하다고 했다. 판화와 칭수가 언쟁을 할 때 판치는 줄곧 아무 말도 하지 않았다. 판치는 한쪽 구석에 앉아 시가를 하나 잡고서 삼류 영화를 찍는 것처럼 핥아대고 있었다. 한참을 구경하던 판치가 슬그머니 출정했다. 판치는 시가를 호주머니에서 꺼내고는 말했다.

"샹차오 부인이 베이징에서 보내온 겁니다. 고구마잎처럼 피우지요. 제게 공경하는 의미로 보냈다고 하더군요. 쿠바에서 수입한 거래요. 마오 주석께서 살아계실 때 이걸 피우셨고 미국 대통령도 이걸 피웠지요."

이렇게 말하고 판치는 잠깐 멈추었다. 그리고 천장을 올려다보면서 말했다.

"쿵얼마오孔二毛도 이걸 피웠다고 하더군요."

사람들이 모두 웃었다. 얼마오는 마을에 있는 난쟁이로 그 지역 사람들이 말하는 반푼이였다. 한번은 왕자이에서 장이 열렸는데 어떤 극단이 와서 공연을 했다. 그중 하나가 원숭이극이었다. 광고는 이미 붙었는데 손오공을 연기하는 사람이 보수 문제 때문에 공연을 그만두어버렸다. 극단 대표가 초조해서 안절부절못하고 있을 때 누군가 극단 대표에게 쿵얼마오를 추천했다. 정월 십오일 원소절을 지낼 때 〈당승취경唐僧取經〉을 공연했는데 쿵얼마오가 손오공 역을 맡았다. 쿵얼마오는 그때 정말 빼다 박은 원숭이였다고 했다. 극단 대표가 듣고는 기뻐하면서 단지 사탕수수 두 근만 주고 얼마오를 데려왔다. 뜻밖에 얼마오는 숨어 있던 능력을 발휘해 단번에 폭죽을 터뜨렸다. 오히려 본래의 그 배우보다 더 잘했다. 극단 대표는 너무나 기뻐하면서 이것이 바로 기와 한 장 버려 대들보를 얻는 격이라고 말했다. 그리고 얼마오에게 류샤오링퉁六小齡童(본명은 장진라이章金萊. 중국 중앙텔레비전방송국에서 방영한 '서유기'에서 손오공 역을 맡았다―옮긴이)을 모방해 '치샤오링퉁七小齡童'이라는 예명을 지어주었다. 얼마 뒤에 얼마오는 사람들을 따라 떠났다. 그리고 또 얼마 뒤에 사람들은 얼마오가 부자가 되었다는 이야기를 들었다. 영화 속에서도 얼마오를 볼 수 있었다. 얼마오가 맡은 역은 나이트클럽 종업원이었다. 얼마오는 양복을 입고 넥타이를 매고 베레모를 쓰고는 요정 같은 미녀들에게 차를 대접하고 물을 따르고 담뱃불을 붙여주고 있었다. 한번은 판화가 슈수이에서 회의를 할 때 어떤 사람이 그녀에게 마카오에서 얼마오를 보았다는 말을 하기도 했다. 얼마오는 거물이 되어 소파 팔걸이 위에 다리를 꼬고 앉아 다른 사람이 담뱃불을 붙여주길 기다리고 있었다고 했다. 판치는 누군가 얼마오와 연락을 해서 고향에 한번 돌아오라고 부탁해야 한다고 건의했다는 이야기를 꺼냈다. 가깝든 아니든 고향 사람이니까. 더 거물이 되더라도 고향 사람들을 잊지 못할 테니까.

판화가 말했다.

"얼마오의 일은 다음에 다시 이야기합시다. 모두 조용히 판치가 말하는 것을 들으세요."

판치가 담배 한 개비를 손에 끼고서 말했다.

"샹차오의 부인이 저한테 손자를 하나 안겨주었는데, 제가 좀 보내라고 해도 보내지 않아요. 베이징의 교육 수준이 높다고 말하면서요. 헛소리죠! 베이징의 교육 수준이 정말 높다면 황제는 왜 모두 외지인이겠습니까? 니미, 저는 그 사람을 상대하고 싶지도 않았습니다. 그렇지만 사람의 마음은 모두 살에서 자라는 것이고, 아주 먼곳에서 이 담배를 가져왔으니 받지 않을 수 없었습니다. 자, 모두 맛좀 보세요."

그는 먼저 칭수에게 한 대를 건네고는 한 바퀴를 돌렸다. 판화도한 대를 받아들고는 가져가서 뎬쥔에게 맛보라고 해야겠다고 말했다.

판치가 말했다.

"뎬쥔? 뎬쥔이 돌아왔어요? 뎬쥔이 무슨 담배인들 피워보지 않았겠어요?"

"그 사람이 담배 몇 보루를 가져오기는 했지요. 대중화라고 하는 것 같던데, 붉은 껍데기로 된 것이요. 그가 좋은 담배라고 말하기는 하던데 정말 좋은지 거짓으로 좋다고 하는지는 모르죠. 워낙 허풍치길 좋아해서."

샹성이 말했다.

"허풍 떤 게 아니에요. 그건 정말 좋은 담배예요."

"이렇게 하지요. 언제 덴컨한테 한턱내라고 할 테니까 모두들 그 담배를 피워 없애주세요. 요즘 그 연기 때문에 죽을 맛이니까."

모두들 반드시 임무를 완수하겠다고 말했다. 칭수만 대꾸를 하지 않았다. 판화가 말했다.

"칭수는 왜 그래? 가지 않을 거야?"

칭수가 이번에는 입을 열었다.

"담배만 피운다고요? 술은요?"

샹성이 가슴을 두드리며 말했다.

"술은 제가 가져가지요."

판화가 그 김에 농담을 한마디 했다.

"약속한 겁니다. 하지만 술값은 마을에서 처리해줄 수 없어요."

분위기가 순식간에 무르익기는 했지만 아직 충분히 고조되지는 않았다. 모두 바빠서 회의를 한 번 하기도 쉽지 않으니 너무 분위기가 가라앉아서는 안 된다. 텔레비전에서 보면 매일 그렇지 않던가. 베이징에서도 무슨 회의를 하고 상하이에서도 무슨 회의를 하는데, 베이징이든 상하이든 회의에 참석한 사람들과 '열렬한 토론'을 진행하고 난 뒤에는 결의를 한다. 그 의미는 분명하다. 회의라면 열렬하게 해야 한다. 판화는 회의가 열렬해지도록 만들 방법이 있었다. 방법은 이미 준비되어 있었다. 바로 장 현장을 웃음거리로 삼는 것이다.

가족계획을 담당하는 장 현장은 곰보였다. 슈수이에서 가장 유명한 곰보였다. 그래서 사람들은 개인적으로는 그를 곰보 현장이라고 부른다. 그의 곰보는 천연두가 아니라 대약진 때문에 생겼다. 대약진을 행하던 그해에 전 국민이 제강운동을 했다. 농촌 청년 중의 제강 열성가였던 그는 매일 시뻘건 제강 화로 앞에서 전투를 벌였다. 가벼운 상처가 나도 퇴각하지 않아서 하얗고 깨끗하던 얼굴이 마침내 사방으로 튀는 불꽃을 맞아 곰보로 제련되었다. 그는 슈수이현 난위안향 사람이었다. 당시 열성가들의 기억에 따르면, 그때 날씨가 무척 무더웠는데 매일 연기로 그슬리고 불로 태우고 하다 보니 얽은 자국이 곪아 매독 궤양처럼 물이 줄줄 흘러내렸다고 한다. 그렇지만 지도자는 좋아했다. 상급 지도자가 칭찬을 하고 나팔을 불며 선전을 했다. 곰보는 '모범'이 되었고, 이내 농촌 청년에서 공사 혁명위원회 위원으로 변했다. 그렇지만 본고장 사람이고 또 뒷배도 없어서 간부로 바뀐 이후에는 줄곧 난위안에 머물렀다. 몇 년 전까지만 해도 여전히 난위안향의 당위원회 서기였다.

　나중에 기회가 찾아왔다. 가족계획을 잘했기 때문에 그는 마침내 진급해서 부현장이 되었다. 곰보치고 얼굴 바탕 못생긴 사람은 없다고, 곰보 현장의 뛰어남은 입에서만 드러나는 게 아니었다. 손짓에서도 드러나고 얼굴의 곰보에서도 드러났다. 곰보 자국은 감정도 드러낼 수 있었다. 기쁠 때는 곰보 자국이 붉은색으로 부어올랐고, 화를 낼 때는 검은색으로 부어올랐다. 곰보 현장의 일거수일투족은 모두 희극적인 효과가 있어 금방 칭수가 가장 숭배하는 자오번산에 비견될 수 있었다. 지금도 판화가 곰보 현장 이야기를 꺼내자 어떤 사람이 입을 벙긋 벌리고 웃었다.

판화가 말했다. 아마 이미 알고 있겠지만 이번 회의에서 곰보 현장이 긴 보고를 했습니다. 그리고 곰보 현장이 들었던 그 예는 쉐어의 예와 비슷합니다. 곰보 현장의 말에 따르면, 동쪽의 한 마을에서 어떤 사람이 임신한 부인을 데리고 열국을 두루 돌아다니다가 아이를 낳고서야 돌아와서는 그 아이를 길에서 주웠다고 신고했습니다. 판화가 말하길, '열국을 두루 돌아다녔다'라고 말할 때 곰보 현장의 두 손이 마치 배를 젓는 노처럼 이렇게 한 번 획 저렇게 한 번 획 움직였다고 했다. 판치가, 그건 노를 젓는다기보다 개헤엄을 치는 것 같다고 한마디 하며 끼어들었다. 모두 웃음을 터뜨렸다. 판화가 또 말했다. 곰보 현장이 또 말하길, 아이를 줍는 것이 그렇게 쉬운 일이냐고 했습니다. 현에서는 해외의 한 입양단체와 관계를 맺으려 하고 있습니다. 그 사람들은 중국의 아이들이 똑똑하고 예쁘다면서 유난히 우리 중국 아이들을 원하고 있습니다. 검은 머리와 검은 눈동자에 노란 피부는 말할 나위도 없고, 빨간 머리끈과 빨간 배가리개를 하고 호랑이 신발을 신은 모습이 마치 헝겊인형처럼 너무나 예쁜 데다 자라서도 말을 잘 듣기 때문이죠. 좋습니다. 우리는 그 사람들에게 보낼 아이를 많이 낳을 수 있습니다. '보낸다'는 말의 손동작은 곰보 현장이 가장 잘합니다. 문화대혁명 시기에 마오쩌둥 어록 가사에 맞추어 추었던 '충자무忠字舞' 같지요. 윗몸을 으쓱하면서 두 손으로 가슴 앞에서 꽃봉오리를 만들었다가 갑자기 밖으로 뻗어 마치 누군가 아이를 받기를 기다리는 것처럼 공중에서 잠깐 멈추는 거죠. 여기까지 말하고는, 판화가 링윈 이야기를 꺼냈다.

"링윈이 아직 이곳에 있다면 좋겠네요. 링윈이 충자무를 가장 잘 추지요. 적어도 곰보 현장보다 못하지는 않을 겁니다."

이때 샤오훙이 문 앞으로 와서 톄쉬가 잠이 들었고 코까지 골고 있다고 보고했다. 판화가 말했다. 잠들었다니 잘됐네. 코를 골아? 침도 흘려? 잘됐어, 단잠에 빠졌다는 말이니까. 쉐어에게 소식이 없으면 자네가 수면제를 한 병 가져다줘. 잠자기 힘들 테니까. 샤오훙이 열쇠를 한 번 번쩍였다. 이미 문을 잠갔다는 의미였다. 누군가 샤오훙에게 들어와 '충자무'를 한번 춰보라고 하면서 젊은 사람들이 가장 춤을 잘 춘다고 말했다. 샤오훙이 무엇을 '충자무'라고 하는지 묻자 판화가 말했다.

"저 사람들이 자넬 놀리는 거야. 열쇠를 이곳에 놓고 빨리 돌아가. 늦게 가면 자네 어머니가 마음을 놓지 못하잖아."

샤오훙이 떠난 뒤에도 판화는 계속 곰보 현장 이야기를 했다. 곰보 현장은 말을 하면서 단상 위로 올라갔다. 그 발걸음이 아주 맵시가 있었다. 어딘지 모르게 여자 같은 자태였다. 걸으면서 손에 든 문건을 막대처럼 돌돌 말았는데 그 막대로 어떤 지도 위를 가리켰다. 슈수이현의 지도였다. 곰보 현장은 아주 흥분해서 그것이 세계지도라도 되는 듯 그 위에서 이런저런 손짓을 해대면서 말했다. 우리가 그들을 미국으로 보내고 유럽으로 보낼 거라고 생각하지 마세요. 꿈 깨라고 해요. 세계는 아주 넓어요. 구미 말고도 아시아, 아프리카, 라틴아메리카가 있어요. 아프리카와 라틴아메리카를 많이 고려

174

해야 합니다. 가장 중요한 곳이 아프리카예요. 그곳은 땅은 넓지만 사람이 별로 없어요. 그곳에 가서 가축 사육사를 할 수 있죠. 곰보 현장은 '워, 우' 하고 가축을 모는 소리를 흉내 냈다. 그리고 이후에 보내는 남자아이들은 모두 '워'라고 부르고 번호를 붙여 워일, 워이, 워삼, 워사라고 불러야 합니다, 하고 말했다. 여자아이는 모두 '우'라고 해서 우일, 우이, 우삼, 우사라고 불러요. 왜, 이 이름이 듣기 안 좋아서 이름을 바꾸겠다고요? 안 돼요, 안 돼요, 절대 안 돼. 갑남을 녀, 왕씨, 마씨, 뭐로 불러도 다 안 돼. 모두들 박장대소했다. 판화가 말했다. 곰보 현장이 아마 술을 좀 마셨나 봐요. 아주 여유가 있었어요. 곰보 현장은 심오한 내용을 쉽게 표현하고 재치 있는 말솜씨를 발휘해 흥미진진하게 이야기를 했다. 사회후생복지위원 리쉐스李雪石가 담배꽁초를 비벼 끄면서 말했다.

"제기랄, 쉐어가 아이를 낳으면 아예 이름도 안 붙일지 모르겠군."

판화는 모두에게 조용히 하라고 주의를 주고 말했다. 곰보 현장의 스타일은 모두들 알고 있을 겁니다. 단결, 긴밀, 엄숙, 활발이지요('단결, 긴밀, 엄숙, 활발'은 마오쩌둥이 1937년 중국인민항일군사정치대학을 위해 지어준 교훈이다―옮긴이).

농담은 농담일 뿐, 곰보 현장은 갑자기 정색하더니 기침을 한 번 했다. 마이크를 한 번 두드리자 순간적으로 사람이 변했다. 얼굴색이 아주 무서워졌고 얽은 자국마저 검게 변했다. 판화가 분위기를 보니 아래에 있는 사람들 모두 감히 웃지 못하고 귀를 쫑긋 세우고 곰보 현장의 훈화를 듣기 시작했다. 곰보 현장은 정말 '매섭게' 변했

다. 곰보 현장이 말했다. 가족계획은 단순히 바짓가랑이 속의 일이
아니라 국가 경제와 민생에 관계되어 있습니다. 또한 자원 고갈, 지
속 발전 가능한 전략, 오존층 그리고 지구온난화 등등 일련의 문제
와도 연결되어 있습니다. 그래서 이후에 다시 이런 사태가 발생하
면, 마을 간부들은 일제히 자리에서 물러나고 주요 책임자들은 더
이상 마을 단위 선거의 입후보자에 끼일 수 없어요.

　곰보 현장은 그렇지만 자리에서 물러났다고 해서 엉덩이를 툭툭
털고 떠날 수 있다고는 여기지 말라고 했다. 그렇게 단순하지 않다
는 것이다. 당간부는 중이 아니에요. 하루짜리 중은 하루 동안만 종
을 치고 중이 아닌 날에는 염불을 외지 않으면 되겠지만, 그런 식으
로 대충대충 해서는 안 됩니다. 상부에서 지켜보고 있기 때문에 간
부들은 자리에서 물러난 뒤에도 감사를 받아야 합니다. 가족계획
문제라면 자리에서 물러난 간부라도 더 조사해야 하기 때문입니다.
들추어내기 시작하면 찾지 못하더라도 여러분을 바보로 만들 수 있
어요. 그때가 되면 얼마를 썼고 얼마를 먹었는지 관중에게 분명히
이야기해야 합니다. 그뿐 아니라 조직에는 더욱 분명하게 알려야
하죠. 누군가 이렇게 물을 겁니다. 분명하게 이야기하지 못하면 어
떻게 하지요? 좋은 방법이 있습니다. 모두 토해내도록 할 겁니다.
누군가 또 물을 겁니다. 토해낼 수 없으면 어떻게 하지요? 좋은 방
법이 있어요. 묶어버리면 됩니다. 누군가는 이렇게 말할지 모릅니
다. 난 뒷배가 있어, 난 천수불千手佛이라고. 당신이 내 손 두 개를 묶
어도 난 구백구십팔 개의 손이 있어. 좋습니다. 그럼 해보시지요. 천

수불 당신이 대단한지 아니면 무신론자의 법률이 대단한지 보시지요. 여기까지 말한 판화가 강조하면서 보충 설명을 했다. 곰보 현장은 예전에 파출소 소장을 겸한 적이 있는데 사람을 묶는 게 그의 장기예요. 노끈 1미터로도 세 사람을 단단히 묶을 수 있어요.

어떤 사람은 웃었고 또 어떤 사람은 고개를 숙이고 깊은 생각에 잠겼다. 또 어떤 사람은 벽에 걸린 표를 응시하면서 멍하니 있었다.

판화는 이 회의를 열길 잘했다고 생각했다. 말해야 할 것은 다 말했고 이해관계도 확실하게 정리했다. 판화는 노트를 닫았다.

"우리 마을의 실제 상황과 연결해서 보자면, 현재 가장 중요한 문제는 바로 쉐어의 배입니다. 모두 쉐어가 어디로 도망을 갔을지 생각 좀 해보세요. 우리는 모두 같은 끈 위에 매달린 메뚜기입니다. 단결하지 않으면 안 돼요. 각자 자기 노래를 부르고 자기 나팔이나 불어대면 아무것도 해낼 수 없습니다. 칭수는 조금 전에 옆길로 샜지요."

칭수는 고개를 숙이고 생각에 잠겼다가 판화에게 이름을 불리자 온몸을 떨고 어깻죽지를 벌떡 세웠다. 하지만 금방 헤헤거리며 웃는 얼굴로 변했다. 속으로는 인정하지 않는 거지, 하고 판화는 생각했다. 하지만 판화는 정면에서 칭수의 웃는 얼굴을 까발리고 싶었다. 판화가 말했다.

"칭수, 웃지 마세요. 전 당신이 조금은 부끄러워한다는 걸 알고 있어요. 얼굴도 빨개졌잖아요. 그것만 봐도 당신이 이미 자기 잘못을 알고 있음을 말해주는 거예요. 양을 잃고 외양간을 고쳐도 늦지 않아요. 이렇게 합시다, 칭수. 탁자를 펼쳐서 침대에 받치세요. 그리고 당신이 침대에서 자고 톄쒺를 탁자에서 자라고 해요. 칭수, 당신은 치안보위주임이니 톄쒺가 다시 도망치도록 놔두지는 않겠지요. 샹성, 당신은 돌아가서 샹민한테 내일 마을에서 차를 사용하겠다고 전해요."

칭수가 느릿느릿 한마디 물었다.

"당신은요?"

판화는 굳은 얼굴을 하고 손가락을 치켜세워 칭수의 관자놀이를 찌르고는 약간 애교를 피우듯이 말했다.

"잘났어, 내가 한가할까 봐 두렵죠? 난 톄쒺의 두 계집아이들을 집으로 데려가 고모할머니 노릇을 해야겠어요. 이제 만족합니까?"

고모할머니 노릇을 잘하는 것은 당연히 불가능하다. 하지만 이 말을 꼭 해야 했다. 칭수가 지적하지 않았어도 판화는 톄쒺의 계집아이들을 데리고 가려 했다. 일은 일이고 인정은 인정이다. 일에는 사사로움 없는 공평함이 필요하지만, 백성을 두렵게 할 생각이 아니라면 인정미가 좀 더 있어야 한다. 인정미는 찐빵을 찌는 효모 같다. 돈 가치도 없고 시큼하지만 그게 없으면 부풀지 않은 딱딱한 찐빵만 나올 뿐이다. 회의를 마치고 판화가 말했다.

"톄쒺 집에 한번 가봐야겠어요. 누구 손전등 가져왔어요? 샹성 가져왔지? 엉덩이 뒤로 숨기지 말고. 내가 다 봤어."

판화는 샹성과 함께 가면서 그 기회에 외국인이 슈수이에 올지 모른다는 소식을 이야기해주려고 했다. 조금 전 회의를 할 때 판화에게는 다른 속내가 있었다. 곧바로 샹성과 칭수를 내보내서 두 사람이 마을에서 패거리를 짓지 못하도록 할 생각이었다. 칭수는 쉐어를 찾으러 보내면 된다. 쉐어를 찾지 못하면 그에게 책임을 추궁하면 되니까. 하지만 샹성은 비교적 처리하기 쉽지 않았다. 깎기 어려운 머리였다. 하지만 깎기 어려워도 깎아야 한다. 어쨌든 그를 남게 할 수는 없었다. 그가 항상 허풍을 떠는 것은 아냐, 그의 장사가 갈수록 잘되는 이유는 그 위에 누군가가 있어서 아닐까, 하고 판화는 생각했다. 좋아, 그럼 그에게 경비를 좀 집어줘서 그 외국인을 관청으로 끌어들이는 일을 따내라고 해야겠어. 그는 물론 그 사람들을 끌어들일 수 없을 것이다. 물속에서 달 건지는 식으로 헛고생이나 할 게 너무나 분명했다. 샹성은 정말 속아 넘어갔다.

"역시 제가 당신을 모셔야지요. 돼지가 당신을 물게 놔둘 수는 없잖아요."

맞다, 돼지도 있었지. 판화가 말했다.

"칭수, 훙메이에게 전화해서 톄쒀네 돼지한테 먹이를 좀 주라고 해."

샹성이 손전등을 들고 뒤에서 따라왔다. 조금 있다가 뎬쥔을 찾아가서 이야기를 좀 나누고 싶다고 말했다.

"잠시 떨어져 있으면 그리움이 더한 법이니 한순간도 아까울 텐데, 당신들 좋은 시간만 방해하는 것 아닌가요?"

샹성이 웃으며 물었다.

판화는 노트로 샹성의 머리를 치고 말했다.

"감히 고모님께 시답잖은 농담을 해? 죽지 않을 만큼 맞아야겠군."

"밤이 길어졌으니 잠깐은 괜찮겠지요. 제가 몇 분만 방해를 좀 할까요?"

판화의 항렬이 샹성보다 높기 때문에 샹성은 판화와 이런 음란한 농담은 거의 하지 않았다. 그래서 그 순간 샹성이 반복해서 농담하는 것을 보자 판화는 생각했다. 보아하니 샹성이 슈수이성에서 나쁜 것을 배운 모양이야. 장사하는 사람이 좋은 것을 배우려면 물을 거슬러 노를 저어야 하지만 나쁜 것을 배우려면 남들 하는 대로 따라하기만 하면 되니까.

그래도 역시 톄쒀 집에 가서 톄쒀의 두 딸을 데리고 가는 편이 낫겠어, 하고 판화가 말했다. 그러자 샹성이, 샤오훙에게 전화를 해서 데리고 가달라고 하면 되지 않겠어요, 하고 대꾸했다. 판화가 대답했다. 젊은 사람들은 잠이 깊이 들 텐데. 샤오훙은 지금쯤 이미 잠들었을 거야. 정말 호랑이도 제 말 하면 오고 또 영감이라는 것도 있는 모양이다. 바로 그 순간 판화의 휴대전화가 울렸다. 샤오훙이 건 전화였다. 샤오훙은 회의가 너무 늦게 끝날까 봐 염려되어서 야난과 야디를 데리고 나와서 판화의 집에 데려다주었다고 말했다. 그리고 또 본래 자신이 야난과 야디를 데리고 잘 생각이었지만 두 자매가 톄쒀와 마찬가지로 다 싫다고 하면서 처량하게 울기만 했다고 했다. 방법이 없어 그 애들을 보낼 수밖에 없었다는 것이다. 전화를 끊으려고 하자 샤오훙이 다시 판화에게 좀 일찍 쉬라고 했다. 검은 돼지가 생각나서 판화가 물어보려고 할 때 샤오훙이 말했다.

"톄쒀네 돼지는 정말 잘 먹어요. 한 통 가득 부어주었는데도 부족해 보였어요."

봐봐, 샤오훙은 돼지까지 챙겼잖아. 말할 필요도 없이 그녀는 정말 계집종 같아. 그 점은 샹성도 알아차렸지만 샹성은 '계집종'이라고 하지 않았다.

"당신은 포청천包靑天이고 샤오훙은 당신 수하의 왕조王朝와 마한馬漢 같아요."

말은 정말 잘한다. 판화의 비위를 맞추면서도 또 샤오훙의 충성스러움과 능력을 칭찬하다니. 판화가 말했다.

"또 무슨 소릴 하는 거야, 가자. 덴췬한테 함께 술 한잔하라고 할게."

샹성이 손전등을 들고 판화에게 길을 비춰주었다. 판화가 말했다.

"조금 전 회의에서 말하지 않은 게 있어. 현에서 회의를 할 때 서기가 그랬는데, 어떤 외국인이 슈수이에 시찰을 하러 온대. 투자환경을 시찰하려는 건지 아니면 마을 선거를 시찰하려는 건지 서기도 정확히 잘 모르더라고. 내가 몇 사람들한테 물어보니까 모두들 투자환경을 시찰하는 것이라고 하네. 자네 위에 사람이 있으니 내막을 좀 알아보고 그 사람들이 관창을 시찰하러 오게 도와줘."

"내가 윗사람들을 비교적 잘 알긴 하지만, 아무리 잘 알아도 당신만큼은 못하죠."

"난 몰라. 난 모두 판룽이 말하는 걸 들은 거야. 자네는 상공세무부 사람들과 벌써부터 형님 동생 하는 사이잖아."

"그 사람들 찾아가서 내막을 알아보고 밑에서 살살 불을 좀 지피라는 거지요? 안 될 것은 없죠. 문제는 그 외국인들을 관창으로 불러서 뭘 보여주려는 건가 하는 거죠."

"다행히 자네가 사업을 하잖아. 제지공장을 좀 봐. 노는 입에 염불하렸다고 외국인들이 투자를 할 수 있다면 오염방지 설비를 사들여 기계들이 윙윙 돌아가도록 만들 거야."

샹성은 알아들은 듯 한참 동안 아무 말도 하지 않았다. 판화는 쇠는 단김에 두드리랬다고 몇 마디를 더 했다.

"그때는 우리들이 분명 누군가를 들여보내야 할 텐데 들어가서 뭐 하겠어? 대머리 위에 앉은 이처럼 분명하잖아. 중국 측 대표야! 말해봐, 우리 조직에서 누가 경제를 알지? 누가 그 중국 측 대표를 맡기에 적합하겠어? 그래도 자네 아니겠어. 이런 일은 미리 준비를 해야 해. 미리미리 준비를 해야 마음속으로 당황하지 않는 법이지."

샹성은 마음이 움직인 듯이 길게 숨을 들이쉬었다가 다시 천천히 내뱉었다. 그러고는 다시 들이쉬었다. 단전에 기를 모으는 것 같기도 하고 무술 동작을 하는 것 같기도 했다. 판화가 말했다.

"내가 자네한테 말한 것은 모두 솔직한 마음속 이야기야. 틀림없어. 양장피를 팔면 돈을 좀 벌긴 하겠지만 양장피 파는 정도로 기업가가 될 수 있겠어? 게다가 중국 측 대표가 되는 것은 자네가 하는 양장피 사업에 영향을 주지도 않아. 자네는 양장피 수레 자리를 다른 사람한테 세놓을 수도 있어."

"좋기는 좋아요, 문제는……."

판화가 그를 주먹으로 한 대 치고는 말했다.

"계집애들처럼 왜 그래? 할 말 있으면 해봐. 말해봐, 무슨 문제야."

"저하고 슈수이의 그 잡놈들하고는 관계가 그 정도까지는 안 갔어요. 기름을 좀 치지 않으면 우리한테 좋은 말을 해주겠어요?"

"기름 쳐야 할 곳에는 힘껏 기름을 발라."

"만일 일을 성공하지 못하면요?"

"성공하든 성공하지 못하든 우리들은 앞을 향해 밀고 나아가야 해. 대추가 열렸든 열리지 않았든 일단 장대를 먼저 휘두르고 나서 말하자고."

샹성은 여전히 같은 말을 했다.

"일은 성공하지 않더라도 돈은 써야 하는데, 어떻게 해요?"

판화는 샹성의 배 속에 있는 주판알이 다시 움직이기 시작했음을 알아차렸다. 그는 권한을 원하는 것이다. 권한을 얻으면 돈을 마구 쓸 수 있다. 돈을 써도 다른 사람들이 따질 수 없도록 하려는 거다. 밑바닥까지 들어가보면 결국 장사치 본색이 나온다니까. 일은 아직 시작도 안 했는데 어떻게 돈을 챙길지나 먼저 생각하고. 판화가 말했다.

"대추를 따려면 먼저 장대를 만들어야지. 자네가 마음껏 쓰고 실제 쓴 만큼 청구하면 되잖아."

"그럼 한번 해볼까요?"

"뭘 해보고 말고야. 이 일은 자네한테 넘겼어. 전통 희극에서 뭐라고 하나? 장군이 전장에 나갔으면 군주의 명령을 받지 않아도 된다고 하잖아. 이 일을 이뤄내면 자네는 관청 사람들의 큰 은인이 되는 거야."

어떤 사람들이 소 두 마리를 몰고 다가왔다. 쇠목에는 방울이 달

려 있었다. 방울 소리가 밤을 더 고요하게 만들었다. 판화는 칭서慶
社가 돌아오고 있음을 알았다. 칭서는 소 장사치로 곳곳에서 소를
거두어서 슈수이의 회교도들에게 팔았다. 그러면 회교도들은 도축
을 해서 고기를 판다. 판화는 칭서가 소들이 자기를 보면 고양이 앞
의 쥐처럼 쏜살같이 도망가고, 도망갈 수 없으면 뿔로 들이받는다
고 자랑삼아 말하는 걸 들은 적이 있었다. 하지만 칭서에게는 소를
다룰 수 있는 방법이 있었다. 칭서가 주머니에서 방울을 꺼내 소를
향해 몇 번 흔들기만 하면 너무나 신기하게도 소들이 금방 온순해
졌다. 그 이유를 묻자 칭서가, 소는 마치 여인들이 스카프 두르기를
좋아하듯 방울 달기를 매우 좋아하기 때문이라고 설명했다. 샹성은
그 사람이 칭서인 줄 모르고 누구냐고 물었다. 판화가 대답했다.

"또 누구겠어, 칭서지."

판화가 소리를 높여 물었다.

"칭서, 돈 많이 벌었어?"

"지부서기님 덕분예요. 두 마리 구했어요."

칭서가 다가와 낮은 소리로 말했다.

"소 판 사람이 장님이에요. 한 마리가 송아지를 배고 있는데도 알
아보지 못하더라고요."

"대운을 만났구나."

"그 사람들이 알아보지 못했으니 할 수 없죠."

"아니면 자네가 뭐랄까 전문가라고 할 수 있는 게지. 전문가는 손
만 뻗으면 있는지 없는지 알잖아."

"보살님이 보우하신 거죠. 매일 이런 바보 같은 ×만 만나면 제가 소목장을 차리겠어요."

"자네가 만들 수만 있다면 내가 기념테이프를 끊어주지."

방울소리가 멀어지자 샹성은 덴쿤을 한번 보러 가고 싶다고 다시 말했다.

"솔직히 말하면 덴쿤에게 몇 가지 경험을 좀 귀동냥할 생각이에요."

"그 사람이 무슨 경험이 있다고. 그냥 허풍 떠는 거야."

"허풍이라뇨. 그건 허풍 떨 수 있는 자산이 있다는 뜻이잖아요. 저는 허풍 떨라고 해도 떨 수 없어요. 그럴 자산이 없는걸요."

이어서 샹성이 갑자기 "어" 하고 소리쳤다.

"어, 말하고 싶은 일이 하나 있어요. 뭐 큰일은 아니지만 갑자기 생각났어요."

판화가 무슨 일인지 물었다. 샹성이 껄껄 웃더니 말했다.

"깜빡 잊을 뻔했네요. 이런 하찮은 일을 누가 생각이나 하겠어요? 아무도 생각하지 못할 거예요."

판화가 도대체 무슨 일인지 물었다.

샹성이 말했다.

"제가 말하지 않았다면 분명 당신도 잊었을 거예요. 이런 하찮은 일은."

판화는 아무 말도 하지 않고 샹성이 말하기를 기다렸다. 샹성은 손전등으로 하늘을 비추어 보고는 말했다.

"이상한 일도 다 있지, 어떻게 별도 없담?"

판화는 여전히 아무 소리도 내지 않았다. 그제야 샹성이 말했다.

"오늘 돌아오는 길에 궁챵을 지나다가 어떤 사람을 우연히 만났어요. 제가 누굴 만났는지 맞혀보실래요?"

"궁챵에도 수천 명의 사람이 있는데 내가 어떻게 알아? 혹시 차이샤彩霞를 만난 거 아니야?"

차이샤는 샹성이 젊었을 때 서로 좋아하던 사람이었다. 집안 성분이 좋지 않아 샹성의 아버지가 억지로 그 사이좋은 원앙을 찢어놓았다.

"차이샤? 그 여자 허리는 물통보다 두꺼운데 무슨 할 말이 있겠어요. 사실 거기 지부서기인 궁웨이훙을 만났어요."

"마른 강아지 아니야?"

"맞아요, 바로 마른 강아지예요. 지금은 돼지처럼 뚱뚱해졌어요. 마른 강아지가 저한테 어떤 사람에 관해 말했는데 한참을 말해도 대체 누굴 말하는지 떠올릴 수가 없는 거예요. 그런 시시껄렁한 사람을 누가 머릿속에 떠올릴 수 있겠어요? 서기님도 분명 생각하지 못할 거예요."

판화는, 샹성이 도대체 무슨 이야기를 하려는 거지, 이렇게까지 말을 빙빙 돌리다니, 무슨 일인지 밝혀내야 하는데, 하고 생각했다. 샹성이 발걸음을 멈추고 손전등으로 사방을 비추고는 다시 기침을 한 번 하더니 낮은 소리로 물었다.

"마을 뒤에 무덤이 하나 있어요. 기억하세요?"

만일 이틀만 일찍 물었다면 판화는 정말 기억할 수 없었을 것이다. 하지만 지금은 다르다. 판화는 언덕 위의 그 무덤을 떠올렸을 뿐만 아니라, 무덤 위에 있는 사람 키 반 정도 높이로 자란 잡초도 떠올렸다. 시들어 말라버린 쑥부쟁이인데, 양조차도 먹지 않았다. 밤이 깊었기 때문에 무덤 위의 쑥부쟁이를 떠올리자 판화는 오싹하고 섬뜩한 느낌이 들었다. 섬뜩한 느낌이 지나가자 식은땀이 났다. 하지만 그 식은땀은 죽은 사람이 아니라 상부의 정책과 관계가 있었다. 상부의 정책은 '죽은 사람은 산 사람에게 장소를 내주어야 한다'는 것으로 모든 마을에는 무덤이 있어서는 안 된다는 뜻이었다. 샹성이 지금 갑자기 이 말을 꺼낸 것은 어떤 의미일까? 무슨 이상한 약이라도 먹은 거야?

"무슨 무덤이고 자시고야? 내가 담이 작다는 걸 알잖아. 귀신 이야기를 제일 무서워한다고."

"생각 안 나시는군요. 저도 생각이 안 나요."

"좀 분명하게 말해. 도대체 무슨 무덤, 누구 무덤?"

판화는 이 말을 하면서 정말로 귀신이 무섭기라도 한 듯 순식간에 손전등을 빼앗아 사방을 비추었다.

"궁웨이홍이 그러더라고요, 우리 마을에 칭강 어머니 묘가 아직 정리되지 않고 마을 뒤쪽에 남아 있다고."

"칭강? 우리 마을에 그런 사람 없잖아?"

"다 옛날이야기가 되었죠. 수십 년 전에 죽었어요. 어떤 사람은 조선에 가서 죽었다고 하고 또 어떤 사람은 타이완에 가서 죽었다고도 해요. 씨발, 어디서 죽었는지 귀신은 알겠죠."

"어쩐지, 난 조금도 기억에 없네."

"궁웨이훙이 말하길 칭강의 어머니를 무덤에서 끌어내 화장을 해서 궁챵에다가 묻어줄 생각이래요."

판화는 뭐가 뭔지 잘 알 수 없었다. 이게 대체 뭔 일이야. 죽은 지 몇십 년 된 사람이어서 뼈도 다 삭아버렸을 텐데. 그걸 가져다가 뭘 하려는 거야? 판화가 물었다.

"마른 강아지는 대체 무슨 생각인 거지?"

"저도 그 사람이 말해주어서야 알았어요. 마른 강아지는 칭강 어머니의 조카손자예요. 칭강과 마른 강아지 아버지가 고종형제지요."

판화는 흥분해서 말했다.

"우리 마을 사람을 게네들 궁챵에 묻는다는 것이 무슨 뜻이야. 우리들은 공맹의 고향이야. 다른 마을 사람들이 헛소리하게 놔둘 수 없어!"

하지만 샹성의 한마디에 판화는 사레가 들리고 말았다.

"그 사람들이 고발을 한다면요?"

판화는 손전등으로 샹성의 얼굴을 비추고 다시 샹성의 입을 비추었다. 샹성은 피하지 않고 그 빛을 마주하고는, 눈을 가늘게 뜨고 계속 말했다. 판화는 그 입에서 뿜어져 나오는 침방울이 마치 총알 같다고 느꼈다. 샹성이 말했다.

"저도 그때 이렇게 말했어요. 무덤이 언제 만들어졌지? 천하에 첫 번째 무덤은 바로 공자의 무덤이다. 공자가 누군가? 공자는 바로 우리 관창 사람들의 선조다. 그런데 그 말을 다 마치기도 전에 마른 강아지가 일축해버리더군요. 파지 못하게 하겠다고? 좋아, 자네들은 위에서 처리하길 기다려, 하고 말하더군요. 그리고 관창에서 애초에 무덤을 평지로 바꾸는 정책을 실천하지 않았고, 신경도 쓰지 않았지, 라고 했어요. 마른 강아지는 또 제게 문자를 쓰면서 물 한 방울 속에서도 태양을 볼 수 있듯이 무덤 하나를 통해서도 관창 사람들이 얼마나 허위날조를 해대는지 알 수 있다고 했어요. 마른 강아지가 얼마나 사람을 화나게 했는지 아마 모를 겁니다. 화가 나 죽는 줄 알았어요."

판화의 손전등이 갑자기 꺼졌다. 등불이 꺼지자 사방이 더욱 어두워졌다. 마치 화롯불이 꺼진 뒤의 솥 밑바닥 같았다. 어느 집의 멜대 고리가 철통에 부딪혔는지 쨍그랑하는 소리를 내 깜짝 놀랐다. 이어서 갑자기 벼락 치는 것처럼 개 짖는 소리가 두 번 나서 다시한 번 깜짝 놀랐다. 개 짖는 소리는 옆에 있는 문루도 놀라게 만들어 문루 아래에 있는 등이 일제히 켜졌다. 판화는 그것이 샹성의 형제 샹민의 문루라는 사실이 떠올랐다. 샹민은 돈을 마구 쓰는 사람이었다. 그 등은 소리로 작동했다. 어떤 사람이 괭이를 메고 다가왔다가 매우 빨리 그 빛을 벗어났다. 판화는 그가 누구인지 똑똑히 보지는 못했지만 어쩐지 귀신 같다고 느꼈다. 판화는 속으로 깜짝 놀라 황급히 불빛이 반짝이는 곳으로 가보았다. 문루 위에는 돌 현판이 있었는데 그 위에는 공자의 말 한마디가 새겨져 있었다. 문화대혁명 때 비판받았지만 지금 다시 인기를 얻고 있는 '극기복례克己復

禮'라는 말이었다. 샹민은 신을 믿는 사람인데 신을 믿는 것과 이 '극기복례'는 약간 모순적인 듯했다. 판화는 마음이 복잡해져서 돌 현판을 한참이나 주시했다.

샹성이 말했다.

"의견을 좀 내보세요."

"그냥 파 가라고 해?"

"어때요?"

판화가 숨을 크게 한 번 들이쉬고는 다시 물었다.

"마른 강아지 의도가 뭐지?"

"그러게요. 뭘 바라는 걸까요?"

"난 아무래도 잘 모르겠어. 그건 분명히 암나귀를 수나귀로 바꾸는 일이잖아."

"그렇죠. 암나귀를 수나귀로 바꾸는 일이죠. 쓸데없는 걸 바라는 거죠."

판화가 웃고는 말했다.

"정말 쓸데없는 걸 원하는 거야. 생각해봐. 화장도 해야 하고 또 의식도 치러야 해. 너무 골치 아플 텐데."

"그렇고말고요. 마른 강아지 머릿속에 똥만 가득 찼나 봐요."

판화는 의견을 내고 싶은 생각이 없어서 화제를 다른 데로 돌렸다.

"샹민이 왕자이에서 교회당을 짓는다고 하던데?"

"건방져요. 돈이 없으니 그 정도죠. 돈이 있었다면 어떤 모습일지 알 수 없어요."

"교회당도 돈을 많이 벌 수 있다고 하던데. 향 사르는 돈이 아주 가관이래. 난 조금도 이해가 안 가. 뭐 하려고 왕자이에다 짓지? 우리 관창에 지으면 얼마나 좋겠어. 관창에도 신을 믿는 사람들이 있잖아. 적어도 백여 명 있지?"

샹성이 샹민을 두둔하며 말했다.

"자기 마을 사람들 돈을 가져가는 건 민망하잖아요. 음, 어디에 짓든지 간에 다른 마을 사람들이 말할 때는 모두 관창 사람이 지었다고 할 겁니다."

판화의 마음속에 갑자기 뭔가가 반짝였다. 외국인은 틀림없이 종교를 믿을 것이다.

"샹성, 외국인을 만나면 그 사람한테 우리 관창 마을 사람이 교회당을 지었다고 말해. 만일 예배를 드리고 싶은데 장소가 없을까 봐 걱정하지 말라고."

"좋아요. 이유가 하나 생긴 셈이네요."

"그 사람한테 우리 마을은 산도 좋고 물도 좋아서 생태환경이 뛰어나다고 말해."

"좋아요. 그것도 이유인 셈이죠. 그리고요?"

"있지, 당연히 있지. 우리 마을은 공맹의 고향이라고 말해. 지금은 화합을 중요하게 여기는 사회잖아. 우리 마을은 줄곧 서로 화합하는 사회였고. 무슨 노동자와 자본가의 모순이라든가 노동자 파업 따위는 있을 수 없다고. 영원히 없을 거라고 해. 할 수 있는 대로 어깨를 흔들면서 크게 한번 말해봐."

"좋습니다. 그 점도 아주 중요하지요. 자본가가 가장 두려워하는 것이 뭡니까. 파업을 두려워하지요!"

말을 마치고 샹성은 다시 화제를 마른 강아지에게로 돌렸다.

"마른 강아지가 무덤 파는 것을 동의하는 건가요, 아닌가요? 정확한 말씀을 좀 해주세요."

"그럼 그 사람들이 언제 파려고 하는데?"

"저도 마른 강아지에게 그렇게 물었어요. 마른 강아지가 입동 지나서 하지 뭐, 겨울에는 사람들이 한가하니까, 하고 말했어요."

판화는 긴장이 풀렸다. 그렇지, 관창 마을도 선거를 치러야 하는데, 마른 강아지 그 잡놈이 지금 당장 어디 그런 여유로운 마음이 있겠어. 판화는 샹성에게 말했다.

"그럼 일단은 그 사람 신경 쓰지 말라고. 가지, 나랑 우리 집으로 가. 덴쥔이랑 술 한잔해야지."

하지만 샹성은 고개를 저었다.

"다음에 갈게요. 샹민네 집 앞을 지나왔는데 한번 들어가봐야겠어요. 샹민에게 교회당 짓는 문제도 좀 물어보고요. 어른들 말씀이, 맏형이 부모라고 하니까요."

늦은 밤에 비가 내렸다. 가을바람이 불고 가을비까지 내리니 기온이 순식간에 반으로 뚝 떨어졌다. 톄쒀의 두 딸은 그날 더우더우와 한데 복작거렸다. 아이들 모두 잠이 많았는데 특히 동생 야디가

"뭐라고요, 정말 샹성에게 처리하라고 했어요?"

"그래, 샹성이 몇 년간 장사를 했으니 납작한 것도 둥그렇게 하고 둥근 것도 납작하게 할 수 있지. 외교를 할 때는 바로 그런 능력이 필요해. 내가 또 따로 샹성한테 임금도 주었는걸."

"고기만두를 개한테 던져주면 다시 돌아오지 않을까 봐 걱정되지 않아요?"

판화는 무슨 말인지 어리둥절했다. 뭐가 고기만두를 개에게 던져주었다는 거야? 설마 샹성이 다른 사람들을 따라 출국이라도 한다는 거야? 샤오훙이 조심스럽게 한마디 물었다.

"혹시 경비를 요구하지 않았나요?"

판화는 이해했다. 샹성이 그 돈을 자기 주머니에 넣어버릴까 걱정하는 거로군. 마을을 위해 하는 걱정이니 이치대로라면 판화는 마땅히 그녀를 칭찬해야 했다. 하지만 판화는 이때 갈피를 잡지 못하는 척했다. 샤오훙아, 샤오훙아, 내가 하고 싶은 이야기가 바로 그거란다. 그놈이 자기 주머니 속으로 돈을 집어넣지 않을까 나도 걱정 돼. 마음속으로는 이렇게 생각했지만 말은 그렇게 할 수 없었다.

"지금은 어떤 일을 하든지 돈이 들지 않아? 개를 접붙이려고 해도 돈을 써야 하는데. 그 돈을 옳은 곳에만 쓸 수 있다면, 써야 할 건 써야지."

"고기만두를 개한테 던져주듯 헛되이 써버릴까 봐 걱정하는 거죠."

"헛되이 쓰는 거라도 써야지. 어쨌든 간에 부딪쳐봐야지. 그래 안 그래? 그 외국인이 관챵에 올 수 있다면 마을 역사에 기록될 거야. 마을 역사에 기록되는 것뿐이겠어? 어느 정도는 분명히, 그 외국인이 분명히 내가 촌장을 연임하는 일을 시찰 보고서에 써서 미국으로 가져갈 거야. 미국이 어떤 곳이야? 연합국 총본부가 있는 곳이잖아. 그때가 되면 관챵은 이름을 날릴 테고, 그러면 외국 자본이 들어오지 않겠어? 물론 그 사람들이 오지 않으면 우리도 방법이 없지. 소가 물을 먹지 않는다고 억지로 머리를 누를 수는 없잖아. 그리고 네가 조금 전에 무슨 고기만두를 개한테 던져준다고 했던가? 그렇게 말하면 안 되지. 이건 고기만두를 개한테 던져주는 게 아니라 고신양렴高薪養廉이야. 충분한 보수를 줘서 청렴한 인재를 만드는 거지."

"그 사람들이 정말로 올지도 모르니 우리도 준비를 잘해야겠네요."

"시간은 충분해. 그때가 되어서 현수막 두 개 정도 걸면 돼."

"맞는 말씀이세요. 그때 현수막을 두 개 걸고, 대련도 몇 개 붙이고, 집집마다 깨끗하게 청소도 하고요."

판화가 샤오훙에게 또 다른 건의사항이 있는지 물었다. 샤오훙이 말했다.

"제가 무슨 건의사항이 있겠어요? 지시하시면 그대로 따르면 되지요. 더우더우 아버지가 학교 다닐 때 영어 잘했다고 하던데요?"

"잘하기는 뭘 잘해. 몇 년 동안 쓰지 않아서 조금 잘했던 것도 다 잊어버렸어."

"더우더우 아버지는 똑똑하니까 다시 빨리 잘하게 될 거예요. 아니면 더우더우 아버지한테 문구 아래에 영어를 한 줄 써달라고 해서 영중 대조를 만드는 건 어때요?"

샤오훙은 정말 세밀하게 생각하는구나, 정말 든든한 팔이야. 판화가 말했다.

"뎬췬은 됐어. 판치의 아들 샹차오한테 쓰라고 하는 편이 낫겠어. 듣자 하니 샹차오가 베이징에서 외국어를 가르친다고 하더라고."

"샹차오? 샹차오가 돌아왔어요?"

"전화하면 돌아오겠지."

샤오훙이 웃으며 말했다.

"그래요, 만일 돌아오지 않으려 하면 판치가 병이 나서 일어나지 못한다고 말해보죠."

그때 더우더우가 갑자기 울음을 터뜨렸다. 알고 보니 더우더우가 털실토끼 인형을 갖고 싶어 했지만 야디가 주지 않아 두 아이가 함께 잡아당기고 있었다. 샤오훙이 아이들을 떼어놓기 위해 달려가려 하자, 판화가 저지하고는 멀리서 소리쳤다.

"더우더우, 손 떼."

더우더우는 손을 떼기는 했지만 금방 다시 야디의 옷을 붙잡았다. 샤오훙이 말했다.

"야디 이 아이도 정말, 조금도 어려워하는 구석이 없네요."

판화가 말했다.

"더우더우가 할아버지 할머니 때문에 나쁜 버릇이 들어서 다른 사람한테 양보할 줄 몰라."

"아니면 제가 야디와 야난을 데리고 갈까요? 어쨌든 제가 다른 일 도와드릴 것도 없고요."

샤오훙은 주머니에서 손수건을 꺼내 야디의 콧물을 닦아주려 했다. 야디가 도망치려 하자 샤오훙이 손수건 위에 수놓은 토끼를 가리키면서 말했다.

"빨리 와서 봐봐. 여기도 토끼가 있어. 작은 토끼가 너무나 영특해. 빨간 눈에 하얀 가죽 저고리를 입었어. 뒷다리가 길고 앞다리가 짧아서 길을 갈 때면 팔짝팔짝 뛴단다."

야디는 그제야 샤오훙에게 기대고는 고개를 들어 샤오훙이 콧물을 닦도록 놔두었다. 그때 야난이 돌아왔다. 샤오훙은 사용한 손수건을 접어서 야난의 주머니 속에 넣어주고는 여동생 콧물을 자주 닦아주라고 말했다. 야난은 성이 나서 입술을 깨물면서 여동생을 쳐다보았다. 변변치 못한 여동생을 탓하는 것 같았다. 샤오훙에게는 야난을 기분 좋게 만들 방법이 있었다. 샤오훙이 판화에게 말했다.

"야난이 정말 갈수록 예뻐져요. 이 코와 눈 좀 보세요. 특히나 눈썹이 정말 예뻐요. 쉐어가 그래도 복이 있네요."

사실 야난에게 들으라고 하는 말이었다. 과연 야난은 더 이상 화를 내지 않았다. 그래도 몇 살 더 먹었다고 이미 부끄러움을 알았다. 얼굴에 웃음기를 떠올리면서 그 작은 얼굴을 앵두처럼 붉게 물들였다. 샤오훙이 갑자기 눈을 반짝이고 말했다.

"있어요, 있어요."

판화가 무엇이 있냐고 물었다. 샤오훙은 외국인이 온다면 그들을 접대할 방법이 있다고 했다. 샤오훙의 방법이 너무나 훌륭하다는 건 말할 필요도 없었다. 그녀는 자신이 마을 아이들을 조직해서 아이들에게 합창을 하도록 가르치겠다고 말했다. 어떤 노래를 부를지는 잘 생각해봐야겠다고 했다. 샤오훙이 갈수록 확신하는 것을 보니 판화는 속으로 정말 웃음이 나오려고 했다. 하지만 일이 이렇게까지 되었으니 샤오훙의 생각대로 밀고 나가는 수밖에 없었다.

"좋아, 자네가 그 일을 맡아. 난 마음 놓고 있을게. 전부 자네한테 맡기지."

여전히 비가 내리고 있었다. 샤오훙은 우산을 '획' 펼치고는 야난에게 말했다.

"착하지, 나랑 가자. 동생한테 우산을 씌워줘."

판화는 샤오훙을 배웅하러 나갔다. 판신繁新 집의 외양간 근처에 갔을 때 판화가 말했다.

"샤오훙, 링페이가 돌아왔어. 너 알고 있었지?"

샤오훙이 땋은 머리를 저으며 말했다.

"그 안에서 죽지 않았군요."

"내가 보기엔 잘 지낸 것 같아. 살도 좀 쪘고."

샤오훙이 입을 삐죽거렸다.

"어떻게 해서 그 안에서 죽지 않고 나왔는지 말씀 좀 해보세요."

그때 판신이 암소를 몰고 나왔다. 암소는 검은 무늬와 흰 무늬가 있었는데 검은 부분은 목화 다래 같고 흰 부분은 목화 같았다. 샤오훙도 결국은 아가씨여서 깨끗한 것을 좋아하는구나. 암소가 다가오는 모습을 본 샤오훙은 아이들 손을 잡아끌고 코를 막고는 뛰어갔다. 판화는 웃음을 터뜨리고는 곧장 마을위원회로 향했다.

테쒜의 식욕은 아주 좋았다. 아침밥을 밥풀 반 톨도 남기지 않고 모두 먹어치웠다. 판화는 그릇을 보면서 테쒜를 비꼴 두어 마디를 생각하고 있었다. 그런데 테쒜가 먼저 입을 열었다.

"있잖아요, 혹시 닭한테 식품첨가제 먹이지 않았어요? 이 달걀은 닭똥 냄새가 나서 말도 못하게 맛이 없어요."

판화네 집에서는 닭을 기르지 않는다. 달걀은 모두 마을에서 사왔고 그중에는 테쒜 집에서 나온 것도 있었다. 판화는 그 말에 대꾸하지 않았다. 대신 창문을 열어 방에 바람을 통하게 해 환기를 했다. 그러고는 땅에 떨어진 베개를 주워들었다. 판화가 테쒜를 등지고서 베개 위의 흙을 털면서 말했다.

"그럼 먹지 않아도 돼. 굶어 죽으면 그만이지."

"이건 연금이에요."

판화가 베개를 칭수에게 던지고서 말했다.

"칭수, 우리가 저놈 연금했어?"

칭수가 말했다.

"제길, 아주 단잠을 자고 잠꼬대까지 했어요. 뭐라고 중얼거리다가 실실 웃고 해서 밤새도록 한숨도 못 자게 했다니까요."

판화가 몸을 돌려 테쒜를 마주하고 말했다.

"이봐, 테쒜, 아들 낳는 꿈이라도 꾸었나 보지?"

대낮부터 톄쒀는 갑자기 딴청을 피우기 시작했다.

"누가 아들을 낳았어요? 축하주 마시러 가기 늦지는 않았나요?"

판화는 화가 불끈 위로 솟구쳐 갑자기 소리를 높였다.

"뭘 시치미를 떼고 그래! 쉐어가 임신한 거 알잖아!"

톄쒀가 말했다.

"몰라요."

칭수가 펄쩍 뛰었다.

"몰라? 네가 감히 모른다고 말할 수 있어?"

톄쒀가 말했다.

"나도 자네를 통해 알았는걸."

판화가 말했다.

"본인이 하신 훌륭한 일인데 칭수와 무슨 관계가 있어?"

"어쨌든 칭수가 나한테 말했어요. 어찌 된 건지 난 모르죠."

"자네가 그렇게 말하는 것을 보니 설마 다른 사람이 자네 대신 심어준 씨인가? 쉐어가 만일 자네가 이렇게 헛소리한 사실을 안다면 반드시 자네 입을 발기발기 찢어버릴 거야. 자네 나중에 쉐어가 어떤 낯으로 사람들을 보게 하려는 건가?"

톄쒀는 성질이 나 두 손을 마구 휘젓다가 갑자기 얼굴을 바꾸었다.

"나, 나, 난 아무 말도 하지 않았는데요?"

판화가 칭수에게 눈짓을 해 기록할 준비를 하게 했다. 칭수는 노트를 펼치지 않고 서랍 안에서 트럼프 크기의 녹음기를 꺼냈다. 판화가 톄쒀에게 말했다.

"그럼 이제 말해보시지."

"무슨 말을 하라는 거예요?"

"쉐어가 어떻게 임신을 하게 되었는지는 말할 필요 없어. 우리한테 말하지 않아도 알고 있으니까. 어떻게 신체검사를 피했는지도 말할 필요가 없어. 우리가 조사해낼 수 있으니까. 자네는 쉐어가 어디에 숨었는지만 말하면 돼. 자네가 말하기만 하면 우리가 직접 가서 데려오지."

"안다면 말하겠죠. 전 정말 몰라요."

보아하니 이 사람은 쇠심줄이라도 삶아 먹고 단단히 결심을 한 듯했다. 판화는, 내가 여자인 것이, 이름난 간부인 것이, 어쨌든 인민의 공복인 것이 아쉽네, 그렇지 않았다면 정말 과감하게 밀어붙일 수 있는데, 하고 생각했다. 판화는 사무실 책상에 앉았다. 그렇게하니 톄쒀보다 더 키가 커져서 자연스럽게 위엄이 더해졌다. 판화가 그에게 훈계를 하려고 할 때 불현듯 집 밖에서 중을 만났다던 쉐어의 말이 떠올랐다. 판화가 물었다.

"톄쒀, 일전에 자네 집 앞에 어떤 중이 오지 않았어?"

"중요? 쉐어가 중과 재미를 보았다고 말하려는 건 아니죠?"

"내가 쉐어라면 반드시 자네 입을 발기발기 찢어버렸을 거야. 난 자네가 중을 만났는지 묻는 거야."

톄쒀는 그제야 비로소 만난 적이 있다고 말했다. 판화는 허벅지를 두드리고는 그 기회를 놓치지 않고 한마디 했다.

"자네는 끝났어. 자네는 완전히 끝났어. 중이 어떤 사람이야? 중이 대를 이을 수 있나? 음, 자네가 집을 나서서 중을 만났다는 게 무슨 좋은 징조는 아니지."

톄쒀가 헤헤 웃더니 말했다.

"당신이 좋은 징조가 아니라고 하면 좋은 징조가 아닌 것이 되나요? 그럼 제 텔레비전은 어떻게 타왔게요?"

판화는 순간적으로 말을 이을 수 없었다. 칭수도 멍해져서 눈빛마저 공허하게 변했다. 하지만 판화는 판화이다. 어떻게 고작 톄쒀에게 겁을 먹을 수 있겠는가. 판화는 앉은 자세를 고쳐 벽에 기대고 베개를 쿠션 삼아 받쳤다. 전쟁을 오래 지속할 준비를 하는 것 같았다. 판화는 최대한 목소리를 가라앉히고 말했다.

"자네가 당첨되어서 텔레비전을 가져오지 않았으면 좋았겠지. 당첨된 것이 오히려 나쁜 일이었어. 자네는 깨 한 알 집으려다가 수박을 잃어버렸어. 복은 쌍으로 오지 않고 화는 혼자 오지 않는 법이지. 이게 무슨 뜻인지 이해하나? 이해했으면 좋아. 바로 자네 이야기야. 자네가 바로 이런 모습인데 그래도 사내아이를 낳고 싶은가? 꿈도 꾸지 마."

톄쒀가 말했다.

"더우더우도 여자아이인데 당신도 중을 만났어요?"

"난 자네만큼 운이 좋지 않아서 중을 만나지 못했어. 그래서 내가 낳고 싶은 것을 낳았지. 여자아이를 낳고 싶어 해서 더우더우를 낳았어. 여자아이가 좋아. 여자아이는 커서 효도를 하지."

톄쒀는 '흥' 하고 코웃음을 치고는 아무 말도 하지 않았다.

판화가 말했다.

"말해야 할 것은 다 말했어. 좀 더 생각해보고 납득했으면 쉐어를 내놔."

톄쒀는 아무 일도 없는 사람처럼 바닥에서 담배 한 개비를 주워 칭수에게 불을 빌려 붙이고는 맛있게 빨았다. 라이터를 돌려받은 칭수는 계속 그 라이터를 딱딱 두드리더니 갑자기 한마디 했다.

"하하, 라틴아메리카."

너무 뜬금없는 말이라 판화는 순간적으로 아무런 반응을 하지 못했다. 잠시 뒤에 그녀는 칭수가 앵무새처럼 남을 따라한 것이라는 생각이 들었다. 곰보 현장 말이다. 칭수가 또 말했다.

"아프리카."

판화는 칭수가 지금 자신을 일깨워주는구나, 톄쒀를 겁주라고 날 일깨우는구나, 하고 생각했다. 하지만 곰보 현장의 말이 어떻게 진짜가 될 수 있지? 그건 세 살배기 어린아이나 겁줄 수 있을 뿐이다. 사실 아프리카가 호랑이는 아니니까 세 살배기도 겁줄 수 없다. 판화가 무슨 말을 해야 하나 생각하고 있을 때 톄쒀가 갑자기 담배필터를 집어던졌다.

"맞아, 아프리카. 그 씨발년! 그년이 우리 아버지와 자식 셋을 남겨놓고 아프리카로 도망가버렸어요."

정말로 소귀에 경 읽기였다. 만일 판신의 암소들에게 경을 읽어준다면 정말로 텔레비전에서 말한 것처럼 우유나 더 짤 수 있을지도 모른다. 보아하니 톄쒀는 암소보다도 못한 것 같았다. 판화는 그를 상대할 기분이 나지 않았다. 판화는 손이 가는 대로 아무렇게나 신문을 한 장 집어 들어서 보기 시작했다. 잠시 보다가 휴대전화를 꺼내 샤오홍에게 전화를 걸었다. 전화가 연결되지 않자 그 기회를 이용해 칭수에게 말했다.

"잠시 뒤에 회의에서 이번 달 휴대전화 사용료를 각자 50위안씩 더 신청하자는 의견을 내봐. 내가 승인하면 되니까."

샤오홍은 여전히 전화를 받지 않았다. 판화는 그제야 샤오홍이 톄쒀의 두 딸을 데리고 나가 돌아다니거나 또 어쩌면 두 자매의 손을 잡고서 한 집 한 집 간부들에게 회의에 참석하라고 통지하고 있을지도 모른다는 생각이 들었다. 판화는 더 이상 톄쒀를 보고 싶지 않아서 방을 나왔다. 공기 속에서 지린내가 났고 또 비린내도 났다. 지린내는 동물의 지린내이고 비린내는 남녀 바짓가랑이 사이의 비린내였다. 지리면 좋아, 지린 것은 마소가 기뻐 날뛴 것이니 업적이고 선거표이다. 비린 것은? 비린 것은 둘로 나누어야 한다. 좋은 쪽으로 말하면 남녀가 좋아하고 사랑해서 자손이 번성하는 것이다. 나쁜 쪽으로 말하자면 마구 싸지를 뿐 가족계획은 뒷전으로 버려두었다는 뜻이다. 업적은 떨어지고 선거표는 흘러가버린다는 말이다. 그리고 곰보 현장이 화를 낼 때 검게 변하는 곰보자국이기도 했다.

그런데 어떻게 된 영문인지 몰라도 비가 오는 날이면 판화는 섹스가 생각나고 그 비린내가 떠올랐다. 그녀는 그 비린내에 혐오감이 들었다. 그런데 이상한 점이 있었다. 혐오감 속에 또 일종의 미련이 들고 이 미련이 들면 또 파렴치한 쾌감이 생겼다. 제기랄, 톄쒀의 그 좆같은 일만 없었더라면 지금 그녀는 정말 톈쥔과 이불 속에서 웅크리고 있었을지도 모른다. 더우더우는 바로 끊임없이 비가 내리던 날 생겼다. 더우더우가 토끼하고밖에 놀 수 없다는 생각을 하자, 미처 따지 못한 목화솜이 비를 맞아 불쌍하게 가지 위에 걸려 있는 것처럼 마음이 약해졌다. 어휴, 사실 조금 전 톄쒀에게 한 그 말은 그녀 자신도 믿지 않았다. 어쩔 수 없어 되는대로 지껄였을 뿐이다. 판화도 사실은 남자아이를 하나 더 낳고 싶었다. 제기랄, 이 마을위원회 주임을 맡아서 다른 부녀들에게 모범이 되어야만 하는 게 아니라면 그녀도 정말 엉덩이를 들어 올려 하나를 더 낳으려고 했을지 모른다.

잠시 뒤에 회의에 참석할 사람들이 왔다. 샹민도 왔다. 샹민은 샤리 자동차를 몰고 뜰로 들어와 열쇠를 판화에게 주었다. 판화가 교회당 짓는 일은 어떻게 되어가는지 물었다. 샹민이 말했다.

"아미타불, 모든 일은 다 준비되었는데 동풍이 불어주지 않네요."

판화는 그 '동풍'이 도대체 무엇이냐고 물었다.

"설교할 수 있는 사람이 없어요. 따져보면 저도 대강 몇 마디 할 수 있기는 해요. 하지만 저는 이 지역 사람이잖아요. 멀리서 온 스님이 경을 더 잘 읽는 법이지요. 그래서 밖에서 초청해야 해요, 아멘."

판화는 이 말을 듣고 웃음이 나서 무심코 어디서 초청할 것인지 물었다.

샹민이 말했다.

"동쪽, 서쪽, 북쪽 모두 괜찮아요. 하지만 남쪽에서 초청해서는 안 돼요."

방법은 그래도 꽤 많구나. 왜 남쪽에서 초청하면 안 되는지에 대해서도 나름의 이유가 있었다.

"경을 읽어본 사람들은 모두 나무아미타불을 알고 있잖아요."(나무아미타불은 중국어로 '南無阿彌陀佛' 즉 '남쪽에는 아미타불이 없다'로도 해석될 수 있다—옮긴이)

그때 판치가 다가왔다. 판치는 그의 마누라가 진짜 산시에서 난감자를 먹고 싶어 한다고 말하고, 샹민에게 언제 산시에 가는지 물었다. 샹민은 산시는 다시 갈 엄두가 나지 않는다고 했다. 그의 차를 본 그곳 젊은이들이 그가 아가씨들을 모조리 뺏어간다고 소리치면서 차를 부숴버렸다고 했다. 그래서 차 유리를 이미 여러 번 교체했다는 거였다. 판화가 말했다.

"천 리 밖 인연도 한 가닥 실로 만들어진다고 하지 않던가. 뭔가 이해하지 못한 부분이 있겠지."

샹민이 말했다.

"그건 그렇게만 말할 수 없어요. 제가 고모를 산시에 팔아버리려고 하면 고모부는 어떻게 하실까요? 제 다리라도 분질러버리지 않겠어요?"

판화는 열쇠를 들고 샹민을 향해 내리쳤다.

"버르장머리 없는 놈. 내가 네놈 다리를 분질러버리겠어."

샹민은 즉시 다리를 저는 시늉을 하면서 대문을 향해 달렸다. 땅에 진흙이 있어서 몇 걸음 달리지 않아 수박껍질을 밟은 것처럼 쭈

우욱 미끄러져 넘어졌다. 사람들 모두 웃음을 터뜨렸다. 회의실에 앉은 이후에도 그 웃음소리는 계속되었다. 사람들은 웃음소리 속에서 쉐어가 몸을 숨긴 곳에 관해 토론을 시작했다.

하룻밤의 '휴식과 정비' 시간을 거친 뒤 칭수는 아주 적극적으로 변했다. 그는 첫 번째 대포를 쏘았다. 먼저 15리 밖에 있는 쉐어의 친정 야오자좡姚家莊에 대해 언급했다. 여자들은 일이 생기면 친정으로 달아나는 게 당연한 이치이지 않은가.

샹성은 야오씨 마을 남쪽 수이윈水運 마을에 있는 톄쒀의 외삼촌 집을 언급했다. 생질이란 본디 외삼촌 집의 강아지여서 거기서 먹고 마시고 또 입에다 바리바리 물기까지 하고서 떠나기 때문이다. 생질의 부인 배가 불렀으니 외삼촌 된 사람이 당연히 모른 척할 수 없을 것이다. 그러니 한번 가보지 않을 수 없다.

리쉐스는 쉐어의 외삼촌 집 역시 한번 가봐야 한다고 말했다. 톄쒀의 외삼촌도 외삼촌이고 쉐어의 외삼촌도 외삼촌, 모두가 외삼촌이라고 했다. 리쉐스의 말이 끝나지 않았는데 사람들은 이미 한 덩어리가 되어 웃기 시작했다. 여기에는 까닭이 있었다.

칭마오가 지부서기를 할 때 리둥팡李東方의 며느리 장스류가 진급하기를 원해 입당을 하러 칭마오를 찾아갔다. 칭마오는 사심이 많은 것 이외에도 또 하나의 단점이 있었다. 늙은 소가 여린 풀을 좋아한다고, 예쁜 여자만 보면 꼼짝을 못했다. 장스류의 여동생이 정말판 의사가 말한 한국의 영화배우처럼 예쁜지 아닌지 판화는 알 수 없었다. 하지만 판화는 장스류가 분명히 예쁘다는 사실은 알고 있었다. 홍콩이나 타이완 영화배우 같았다. 장스류는 이전에 슈수이에서 제일 큰 가게에서 점원 일을 했고 또 손님 접대 업무를 담당하기도 했었다. 지금도 여전히 슬리퍼를 질질 끌고 마을을 어슬렁거리기를 좋아한다. 칭마오는 그날 마침 술을 마시고 혀까지 꼬여 있었다. 스류를 보더니 제정신이 아닌 상태에서 마음속 말을 뱉어냈다. 네가 내 당에 들어오고 싶으면 내가 먼저 네 당에 들어가야겠어 (공산당을 뜻하는 '黨'과 바짓가랑이를 뜻하는 '襠'은 발음이 비슷하다—옮긴이). 너의 당도 당이고 나의 당도 당이니 모두 당이잖아. 칭마오는 자기 머리를 딸랑이북처럼 흔들어댔다. 그러면서 당당, 당당, 하고 말했다.

그 순간 쉐스는 사람들이 모두 웃음을 터뜨리는 것을 보고는 모르는 체하면서 말했다.

"뭐가 웃겨요. 누가 감히 쉐어의 외삼촌은 외삼촌이 아니라고 말할 수 있어요?"

판화가 만년필로 노트를 두드리고는 말했다.

"좋아요, 쉐어의 외삼촌 집도 포함시킵시다."

샹성이 구릉지대에 있는 펌프실을 언급했다. 그곳은 농업에서 '다자이 배우기 운동'을 할 때 만들어진 곳으로 지금껏 사용한 적이 없었다. 판화가 말했다.

"내일 제가 리하오한테 물어볼게요. 리하오가 종종 그곳에서 양을 먹이니까요. 누가 또 발언하실 겁니까?"

톄쒀는 줄곧 문 입구에 서 있었다. 판화가 벽에 붙어 비를 피하라

223

고 했지만 그는 몸의 반이 흠뻑 젖도록 빗속에 서 있었다. 허, 그는 정말 대단하다. 처음에는 삼십육계 줄행랑을 치더니 이번에는 고육지책을 쓴다. 장난칠 생각이니 내가 통쾌하게 장난치게 해주지. 회의가 절반 정도 지났을 때 상성이 판화에게, 그를 들어오라고 할까요, 하고 물었다. 판화가 말했다. 좀 더 비를 맞게 합시다, 비 맞는 게 좋아요, 비 맞으면 정신이 맑아지니까. 회의가 거의 끝났을 때 판화가 입을 열어 칭수에게 그를 들어오게 하라고 했다.

테쒸가 들어오자 판화는 탁자보를 잡아당겨 그의 얼굴을 향해 던져주고는 먼저 빗물을 깨끗하게 닦으라고 했다. 사람들 앞에서 판화가 그에게 물었다.

"테쒸, 우리 일에서 뭐가 중요한 건지 알지?"

"경제건설 아닌가요."

"대단해, 테쒸는 대단해. 테쒸는 역시 정치를 알아. 그런데! 당신 때문에, 바로 당신 때문에, 쒸어의 배 때문에 주요 과제가 바뀌었어. 이런 걸 어떤 과오라고 하지? 바로 정치과오야."

'정치과오'라는 네 글자를 듣자 테쒸는 약간 당황한 듯했다. 그 '죄명'이 적당한지 아닌지 계산하려는 듯 머리를 긁적였다. 판화는 소리쳤다.

"당신에게 다시 한 번 기회를 주겠어. 당신이 쒸어의 행방을 말하기만 하면 이 일은 발생하지 않았던 것으로 칠 거야."

테쒸가 말했다.

"당신들이 아프리카에 갔다고 하지 않았어요?"

판화가 혀를 내둘렀다.

"모두 봤지요? 저 사람, 쇠심줄을 삶아 먹었어요."

사람들 모두 그렇다고, 아주 질기다고 말했다. 판화가 말했다.

"사람을 찾는 비용은 마을에서 더 이상 대줄 수 없습니다. 구체적으로 누가 내야 하는지 모두 마음속으로 생각이 있을 겁니다. 대가를 치러야지요."

이때 칭수가 덧붙였다.

"이번 달 휴대전화 사용료도 분명히 껑충 뛰어오를 겁니다."

판화가 말했다.

"그것 역시 업무상 필요한 부분이지요. 모두들 말씀해보세요, 어떻게 해야 할까요? 샹성 말해볼래요?"

샹성은 뒤로 한 걸음 물러섰다.

"당신이 결정하세요."

판화가 말했다.

"먼저 의견을 내주세요."

샹성의 말투가 약간 바뀌었다. 약간 손을 뗀다는 느낌이었다.

"저는 어떤 의견도 없습니다."

판화가 웃음을 짓고는 말했다.

"어쨌든 우리도 더 이상 내부적으로 손해를 볼 수 없습니다. 이렇게 하지요. 모든 사람들에게 먼저 50위안을 보조하겠습니다. 이 50위안 역시 우리들 주머니에서 나온 돈입니다."

밀밭 위에 희뿌옇게 피어오른 안개 사이로 까마귀 떼가 내려앉았다. 달리는 자동차에 놀란 까마귀들이 다시 날아오르자 안개가 뭉글거리며 요동쳤다. 언뜻 보면 새파란 면사포를 뒤집어쓴 까마귀가 날고 있는 듯했다. 그때 판화는 사람들과 함께 급히 야오자촹을 향해 가고 있었다. 차는 칭수가 몰았다. 칭수는 사람을 결박할 군사용 가죽 띠까지 미리 준비해두었다. 물론 판화는 쉐어가 야오자촹에 숨어 있을 리 없다는 사실을 잘 알고 있었다. 하지만 그곳에 한번 가보는 것이 좋겠다고 생각했다. 야오자촹은 곰보 현장의 고향인 장뎬촌張店村과 아주 가깝고 그래서 두 곳 모두 난위안향에 속해 있다. 난위안향 향장 류쥐제는 판화의 옛 동창으로 곰보 현장과는 개인적인 친분이 무척 두터운 사이였다. 판화는 잠시 생각에 잠겼다. 설사 쉐어를 찾아내지 못하더라도, 류쥐제가 판화 자신이 최선을 다했다는 사실을 곰보 현장에게 알려줄 수 있었다. 판화는 곧 휴대전화를 꺼내 류쥐제에게 전화를 걸었다.

그녀는 자신이 쿵판화임을 밝히지 않은 채, 그 녀석이 이미 달아나버린 것 같다고 말했다. 류쥐제는 큰 목소리로 "여보쇼! 이것 봐!"라면서 그녀에게 "누구신데?"라고 되물었다. 판화가 이내 표준어로 말했다.

"현재 위치를 보고하세요."

완벽한 상급자의 말투였다. 류쥐제의 태도가 갑자기 공손해졌다. 쿵판화는 양쪽 어깨를 추켜세운 채 목을 움츠리고 있는 류쥐제의 모습을 떠올렸다. 류쥐제의 보고가 시작되었다. 마침 시골 마을로 내려가려던 참이었는데 폭풍우가 몰아치는 바람에 논밭의 관개 시설을 먼저 살펴봐야 한다고 말했다. 그러면서 농한기에 도랑을 정비해두지 않으면 침수된 논의 물을 빼내거나 경작지에 급히 물을 댈 때가 다 되어 부랴부랴 서둘러봤자 아무 소용없을 것이라고도 했다. 류쿤제의 주둥이에서 튀어나오는 한마디 한마디는 정말이지 허풍 일색이었다. 판화가 웃음을 참으며 말했다.

"좋습니다. 아주 좋아요. 오후 두시까지 사무실로 들어오면 되겠어."

전화를 끊은 판화는 순간 신이 났다. 하지만 그것도 잠시, 불현듯 그녀의 배 속에서 신물이 올라왔다. 그 옛날 덴췬과 사귀던 시절 하루 종일 수업을 빼먹으며 옥수수 밭에서 그 짓거리를 하지만 않았더라도 지금 그녀의 상황은 류쿤제보다 훨씬 나았을 터였다. 옥수수 밭에는 모기떼만 득시글거렸을 뿐인데 그땐 도대체 무엇에 홀리기라도 했던 것일까? 참! 이 모든 것이 다 운명이다.

샹성 역시 함께 차에 앉아 있었다. 그는 우선 왕자이에 들른 뒤 다시 슈수이로 차를 돌릴 생각이었다. 정장에 넥타이까지 맨 샹성의 모습은 말쑥한 외교관을 연상시켰다. 하지만 그는 면도를 해야 한다는 사실을 잊고 있었다. 덥수룩한 수염 때문에 마치 모피로 만든 가면을 뒤집어쓴 사람처럼 보였다. 판화와 샹성은 뒷좌석에 앉아 있었다. 샹성은 판화와 외국인 이야기를 나누고 싶은 모양이었다. 판화가 손가락 하나를 가만히 자신의 입가에 가져다 댔다. 나중에 따로 이야기하자는 의미였다. 그녀가 샹성에게 농담을 던졌다.

"듣자 하니 자네가 우리 마을 부인 여럿을 성으로 보내 양장피를 팔게 했다던데."

"그 사람들이 부탁한 거예요. 나라고 뭐 별수 있나요."

"그러면 대신 사업자등록도 해준 거야?"

"빌어먹을. 사업자등록증 내기가 어디 그렇게 쉬운 줄 알아요? 뭐라도 뒤로 좀 먹이질 않으면 1년이 지나도록 허가를 안 내준다니까요. 전부 다 내 걸로 사용하고 있죠. 어쨌든 노점이 죽 늘어서 있으니 한 집에서 낸 것이나 마찬가지죠 뭐. 그나마 내가 단속반 담당자라도 좀 구워삶아놨더니 보고도 못 본 척 그냥 넘어가는 거라고요."

앞좌석에 앉아 있던 쉐스가 끼어들었다.

"나도 좀 껴줘. 자네도 이젠 아주 항공모함이 다 됐어."

샹성이 말했다.

"항공모함까지는 아니고, 망망대해를 가르는 큼직한 요트 정도랄까."

칭수가 고개를 돌리며 말했다.

"어쩐지 사람들이 당신이 3천 궁녀를 거느리고 있다고 하더라니."

샹성이 언짢아하며 말했다.

"거 참! 칭수! 이거 봐. 개새끼 주둥이에선 결국 개소리밖에 안 나온다니까."

판화가 편을 들었다.

"맞아. 토끼도 제집 근처 풀은 안 뜯어먹는 법이지. 샹성, 그거야말로 좋은 일이야. 농촌에서 잉여 노동력 문제를 해결한다는 건 마을을 위해 큰 공을 세우는 거라고. 판룽한테 연락해서 신문에 자네 칭찬 좀 하라고 해볼까? 어때?"

샹성이 연신 손사래를 치며 말했다. 천만의 말씀입니다. 양장피 장사일 뿐입니다. 원체 보잘것없는 장사인데 떠벌릴 것이 있겠습니까?

판화는 샹성이 똑똑한 사람이라고 생각했다. 소문이 잘못 퍼지면 그 내막까지 전부 까발려질 가능성도 충분하니 말이다. 판화는 앞 좌석에 앉아 있는 쉐스로부터 샹성이 다른 사람 땅을 강제 점유 중이라고 전해 들은 사실을 떠올렸다. 그 노점은 원래 산시陝西 사람들 소유였는데, 샹성이 길거리 건달을 고용해서 전부 마을 밖으로 내쫓아버렸다. 그때 쉐스가 말했다.

"샹성, 우리 딸내미 올해 명문고 떨어지면 개도 당신한테 보낼게."

"내가 어떻게 어린애 앞길을 막아요. 애가 학교에 입학만 할 수 있으면 학비나 한몫 단단히 챙겨드리리다."

왕자이에 도착하자 샹성은 차에서 내렸다. 샹성이 차에서 내리자마자 쉐스가 말했다.

"정장 슈트 차림에 양장피 장사라니. 그야말로 슈수이의 명물이군."

판화는 그저 웃으며 아무런 대꾸도 하지 않았다.

비바람을 뚫고 다시 한참을 달려 겨우 바이여우로柏油路에 도착한 차가 다시 진흙탕이 질척이는 외진 골목으로 들어섰다. 차가 심하게 흔들리자 칭수는 탱크를 몰아도 이것보다는 낫겠다며 불평을 해댔다. 비바람과 안개 속에서 오래된 집 한 채가 눈에 띄었다. 그윽

한 술 향기까지 퍼져 나오는 것이 마치 고시古詩에나 나올 법한 행화촌杏花村의 분위기를 물씬 풍겼다. 바로 야오자창이었다. 관창에 비해 확실히 '고풍스럽고' 가난해 보였다. 이층집을 지어놓기는 했지만 담장은 그저 흙벽돌을 쌓아 대충 올려놓았을 뿐이었다. 가난한 곳일수록 술맛은 더 좋은 법이다. 쉐스가 감탄사를 내뱉었다.

"역시 판화 서기 말이 맞아! 잉여 노동력 문제 해결에 신경을 써야 한다고. 이건 산아제한정책 문제만큼이나 중요한 거야. 밥 먹고 나서도 할 일이 없으니 그저 불알 두 쪽 차고 여기저기 밖으로 나돌기만 하는 기라고. 여기서 술 처먹고 또 서기 가서 마작판에나 빠져 있으니. 그래 가지고 어디 되겠어?"

그 말에 모두 웃음을 터뜨릴 때 어디선가 술 먹기 가위바위보 게임 소리가 들렸다.

소리는 흙벽 뒤편에서 들려오고 있었다. 흙벽 곳곳은 석회를 발라 써놓은 표어로 가득했다. 대부분 산아제한정책을 홍보하는 내용이었다. 표어에서 곰보 현장의 향기가 짙게 풍겼다. 예를 들어 '마음을 굳게 다잡아, 힘줄 두 개 끊어내자!' 같은 문구였다. '힘줄 두 개'란 바로 정관과 나팔관을 뜻했다. '힘줄'이라는 글자 아래엔 쓰레기더미가 있었고, 그 옆에는 나뭇가지로 빙 둘러친 화장실이 있었다. 똥오줌이 밖으로 줄줄 새어 나오고 나뭇가지 위에는 파리 떼가 득시글거렸다. 그곳에 서서 정면을 바라보니 또 다른 표어 하나가 눈에 들어왔다.

'목을 매도 줄을 풀어주지 않고, 약을 마셔도 약병을 빼앗지 않는

다.'

타인의 죽음을 보아도 구하지 않는다는 의미였다. 난위안향이 성공적으로 산아제한정책을 시행한 것도 전혀 이상한 일이 아니었다. 엉덩이 사이에 도끼를 끼우고 그냥 죽여버리니까. 글씨 크기는 족히 성인의 키만 했다. 표어 하나를 다 완성하려면 담장과 돼지우리, 가축우리와 곳간을 거쳐 다른 담장까지 이어서 써야만 했다.

"이게 다 발전적인 경험이라고!" 청수가 말했다. "상이가 붓글씨 잘 쓰지 않아? 돌아가면 상이한테 쓰라고 합시다."

'병'이라는 글자 하나만 덩그러니 쓰여진 담장도 있었다. 그 뒤편이 바로 야오쉐어의 친정이었다.

야오쉐어의 엄마는 집에 있었다. 검푸른 적삼에 머리를 쪽진 모습이 의외로 단정하고 깔끔한 노부인이었다. 관쾅에서 왔다는 말에 노부인은 주름살 가득한 얼굴로 치맛자락에 연신 손을 비벼대기만 할 뿐 한마디도 하지 못하고 있었다. 아마도 부고를 전해 들을 것이라 생각했는지 입술을 파르르 떨기까지 했다. 판화가 얼른 말을 건넸다. 근처를 지나다가 톄쉐 장모님 댁이라 그저 물 한잔 얻어 마시러 왔다고 했다. 그 말에 긴장이 풀린 노인은 다시 소매를 걷어붙이고 밀반죽을 밀기 위해 부엌으로 돌아가려 했다. 판화는 황급히 그녀를 붙잡고 몇 마디만 나눈 뒤 바로 떠나겠다고 했다. 노부인은 판화와 쉐어 둘 중 누구의 나이가 더 많은지 물었다. 판화가 대답했다.

"제가 언니고요, 쉐어가 동생이에요."

"분명히 쉐어가 더 나이 들어 보이는데."

"쉐어야 애들 둘한테 묶여 있잖아요. 애들 둘이 졸졸 쫓아다니면서 먹을 거 달라 마실 거 달라, 학교까지 보내야 하니. 집안일 하고 애들 돌보는 게 쉽지 않아서 그렇죠."

"애 둘 키우는 게 뭐 그리 대수라고? 쉐어는 형제자매가 넷인데. 난 고생인지도 모르고 키웠어. 쉐어가 막낸데 세 살 때까지 젖을 먹였지 뭐야. 젖이 동났는데도 글쎄 입을 떼질 않는 거야. 내가 쉐어 버릇을 잘못 들여놔서 그런지 다 크고 나서도 뭐 하나 제대로 할 줄 아는 게 없어."

그 말에 판화는 쉐어가 어려서부터 제멋대로였을 거라고 추측했다. 판화는 노부인에게 쉐어가 얼마 만에 한 번씩 친정에 오는지 물었다. 노인이 대답했다.

"시집간 딸이야 이미 엎질러진 물이잖아. 거의 안 와. 그래도 모내기철에 한 번 정도 왔다 가기는 하지."

판화가 물을 마시며 말했다.

"쉐어 두 딸내미가 똘똘해요. 성적도 좋고요."

"좋기는 좋지. 그래도 고추 달린 것을 낳지 못해서."

"아들이 뭐가 좋다고요! 어릴 땐 말썽만 피우고, 다 커서는 엄마한테 마누라까지 얻어달라고 떼만 쓸 게 빤한걸요."

"나도 그렇게 얘기했어. 그런데 걔가 어디 말을 듣냐고. 애를 낳으면 벌금에 집까지 빼앗길 판인데. 그러면 또 친정에 손을 벌려야 하잖아. 걔 오빠 셋 전부 지들 마누라한테 꽉 잡혀 사는데 누가 돈을 보태주겠어."

판화가 슬쩍 쉐스에게 말했다.

"노부인 정신이 아주 맑으시네. 우리 집 시어머니와는 달라. 천성이 흐리멍덩해서 내가 고추 달린 것 하나 낳아주지 않는다고 하루종일 투덜댈 줄밖에 모르시거든."

쉐스는 아주 똑똑한 사람이었다. 마치 판화의 배 속에 들어앉은 기생충처럼 그녀의 뜻을 바로 이해하고 나지막이 한마디 했다.

"어쨌든 덴쿼 어머니야 벌써 세상 떴으니 무슨 욕을 한들 들을 수 없겠죠."

판화가 노부인과 이야기를 나누는 동안 칭수는 집안 이곳저곳을 둘러보고 있었다. 잘못하면 추태를 보일 것 같았다. 집 앞마당에 있는 닭장도 가만두지 않았다. 판화가 막 자리에서 일어나려 하자 노부인이 불쑥 한마디 던졌다.

"관챵 우물엔 독이 없겠지?"

뜬금없는 그 한마디에 어리둥절해진 판화가 물었다.

"우물물에 왜 독이 있어요?"

노인이 말했다.

"이 마을 우물엔 독이 있어. 참 이상한 일이야. 매년 밀을 파종하고 나면 우물물에 독이 생긴단 말이지. 용왕님께 죄를 지었나?"

쉐스가 마침 입에 머금고 있던 물을 삼키지 못하고 황급히 내뿜어버렸다. 집을 나선 판화가 말했다.

"그 노인네! 정말이지 칭찬 한 번을 못하겠네. 막 정신이 맑다고 추켜세웠더니 순식간에 멍청해지다니. 용왕님 타령은 무슨!"

'병'이라는 글자가 쓰인 담장 밑으로 되돌아온 판화는 칭수와 쉐스에게 반드시 쉐어의 세 오빠들 집까지 가봐야 한다고 지시했다.

"당신은요?" 칭수가 묻자 판화가 대답했다.

"나는 난위안에 한번 가봐야겠어. 힘센 용이라도 그 지역 뱀을 누르진 못한다고 하잖아. 말하자면 우리는 지금 다른 지역에 와서 사람을 데려가려는 거잖아. 이 지역 뱀한테 인사를 하지 않으면 번거로워질 것 같아서."

오후 두시 반. 판화는 난위안 향정부 광장에 들어섰다. 왕자이향과 달리 정부관청에 정문을 지키는 경비원 말고도 청사 안쪽에 또 자리를 지키고 있는 사람이 있었다. 경비원이 판화를 데리고 안으로 들어서자 예상대로 '지역 뱀'인 류쿼제가 사무실에서 그녀를 기다리고 있었다. 물론 더 정확하게는 '상급 지도자'를 기다리던 중이라고 해야 했다. 류쿼제의 모습을 본 판화는 하마터면 웃음을 터뜨릴 뻔했다. 류쿼제는 범포帆布로 만든 비옷을 손에 들었고, 눈썹에는 빗방울이 한가득 맺혀 있었다. 바짓가랑이는 무릎까지 말려 올라갔고 바닥에는 진흙이 두 덩어리 떨어져 있었다. 정말로 시찰을 마치고 이제 막 되돌아온 모양이었다. 집무용 테이블은 난잡했지만 무질서해 보이지는 않았다. 붉은 깃발도 하나 놓여 있었는데 크기는 붉은 삼각건과 비슷했다. 판화는 제부가 관리들의 책상에는 모두 나름의 배치와 경계가 있다고 하는 말을 들은 적이 있다. 그리고 그

최고의 경지가 바로 '널브러져 있지만 결코 난잡하지 않은 상태'였다. '널브러진 것'은 업무에 바쁘다는 뜻이고, '난잡하지 않다는 것'은 분명한 계획이 세워져 있음을 말했다. 사무실로 들어선 판화를 발견하자 류쥔제의 입이 떡하니 벌어졌다. 악수를 하면서도 그는 여전히 손에 든 비옷을 내려놓지 못했다. 그는 비서에게 전화를 걸어 사무실로 호출을 한 뒤 판화에게 반문했다.

"손님이 오기로 해서, 일단 비서한테 차를 좀 준비시켰어. 잠시 뒤에 갈게."

"너 어떻게 된 거야? 차에 치이기라도 했어? 온몸이 웬 진흙투성이야?"

류쥔제는 마을에 갔었다는 이야기는 쏙 뺀 채 그냥 실수로 좀 미끄러졌을 뿐이라고만 했다. 무릎을 어루만지며 헤벌쭉 벌린 입으로 가쁜 숨을 몰아쉬는 모습이 정말로 아픈 듯 보였다. 상황이 이쯤 되자 판화는 사실을 말할 수 없었다. 그저 그의 장단에 맞춰 함께 연기를 하는 수밖에 없었다.

그녀가 물었다.

"병원에 안 가봐도 괜찮겠어?"

"사내대장부가 그냥 이 한 번 악물고 꾹 참으면 그만이지 뭐. 일단 내려가 있어."

판화는 비서를 따라 아래층으로 내려왔다. 비서의 말끔한 옷차림을 본 판화는 류 향장을 따라 마을에 다녀오지 않았느냐고 물었다. 비서가 반문했다.

"마을이요? 조금 전에 향장님은 회의를 주재하고 계셨는데요."

판화는 재빨리 녹화사업 쪽으로 화제를 돌렸다.

"이곳은 녹화사업이 아주 잘돼 있네요. 날씨가 이렇게 쌀쌀한데도 꽃이 다 피어 있어요."

비서는 그 꽃나무는 모두 예전에 장 현장님이 심어놓았는데 지금은 한 사람이 도맡아 관리하고 있다고, 비료도 모두 산간지역에서 직접 마련해 온다고 했다. 판화는 이해할 수 없었다. 왜 산간지역에서 비료를 가져다 쓰는 거지? 비서는 산간지역 사람들이 먹고 싸는 것들이 전혀 오염이 되지 않았다고, 똥오줌도 매우 깨끗해서 그걸 비료로 쓰면 꽃나무에 해충이 잘 생기지 않는다고 말했다. 그러면서 좋기는 좋은데 운송비가 너무 비싸다고 불평했다. 운송해 오는 데 코카콜라보다 더 비싼 값을 치러야 한다면서. 건물 뒤편으로도 숲이 하나 있었다. 비서는 봄이 오면 복숭아꽃이 활짝 피고 벚꽃이 사방에 가득 깔린다고, 심지어 소철나무에도 꽃이 핀다고 했다.

비서의 태도는 열정적이었다. 조금 과할 정도로 열정적이었다. 다른 사람들은 어떻게 생각할지 모르지만, 아무튼 판화의 마음속에는 비아냥거리고 싶은 충동이 일었다. 비서가 말했다.

"류 향장님의 옛 동창이시라면 귀한 손님입니다. 이렇게 할게요. 저녁에 제가 숲 속에서 묵으실 수 있도록 준비해놓겠습니다."

비서는 숲 속에 통나무집 몇 채가 있는데 보기에는 허름하지만 내부 시설은 완벽하다고 했다. 평소에는 사람을 받지 않다가 상부에서 손님이 오거나 향장의 친한 친구들이 방문하면 특별히 제공하는 장소라고 했다. 무의식중에 하는 자백이었다. 마오 주석은 생전에 당내에 파벌이 없으면 괴이한 일이라고 말한 적이 있다. 판화는 그 비서가 분명 류췬제의 반대파일 것이라고 생각했다. 판화는 연이어 말했다.

"폐를 끼칠 수는 없어요. 폐를 끼칠 수는."

비서가 묘한 미소를 지으며 말했다.

"남자분들이 오시면 좀 귀찮기는 해요. 이거도 별로다 저거도 별로다 해대는 통에. 하지만 여자분이시니 뭐 번거로울 게 있으려고요?"

판화는 아무런 대꾸도 하지 못했다. 계속하다가는 비서의 입에서 또 무슨 희한한 말이 튀어나올지 알 수 없었다. 판화가 화제를 돌려 비서에게 이곳에서 일한 지 얼마나 되었는지 묻자 비서는 손가락 세 개를 펼쳐 보였다. 판화는 그저 3년이라고 알아들었는데, 뜻밖에도 그것은 향장 셋을 의미했다. 정원을 잠시 안내한 비서가 판화를 사무실로 데리고 들어갔다. 사무실 테이블 위에는 표어가 수놓인 붉은 비단이 깔려 있었다. 표어를 바라본 판화의 가슴이 갑자기 두근거리기 시작했다. 붉은 비단에 수놓인 표어는 아래위 두 줄로 나뉘어 있었는데 위쪽은 중국어 아래쪽은 영어였다. 한쪽에서 교사로 보이는 사람이 벼루에 먹을 갈고 있었다. 표어를 쓰는 데 사용하려는 듯했다. 판화는 비서에게 물었다. 대체 무슨 상황이지요? 혹시 난위안에 미국인이 방문하나요? 이미 정해졌어요? 비서가 웃음을 터뜨리고는 붉은 비단을 둘둘 말아 올리면서 말했다.

"류 향장님 분부십니다. 준비되지 않은 싸움은 하는 게 아니죠. 만약 슈수이에 온다면 반드시 저희가 모실 겁니다. 난위안에 오고 안 오고야 7할은 하늘의 뜻이고 나머지 3할은 노력에 달린 거죠. 방문한 이후에 합작을 할 수 있을지는 나중에 다시 얘기할 일이고요. 실은 저희 향장님께서 두 번 점을 보셨어요. 한 번은 장님이 점을 쳤고, 또 한 번은 대학교수가 점을 쳤죠. 장님은 류 향장님의 팔자로 점을 쳤고, 교수는 《주역周易》을 사용했어요. 닭을 잡으면서 똥구멍부터 잡는 사람이 있듯이, 저마다 다 자기 방법이 있는 법이니까요. 어떻게 됐을 거 같으세요? 결과는 둘이 완전히 똑같았어요. 둘 다 귀인이 나타나 서로 돕게 된답니다. 그러니 그 사람들, 반드시 올 겁니다."

판화는 어떻게 일을 성사시키려는지 물었다. 비서가 아무 말 없이 손가락으로 벽을 가리켰다. 벽에는 큼지막한 확대사진 한 장이 걸려 있었다. 진급 직전의 곰보 현장이 향 간부들과 함께 찍은 사진이었다. 곰보 현장의 근엄한 표정에는 그 옛날 제후들에게서나 볼 수 있을 법한 고귀함이 스며 있었다. 그의 바로 뒤에 서 있는 사람이 바로 쿤제였다. 쿤제는 중산복을 입었는데 앞주머니에는 볼펜 한 자루가 꽂혀 있었다. 당시의 류쿤제는 조금 수줍어하고 있었고 턱이 약간 들려 있었다. 마치 감히 카메라 렌즈를 쳐다보지 못하는 듯했다. 판화는 비서가 말한 '귀인'이 바로 곰보 현장이라는 사실을 알아차렸다. 판화는 생각에 잠겼다. 보아하니 상성은 정말 헛고생하는구나. 하지만 이 사실을 상성한테 알려주어서는 안 돼. 헛고생이나 좀 시키고 나서 알려주어야겠어.

판화가 한창 사진을 들여다보고 있던 그때 류쿤제가 들어왔다.

직접 판화를 부르러 온 것이었다. 어느새 류쥔제는 양복으로 새 단장을 하고 나타났다. 판화가 말했다.

"미안. 미리 전화 한 통 했어야 하는데."

류쥔제가 지난번 지방 현지시찰은 재미있었는지 물었다. 판화가 대답했다.

"가는 내내 순 음담패설만 실컷 들었어. 하나같이 저질들이야."

류쥔제가 사무실에서 판화를 데리고 나오며 말했다.

"신고해. 성희롱으로 신고하라고."

"네가 갔더라도 뭐 크게 다를 게 없었을 거야."

"만약 내가 갔으면 입만 놀릴 게 아니라 실제 행동으로 보여줬을 텐데. 덴쥔한테 마누라가 바람났다는 오명을 씌워서, 겨우내 후끈 후끈하게 지내도록 할 수 있었겠지."

"지랄하네. 저놈의 잘난 척은."

위층으로 올라온 류쥔제는 자신이 해줘야 할 일이 있으면 무엇이든 이야기하라고 했다. 판화는 특별한 일이 있어서가 아니라 그저 지나가는 길에 옛 동창 얼굴이나 보고 가려는 생각이었다고 했다. 류쥔제는 업무용 테이블에 손을 짚은 채 몸을 앞으로 쭉 내밀고서 마치 닭처럼 고개를 돌리고 말했다.

"정말 아무 일 없어? 지나고 나서 날 원망하지 마."

"진짜 아무 일 아니라니까."

류쥔제는 옆에 있던 의자에 다리를 걸치고 넥타이를 매만졌다.

"저녁에 내가 식사 자리 마련할게. 난위안에 있는 동창들 다 부르고.”

“우리 같은 부녀자들은 술도 마실 수 없어. 마셨다 하면 일이 다 엉망이 돼.”

재빨리 자세를 고쳐 앉은 류쥔제가 색연필로 책상머리를 콕콕 찍어대면서 말했다.

“거 봐. 역시 뭔가 있어. 말해봐. 난위안 안에서 벌어진 일이라면 내가 틀림없이 널 만족시켜줄게. OK?”

“말해봐야 너도 어떻게 해줄 수 없어.”

“이거 지금 자극요법인 거야? 친척 진학 문제지? 잘 들어. 난위안 중학교에는 내부 입학정원이 두세 명 정도 따로 마련돼 있어.”

판화는 그제야 가족계획과 관련된 일이라고 털어놓았다. 류쥔제가 말했다.

“친척 중에 누가 아이라도 하나 더 낳은 거야? 씨발! 정말 날 궁지에 모는군! 뭐든지 다 해줄 수 있지만, 그런 지랄 같은 일은 나도 도와줄 수 없어. 그러다 나 옷 벗어야 돼!”

판화는 이미 한참을 참았다. 더 이상 참았다가는 몹쓸 병에라도 걸릴 것만 같았다. 하지만 그녀는 박장대소할 만큼 뻔뻔스럽지는 않았다. 두어 번 웃음소리를 내고 곧바로 웃음기를 거둬들였다.

류쥔제가 말했다.

“젠장! 날 놀라게 하려는 속셈이었군.”

“널 놀라게 해서 뭐 하려고. 정말이라니까. 우리 마을에 초과 임신을 한 여자가 있는데 친정이 야오자창에 있어. 몇 사람 데리고 그 여자 찾으러 온 거야. 네가 있는 귀한 지역을 지나다가 잠깐 얼굴이나 보려고 돌아왔어."

"야오자챵? 야오자챵이야말로 선진적이고 문명화된 동네지."

'문명'이라는 두 글자를 쥔제는 영어로 말했다. 판화가 못 알아들을까 봐 걱정이 되었는지 쥔제는 몸소 번역까지 해주었다. 하지만 그 스스로도 자신이 한 말이 맞는지 틀렸는지 잘 모르는 듯했다. 말을 하고는 서랍을 열어 책 한 권을 꺼내 들었다. 표지가 싸여 있었지만, 판화는 그 책이 틀림없이 《영어회화 300구》라는 사실을 알아차렸다. 그는 단어를 찾고 있었다.

판화가 빈정거렸다.

"문명은 무슨. 사방에 똥오줌이 줄줄 흘러넘치던데."

쥔제가 책을 뒤적이며 말했다.

"저 말하는 거 하고는. 오늘 똥오줌이 없다면 어떻게 내년 쌀이 향기롭겠어? 말해봐. 사람은 찾아낸 거야?"

"겨우 꽁무니만 쫓고 있다니까. 너희 난위안 여자들은 어떻게 토끼보다 더 빠르게 달아나니."

류쥔제가 서랍을 닫고는 말했다.

"토끼들이란 땅바닥에 바싹 달라붙어 교미를 하는데, 달아나면서 교배한다는 이야기는 들어보지 못했어. 그러니까 탓을 하려거든 일단 그놈의 수컷 토끼부터 조져야 해. 말해봐. 그 수컷은 너희 본가 사람이어서 손을 쓰기 좀 불편한 거잖아."

"그놈은 리씨고 나는 쿵씬데 뭔 개소리 같은 본가 타령이야. 아무

241

상관도 없는 놈이라고."

"그럼 그냥 벌금 물리면 될 거 아냐? 일단 벌금으로 반쯤 죽여놓고서 칼을 대서 그걸 까버려."

"벌금? 입에 풀칠도 제대로 못하는 놈한테 무슨 수로 벌금을 물려? 땡전 한 푼 없이 목숨 하나 달랑 달린 놈이야. 지금 제일 중요한 문제는 그 계집을 찾아서 아이를 떼버리는 거야. 더 미루면 늦는다고. 벌써 배가 불렀다지 뭐야."

"나는 왜 잘 이해가 안 되지? 한 달에 한 번씩 검사를 하잖아? 육안으로도 보이는 걸 기계가 못 찾아낸단 말이야? 혹시 기계가 고장 났나?"

"그걸 누가 알겠어? 아무튼 배가 많이 불렀어."

"정말로 기계가 고장 난 거라면 애 더 낳을 사람들이 수두룩하겠네. 진짜 그렇게 되면 너희 왕자이향 사람들 아주 볼만하겠어. 그 동네 뉴 향장의 성이 뉴+인 것답다. 슈수이 전체에서 허풍 치기로는 최고지. 너네 왕자이향에 관한 우스갯소리가 하나 있어. 다른 동네는 전부 '세 가지 대표'인데 너희 동네는 '세 가지 기본'이라는 거야. 무슨 '세 가지 기본'이냐고? 통지 전달은 호통이 기본, 교통수단 해결은 걷기가 기본, 안전은 개한테 맡기는 게 기본이라는 거지. 제기랄, 그렇게 궁금해졌는데도 뉴 향장은 여전히 너희들 GDP가 15퍼센트나 증가했다고 허풍을 떨고 있으니. 사탕발림 아니야? 산아제한정책만 해도 뉴 향장이 좀 떠벌리고 다녔어야 말이지. 너희 향은 반드시 임무를 완성할 거라고 흘리고 다녔어. 그놈의 허풍도 이번에는 아주 너덜너덜해지겠어. 사람 일이란 건 말이지, 어디서 걸려 넘어질지 모르는 거라고."

류쥔제의 두 뺨과 이마에 발그레한 홍조가 떠올라 있었다. 하지만 동시에 어두운 기운도 함께 드리워져 있었다. 살갗 밑에서 번져 나오는 그 어두운 낯빛에는 일종의 살기가 도사리고 있었다. 불현듯 류쥔제가 물었다.

"너 뉴 향장하고 사이는 어때? 뉴 향장이 자주 찾아?"

뉴 향장이 무엇 때문에 자신을 자주 찾겠느냐고 말하자, 류쥔제는 "설마 뉴 향장이 대중의 일에 깊이 관여하지 않는다는 거야?"라고 되물었다.

"내가 대중을 대표하는 것도 아닌데 뭐."

"그렇다면 그 사람이 도와줄 거라는 기대는 버리는 편이 좋아."

"애초부터 그 사람 도움은 바라지도 않았어. 아이참! 네가 왕자이에 있었더라면 얼마나 좋았을까!"

"그러게 말이야. 우리 둘 다 한솥밥 먹던 동창이잖아. 어쩔 수 있나! 지금은 네가 여러 사람의 지혜를 모아서 방법을 생각해내야겠네."

판화가 다급하게 다른 좋은 방법이 없을지 물었다. 류쥔제는 안경을 벗더니 책상에 놓인 붉은 깃발로 안경 렌즈를 닦았다. 그제야 판화는 붉은색 깃발 옆에 놓인 또 다른 깃발 하나를 발견했다. 텔레비전에서 봤던 미국 성조기였다.

안경을 다 닦은 쥔제가 자신에게도 뾰족한 수는 없다고 했다. 최근에는 각 마을 시찰사업 외에도 필요한 외부활동까지 해야 해서 너무 바빠. 그래서 그런 자질구레한 일까지 신경 쓸 겨를이 없지. 하지만 예전에 공산당 간부학교에서 공부하던 때에, 당시 북쪽의 '어느 마을' 향장이 산아제한정책을 어떻게 시행했는지 '무심결'에 들었어. 그때 약간의 '깨달음'을 얻었지. 판화는 곧바로 선진적인 경험을 배우고 싶다고 표현했다. 류쿼제는 방법이 조금 냉혹해서 구두로만 전해야지 문서로 작성할 수는 없다고 했다. 그러면서 그는 난위안향의 산아제한정책은 이미 잘되고 있어서 더 이상의 언급이 필요 없었기 때문에, 당시에는 그다지 신경 쓰지 않았고 그저 대략적인 상황만 들었을 뿐이라고 재차 강조했다. 판화는 구미가 확 당기고 목구멍에서 나지막한 감탄사가 흘러나왔다.

류쿼제가 말했다. 그 사람 생각은 까놓고 말하면 매우 단순해. 바로 임신한 사람이 역겨움을 느끼게 하는 방법을 생각해내는 거야. 역겨움이야, 알겠어? 그건 생리적인 역겨움이 아니라 정신적인 역겨움이야. 좀 더 구체적으로 말하자면 그 여자가 스스로 아이를 원할 수 없다고 느끼도록 만들어야 해. 하루라도 빨리 아이를 지우지 않으면 매일 밤 악몽에 시달리는 거지. 그러면서 류쿼제는 그 사람 하는 말이 여간 괴상망측했던 게 아니어서, 그 순간에 여자들이 모두 스스로 병원으로 몰려들 것이라고, 막으려고 해도 막지 못할 것이라고 했다.

판화는, 세상에 그런 좋은 방법이 있다고? 난 어떻게 조금도 모르는 거지? 덴쿼이 나를 '꽉 막힌 사람'이라고 했던 것도 이상한 게 아니구나, 하고 생각했다.

쿼제가 차 한 모금을 '후루룩' 들이키며 말했다.

"내 말 무슨 뜻인지 알겠지?"

판화는 어리둥절했다. 설명은 아직 시작도 안 해놓고서 알아듣기는 대체 뭘 알아들어! 쿼제가 말했다.

"똘똘한 사람이 왜 그래? 내가 꼭 그걸 일일이 설명해줘야 돼?"

판화는 자기 자신에게 욕을 한바탕 퍼붓고는, 밑에 오래 있었더니 머리까지 녹슬었다고 한탄했다. 쿼제가 말했다.

"임신부들이 제일 무서워하는 게 뭐지? 기형아잖아. 샴쌍둥이 같은 거 말이야."

쿼제는 두 손을 주먹 쥐고 자기 귓가에 갖다 붙여 또 다른 머리통 흉내를 냈다.

"일단 그 여자한테 물어봐. 임신 기간에 감기에 걸린 적은 없었는지. 장담컨대 분명히 걸린 적 있을 거야. 다음으로는 무슨 약을 먹었는지 또 어떤 주사를 맞았는지 물어보는 거야. 그런 뒤에 혀를 내두르고서 아무 말도 하지 말고 그냥 불쑥 일어나서 나가버리라고. 그 여자가 너를 붙잡고서 말하라고 할수록 더욱더 굳게 입을 다물어버려. 초조해서 죽을 지경이 되도록 만들어. 하루쯤 지나서 마을 의사를 불러서 물어보라고 해. 최근에 몸은 좀 어떤지, 왜 안색이 안 좋아 보이는지 하는 것을. 의사는 매수할 수 있지? 농촌 의무대원이잖아. 말을 안 들으면 앞날에 유리조각이 깔리게 될 거라고 을러서 납작 엎드리게 만들어."

쿼제는 마치 경극 배우가 기다란 소매를 경쾌하게 말아 올리듯 깨진 유리조각을 흩뿌리는 동작을 멋지게 해 보였다. 판화는, 어째 곰보 현장과 좀 비슷하잖아, 하고 생각했다. 쥔제가 계속 말했다.

"걱정 마. 임신부가 네 말은 잘 안 믿어도 의사 얘기라면 안 믿을 수 없으니까. 의사가 죽을 거라고 진단하면 오늘 벗어놓은 신발을 다음 날 신지 못하게 되는 법이야. 의사들이야 입만 벌렸다 하면 과학이 어쩌고저쩌고하잖아. 알아듣겠지?"

아주 잘 알아들었다. 하지만 이론과 실제 사이에 약간의 괴리가 있다는 점이 문제였다. 몇몇 마을 주민은 두통과 고열에 시달려도 좀처럼 병원에 가려 하지 않는다. 뻣뻣하게 굳어버린 시체처럼 하루 이틀 몸져누웠다가 다시 일어나 일을 나가곤 한다. 쉐어가 딱 그랬다. 작년에 모내기를 하다가 철사에 발바닥을 찔렸는데 거의 뚫고 나올 정도였다. 그래도 기어이 병원에는 가지 않았다. 게다가 쉐어는 이전에 셴위와 말다툼까지 벌인 적이 있었다. 셴위가 그런 이야기를 하지 않겠지만, 설령 이야기한다 해도 쉐어 역시 믿지 않을 것이다.

"그런 좆같은 인간을 도대체 어떻게 해야 할까?" 판화가 물었다.

"하나를 들었으면 열을 알아먹어야지. 그냥 그 여자가 역겹게 느끼도록 만들면 돼."

쥔제는 안달이 났다.

"예를 들어 물은 어때? 물은 오염될 수도 있는 거 아냐? 넌 그냥 우물물이 오염됐다고 해. 그 여자가 믿도록 사람들을 데리고 가서 우물물을 소독해. 그렇게만 하면 그 여자라도 믿지 않을 수 없을 테니까. 그 대단하다는 관청촌에서 설마 우물물 소독할 약 하나 사지 못하는 것은 아니겠지?"

일순간 야오자촹에서 노부인이 관창의 우물물에 정말 독이 들었는지 물었던 기억이 판화의 뇌리를 스치고 지나갔다. 보아하니 그 노부인이 했던 말이 바로 이 일을 가리키는 것인 듯했다. 판화는 이 사실은 숨긴 채 다시 췬제에게 되물었다.

"혹시 막 결혼해서 제대로 임신한 사람들까지 덩달아 재수 없게 문제 생기는 거 아냐?"

췬제가 또다시 북쪽의 '어느 향장' 이야기를 꺼냈다.

"좋은 질문이야. 그때도 누군가 똑같은 질문을 했지. 그 형님이 뭐라고 대답했는지 알아? 천 명을 잘못 죽이는 한이 있더라도 하나를 놓쳐서는 안 된다고 하셨어."

그 말을 하면서 췬제는 손에 들고 있던 볼펜으로 자신의 목덜미를 획 그어 내렸다. 그의 손동작은 아주 경쾌하면서도 우아하고 멋들어졌다. 췬제가 말했다.

"방법이 조금 잔인해서 나도 반감이 있기는 해. 하지만 누구 말처럼 개혁을 하는 거잖아. 어떻게 모든 것이 완벽할 수 있겠어."

그랬다. 쉐어를 찾지 못한다면 제아무리 좋은 방법이라도 그저 헛수고에 불과했다. 판화는 미간을 찌푸린 채 의자에 몸을 기댔다. 류췬제가 한숨을 내쉬었다.

"정 그러면 그냥 낳게 하시든가. 다만 첫째 아이가 심장병이 있다거나 저능아라서, 꼭 하나 더 낳아놓고 노후에 덕도 좀 보고 장례도 맡기고 해야겠다는 걸 그 여자가 증명할 수만 있으면 돼."

"그건 나도 알아. 예전에 벌써 써먹었어."

"거 봐. 쿵판화 씨 역시 똘똘하다니까. 오줌 물에 질식해 죽는 사람 봤어? 언제든 방법은 다 있는 거야."

"정말로 다른 수가 없으면 한 번 더 써먹는 수밖에. 휴우! 그래도 네 얘길 들으니 마음이 한결 편해지긴 하네. 네가 왕자이향 향장이었다면 종종 도움도 좀 받고 그랬을 텐데."

류쥔제가 손을 내저으며 겸손하게 말했다.

"무슨 말씀을. 왕자이향이야 인재 많은 동네잖아. 난 이끌 능력이 안 돼."

말을 마친 류쥔제가 자리에서 일어섰다.

판화는, 이제 가는 것이구나, 작별인사를 해야겠네, 하고 생각했다. 류쥔제도 더 이상 붙잡지 않았다. 그녀를 배웅하기 위해 문밖까지 따라 나온 류쥔제가 어깨를 두드리고는 진지한 목소리로 말했다.

"동창님! 동창님! 사실 어떤 일은 리 철지팡이한테 물어봐도 돼. 나도 아직 종종 도움을 받거든. 비범한 자에게는 분명히 고귀한 포부가 있고, 기인에게는 반드시 묘책이 있는 법이라고. 리 철지팡이가 돌보는 것들은 양이 아니야. 그 휘하에 거느린 양 떼는 하나같이 직함이 있어. 국장, 처장, 현령, 태위. 몰랐지? 그것 봐. 아직 대중 속으로 충분히 들어가지 못했다니까? 그 양 떼 중에 제일 모자란 놈이 하나 있는데 압사押司라고 불러. 송강宋江 송압사宋押司라고. 아무튼 동서고금에 걸쳐 모든 게 다 구비되어 있다니까. 우두머리 양은 대통령이라고 부르고, 대통령의 딸을 공주마마라고 부르지. 그날 관창에 갔을 때 우리가 공주마마를 구워서 먹어버렸어."

류쥔제는 차로 판화를 배웅했다. 차는 홍치 세단이었다. 성에서 현을 거치고, 다시 현에서 난위안향까지 물려진 차임을 알 수 있었다. 출발하기 전 쥔제는 판화에게 우량예 술 한 병과 보르도 와인 한 병 그리고 말보로 담배 한 보루를 건네면서 덴쥔에게 보내는 선물이라고 전했다.

도중에 판화는 잠시 재래시장에 들러 냉채 요리 약간과 구운 통닭 한 마리 그리고 훈제 토끼고기를 샀다. 류쥔제의 충고가 아니더라도 판화는 리하오와 함께 술자리를 가질 계획이었다. 다만 지금은 '리하오에게 술 한잔 대접하는 것'이 아니라 '리하오를 방문하는 것'으로 상황이 살짝 달라졌을 뿐이었다.

운전기사가 음악을 틀었다. 음악은 독경 소리 같았지만 꽤 듣기 좋았다. 가사는 양치기들의 이야기였다. 판화는 그 멜로디가 리하오와 잘 어울린다고 생각했다. 판화가 어디서 그 테이프를 샀는지 묻자 기사는 교회에서 샀다고 했다. 알고 보니 이 운전기사도 예수를 믿는 크리스천이었다. 판화가 물었다.

"어쩌다 예수를 믿을 생각을 했지?"

"운전기사는요, 철판 몇 장에 고기 한 덩이 끼워놓은 직업이에요. 누구는 보살님 믿고 또 누구는 예수를 믿죠. 그저 안전하기만 바랄 뿐이에요."

그제야 판화는 차 안에 걸린 작은 십자가를 발견했다. 판화는 생각했다. 왜 진작 십자가와 카세트테이프를 몇 개 구입해 신자들한테 선물하지 않았던 거지? 게다가 직접 가서 기도를 올려도 전혀 나쁠 게 없잖아.

그때 운전기사가 조금만 더 가면 베이위안향北轅鄕인데 교회 하나가 보일 것이라고 했다. 베이위안에도 교회가 있었다고? 판화는 그 동네를 그렇게 자주 다니면서도 어떻게 그 사실을 전혀 모르고 있었는지 참으로 의아했다. 판화는 기사에게 그곳으로 가달라고 부탁했다. 베이위안향은 작은 향에 불과했지만 베이위안촌은 꽤 큰 규모의 마을이었다.

기사는 베이위안촌 외곽을 따라 한참을 달려 마을 서쪽에 있는 어느 낡은 건물 근처에 차를 멈췄다. 판화도 와본 적 있는 장소였다. 원래는 초등학교 건물이었는데 언젠가 담벼락이 무너져 내리면서 학생 몇 명이 깔려 죽는 사고가 일어났다. 학교 측은 곧바로 마을 남쪽으로 교사를 옮겼다. 그래서 판화는 건물이 이미 헐렸을 것이라고 생각했다. 눈 깜짝할 사이에 늙은 암탉이 오리로 변신하듯이 마을 교회로 변할 줄은 전혀 예상하지 못했다. 무너졌던 벽은 반쯤은 벽돌을 사용해 이미 복구를 마친 상태였다. 지붕 끝에는 나무 막대가 고정되어 있었고, 막대 끝은 뾰족하게 깎여 있었다. 그것이 임시로 텔레비전에 자주 등장하는 교회의 첨탑을 대신하고 있었다.

양고기 국숫집과 이발소, 유명한 거우부리狗不理 만두 가게가 들어선 입구 근처는 북적이는 사람들로 넘쳐났다. 수레 위에는 카세트테이프와 해적판 서적이 가득 쌓여 있었다. 수레 위쪽은 비에 젖지 않도록 커다란 비닐로 덮여 있었다. 판화는 그곳에서 달걀 열 근

가격에 맞먹는 테이프와 작은 십자가를 샀다. 물건을 챙긴 판화는 기사와 함께 교회로 들어섰다. 많은 사람이 교회 안에서 찬송가를 부르고 있어서 공기 중에 불쾌한 입 냄새가 떠다녔다. 뒤에서 보기에 비대한 엉덩이에 단발머리를 한 여인이 눈에 띄었는데 그 모습이 야오쉐어와 매우 비슷해 보였다. 판화의 가슴이 두근거렸다. 참을 수 없어 다가가 보았지만 노부인이었다.

차로 돌아온 판화는 기사에게 테이프 하나를 건네며 틀어달라고 했다.

"조금 전 그걸로 듣지. 무슨 양치기 노래인지 그거."

기사가 테이프를 집어넣자 맨 처음 흘러나온 곡의 제목은 〈구유에 누인 아기〉였다. '멀고 먼 말구유 속, 베개도 침대도 없네. 어린 주 예수여, 평안히 주무시소서.' 판화는 그 테이프를 리신차오에게 선물해야겠다고 생각했다. 리신차오는 예수를 믿지는 않지만 말을 키우고 있었다. 이어서 나온 곡은 〈상록수와 담장나무〉였다. '늘 푸른 상록수와 담장나무, 모두 밀림 속에서 자라. 동방의 붉은 태양 조금씩 떠오르면, 사슴 떼 즐거이 노래하며 함께 내달린다.' 좋네! 아주 좋아! 보아하니 판징繁京에게도 하나 줘야 할 것 같았다. 판징은 마을주민 조직의 조장 겸 마을의 녹화사업 조장이었다. 이런 생각을 하고 있는데 양치기의 노래가 흘러나왔다.

휘둥그레 밝은 달, 겨울밤 별을 세며
양털을 은빛으로 비춘다

몇몇 목자들 온화하고 정겹게

초원에 둘러앉아 서로 날씨를 이야기해

신비한 불빛 찬란하고 노랫소리 이어지니

목자는 엎드린 채 놀라 두려워한다

구름 속 천사들이 일제히 외치니

신의 아들 이미 베들레헴에 강림하셨도다

리 철지팡이는 평소에도 약간 제정신이 아닌데, 이 노래를 들으면 분명 기뻐할 것이다. 판화는 생각했다. 리하오야 리하오! 내가 너한테 먹을 것 마실 것 모두 가져가고, 또 카세트테이프도 하나 사준다. 물질문명에 정신문명까지 모두 갖춰졌으니 이 정도면 충분히 그럴듯하잖아?

마른 강아지가 왔다. 판화가 막 리하오의 집을 향해 출발하려던 그때 누군가 문을 두드렸다. 문을 열고 손전등을 비춰보니 머리를 빡빡 깎은 웬 젊은이 하나가 문밖에 서 있었다. 판화는 링페이일 것이라고 생각했다. 젊은이는 한 손에 우산을 든 채 다른 한 손으로 문을 두드리고 있었다. 판화가 문을 열었다. 문이 열리자 그는 집 안으로 들어오지 않고 대신 뒤돌아서 길가로 뛰어갔다. 판화는 그제야 길가에 세워놓은 차 한 대를 발견했다. 젊은이가 차 문을 열자 한 뚱보가 차 안에서 비집고 나왔다. 판화가 비추는 손전등 빛을 손으로 가리며 말했다.

"나요. 궁쾅 사람 궁웨이훙이요."

판화와 궁웨이훙은 평소에 전혀 왕래가 없었다. 판화는 궁웨이훙의 수준이 많이 떨어진다는 생각에 아무런 호감도 느끼지 못하고 있었다.

어느 해인가 설날 직전 공안국이 궁쾅촌에서 불법도박 단속을 벌인 적이 있었다. 그런데 마을 사람들이 그 주변을 에워싸는 바람에 도저히 움직일 수 없었다. 그러자 공안요원들이 마른 강아지를 한쪽으로 불러 사람들을 해결하도록 했다. 마른 강아지가 아무것도 하지 않았으면 좋았을 텐데, 뭔가를 하자 도리어 상황이 나빠졌다. 마른 강아지가 건물 밖으로 나가 사람들을 향해 말했다.

"여러분, 이 사람들도 1년 내내 고생했습니다. 설달그믐에 겨우 토끼 한 마리 사냥하려는데 여러분이 그걸 막는다면 경우가 아니지 않습니까? 먹은 걸 다시 토해내라고 할 수 있나요? 자고로 군자는 소인배의 잘못을 문제 삼지 않는 법입니다. 이 사람들이 그냥 가도록 놔두시죠!"

말을 마친 그가 공안요원들에게도 사상 교육을 실시했다. 여전히 비슷한 말이었지만 그 속뜻은 바뀌어 있었다.

"동지들, 이 양반들도 1년 내내 고생했잖아요. 이제 막 좀 놀아보려던 차에 여러분한테 걸린 거 아닙니까. 설달그믐에 잡을 토끼야 있어도 그만 없어도 그만이죠. 어쨌든 설을 쇨 수 있잖아요. 좋은 게 좋은 거죠. 그냥 판돈만 돌려주고 끝냅시다. 군자는 소인배의 잘못을 문제 삼지 않는 법입니다."

말재주 한번 좋았다. 하지만 공안요원들에게 그의 말이 먹혀들리 없었다. 이미 먹은 걸 다시 토해낼 수는 없는 노릇이었다. 사람들이 점점 더 많이 몰려들자 공안요원들은 결국 총을 꺼내들었다. 요원들은 탁자 위에 총을 올려놓고는 관장촌에서도 단속을 했지만 이런 식으로 봉쇄하지는 않았다고 했다. 설령 사람들이 몰려들었더라도 촌장이 한마디 하면 물러나야지, 어떻게 총을 꺼내게 만드냐고 나무랐다.

판화는 한참 지난 뒤에야 그 사건에 대해 들었다. 공안요원 하나가 마른 강아지의 코를 잡아 비틀면서 어떻게 계집 하나보다도 못하냐며 핀잔을 줬다고 한다. 사내들 체면을 모조리 구겨놓았으니 창피하지도 않으냐고 말이다. 그때 마른 강아지가 한 말 역시 나중에 판화의 귀에 전해졌다.

"우리는 쿵판화에 비할 수 없지요. 그 여자는 측천무후라고요. 방귀 소리만 들어도 '어명이요' 소리가 절로 나온다니까요."

그야말로 추잡하기 짝이 없는 헛소리였다. 하지만 곰곰이 생각해보니 그건 헛소리 문제만이 아니라 질투의 문제였다. 마른 강아지는 판화를 질투하고 있었다. 주로 능력이 모자란 사람들이 다른 사람들을 질투하는 법이다. 그 일을 전해 들은 이후로 판화는 더욱 그를 경멸했다.

물어볼 필요도 없었다. 마른 강아지는 무덤에 관한 이야기를 하러 왔음이 분명하다. 하지만 마른 강아지가 먼저 이야기를 꺼내기 전까지 판화는 입을 꾹 다물고 있었다. 마른 강아지를 사랑방으로 안내하고서 판화가 말했다.

"궁 서기님, 신수가 훤해지셨어요."

마른 강아지가 뱃가죽을 툭툭 치면서 말했다.

"이 궁 서기야 만날 웃음거리죠 뭐. 헛살만 쪘으니."

판화가 물을 마시겠냐고 묻자 마른 강아지는 가타부타 소리도 없이 그저 고맙다고만 했다. 판화는 물 한 잔을 건네는 수밖에 없었다. 물을 들이켜던 마른 강아지가 날씨 이야기를 꺼냈다.

"뭔 놈의 비가 이렇게 고양이 오줌처럼 찔끔찔끔 오는지."

거실 텔레비전에서는 마침 타이완의 지진 소식을 전하는 뉴스가 흘러나왔다. 귀를 쫑긋 세우고 뉴스를 듣던 마른 강아지가 입을 열었다.

"타이완! 아, 타이완이라."

"지진이 났나 봐요."

지진 소식에 이어 미국과 이라크 소식이 흘러나오자 마른 강아지가 또다시 중얼거렸다.

"아! 타이완, 미국, 이라크까지. 정세가 안 좋군. 어떤가요, 쿵 서기님?"

"아무튼 하루도 잠잠할 날이 없다니까요."

"미국은 이제 또 곧 선거가 시작되는 모양이던데. 승산이 없어 보이니까 대통령이라는 작자가 다른 나라에다 대고 미사일이나 쏴대고. 아무튼 저 동네 선거철만 되면 다른 동네가 시끄러워진다니까요."

판화는 생각했다. 이 녀석이 무슨 말을 하고 있는 거야? 왜 미사
일을 끌어들이고 그러는 거야. 하지만 마른 강아지는 멈출 생각이
없었다.

"중동에 미사일을 떨어뜨리면 자국 내 지지율이 오르거든요. 어
때요? 희한하죠?"

판화는 속으로, 희한하고 안 하고 간에 네놈하고 무슨 상관이야!
쓸데없이 무를 먹으면서 싱겁다고 걱정하는 꼴이잖아, 공연한 참견
을 하고 있어, 하고 생각했다. 마른 강아지가 갑자기 '중미中美 3대
연합성명'을 언급했다.

"쿵 서기님, '3대 연합성명' 나온 지도 꽤 여러 해 됐지요. '해협 양
안의 중국인'이라는 표현은 키신저가 한 말이라면서요?"

어럽쇼! 이제는 키신저까지 나왔네. 판화는 조금 우스웠다. 무슨
양국 정상회담 같아. 타이완 문제부터 우선적으로 논의해야 한다는
건가? 판화는 역사를 잘 몰라서 키신저가 한 말인지 아닌지 알지 못
했다.

"아마도요. 하지만 글로 보지 못했기 때문에 단정할 수는 없어요."

마른 강아지가 고개를 들고 꿀꺽 소리를 내며 물 한 모금을 들이
켰다. 동시에 두 눈이 휘둥그레졌다. 그제야 판화는 마른 강아지의
눈이 아주 크다는 사실을 알아차렸다. 슈수이 사람들이 흔히 하는
표현으로 소눈깔이었다. 판화는 그의 어릴 적 이름이 마른 강아지
인 걸 고려한다면 당연히 '개 눈깔'이라고 불러야 한다고 생각했다.
'개 눈깔'이 말했다.

"확실해. 키신저 그 인간, 머리에 든 게 좀 있지!"

그때 뎬쿤이 안채의 문발을 헤치고 머리통을 들이밀며 물었다.

"갈 거야, 안 갈 거야?"

리하오 집에 가자던 일을 묻는 말이었다. 조금 전 두 사람이 함께 가기로 했었다. 판화가 아직 입을 열기도 전에 마른 강아지가 재빨리 끼어들었다.

"지금 쿵 서기님과 얘기를 좀 나누는 중인데."

판화는 어쩔 수 없이 뎬쿤에게 마른 강아지를 소개했다. 뎬쿤이 말했다.

"알아요, 바로 그 마른……."

'강아지'라는 글자가 튀어나오기도 전에 마른 강아지가 뎬쿤의 손을 꼭 붙잡았다.

"맞아요, 그게 제 아명입니다. 노동인민의 후예이니 뭐라 부르든 무슨 상관입니까! 장 선생님이시죠? 압니다. 말씀 많이 들었습니다. 엔지니어시라고요, 훌륭한 엔지니어라고."

판화가 말했다.

"저 사람 출장 중인데 슈수이 지나는 길에 집에 잠깐 들렀어요. 바로 갈 거예요."

뎬쿤이 말했다.

"요 몇 년 사이 슈수이 발전 속도가 정말 빠르네요."

판화는 그가 허튼소리를 할까 봐 걱정되어 얼른 뎬쿤에게 말했다.

"당신 일 보세요."

판화의 말투가 매우 정중했다. 마치 뎬쿤이 정말로 바쁜 사람인 듯했다. 그러자 마른 강아지가 판화에게 물었다.

"바빠요?"

"하루하루 그냥저냥 지내는 거죠 뭐. 당신은요?"

"누군 안 그렇겠어요? 그런데 최근에는 확실히 좀 더 바빠졌어요. 개새끼가 제 꼬리 물려는 듯이 바쁘게 뺑뺑이만 돌고 있네요. 계속 더 바빠지면 정말 장례식이라도 치러야 할 판이에요."

판화는 아무런 대꾸도 하지 않았다. 네 그 개 같은 주둥아리에서 무슨 말이 튀어나올지 보고 싶다, 하고 생각했다. 연거푸 한숨을 내쉬던 마른 강아지가 손가락 세 개를 펴 보이며 말했다. 친척 중 한 사람이 3년 동안 아이를 무려 셋이나 낳았는데 전부 사산이라고 했다. 지푸라기라도 잡고 싶은 심정이었지만 의사도 그 원인을 알아내지 못했다. 결국 그쪽으로 용하다는 산시陝西 출신 장님 한 명을 찾아냈는데 영험하기로 명성이 자자했다. 그런데 그 장님은 자초지종을 다 듣고는 점괘를 뽑아주지 않았다. 얼마를 주어도 싫다고 했다. 결국 점괘를 듣기 위해 물건 몇 가지를 준비할 수밖에 없었다. 마른 강아지가 물었다.

"쿵 서기님, 맞혀보시죠. 그게 무슨 물건이었을까요?"

"그거야 나도 모르죠. 내가 눈먼 장님도 아니고."

마른 강아지는 그 장님이 요구한 게 꽤 많았다고 했다. 말을 하면서 그는 장님 흉내를 내면서 노래를 부르기 시작했다.

별 한 냥에 달 두 냥

가을바람 석 냥에 구름 넉 냥

증기 다섯 냥에 연기 여섯 냥

짙은 안개 여덟 냥에 거문고 소리 아홉 냥

볕에 말린 눈꽃을

내게 반 근 주시기를

노래를 들은 판화가 말했다.

"정말로 요구를 할 줄 아는군요. 부처님이 듣고도 난감해하시겠어요."

마른 강아지가 그녀의 말에 맞장구를 쳤다. 결국에는 온갖 방법을 다 써서 장님의 마음을 겨우 돌려놓았다고 했다. 돈을, 결국 당나귀 한 마리를 사고도 남을 500위안이나 주었다. 그러자 태도가 확 바뀐 장님이 손가락을 꼽으면서 입으로 한참 동안 웅얼거렸다. 그러더니 갑자기 궁씨 집안에 대가 끊긴 왕고모님이 계시지 않느냐고 물었다. 마른 강아지 말로는 장님의 질문에 모두 어안이 벙벙했고 누구도 왕고모님을 떠올리지 못했다고 한다. 그러자 장님이 한쪽 방향을 가리키면서 서북쪽이며 아주 가깝다고, 궁챵촌에서 겨우 2~3리 정도 떨어진 곳이라고 했다. 장님이 말했다. 그 왕고모님은 허허벌판을 떠도는 외로운 넋이 되어버렸는데, 하늘에 호소해도 응답이 없고 땅에 호소해도 응답이 없어 하소연할 사람을 찾는 중이야. 누구를 찾는 걸까? 그 왕고모님은 본디 마음씨가 선한 분이셨어. 원래는 어른을 한 명 찾아 이야기를 나누려고 했지만 어른들은 보통 처자식이 있어 쉽지 않아. 그래서 아예 어린아이를 찾기로 했지. 이제 막 태어난 아이를, 감정도 아직 생기지 않은 그런 아이를 찾기로 한 거지. 지팡이를 짚고 전족한 발로 이 집 저 집 찾아다니기 시작했어. 그렇게 하나에 또 하나 다시 또 하나씩 차례로 아이 셋을 데려갔어. 마른 강아지의 목소리가 높아졌다가 낮아지기를 반복했다. 거친 목소리를 사용했다가 화난 소리를 사용하기도 했다. 그 왕고모님이 전족한 발로 이 집 저 집 찾아다니는 대목에서 마른 강아지는 손가락으로 탁자 위를 탁탁 내리쳤다. 다다닥, 다다닥, 너무나 생동감이 있어 판화는 등골이 오싹해졌다.

마른 강아지의 이야기는 계속됐다. 장님의 말이 끝나자 집안의 나이 드신 숙모님 한 분이 무릎을 탁 치며 소리를 내질렀어요. 그러고 보니 정말로 그런 왕고모님이 계세요. 확실히 대가 끊겼죠. 바로 관창촌에 있는 쿵칭강 어머니예요. 판화는 그런 일 따위는 자신이 알 바 아니라며 한마디 하려고 했다. 하지만 막 입을 열려고 할 때 마른 강아지가 갑자기 농구 심판이 종종 사용하는 타임아웃 제스처를 취했다. 그 순간 판화는 마른 강아지의 두 눈가에 눈물 두 방울이 그렁그렁 맺혀 있는 것을 발견했다. 마른 강아지가 입술을 꽉 깨물었다. 눈물을 되삼키려는 듯 꾹 참고 있었지만 결국에는 흘러내렸다. 판화는, 이럴 필요까지 있나, 이미 몇십 년 전에 죽은 사람을 위해서 말야, 하고 생각했다.

마른 강아지가 말하길, 이야기를 듣자마자 그 숙모님께서 허리를 숙여 옥수수 줄기를 집어 들고서는 그의 머리통을 냅다 후려쳤다고 했다. 욕도 했어요, 개 같은 놈이라고. 관리가 되는 것만 생각하고 돈만 밝힐 줄 알았지, 집안 조상님은 안중에도 없다면서 욕했어요. 더 높은 관리가 되면 무슨 소용이 있고, 돈을 더 벌어야 무슨 소용이 있어? 칭강 어머니를 편하게 모시지 못하면 위로는 조상님 뵐 낯이 없고 아래로는 자손들에게 미안할 테니, 죽어버려! 너나 가서 왕고모님 모시고 이야기해드려, 라고 했어요. 마른 강아지가 판화에게 말했다.

"쿵 서기님, 숙모님 말씀대로라면 내가 희생양이 돼야 한다니까요. 그러지 않으면 어린 목숨을 잃게 된다고요."

마른 강아지의 얼굴이 괴로움에 일그러졌다. 판화가 황급히 그를 위로하면서 자신을 희생하지는 말라고 말했다. 그러자 마른 강아지가 덧붙였다. 너무나 생생한 이야기라 당신도 믿지 않을 수 없을 거예요. 이치대로라면 우리는 모두 공산당원이자 유물론자이니 그런 썩어빠진 미신은 믿어서는 안 되지요. 하지만 설마가 사람 잡는다고, 만약 다시 무슨 일이 생기면 그땐 또 어떻게 사람들에게 설명을 해야 할까요, 네?

판화는 예전에 상성이 했던 말이 떠올랐다. 만약 무덤을 정리하지 못하게 한다면 마른 강아지가 관창촌에서 서류를 허위로 날조했으며 '죽은 자는 산 자에게 자리를 내줘야 한다'는 정책이 제대로 시행되지 않았다는 사실을 상부에 고발할 것이라고 했다. 그 생각이 나자 판화는 약간 화가 치밀었다. 판화는 고자질쟁이를 가장 증오했다. 그것이야말로 문화대혁명의 잔재니까 말이다. 괜한 트집 잡히기 싫어 판화는 이렇게 둘러댔다.

"그러고 보니 생각이 나네요. 촌에 그런 사람이 있긴 했죠. 하지만 그 사람이 어디에 묻혔는지는 저도 알 길이 없어요. 봉분까지 일찌감치 다 밀어버렸으니까요. 설마 궁짱촌은 아직까지 봉분 정리를 안 했어요? 잘못이 있으면 반드시 처벌을 받아야죠."

"밀었어요. 다 밀었어요. 당신을 속이면 내가 개새끼죠."

"맞아요! 당신도 밀었고 저도 밀었어요. 그런데 어떻게 찾을 건데요?"

"당신이 동의해주기만 하면 어떻게 찾을지는 제가 알아서 해야죠. 쿵 서기님이 마음 쓰시게 하지는 않을 겁니다."

"말이야 쉽죠! 그렇게 넓은 땅덩어리를 여기 파대고 저기 파대고. 고구마 캐나요?"

"쿵 서기님, 전혀 걱정할 거 없어요. 거울처럼 매끈하게 해놓을게요. 제가 보장합니다. 만약 매끈하게 해놓지 않으면 제가 성을 갑니다."

판화는 일부러 그의 조바심을 불러일으키며 말했다.

"게다가 나무고 풀이고 전부 공공재산이잖아요. 당신이 엉덩이 툭툭 털고 가버리면 전 사람들한테 어떻게 설명하죠? 사람들 게거품에 익사해버릴 게 분명해요. 전 말만 하면 뭐든지 되도록 만드는 측천무후가 아닙니다."

마른 강아지가 웃으며 말했다.

"삼대기율, 팔대사항이라는 게 있잖아요. 물건을 훼손하면 배상을 해야죠. 하나라도 제대로 변상하지 않으면 사내는 강도요 계집은 창녀죠."

판화는 인상을 썼다. 도대체 누가 강도고 창녀라는 얘기인지. 입 안이 똥물로 가득해. 잠시 뒤 마른 강아지는 작은 선물이 있으니 쿵 서기가 기쁘게 받아주었으면 좋겠다고 했다. 마른 강아지는 말하면 서 웃음을 흘렸다. 의미 있는, 아주 비밀스러운 웃음이었다. 마른 강 아지는 겨드랑이에 끼고 있던 가방을 탁자에 내려놓고 문 쪽을 힐 끗 쳐다보더니 슬며시 가방 지퍼를 열었다. 판화가 속으로 중얼거 렸다. 어라! 설마 돈이라도 찔러주려는 것은 아니겠지?

마른 강아지가 붉은 비단으로 포장한 예쁜 상자 하나를 꺼냈다. 알고 보니 돈은 아니었다. 판화는 속으로 약간 실망했다. 돈이 아니 라면 또 뭘까? 월병? 마른 강아지의 무릎 위에서 미끄러지며 상자 뚜껑이 열렸다. 작은 틈을 통해 판화는 반짝이는 뭔가를 보았다.

"무슨 보물이에요? 아무튼 뭔지는 모르겠지만 그냥 가져가세요."

"보물이라고 할 것까지는 없어요. 장난감이죠, 장난감. 쿵 서기님 청렴하신 거야 누가 모르나요? 자오번산 유행어가 딱 맞아요. 지구 인들 모두 다 알고 있어요."

마른 강아지가 상자 뚜껑을 열고 말했다.

"이건 내가 주는 게 아니라 그 죽은 아이 엄마가 보내준 거예요. 그 사람이 그러더라고요. 혹시라도 당신이 이걸 안 받으면 자기는 그냥 벽에다가 확 머릴 처박고 죽어버릴 거라고."

상자에 든 것은 홍콩 반환 기념 주화였다. 빈칸에 가지런히 꽂혀 있는 주화들의 액면가는 개당 1위안으로 모두 50위안이었다. 더우더우가 인형 하나 사기에도 모자란 돈이었다. 판화가 두 팔로 마른 강아지를 가로막으며 말했다.

"하늘의 별을 따다 준다고 해도 전 안 받을 거예요."

마른 강아지가 두 손으로 상자를 받쳐 들고 말했다.

"마음에 안 드세요? 그러면 도로 집어넣지요, 뭐. 쿵 서기님 너무 냉정하시네. 그 사람 좀 불쌍하게 여겨줄 수 없어요?"

"이렇게 하죠. 내일 회의를 열어서 사람들 의견을 좀 들어볼게요. 칭수하고 잘 알지 않아요? 모레 칭수한테 전화드리라고 할게요."

이치대로라면 축객령을 내렸으니 마른 강아지는 자리에서 일어나야 했다. 하지만 그는 결코 그럴 생각이 없었다. 마른 강아지가 상자를 테이블에 내려놓고 말했다.

"무슨 소리신지? 칭수한테 알려주라고 하겠다니요? 내 전우 얘기를 하는 건가요?"

"맞아요. 둘이 같은 참호에서 기어 나온 사이라고 칭수가 그러던데."

"그놈 얘긴 꺼내지도 마요. 내가 그놈 때문에 망신살이 다 뻗쳤어요."

판화가 "예?" 하고 소리를 질렀다.

"망신이라니요? 당신한테 무슨 창피를 주었다는 거죠?"

마른 강아지는 코와 턱을 번갈아가며 만지작거릴 뿐 이야기를 꺼내기가 무척 곤란해 보였다. 하지만 그래도 결국에는 말을 꺼냈다.

"겉모습만 보고 사람을 판단하면 안 됩니다!"

판화는 어리둥절했다. 겉모습으로 사람을 판단하지 말라니? 판화는 도대체 무슨 일이 있었는지 되물었다. 그는 연거푸 같은 말만 되풀이했다. 겉모습만 보고 사람 됨됨이를 판단해서는 안 된다! 판화는 그 말의 의미를 차분히 곱씹어 보았다. 그러니까 마른 강아지의 말은, 칭수가 보기에는 상스럽지만 사실은 다 뒷생각이 있다는 의미였다. 판화가 말했다.

"그럴 리가. 칭수가 그래도 성실한 사람이긴 하잖아요."

마른 강아지가 코웃음을 치면서 느릿느릿 말했다.

"성실? 사람을 무는 개는 잘 안 짖는 개죠. 잘 짖는 개는 사람을 안 물어요."

그 말에도 역시 숨은 뜻이 있었다. 판화가 한마디 덧붙였다.

"칭수가 좀 쩨쩨한 구석이 있긴 해도 기본적으로 성실한 사람인데."

마른 강아지가 다시 한 번 코웃음을 쳤다.

"흥, 예전 신병 중대 있을 때 항상 그놈이 우리들 요강을 처리했죠. 손가락을 요강 안에 넣기까지 하더라고요. 레이펑 동지를 본받아 배운다나 뭐라나. 그걸 믿으라고? 엉덩이를 뒤로 내뺀 모양만 봐도 그놈이 또 무슨 똥을 갈겨댈지 다 알 수 있어요. 우리들 대신 요강을 비웠던 것은 언젠가 지휘관 요강 받아낼 날을 위해서였죠. 결국에는 다른 사람이 그 일을 하게 됐지만."

판화가 웃음을 터뜨렸다.

"레이펑 따라 배운다고 했으면 배우는 거겠지요. 그렇게까지 비아냥댈 필요는 없잖아요."

마른 강아지는 고개를 절레절레 흔들었다. 얼굴에는 미소인 듯 아닌 듯한 표정이 나타났다. 그렇게 생각하지 않는다는 의미도 있고 판화를 비웃는 듯한 의미도 있었다. 그러더니 마른 강아지가 갑자기 손을 내저으며 텔레비전에서 자주 듣던 격언 한마디를 내뱉었다.

"쿵 서기님, 과거를 공부하는 이유는 미래를 더 잘 알기 위해서랍니다."

마른 강아지 이놈이 도대체 무슨 헛소리를 지껄이려는 거야? 판화는 속으로 생각했다. 칭수가 어떤 사람인지 내가 모른단 말이야? 당신이 나한테 알려줄 필요가 있을까? 하지만 곧 이어진 마른 강아지의 말에 판화는 놀라지 않을 수 없었다.

"쿵 서기님, 칭수 말로는 자기가 지금 이미 절반은 꽉 잡았대요. 그 나머지 절반 중에서도 최소 10~20퍼센트는 빼앗아올 수 있다고 하더라고요. 묘책이 있어서죠."

이번에는 판화가 코웃음을 칠 차례였다. 판화는 "흥!" 하고는 말했다.

"그래요? 그럼 칭수더러 촌장 하라고 하면 되겠네요. 나도 마침 좀 쉬려던 참이니."

"내가 다 알려줘야만 해요? 이치대로라면 내가 참견해서도 안 되죠. 서로 내정간섭은 안 하는 거니까! 그런데 난 밑에서 몰래 꼼수나 부리는 놈들이 제일 꼴 보기 싫거든요. 두꺼비가 용상에 앉으려는 격이죠. 그런 못된 풍조가 근절이 안 되고 퍼져나가면 모든 마을이 편하지 못할 겁니다."

"하고 싶은 사람이 하면 되는 거죠. 기껏 해봐야 마을 관리인데요. 무슨 금란전金鑾殿(중국 황제가 관리들을 접견하던 궁전─옮긴이)에 앉는 것도 아니고."

"크나 작으나 궁전은 궁전인 거죠! 그놈이 어떤 짓을 하는지 알고 싶지 않아요?"

"칭수 말하는 거죠!"

마른 강아지는 또 '뒤로 내뺀 엉덩이' 얘기를 꺼냈다.

"칭수가 엉덩이를 삐죽 내밀어도 당신만큼은 그놈이 그다음에 뭘 하려는 건지 알 수 있다고 생각하는 거죠? 내 장담컨대 이번에도 당신은 몰라요. 생각을 해봐요. 그놈이 언제 엉덩이를 까댈지도 모르는데, 무슨 수로 무슨 똥을 싸질러댈지 알겠냐고요! 깨달았을 땐 이미 늦은 겁니다. 간단하잖아요. 똥은 이미 싸질렀고 거름까지 벌써 밭에 내다 뿌려 앵두는 다 자라고 난 뒤거든요. 물이나 한 잔 더 따라줘요, 가득."

듣다 보니 아주 새로웠다. 판화는 미소를 지으며 그에게 물을 따라주었다. 판화는 생각했다. 또 무슨 새로운 이야기가 있는지 들어봐야겠어. 물 두어 모금을 들이켠 마른 강아지가 입맛을 쩝쩝 다시면서 거드름을 피웠다.

"쿵 서기님, 더 이상 듣고 싶지 않으면 난 이만 엉덩이 털고 일어날게요."

"물부터 마셔요. 다 마시고 가요."

마른 강아지가 탁자에 물 잔을 내려놓으면서 말했다.

"내가 이런 얘기를 왜 해주는지 알아요?"

"말씀하지 않았어요? 궁창까지 불량한 풍조가 퍼질까 봐 걱정이라고."

마른 강아지는 마치 고사장에 앉은 수험생처럼 새끼손가락을 꼽으며 말했다.

"이게 하나일까요 둘일까요?"

판화가 손에 잡히는 대로 사기 주걱을 들어 손잡이로 땅바닥에 '둘'이라고 쓰며 말했다.

"당신 생각은요?"

마른 강아지는 죄를 자백하듯 바로 고개를 숙이고, 이 둘이 사실 그와 관련이 있다고 했다. 그는 절대로 칭수에게 죽은 아이에 관한 일을 발설해서는 안 된다고 했다. 말하는 사람은 별다른 의미가 없어도 듣는 사람은 마음에 둘 수 있는 법이니까. 그가 칭수에게 이야기를 하자 칭수가 그에게 사실 관창촌에도 아이가 태어나자마자 죽어버린 사례가 있다고 알려주었다. 그러고 칭수가 말했다. 혹시 그 일 역시 칭강 어머니와 관계가 있는 건 아닐까? 칭강 어머니가 목을 매어 자살해서 원혼이 있지 않겠어? 게다가 다른 무덤은 전부 정리가 되었는데 칭강 어머니 무덤만 정리가 안 되었으니 문제가 있지. 거기까지 말을 마친 마른 강아지가 다시 판화를 향해 말했다.

"사실 조금 전에는 당신한테 까발리는 게 나도 좀 무안했어요. 난 칭강 어머니 무덤이 그대로라는 사실 말고도 그 위쪽에 느릅나무 하나가 자라나 있는 것까지 알고 있어요. 모두 칭수가 알려준 거죠."

그때 마른 강아지가 또 고개를 저으면서, 탄복했어, 탄복했어. 다른 게 아니라 바로 칭수의 그 세심함에 탄복했어, 하고 말했다. 예전에는 칭수가 요강을 잘 처리해서 탄복했고, 지금은 그놈 머리가 팽팽 잘 돌아가서 탄복했다고 했다. 칭수는 죽은 사람들이 땅속에서 어떻게 같이 마실을 다닐지도 모두 생각해두었다니까요. 마른 강아지는 칭수가 예전에 그 장님을 찾아가 점을 쳐보았다고 했다.

"그땐 나도 그 자리에 있었고, 당신네 마을의 양장피 장사 하는 샹성도 같이 있었어요." 마른 강아지가 말했다.

"칭수가 상황을 설명하니까 그 장님이 또 한참 동안 중얼중얼하더니 알 까는 닭 똥구멍처럼 눈꺼풀을 까뒤집고서 당연히 관계가 있다고 하더군요. '어떤 잡귀가 겁도 없이 그 여자한테 마실을 가겠어? 다른 사람들은 봉분이 없는데 그 여자만 봉분을 갖고 있고, 심지어 봉분 위에 나무까지 자라나 있지. 그것도 죽은 고목이 목매달아 죽을 사람을 기다리고 있는데 누가 감히 가겠어? 누가 두 번 죽고 싶겠어? 어? 그래서 결국 그 여자의 외로운 넋이 홀로 떠돌아다니게 된 거지.' 누구라도 좀 붙잡고 이야기를 하고 싶은데 아무도 찾을 수가 없으니 결국에는 산 사람이라도 찾아갈 궁리를 하게 된 거래요. 궁좡촌은 친정이고 관좡촌은 시댁이잖아요. 시댁에서 못 찾으면 친정에서 찾고, 친정에서 못 찾으면 시댁에서 찾는 거죠. 아무튼 그 여자가 이 두 마을 사이를 떠돌면서 발길 닿는 대로 아무 집이나 돌아다닌 겁니다. 어둠 속에 있어서 봐도 보이지 않고 막으려야 막을 수도 없으니, 그야말로 속수무책이었던 거죠."

여기까지 말한 마른 강아지가 목을 쭉 뺀 채 입구 쪽을 힐끗 쳐다보고는 한 손으로 자기 입을 막았다. 마치 칭강 어머니가 지팡이를 짚은 채 바깥에서 이야기를 듣고 있을지도 모른다는 듯이 말이다. 판화의 손에 들렸던 사기 주걱이 땅바닥에 떨어지며 두 동강 났다. 마른 강아지가 허리를 굽혀 깨진 주걱을 주워 올리며 말했다.

"칭수가 선거 전에 그 장님을 관청에 한번 데려와서 마을 사람들 점을 좀 치게 할 거라고 했어요. 샹성도 할 얘기 있으면 전부 하라고, 숨기지 말라고 그랬죠. 쿵 서기님, 생각을 해봐요. 도대체 누가 무덤 밀어버리는 걸 잊어버렸죠? 그때가 되면 아마 당신 입이 열 개라도 할 말이 없을 거예요. 어느 집이든 아이가 죽으면 칭강 어머니하고 관계가 있든 없든 모두 당신한테 책임을 묻게 될 거니까. 사람은 누구나 자기 본가가 있고 그 본가 사람들에게도 또 본가가 있는 법이죠. 마치 수캐와 암캐가 붙어먹는 것처럼 한 집 한 집 묶여 있다고요. 서기님! 자칫 잘못하면 사람들이 뱉은 게거품이 당신을 익사시킬 수도 있어요. 정말 방법이 없어요. 사람 수준이란 게 그 짧은 순간에 훌쩍 높아질 수는 없답니다. 욕을 하려니 할 수 없고, 화를 내자니 낼 수도 없죠. 책임을 미루고 싶어도 미룰 수 없어요. 아이고, 내가 다 걱정입니다!"

판화는 파리를 쫓듯이 손을 휘저으면서 말했다. 파요, 파내 가요. 빨리 파내 가요, 서둘러 파내 가세요. 그런데 순간 마른 강아지의 태도가 오히려 느긋해졌다. 그는 날이 좀 좋아지면 파자고, 비가 오는 날이면 질척거리고, 니미 좆, 사방이 진흙투성이가 된다고 했다. 판화가 문밖으로 나서려던 순간 마른 강아지가 물었다. 야오쉐어는 찾았어요? 판화는, 당신이 그 일도 알고 있어요? 소식통에다 천리안이군요, 하고 말했다. 마른 강아지가 말했다. 세상에 바람이 새지 않는 창문은 없는 법이죠. 하지만 마음 푹 놓아도 돼요. 난 말 함부로 하지는 않을 테니까. 궁챵촌에서 그 여자를 발견하면 내가 꼭 잡아오죠. 계집년 하나가 사회 안전과 단결을 해치고 마을 선거까지 방해하려 들다니. 반역을 하면 몽둥이가 약이지!

판화는 손수 우산을 들어 마른 강아지를 차까지 배웅했다. 차 문이 닫힌 뒤에도 마른 강아지는 다시 차창을 열고 판화와 악수를 나누었다. 마른 강아지의 손은 포동포동했는데 의외로 아주 힘이 좋았다. 역시 군에서 복무한 사람이다. 기사가 있어서인지 두 사람은 아무 말도 하지 않았다. 인재는 서로를 아낄 줄 알며, 어떤 순간에는 침묵이 그 어떤 아름다운 말보다 더 훌륭한 법이다. 차가 떠난 뒤에도 판화는 한참 동안 그 자리에 서 있었다.

고개를 돌린 판화의 시야에 웬 검은 그림자 하나가 포착됐다. 너무 놀란 나머지 판화는 소리를 지를 뻔했다. 검은 그림자의 기침 소리에 판화는 아버지가 그곳에 서 있음을 알아챘다. 아버지가 말했다.

"전부 들었다."

"뭘 들으셨는데요? 귀 어둡지 않으세요?"

그녀의 아버지가 다시 말했다.

"칭수 이 개자식, 음흉한 게 제 애비랑 똑같아. 그놈 애비도 왕년에 얻어먹을 건 다 얻어먹고 나서 배신을 하더니. 톄쒀 할아버지 때

머슴살이나 하던 놈이 해방이 되니까 자기 주인을 지주로 몰아세웠지. 그리고 온갖 방법으로 싸워서 기어이 그 사람들을 죽여버렸다니까. 조상 대대로 배은망덕하기 짝이 없는 놈이라고!"

집 안으로 들어온 판화는 그제야 아버지 손에 보청기가 들려 있음을 발견했다. 아버지가 다시 말했다.

"도중에 정교금程咬金(당나라의 이름난 무장. 매복해 있다가 적을 기습하는 전략을 즐겨 썼다―옮긴이)이 튀어나오질 않나. 딸은 안 오고 온통 보기 싫은 며느리만 오는 격이야! 보아하니 가족회의라도 열어야겠다."

가족회의라는 말에 판화는 웃음을 참을 수 없었다. 예전에는 집에서 자주 가족회의를 열곤 했다. 아버지는 가족회의 기획자이자 사회자였다. 아버지의 발언은 언제나 최종적인 결의안이 되곤 했다. 마지막 가족회의는 판화가 촌장 경선 출마를 결심했을 무렵 열렸다. 당시의 결의안은 두 가지였는데 줄여서 '두 가지 아무리'라고 불렀다. '아무리 깎기 힘든 머리라도 깎아야 한다. 아무리 뜯기 힘든 뼈다귀라도 뜯어야 한다.' 결의한 내용을 가만히 들여다보면 당시의 어려움을 충분히 심사숙고했던 것 같았다.

그러고 나서 온 가족이 움직였다. 판룽이 상부를 겨냥한 홍보 업무를 담당했고 가명으로 신문에 글을 게재했다. 그 글에서 판화의 뛰어난 업무능력을 추켜세웠으며 판화가 솔선수범할 수 있음을 강조했다. '하나만 낳아 잘 기르자!' 농촌 여성이, 그것도 데릴사위를 들인 농촌 여성이 그런 일을 할 수 있다니. 슈수이 전체를 통틀어서도 '아가씨 가마 타는' 것처럼 처음 있는 일이었다. 마을에서 누구

272

이름이 신문에 실린 적이 있던가? 없었다. 아무도 없었다. 판화가 처음이었다. 판릉의 남편은 도로정비 대출을 할 수 있도록 연결하는 책임을 졌다. 아울러 슈수이 농기계 보급소의 파종기를 관창으로 옮겨 와 일손이 부족한 농가의 파종을 돕는 일도 책임져주었다. 연로한 아버지도 앞으로 나섰다. 아버지 말로는 그 자신이 입에 문 것이 가장 뜯기 어려운 뼈다귀였다. 그가 맡은 일이 칭마오의 결점을 들춰내는 것이었기 때문이다. 사람을 때려도 얼굴은 때리지 않고, 공격을 해도 단점은 들추지 않는 법이다. 이 노련함은 가장 지니기 어려운 기술로, 능숙하지 않으면 효과를 거둘 수 없었다. 또 지나치게 능숙하면 대를 이은 원수를 만들기 쉽다. 아버지는 아예 칭마오를 추켜세우는 방법을 선택했다. 아버지는 다음과 같이 말했다.

"그 오랜 기간 일을 하면서 공로를 찾기 힘들지 모르지만 그래도 분명히 노고는 있을 테고, 그 노고가 가시적인 공로보다 더 큽니다. 비록 제지공장 일이 제대로 되지 않아 마을 사람들의 원성을 사기는 했지만, 그래도 칭마오가 전력을 다한 것은 사실이죠. 일 처리가 변변치 못했던 것은 칭마오가 너무 호인이어서 혹여나 상부의 기분을 상하게 할까 봐 겁을 냈기 때문입니다. 칭마오가 제지공장에서 얻는 것은 무엇이었을까요? 누군가는 뭐라도 얻었다고 하고 또 누군가는 전혀 없다고도 합니다. 하지만 저는 없다고 믿습니다. 설령 있더라도 그저 바닷속 좁쌀 정도일 텐데 군이 붙잡고 있을 가치가 있나요? 그럴 가치는 없지요."

역시 경험은 무시할 수 없다. 노인네의 말은 구구절절 모두 일리가 있었다. 또 한마디 한마디에 칼날이 감춰져 있었다. 지금 노인네가 또 가족회의를 열자고 했는데, 또다시 그 '두 가지 아무리'를 되풀이하려는 것일까?

판화는 야심한 시간에 또 판롱도 없는데 무슨 회의를 하느냐고 반문했다. 아버지는 전화로 할 수 있다고, 전화회의를 하면 된다고 했다. 덴쿼은요, 하고 묻자 아버지가 대답했다.

"리하오 집에 갔다. 술 한 병 들고서. 네가 가보라고 했다던데." 아버지가 또 말했다.

"다음에는 내가 직접 그 장님 좀 만나봐야겠어. 깎기 힘든 머리는 내가 깎으마. 돈만 있으면 귀신도 부릴 수 있다는데 그까짓 장님 하나쯤이야. 너 그 장님 헛소리 마음에 둘 것 없다. 무슨 놈의 '가을바람 석 냥에 구름 넉 냥'이야. 너도 우리 마을 셴파憲法란 사람 잘 알잖니. 어렸을 적 점치는 법을 좀 배워서 입만 열었다 하면 역시 그렇게 했어. 모두 사부가 가르친 거지. 그저 돈이나 더 뜯어내려는 수작이라고."

아버지가 말한 셴파란 사람 역시 장님이었다. 어릴 적 천연두를 앓았는데, 얼굴 전체에 퍼진 천연두 자국이 곪아 터졌고, 그 고름이 눈으로 흘러 들어가는 바람에 눈이 멀고 말았다. 셴파는 점도 칠 줄 알았지만 얼후二胡도 탈 줄 알았다. 문화대혁명 시기에는 마오쩌둥 사상 선전대에서 얼후를 연주하기도 했다. 훗날 고향을 떠난 그를 누군가 베이징의 어느 전철역 입구에서 만났는데, 여전히 얼후를 타면서 점을 치고 있었다고 했다. 판화는 아주 오랫동안 그를 본 적이 없었다. 죽었는지 살았는지도 알지 못했다. 아버지가 말했다.

"마른 강아지가 그 장님한테 500위안을 주지 않았니? 우린 550위안을 주자. 빌어먹을 새끼, 그냥 개밥이나 주는 셈 치지 뭐."

판화는 웃음이 나왔다. 아버지가 너무 쩨쩨했다. 겨우 50위안을 더 주겠다니. 판화는, 노친네가 또 힘이 나셨군, 하지만 이번에는 아버지가 앞에 나설 필요는 없어요, 하고 생각했다. 칭수 머리 정도는 자기 혼자서도 깎아버릴 수 있었다. 판화가 말했다.

"그냥 좀 쉬세요. 마음 쓰실 필요 없어요."

노인네가 갑자기 발을 탁 구르면서 소리쳤다.

"그렇지!"

목소리가 너무 커서 더우더우가 놀라 땅바닥에 털썩 주저앉아버렸다. 판화가 왜 그러냐고 묻자 아버지가 말했다.

"장님을 만나면 우선 칭강 엄마가 어떻게 죽었는지 점쳐보라고 해야겠다. 만약 점괘를 대지 못하면 싸우다 죽은 거라고 알려주고. 그러고 나서 누구랑 싸우다가 죽었는지 다시 점을 쳐보라고 하는 거야. 그때도 장님이 점괘를 못 대면 내가 알려주는 거지. 그게 다른 사람이 아니라 바로 칭수 아버지라고. 칭수 아버지가 괴롭히다 죽여버렸다고."

판화가 아버지를 자리에 눌러앉히고 말했다.

"전에는 칭마오 아버지가 앞장섰다고 하지 않으셨어요?"

"내가 그랬어? 아냐. 칭수 아버지라고 똑똑히 기억하는데! 칭수 아버지야말로 싸움박질 전문이었잖아. 집안 내력이니 3할은 그 영향

275

을 받는 법이야. 칭수 아버지가 사람들이랑 싸움박질하는 데는 도가 텄었거든. 못 믿겠으면 칭마오한테 가서 물어봐. 칭마오도 분명 칭수 아버지라고 할 거야. 빌어먹을. 그냥 그렇게 해야겠다. 어디 칭마오 아버지라고 하는 사람이 있으면 내가 아주 욕지거릴 처먹여줄 테다."

리하오는 마을 서쪽에 살았다. 그의 집 담장 안팎에는 여물이 잔뜩 쌓여 있었다. 리하오의 집에 닿기도 전에 판화의 귓가에는 양 떼 울음소리가 들려왔다. 그 소리가 꽤나 듣기 좋았다. 부드러운 느낌도 있었고 아이 같기도 했다. 마치 젖을 달라고 떼를 쓰는 갓난아기 울음소리 같았다. 집 안마당에 들어서자 덴췬이 리하오에게 낙타 이야기를 하고 있는 소리가 들렸다. 덴췬은 말라 죽은 낙타라도 말보다는 크고, 말은 소보다 크며, 또 소는 양보다 크니, 낙타 한 마리 키우면 양 떼를 치는 것과 맞먹는다고 말했다.

"자네가 기르지 않으면 내가 기를 수도 있어. 나중에 부러워하지나 마. 난 엔지니어 자리까지 다 마다하고 함께 낙타를 기를 사람을 찾을 생각이야……."

덴췬이 이번에 돌아온 뒤로는 이전과 조금 다르잖아! 어디 잘못되기라고 했나? 왜 입을 열었다 하면 온통 낙타 이야기뿐이지?

판화가 바깥에서 헛기침을 하자 덴췬은 하던 이야기를 멈췄다. 그녀가 안으로 들어서자 덴췬이 얼른 화제를 돌렸다. 덴췬은 리하오 집 담장에 붙은 포스터를 가리키며 화보 속 인물이 누구인지 아느냐고 판화에게 물었다. 포스터 속 여자는 예쁘다고는 할 수 없지만 꽤 육감적이기는 했다. 가슴이 너무 꽉 끼어 위쪽 단추가 다 떨어져나가 있었다. 여자의 유방은 언제라도 뛰쳐나갈 준비를 하고 있는 토끼 한 쌍 같았다.

덴췬이 말했다.

"저 영화 아주 재미있더라고. 마을에서 상영을 해서 마을 전체 문화생활을 좀 활성화해야 하지 않을까?"

리하오가 끼어들었다.

"너 저 여자가 출연한 영화 본 적 있어?"

덴췬이 소리를 높였다.

"제길, 도대체 날 뭘로 보는 거야? 〈타이타닉〉이잖아. 저 여자는 로즈 역 맡았던 그 배우고."

리하오가 깊이 있는 웃음을 짓고는 말했다.

"유심히도 봤구나!"

덴췬이 도마뱀붙이처럼 벽에 달라붙어 코끝을 여자 얼굴에 딱 붙였다.

"역시 로즈야. 영어로 장미라는 뜻이잖아. 오스카상까지 수상했다고."

"타이타닉? 그거야 당연히 연구할 만한 가치가 있지. 인류의 대재난이니까! 그런데 그 여자 아니야."

"내기할래? 내가 지면 네가 이 우량예 한 병 다 마셔. 나는 싸구려 슈수이다취漠水大曲나 마실 테니."

"너 분명히 졌어. 저 여자 로즈 아니야. 난 할리우드 따위엔 관심 없어. 저 여자는 르, 윈, 스, 키야. 기억나지? 클린턴 바지 지퍼 열어젖힌 그 여자. 저 여자 재밌어. 진짜 재밌어. 오왕吳王 부차夫差를 말에서 끌어내린 서시西施에 비견할 만해."

판화는 더 이상 둘의 입씨름을 듣고 싶지 않았다. 그녀가 카세트 테이프를 꺼내며 말했다.

"작은 선물 하나 가져왔어. 분명히 좋아할 거야."

리하오가 테이프를 받아들면서 말했다.

"종교음악? 좋아! 한번 잘 배워볼게."

"거기에 양치기 노래가 있는데 들어보니까 아주 친근하더라고. 이건 리하오 너를 위한 노래가 아닐까 했지 뭐야. 분명히 마음에 들 거야."

말을 하면서 판화는 냉채를 내어놓고 통닭구이와 훈제한 토끼고기를 쓱쓱 찢기 시작했다.

리하오가 말했다.

"종교라는 이 재미있는 걸 말이야, 보통 사람들은 잘 몰라. 차분히 마음을 가라앉히고 천천히 해야 하는 거라고."

판화가 리하오에게 말했다.

"여기 아주 조용하잖아. 어디 우리 집처럼 노인네 불만에 아이들 투정이나 있으려고!"

"다 장단점이 있지. 이 훈제토끼 자꾸 이에 끼네. 이쑤시개 몇 개 만들어 올게."

몸이 불편한 리하오를 생각해 판화가 손전등을 들고 따라나섰다. 현관을 나온 리하오가 빗자루로 머리 위의 대나무 가지를 꺾었다. 양의 배설물 덩어리가 아래로 떨어졌다. 환약처럼 생긴 것들이 데굴데굴 바닥에 쏟아져 내렸다. 판화가 말했다.

"정말 그냥저냥 지낼 만한가 봐. 그래도 곁에서 돌봐줄 여자 하나 없어서야 어디 되겠어? 그럼 안 되지! 난 정말 마음이 안 놓여."

"양 똥은 안 더러워. 양이 제일 깨끗하다고. 서양 사람들은 양을 애완동물로도 키우잖아. 그게 아니라면 어떻게 양한테 노래를 다 지어 불러주겠어!"

판화의 주량도 만만치 않았다. 그녀가 리하오와 술잔을 부딪치면서 말했다.

"이제 또 금방 선거야. 너 이번에는 꼭 앞에 나서야 돼. 양 치는 일은 우선 좀 놔둬. 너한테 마을 일을 좀 떼어주고 싶은데. 마을 적립금이며 관리비에 공익금 같은 거 관리하는 일 좀 전부 맡아주었으면 해. 조직에 마음 맞는 사람이 하나쯤은 필요하거든. 앞으로는 마을에 민주적인 재무팀도 생길 테니 그때 네가 책임자로 나서주면 좋겠어."

리하오가 이를 쑤시면서 말했다.

"샹성은?"

판화가 "아이고" 하고 한숨을 쉬었다.

"샹성? 샹성이야 시내에서 자기 사업 때문에 바쁘잖아. 목숨보다 돈이 더 중요한 인간인데. 내 생각엔 이미 그만 손 떼고 싶어 하는 것 같아."

"뭘 보고 그렇게 생각하지?"

판화가 웃음을 지어 보이고는 손을 펴며 말했다.

"회의에도 거의 참석을 안 해. 위에서 그런 인간을 뭐라고 부르는 줄 알아? 통학간부. 그나마 그건 회의 중에 그러는 거고, 회의 끝나면 더 듣기 거북하게 비판을 해. 그런 인간들은 이팔월에 발정 난 개라고, 발정 난 간부라고 비판하지."

리하오가 이쑤시개 끝에 묻은 음식 찌꺼기를 훅 불어버리고는 다시 이를 쑤셔댔다. 판화가 일부러 물었다.

"네 말은 그 인간이 또 무슨 다른 궁리라도 하고 있다는 거야?"

"사람 마음이 그렇지."

리하오의 그 한마디에 판화는 손에 집어 들었던 닭발을 다시 내려놓았다.

"샹성이 촌장을 하려고 한다는 얘기야?"

리하오는 마치 제왕이 말하는 것처럼 허튼소리는 한 글자도 내뱉지 않았다.

"네 생각은 어때?"

판화가 다시 닭발을 집어 들었다. 이번에는 그걸로 쟁반을 톡톡 치기 위해서였다. 판화는 쟁판을 치면서 말했다.

"꼴불견이야. 속 시원하게 말 좀 해봐. 양하고 오래 지내더니 사람 말을 다 까먹은 거야?"

리하오가 결국 몇 마디 보탰다. 하지만 전부 양 이야기였지 사람 이야기는 아니었다.

"양 떼랑 같이 지내니까 하루 종일 떠들어도 피곤하질 않아. 얼마나 좋은 녀석들인데! 얼마나 착하냐고! 무슨 말을 하든 전부 들어준다고."

덴췬이 말했다.

"리하오 이 친구 정말 신선이 다 됐네. 마셔."

판화가 말했다.

"샹성이 무슨 꿍꿍이속이 있는 것 같지는 않지?"

리하오가 술잔을 들어 쭈욱 소리를 내어 들이켜고 말했다.

"조금 이따가 샹성이 나 만나러 올 거야."

판화는 속으로 생각했다. 어라? 샹성이 시내에서 돌아왔다고? 어째서 나한테 보고를 하지 않은 거지?

리하오가 다시 말했다.

"걱정 마. 도착하면 양이 다 알아서 알려줄 거야. 한 녀석 별명이 정보국장이거든. 사람들이랑 잘 통해서 샹성 발자국 소리까지 다 알아들어. 샹성이 오기만 하면 바로 녀석이 울지. 그놈이 확실히 다른 녀석들하고는 달라. '메애- 메애-' 하고 울기만 하는 게 아니라 제 뿔로 문짝에 노크도 할 줄 안다니까. 타다닥타다닥하는 게 꼭 무슨 모스부호 보내는 거 같아."

판화가 말했다.

"샹성 사업이 잘 안 돼? 그럴 리가. 여전히 일 거들어줄 사람 구하고 있다던데."

리하오가 말했다.

"구한다는 게 전부 이 마을 사람들뿐이야. 사람들을 꾀기 위한 작은 선심이지. 결전에 대비하려고 병사와 말을 모으는 거라고."

리하오의 목소리는 아주 낮고 차가웠다. 마치 달빛 아래 놓인 병기가 서슬 퍼런 빛을 발하는 것 같은 '차가움'이었다. 순간 판화는 온몸에 소름이 돋았다.

"병사와 말을 모아? 결전?"

"말해봐. 샹성이 어떤 사람들을 모으고 있을까?"

"고작해야 여자들 아니겠어? 싼후三虎 부인, 셴창憲强 부인, 톄단鐵蛋 부인, 어쨌든 모두 여자들이겠지."

리하오가 말했다.

"손가락으로 한번 잘 꼽아봐. 그중에서 누가 너하고 마음이 잘 맞지? 전부 너 때문에 처분을 받았던 사람들 아닌가. 어떤 사람은 네가 강제로 낙태시켰고, 어떤 사람은 나무를 훔쳤다고 벌금을 물렸고. 칭시慶西 마누라는 아직 덜 여문 옥수수 몇 개 훔쳤다가 회의 때 너한테 욕을 먹었잖아."

"변명하자면, 난 그 여자 이름을 딱 꼬집어 얘기하진 않았어."

"네가 그 사람이 물뱀 같은 허리를 가지고 있다고 했잖아. 칭시 마누라가 아이를 못 낳는다는 사실을 모르는 사람이 누가 있어? 아직까지도 물뱀 허리잖아. 게다가 그 여자들 뒤에는 남자들이 하나씩 붙어 있고 또 그 남자들 뒤에는 온 집안 식구들이 전부 딸려 있단 말이야. 투표하는 거 아니야? 때가 되면 침 발린 표를 세어서 그걸 많이 얻어간 사람이 자리에 오르는 거고."

판화의 몸이 부들부들 떨렸다. 마치 두피에 정전기가 오른 것처럼 바지직 소리가 들렸다. 그때 갑자기 양이 울기 시작했다. 판화는 샹성이 오면 리하오에게 언덕 위 펌프실 얘기를 해야겠다는 생각이 퍼뜩 들었다. 그곳 역시 쉐어가 몸을 숨길 가능성이 있다고 판화가 마을 회의에서 언급했다. 그리고 이어서 외국인에 관한 일은 가능성이 보이는지 물어야겠다고 생각했다. 하지만 리하오는 정보국장이 우는 소리가 아니라 마돈나가 우는 소리라고 했다. 마돈나는 양 떼 중에서 목청이 가장 크고, 잘 때조차 엉덩이를 바짝 치켜드는 음탕한 녀석이라고 했다. TV 방송국 예능국장에 비견된다나. 이 미스 마가 지금 우두머리 수컷을 유혹하고 있는 게 분명하다고 했다. 덴쿤이 말했다.

"젠장. 여기는 UN이구먼!"

리하오가 으스댔다.

"UN? 여기엔 달에 사는 상아도 있는걸!"

덴쿤이 웃었다.

"재미있어. 정말 재미있어!"

남자끼리 모이면 결국은 여자 이야기다. 판화는 그런 것에는 관심이 없었다. "어!" 하고 맞장구치고는 마치 샹성이 오기만을 기다리고 있는 사람처럼 다시 물었다.

"샹성은 왜 아직도 안 오는 거지?"

"조금 있으면 올 거야. 지금은 분명히 상이하고 이야기하고 있을 거야."

"샹성이 상이하고 뭐 이야기할 게 있어서?"

리하오가 뒤로 한 번 몸을 젖히고는 말했다.

"우리가 다 오랜 동창이니까 내가 너한테 이런 얘기까지 하는 거야. 샹이 필통에는 군령을 전하는 영전숙箭이 꽂혀 있어. 누가 삼호학생이 될지, 누가 장학금을 받을지, 누가 우수학생간부가 될지 모두 그 친구가 말한 대로 결정되지. 우수학생간부가 상급학교에 응시하려면 가산점이 필요한데 그 1점에 얼마씩인지 알아? 적으면 3천 위안이고 많으면 1만 위안이지. 이러니 어떤 학부모가 그런 사람을 무시할 수 있겠어? 더우더우가 아직 학교에 다니질 않으니 네 머릿속에 그런 개념이 없는 거라고."

리하오의 말이 계속 이어졌다.

"너 용띠지? 샹성은 호랑이띠고. 이런 걸 두고 용호상박龍虎相搏이라고 하는 거야."

한쪽에서 혼자 술을 들이켜던 뎬쥔은 어느새 취해 있었다. 리하오 입에서 나온 '용호상박'이라는 말을 듣고는 그가 먹는 이야기를 하고 있다고 여긴 듯했다. 뎬쥔이 리하오에게 그 유명한 광둥요리를 먹어본 적 있느냐고 물었다. 풍월깨나 읊는다는 리하오였지만 그런 요리 이름은 아예 들어본 적도 없었다. 뎬쥔이 젓가락을 들고 허공에 글씨 쓰는 시늉을 하며 말했다. 용은 뱀이고 호랑이는 고양이잖아. 둘을 같이 넣고 푹 삶은 걸 바로 '용호상박'이라고 부르지.

판화가 입 좀 닥치라며 한 대 툭 치자 뎬쥔의 손에 들렸던 젓가락이 바닥으로 떨어졌다. 판화가 다시 리하오에게 물었다.

"샤오훙은?"

드디어 리하오의 입에서 판화를 만족시킬 만한 대답이 나왔다.

"샤오훙이 진짜 뛰어난 인물이지. 너희는 말하자면 하늘을 나는 용에 춤을 추는 봉황이야. 용과 봉황은 길조이지. 연극 무대 위에 조각된 그림 같잖아. 샤오훙이야말로 네 타고난 후계자라고."

그 말을 들은 판화는 흐뭇했다. 하지만 일부러 샤오훙이 왜 '타고난' 후계자인지 다시 한 번 물었다. 리하오의 '결론'은 판화를 만족시켰지만 그 '추론 과정'은 도리어 판화를 불편하게 만들었다.

"우리 마을 위원은 여자들이 도맡아 하고 있잖아. 이 점은 슈수이 전체에서도 유명하지. 여자들이 나서는 게 좋아. 첫째로 물건은 희귀해야 귀한 법이거든. 둘째로 요새는 여성 우선이니까. 뭐 좋은 것이 있으면 분명히 여자들한테 먼저 간다고. 한 무리 사내놈들이 여자 하나랑 싸우다니, 도대체 무슨 싸움을 하겠다는 거야? 왕자이촌은 우리 마을보다 더 잘 살고, 또 향당위원회 향정부 소재지이잖아. 산에 살면 산으로 먹고살고, 강에 살면 강으로 먹고사는 것처럼 당위원회하고 가까우면 그걸로 먹고사는 거라고. 하지만 넌 현의 인민대표인데 왕자이촌 촌장은 개좆같이 아니거든. 그래서 요즘은 여자들이 더 환영받는 거야. 여권사회가 도래할 날도 머지않아!"

판화가 아주 조심스레 말했다.

"무슨 사회? 여권사회? 당규에 그런 조항은 없어."

리하오가 그건 아주 복잡한 문제이기 때문에 한두 마디로 분명하게 설명하기는 힘들다고 했다. 그가 말한 대략적인 의미는 이랬다. 비록 이전에는 하늘의 절반이 여자라고 했지만 요즘은 여자들이 변덕을 부리는 바람에 절반으로는 부족해서 더 가져가지 않으면 안된다. 하지만 얼마를 더 가져가면 충분할지는 여자들조차도 명확히 알지 못한다. 아무튼 더 요구할 수 있는 만큼 요구한다는 것이다.

판화가 말했다.

"좀 헷갈리네. 너 은근히 나 욕하는 거지?"

"네 욕을 한다고? 간덩이를 하나 더 빌려와야겠네, 내가 어떻게 감히. 내 말은 그저 요즘은 여자들이 인기 있고 일도 잘한다는 거야. 앞으로 샤오훙이 네 후임이 되는 게 분명히 제일 적절하지."

판화는 속으로 생각했다. 그야 두말할 나위가 있나? 나도 아주 잘 알고 있다고. 그녀가 리하오에게 말했다.

"알았어, 알았다고. 샤오훙 얘긴 그만하자. 쉐스는?"

"쉐스야 '한겨울 절벽 끝자락에 매달린 얼음덩이' 신세지. '아름다운 꽃가지' 같은 널 돋보이게 할 뿐이야. 신경 쓰지 않아도 돼."

"판치는?"

"판치가 그러잖아. 사람 마음은 다 살에서 나온다고. 그러니까 그 친구 마음도 분명 살에서 나온 걸 거야. 그 친구는 마음이 여려서 큰일 하기는 글렀어."

"그러면 칭마오 아저씨는?"

리하오가 '쯧쯧' 혀를 찼다. 정말 하찮다고 여기는 모습이었다.

"자기 입으로 다 얘기했잖아. 늙은 말이 길을 잘 아는 법이라고. 요즘엔 당나귀 고기가 소고기보다 비싸고 소고기는 말고기보다 비싸니까, 죽기를 기다려 당나귀 고기로 팔려야지. 어떤 사람은 죽었지만 여전히 살아 있지. 어떤 사람은 살아 있지만 이미 죽은 거나 마찬가지고. 칭마오야 이미 죽은 목숨이지. 물론 진짜 세상 떴다는 건 아니고. 칭마오가 진짜로 죽는 날엔 네가 추모식이라도 성대하게 치러줘야 해.”

덴췬은 방으로 들어가 잠시 누워 있었다. 한창 대화가 이어지던 중 방 안에 있던 덴췬이 갑자기 소리를 질렀다.

“이런 젠장! 잘나셨네!”

리하오는 덴췬이 자신을 칭찬하는 것이라 생각하고 겸손하게 한마디 했다.

“양치기 양반이 많이 취했네. 별소리를 다 하고.”

덴췬이 책 한 권을 들고 밖으로 뛰어나왔다. 겉표지가 쭈글쭈글해서 마치 제대로 빨지 않은 기저귀 같았다.

“너 정말로 페미니즘 연구라도 시작했어?”

“이 책 췬제 여자 친구 건데, 전에 새끼 양고기 구이 먹으러 왔다가 놓고 갔어. 그냥 심심할 때 보고 있지.”

리하오는 책을 건네받아 엉덩이 밑에 깔고 앉았다. 덴췬이 말했다.

“여자 친구? 췬제 이혼했어?”

“뭔 개소리야! 걔는 첩이잖아!”

“빌어먹을! 췬제 그놈 아주 배가 불렀네. 첩질까지 다 하고.”

판화는 덴췬의 말이 조금 어색하게 느껴져서 한마디 쏘아붙였다.

“부러워? 말하는 꼬락서니 좀 봐.”

판화가 다시 리하오에게 물었다.

"샹성은 왜 여태 안 와?"

"지금쯤 아마 또 회의 중일걸."

판화가 놀라서 무슨 회의냐고 물었다. 리하오는 다시 제왕처럼 말하는 사람으로 변했다.

"간단한 회동."

판화는 아무 소리도 하지 않았다. 그녀가 아무 소리도 하지 않은 것은 냉랭한 분위기를 만들기 위해서였다. 판화는 리하오를 완벽하게 파악했다. 그에게 부탁하면 할수록 리하오는 점점 더 우쭐댔다. 하지만 2분만 입을 꾹 다물고 있으면 그는 참지 못한다. 리하오는 정말 참지 못했다. 리하오가 먼저 헛기침을 하더니 입을 열었다.

"칭수가 자기한테 책임을 좀 더 달라고 부탁한 적 있지 않아?"

판화는 여전히 아무런 대꾸도 하지 않았다. 칭수 생각만 하면 파리를 씹고 있는 기분이었다. 그 사실을 알 리 없는 리하오가 말했다.

"칭수가 무슨 책을 보고 있는지 알아?"

판화가 바닥에 가래침을 퉤 뱉으며 말했다.

"그 인간이 제대로 된 책을 볼 수나 있어?"

"칭수가 보고 있는 책 전부 여기서 빌려간 거야."

판화가 이번에는 "책 읽기를 좋아한다면야 좋은 일이지" 하고 말했다.

"그런데 빌려가는 게 전부 린뱌오와 관련된 책이야. 징강산井岡山과 핑싱관平型關, 랴오선遼瀋 전투와 루산회의盧山會議, 긍정적 경험에서부터 반면적인 교훈까지, 혁명의 붉은 깃발이 얼마나 오랫동안

휘날렸는지부터 어떻게 하면 국가주석이 될 수 있는지까지 말이야. 칭수가 하루 종일 골몰해 있는 문제가 바로 이거라고. 녀석이 엉덩이를 쳐들면 뭔 똥을 싸지를지 난 바로 안다니까. 린뱌오는 국가주석이 되고 싶어 했고, 칭수는 마을위원회 주임이 되고 싶은 거야."

"당분간은 거기까지 순서 안 돌아갈 텐데. 방금 전 네 얘기대로라면 내가 하지 않으면 또 샤오훙이 있잖아. 샹성도 있고."

리하오는 닭머리를 깨물어 벌리더니 자신이 만든 이쑤시개로 그 안에 있는 골을 파냈다. 닭의 골은 원래 하얀색인데 푹 익히면 마치 양의 똥 덩어리처럼 거무스름하게 변한다. 리하오의 눈빛도 어두워졌다. 그가 말했다.

"샹성은 키를 잡고 칭수는 노를 젓는 거야. 하나는 지부서기, 다른 하나는 촌장!"

많이 마셨다. 리하오도 보아하니 많이 마신 듯하네. 술이 약하구나. 무슨 헛소리야. 슈수이현의 모든 마을에서 지부서기와 촌장은 모두 한 사람이 도맡아왔다. 몇 년 전 일부 마을에서 따로 맡은 적이 없지는 않았다. 하지만 지부서기와 촌장이 서로 내분을 일으키고 큰일을 만들거나 끝없이 싸움을 벌였다. 결국 나중에는 한 사람이 짊어지기로 바꾸었다. 상황이 아주 명백했다! 샹성은 지부서기와 촌장이 되지 못하면 문화교육보건위원이라도 맡으려 들 것이다. 이 문제는 그만 이야기해도 될 것 같았다. 샹성이 갑자기 들이닥칠까 봐 걱정이 되었기 때문에 판화는 얼른 화제를 쉐어 이야기로 돌렸다. 그녀는 리하오에게 언덕 위 펌프실에 사람이 숨을 수 있는지 물었다. 그러면서 요즘 선거에는 신경 쓰지 못하고 하루 종일 쉐어의 배만 뱅글뱅글 돌고 있다고 푸념했다. 리하오가 말했다.

"원래 태풍의 눈이 가장 고요한 법이야."

"네 말은……"

"등잔 밑이 어두운 거라고."

등잔 밑이 어둡다고? 판화는 순간 아무런 반응도 하지 못했다.

"네 눈에서 가장 가까운 곳이 어디지?"

"속눈썹."

"니미 좆털이다! 속눈썹은 눈의 일부니까 빼야지. 코! 코가 눈에서 제일 가깝잖아. 그런데 넌 네 코를 볼 수 있어? 코끼리가 아니고서야 불가능하지."

말을 하면서 리하오는 갑자기 자리에서 일어나 머리카락에 손을 문질러대고 다시 바지에 손을 문질러댔다. 그러고는 문을 활짝 열어젖혔다. 거센 빗줄기 소리와 함께 나뭇가지가 우지끈 부러지는 소리가 들려왔다. 양들도 마치 신생아실의 갓난아기들처럼 울어대기 시작했다. 칭린의 늑대도 울부짖고 있었다. 마치 과부가 무덤가에서 울고 있는 것처럼 흐느끼는 소리도 섞여 있었다. 리하오가 집게손가락을 입가에 대고 "쉿" 하는 소리를 냈다.

"샹성이 왔어."

누군가 대문을 세차게 열고 뛰어 들어왔다. 허, 참! 뭐가 그리 바쁜 거야? 판화는, 하는 짓을 보니 최고라도 됐다고 생각하나 보지, 아서라, 하고 생각했다. 발소리는 방문 바로 앞까지 이어지더니 갑자기 멈추었다. 이어서 리드미컬한 노크 소리가 들리기 시작했다. 판화는 잠자코 앉아 있고 리하오가 나가서 문을 열어주었다. 알고 보니 샹성이 아니라 상이였다. 상이는 판화가 그곳에 있으리라고는 전혀 예상치 못했기에 입을 헤벌쭉 벌린 채 아무 말도 하지 않았다. 진한 술 냄새가 진동했다. 판화는 그가 리하오와 술을 마시러 찾아왔다는 사실을 알아차렸다. 그녀의 짐작이 틀리지 않는다면 그를 보낸 사람은 샹성임이 분명했다. 그래도 판화가 먼저 입을 열었다. 그녀는 일부러 그 일은 언급하지 않았다.

"상이 선생이군. 학부모 방문 면담 중인가 봐? 잘못 오셨네. 여긴 리하오 집인걸."

상이가 마른침을 꼴깍 삼키고 반응을 보였다.

"잘못 온 것 아닙니다. 전 책을 빌리러 왔습니다."

상이의 말에 따르면 그가 책을 빌리는 이유는 판화가 맡긴 임무, 바로 출제를 더욱 완벽하게 수행하기 위해서였다. 쯧쯧쯧! 아주 공신 나셨네. 이 오밤중에 잠도 자지 않고 마을사업을 위해 동분서주하고 있으니 그야말로 공신이 아니면 뭐겠어? 판화는 상이의 손을 잡고는 직접 의자를 옮겨 그에게 자기 곁에 앉으라고 권했다.

"자료가 부족해서." 상이가 말했다. "자료 좀 빌리러 왔어요."

판화가 덴쿤에게 말했다.

"아직도 상이 선생한테 술 안 따라드린 거야?"

덴줜이 술을 따르고 말했다.

"제가 지식인을 제일 존경합니다."

상이는 이미 많이 취한 상태여서 술을 보고는 처음에는 꽁무니를 뺐다. 하지만 두 번째 반응은 매우 빨랐다. 두 손으로 받으면서 말했다.

"한잔하라면 해야지요. 다만 위염이 도져서 많이는 못 마셔요."

말을 하면서 상이는 술잔을 내려놓고는 몸을 뒤적였다. 벌써 출제를 몇 개 해두었는데 미리 검사를 해보는 것이 어떻겠냐고 말했다. 상이는 양복 주머니에서 종이 두 장을 꺼내 두 손으로 판화에게 바쳤다. 판화는 받기는 했지만 보지는 않았다. 판화는 상이를 먼저 자리에 앉히고 화장실에 다녀와야겠다고 말했다.

"우산 좀 잠깐 빌릴게." 그녀가 상이에게 말했다.

우산을 가져가면 상이가 도망칠까 봐 걱정하지 않아도 됐다.

화장실에 앉자마자 그녀는 샤오훙의 휴대전화로 전화를 걸었다. 샤오훙에게 샹성 집에 가서 거나하게 술판을 벌이고 있지 않은지 살펴보라고 할 생각이었다. 사실 샤오훙이 샹성의 집에 들어갈 필요도 없다. 그저 집 밖에서 잠깐 들어보기만 해도 충분하다. 빗방울이 우산 위로 후두둑 소리를 내며 떨어졌다. 판화의 가슴도 후두둑거리기 시작했다. 이게 대체 무슨 일이람? 왜 도둑질이라도 하는 것 같은 기분이지? 샤오훙은 잠이 든 건가? 아니면 휴대전화를 진동으로 해놓아서 듣지 못하나? 어쨌든 샤오훙은 전화를 받지 않았다. 젊은 사람들은 정말 잠도 많아. 그녀의 얼굴이 살짝 달아올랐다. 받지 않은 것도 괜찮지. 받아도 입을 떼기 쉽지 않은데. 방으로 되돌아온 판화는 상이가 건네준 종이를 집어 들고 말했다.

"그럼 우선 제가 먼저 공부 좀 해볼까요?"

"적절치 않은 부분은 지도자께서 바로잡아주세요."

상이가 술잔을 들어 한 모금 홀짝거리고는 다시 내려놓았다. 리하오는 당연히 상이가 무슨 일로 그곳에 왔는지 알고 있었다. 또 얼른 되돌아가지 못해 얼마나 조급해하고 있는지도 잘 알았다. 하지만 리하오 역시 판화처럼 아무것도 모르는 척하고 싶었다.

리하오가 말했다.

"판화, 내 자료들 전부 돈 주고 사 온 거야. 상이라면 빌려가도 괜찮지. 좋은 철은 칼날 만드는 데 써야 하니까. 하지만 다른 사람은 절대 안 돼."

판화가 말했다.

"시장경제가 되었는데, 돈 받아도 돼!"

리하오가 말했다.

"한 고향 사람이잖아. 내 얼굴 때리기지 뭐. 됐어, 됐어. 마을 문화생활 활성화를 위해 내 의무를 다한 셈 치지 뭐."

상이의 손에는 여전히 반쯤 찬 술잔이 들려 있었다. 뎬췬과 술잔을 부딪치면서 상이가 말했다.

"벗이 멀리서 찾아주니 또한 즐겁지 아니한가! 건배!"

술을 마시고는 상이가 입을 벌려 혓바닥을 내둘렀다. 독한 술에 입안이 얼얼해진 듯했다.

"하도 오랜만에 술을 마셨더니 사레가 다 들리네요."

눈 가리고 아웅 하고 있네, 하고 판화는 생각했다. 이어서 상이가 정색을 하고 리하오에게 물었다.

"무성생식을 소개한 책은 없어요?"

리하오는 그 말을 제대로 이해하지 못했다.

"무성생식? 무슨 뜻이야?"

"그러니까 어미 닭 같은 거요. 수탉이 없어도 여전히 알을 낳잖아요."

"그것도 출제할 문제인가?"

상이가 손을 비비며 말했다.

"남녀 쌍방이 모두 묶어버렸는데 아이가 죽어서 다시 또 하나 낳으려고 한다면 어떻게 해야 할지 생각하고 있어요."

"하나만 묶으면 될 걸 뭣 하러 둘씩이나 묶어?"

"샹닝祥寧이 좋은 예죠. 샹닝이 묶었는데 그 마누라도 묶었잖아요."

상이가 언급한 샹닝은 마을 서쪽에서 도축장을 운영하는 사람이었다. 아내가 건강이 좋지 않아 수술을 받기 꺼려서 어쩔 수 없이 샹닝이 정관수술을 받았다. 그런데 얼마 지나지 않아 샹닝의 아내가 세상을 뜨고 말았다. 더구나 정말 지랄 맞게도, 겨우 반년이 지나 샹닝의 두 아들이 왕자이에서 장을 보고 돌아오던 길에 석탄을 실어 나르던 트럭에 깔려 죽고 말았다. 샹닝은 어떤 과부를 아내로 맞아들였다. 그런데 뒤늦게 그녀 역시 이미 묶어버렸다는 사실을 알게 되었다. 마을 사람들은 샹닝이 살생을 너무 많이 하는 바람에 염라대왕이 그 가족들의 목숨으로 대가를 치르게 했다고 수군댔다. 판화가 상이에게 말했다.

"만에 하나일 뿐이야. 자네 공산당원이지? 공산당원이라면 대다수 인민의 이익을 먼저 고려해야지. 샹닝 문제는 나중에 다시 얘기하세."

상이가 말했다.

"저도 그렇게 생각합니다. 그런데 샤오훙이 귀띔을 해주더군요. 샹닝한테 희망을 줘야 한다고요. 하늘이 무너져도 솟아날 구멍이 있다는 걸 알려주어야 한다고 했어요. 그래서 제가 이 문제를 생각해낸 겁니다."

샤오훙은 정말로 세심해. 샹닝 문제까지 모두 고려하고 있다니 말이야. 판화는 문제를 훑어보면서, 내일 나도 샹닝을 한번 만나보러 가야겠어, 하고 생각했다. 무성생식 같은 이야기는 단지 탁상공론에 불과했다. 샹닝에게 양자를 들이게 하는 방법이 가장 좋았다. 판화는 어떤 말을 할지도 생각해두었다. 샹닝을 만나면 이렇게 말할 것이다.

"난 더우더우 하나밖에 없어. 둘이었으면 하나는 자네한테 양자로 보내줬을 텐데. 애들이란 강아지랑 똑같거든. 키워주는 사람을 따르게 되어 있어."

판화는 상이가 낸 문제를 살펴보고는 웃음을 터뜨렸다. 첫 번째 문제는 선택형이었다.

'왜 농촌의 가임기 부부는 둘째 아이를 낳을 수 있지만 도시에서는 안 되는가?' 그 밑에는 선택 답안이 네 개 있었다.

A. 농민이 밥을 먹는 것은 씨를 뿌리기 위해서지만, 도시에서는 완제품을 먹기 때문이다.

B. 농사에는 강한 체력이 필요하니 하나를 더 낳더라도 건강을 해치지 않기 때문이다.

C. 정부와 농민이 서로 마음이 맞기 때문이다. 하나를 낳으면 하나를 증정하는 것이 현실적이다.

D. 시골에서는 양육비가 적게 들지만 도시에서는 그 두 배가 들기 때문이다.

심지어 '원 플러스 원'까지 나오다니, 재고물품 처리하나? 하지만 아주 매끄럽고 기억하기 좋았다. 그런데 어느 것이 정확한 답이지? 판화조차도 헷갈렸다.

"상이 선생은 정말 말을 하면 그대로 글이 되는군. 그런데 내가 보기엔 전부 다 정답 같은걸."

"제일 완벽한 걸 찾아내야죠. 분명 제일 정확한 게 하나 있을 겁니다."

판화가 웃으며 말했다.

"좋기는 좋은데. 다만 좀 고쳐야 할 부분이 있는 것 같아. 도시 사람이 아이를 낳으면 건강을 해치나? 정부랑 도시 주민은 마음이 안 맞나?"

"요는 농민들 대신 불평을 좀 해주려는 겁니다. 농민들은 둘을 낳을 수는 있지만 진짜 둘을 낳을 능력이 되나요? 안 되잖아요!"

"대신 불평을 해주는 게 아니라 대신 자부심을 세워주려는 심산이군."

"그렇죠. 자부심. 신세기 농민의 자부심!"

두 번째 문제는 선거와 관련이 있었다. 바로 〈중화인민공화국 마을위원회 조직법〉과 관련된 내용이었다. 판화는 향촌간부 양성 과정에서 〈조직법〉을 공부한 적이 있는데 촌 단위 선거는 바로 이 법을 기준으로 치러지고 있었다. 이번에는 빈칸을 채워 넣는 문제였다.

'〈중화인민공화국 마을위원회 조직법〉은 어느 해에 반포되었는가?'

판화도 정확하게 기억이 나지 않았다. 상이가 말했다.

"이 문제는 문제 안에 답이 있어요. 이게 사실은 '삼구반三句半(중국 전통 설창說唱 예술의 표현 형식. 세 사람이 앞의 긴 구절 세 개를 읊으면 마지막 한 사람이 뒤의 짧은 구절 하나를 읊는다—옮긴이)' 같은 거거든요."

판화가 물었다.

"뭐? 삼구반? 무슨 삼구반?"

상이가 한껏 폼을 잡으며 한 가락 읊기 시작했다.

중화인민공화국

마을위원회 조직법은

도대체 어느 해에 반포됐을까

일구구팔('도대체'라는 중국어의 '究竟'에서 究가 九와 발음이 같고, 반포頒布의 頒 발음이 八과 비슷한 것을 이용한 것—옮긴이)

상이가 말했다. "봐요. 쭉 읽어보면 답이 그냥 나오잖아요."

리하오가 말했다.

"젠장, 지난번에는 '씨팔씨팔'이더니 이번에는 또 '일구구팔'이라네. 넌 '팔' 자하고 잘 노는구나. 하긴 그것도 나쁘진 않네. '팔八'은 '발發'이 잖아(중국 사람들은 8을 길한 숫자로 본다. 발음이 비슷한 글자 '發'이 들어간 '發財'란 단어가 '부자가 되다'라는 의미이기 때문이다─옮긴이). 길한 거지."

판화가 말했다.

"만만치 않네. 상이 선생, 만만치 않아."

상이가 갑자기 겸손을 떨며 말했다.

"무슨 말씀을요. 여러분은 만리장성을 쌓고, 저는 그저 되는대로 벽돌이나 나르는데요."

말을 마친 상이는 손목에 찬 시계를 들여다보더니 그만 가봐야겠다고 했다. 더 늦으면 페이전이 걱정을 한다는 것이다.

판화가 말했다.

"조금만 더 있다 가면 내가 데려다줄게."

상이가 깜짝 놀라 손사래를 치며 말했다.

"아닙니다. 그런 번거로움을 끼칠 순 없지요."

"그러면 덴췬한테 모셔다드리라고 하지."

"장 선생님요? 그건 더 안 되지요. 교장 선생님 말씀이 장 선생님 이야말로 시장경제의 투사라던데 제가 어떻게 감히 그런 분께 폐를 끼칠 수 있겠어요."

조금 전까지만 해도 판화는 덴췬이 심하게 취하지 않았을까 하고 걱정했다. 그런데 지금은 오히려 상이에게 술 몇 잔 더 권하라며 눈치를 주고 있었다. 덴쿤이 술잔을 받쳐 들고 말했다.

"상이 선생, 낙타를 기르는 일을 어떻게 보나?"

또 시작이다. 덴쿤이 뭐가 잘못됐나. 낙타와 일을 벌였나.

상이가 말했다.

"저야 그저 훈장질밖에 모르는 까막눈이어서, 어떻게 말해야 좋을지 모르겠습니다. 제가 아는 건 지금은 시장경제이고, 그래서 돌다리도 두들겨 보고 건너야 한다는 거지요. 신발은 젖지도 않았는데 사람만 물에 빠져 죽기도 하는 법이니까요."

털썩 주저앉은 덴쿤이 술잔을 비우고 말했다.

"낙타 아니었으면 나도 죽었어. 낙타가 사막 한복판에서 나를 둘러업고 나와주었거든."

판화는 깜짝 놀랐다. 저 인간 머리에 정말 문제가 생겼구나. 다른 사람은 물 이야기를 하고 있는데 혼자서 사막 이야기를 하고, 신발 이야기를 하고 있는 사람한테 웬 뜬금없는 낙타 타령이야! 덴쿤이 무슨 충격을 받았나? 판화는 순간 당황했다. 판화의 눈에 덴쿤이 입맛을 다시며 손으로 머리를 긁적이는 모습이 들어왔다. 불현듯 덴쿤의 머리에 난 흉터가 떠올랐다. 그 흉터가 생긴 데에는 분명 이유가 있을 거야. 혹시 덴쿤이 나한테 무언가 속이고 있는 걸까?

덴쿤은 머리를 긁적이면서 비틀비틀 일어나 문을 열고 밖으로 나가버렸다. 덴쿤은 소변을 본다는 말 대신 '물 빼러' 간다고 했다. 혓바닥이 꼬부라져서 마치 '무 베러'라고 말하는 것처럼 들렸다. 덴쿤이 문을 열자 들이닥친 거센 바람에 탁자 위에 널브러진 자잘한 뼈다귀 조각과 리하오가 만든 이쑤시개가 어지럽게 날아다녔다. 잠시 뒤 덴쿤은 다시 비틀거리며 방으로 되돌아왔다. 들어오자마자 젓가락을 잡고는 안주를 먹으려 했다. 탁자 위에는 이미 음식이 남아 있지 않았다. 덴쿤은 아무것도 집지 않은 젓가락을 연신 자기 입에 쑤셔 넣었다. 그러고는 다시 술병을 집어 들었다. 판화는 속으로 생각했다. 됐어, 더 이상 마시면 안 되겠어. 상이는 아직 멀쩡한데 덴쿤이 취해버리겠어. 덴쿤이 술주정을 하려고 들 텐데, 마을 사람들한테 재미있는 구경거리를 선사하겠구먼. 빨리 집으로 데리고 돌아가 도대체 무슨 일이 있었는지 물어보는 편이 좋겠어. 판화는 덴쿤의 손에 들린 술병을 빼앗으며 말했다.

"상이 선생, 페이전을 더 기다리게 할 수 없겠군. 오늘은 여기까지 하고 다음에 다시 모이세. 내가 모시지. 좋은 술하고 맛있는 안주에 근사한 담배까지. 먼저 가게!"

예상 밖이었다. 상이의 입에서 불쑥 영어 한마디가 튀어나왔다.

"Lady first. 숙녀 먼저, 먼저 가시죠."

3부

그날 밤 집으로 돌아온 덴쿤은 마치 죽은 돼지처럼 세상모르고 곯아떨어졌다. 한밤중에 구토를 한차례 하고는 또다시 죽은 돼지처럼 깊은 잠에 빠져버렸다. 이튿날 동이 틀 즈음에야 판화는 겨우 잠에 들 수 있었다. 하지만 막 잠이 들었을 때 장딴지를 걷어차이고 말았다. 큰대자로 뻗은 덴쿤의 한쪽 다리가 마치 감전이라도 된 듯 쉴 새 없이 꿈틀거렸다. 경련이라도 일어난 것 같았다. 잠꼬대까지 해댔다. '경선'과 '도로 정비'를 언급하는 잠꼬대 소리를 들으면서 판화는 덴쿤이 꿈속에서 연설문을 준비하고 있다고 생각했다. 작은 감동이 밀려오려던 순간 덴쿤의 입에서 예상치 못한 단어 하나가 튀어나왔다.

"낙타!"

낙타랑 경선이 도대체 무슨 상관이야? 판화는 도저히 이해할 수가 없었다. 그런데 그때 덴쿤이 갑자기 울음을 터뜨렸다. 목구멍에 가래가 끓듯 그르렁그르렁 억눌린 울음소리가 울려 퍼졌다. 판화는 더 이상 참지 못하고 덴쿤을 잡고 흔들어 깨웠다. 덴쿤은 눈도 뜨지 못한 채 온몸을 바들바들 떨기 시작했다. 어깨를 움츠리고는 쉴 새 없이 애원을 해댔다. '동지들'에게 자기를 봐달라고 간청하더니, 곧이어 배는 물길로 다니고 낙타는 땅으로 다닌다고 헛소리를 했다. 판화는 덴쿤의 뺨을 힘껏 후려쳤다.

"이 망할, 눈 좀 떠봐. 난 당신 마누라라고."

덴쿤은 그제야 긴장을 풀고 어깨의 힘을 뺐다. 그리고 눈도 떴다. 판화가 매서운 표정으로 도대체 낙타가 어찌 된 것인지 똑똑히 말하지 않으면 가만두지 않겠다고 다그쳤다. 덴쿤은 처음에는 고집을 부리며, 낙타가 그냥 낙타지 뭐야, 단봉낙타도 있고 쌍봉낙타도 있고, 하고 에둘렀다. 판화는 험한 얼굴을 하고는 일부러 그를 놀리는 말을 했다.

"설마 웬 계집을 낙타라고 부르는 건 아니겠지?"

화들짝 놀란 덴쿤이 자리를 박차고 일어나며 말했다.

"난 당신한테 미안할 일은 절대로 한 적 없어. 낙타는 그냥 낙타라니까!"

채찍을 주었으니 당근을 주어야 할 차례다. 조금 전에 귀싸대기를 후려친 판화가 언제 그랬냐는 듯 지금은 그를 부드럽게 대했다. 덴쿤 곁에 찰싹 달라붙어 마치 어린아이를 달래듯 얼굴을 쓰다듬으며 키스를 해댔다. 그리고 솔직하게 말해보라고 했다. 결국 더 이상 피할 수 없었던 덴쥔은 모든 사실을 털어놓았다.

덴쥔은 임금을 받지 못한 지 벌써 넉 달째라고 고백했다.

"노동자들이 공구를 들고 공장장을 두들겨 팼어."

판화가 계속 그의 얼굴을 어루만지며 물었다.

"당신도 공구를 들었어?"

"내가 그랬으면 어떻게 멀쩡히 돌아와서 당신을 만날 수 있었겠어? 폭행 가담자들 전부 체포됐다고."

판화는 그제야 조금 마음이 놓여 다시 자리에 누웠다.

"덴쥔, 잘 들어. 보통 윗선하고 맞서면 좋은 결과가 없어. 타당한 이유가 있든 없든 나중에는 끝장이 나고, 당신이 덤터기를 쓰게 돼."

비록 말은 그렇게 했지만 판화 역시 머리끝까지 화가 나기는 마찬가지였다.

"이런 망할 놈의 공장장, 도대체 노동자들한테 왜 임금을 안 줘? 돈도 그렇게 많이 벌었으면서. 죽을 때 관 속에 싸 들고 가려나? 이런 놈은 찾아 죽여야 해. 맞아 죽어도 싸!"

덴쥔이 말했다.

"그 사람이 돈을 전부 기부해버렸어."

"어디에다 기부를 해? 설마 아프리카에 기부하지는 않았겠지."

"시내 도로정비 사업에 기부하고, 농촌의 어려운 학생을 돕는 희망프로젝트에도 기부하고, 자이언트 판다가 먹을 대나무가 부족하다니까 거기에도 기부했어. 일본에서 비행기로 대나무를 실어온대.

심지어는 자기 첩까지 기부하더라고. 아이를 아까워하면 늑대를 잡을 수 없고, 마누라를 아까워하면 건달을 잡을 수 없는 법이라나. 그래서 자기 첩을 청장한테 기부해버렸어."

판화는 이 말을 듣고 두꺼비 배처럼 속에서 열불이 팽팽하게 치솟아 올랐다.

"그 개새끼는 자면서도 정치협상회의 위원이 되는 꿈을 꿨어. 정성껏 공만 들이면 쇠방망이로도 바늘을 만들 수 있다고 하잖아. 이런 씨발! 개좆같은! 빌어먹을 그 새끼가 정말 위원이 돼버렸어!"

"개새끼! 정말 대단하네. 백성 것을 가져다가 권력을 얻는 데 사용했구나!"

"그런데 그날 그놈이 또 텔레비전에 출연했지 뭐야. 꽃다발을 한아름 안고 손에는 증서를 들고 있었어. 얼굴은 원숭이 엉덩이처럼 뻘게져가지고. 그걸 본 공장 사람들이 화가 치밀어 오른 거지. 날이 저물 무렵에 그 개새끼가 자기 BMW를 몰고서 떵떵거리며 돌아왔어. 차 앞에다 화환처럼 꽃을 장식해놓았더라고. 차가 막 공장 입구에 들어서려는데 사람들이 차를 막아섰어. 그 새끼가 노동자들한테 회계직원을 불러오라고 했어. 그러자 누군가 회계직원은 죽었다고 고함을 쳤어. 그랬더니 그놈이, 언제 죽었어, 하고 묻더라고. 노동자들이 그 사람 가족까지 몽땅 죽어버렸다고, 배가 불러서 배때기가 터져서 죽어버렸다고 그랬지. 공장 직원 하나가 술에 잔뜩 취해 있었는데 술김에 간이 커져서 고함을 질렀어. 너도 배때기 터지게 실컷 처먹었으니 배 터져 뒈질 거다. 그 개자식이 막 화를 내더니 차로 그 사람을 밀어버리는 거야. 덩달아 몇 사람이 그대로 차에 치였지 뭐야. 한 사람이 차에 치여 붕 날아올랐다가 떨어지면서 자동차 유리가 박살 났어. 뒤쪽에 있던 사람들은 똑똑히 보지 못해서, 앞쪽에 있던 동료들이 이미 손을 봐주기 시작한 거라고 생각했나 봐. 그길로 그놈을 붙잡아서는 개 패듯 두들겨 팼지. BMW도 완전히 박살 내고 말이야."

"잘 박살 냈네. 조져야지. 개새끼를 박살 내 죽여버렸으면 좋았을 텐데. 그래도 당신은 안 그랬지?"

"당연히 조졌지. 벽돌로 그냥 확 박살을 냈지!"

판화가 덴쿤의 귀를 잡아 비틀며 말했다.

"참 잘하는 짓이다! 잡힐 게 걱정도 안 됐나 봐. 그러다 당신이 변이라도 당하면 나랑 더우더우는 어쩌라고? 세상에 겁도 없이. 염료 두 냥만 있으면 염색공장이라도 열겠어."

덴쿤이 판화의 가슴을 조몰락거리자 그녀의 젖꼭지가 허공을 향해 솟아오른 고추처럼 단단해졌다. 평소라면 판화는 분명 덴쿤의 몸 위로 올라탔을 것이다. 자신이 올라타든지 아니면 덴쿤에게 올라오라고 했겠지. 하지만 지금 판화는 덴쿤의 손을 한쪽으로 밀어버리며 말했다.

"똑바로 말해. 당신 머리에 난 상처, 싸우다가 맞아서 생긴 거 맞지?"

"뭔 헛소리야. 벽돌 하나 내리치고는 바로 도망쳤다니까. 이 어르신을 체포하겠다고? 어림없지!"

판화가 덴쿤의 한 손을 자기 몸 밑으로 깔아 넣고 다른 한 손을 잡고서 말했다.

"다음은 낙타 얘기를 좀 해야겠지? 입만 열었다 하면 그놈의 낙타 타령인데 도대체 어떻게 된 거야?"

"기술직에 종사하는 친구가 하나 있는데 닝샤寧夏 출신이야. 그 친구도 같이 벽돌로 때려 부쉈거든. 그런데 그 친구가 담이 좀 작아. 참깨보다도 더 작아. 생각할수록 겁이 났는지 밤새 자기 고향 집까지 도망을 간 거야. 원래 난 그 친구한테 나랑 같이 슈수이에 와서 잠깐 숨어 있자고 하려 했어. 그런데 그 친구가 아무래도 자기 고향 집으로 돌아가는 게 좋겠다지 뭐야. 그러면서 하는 말이 예전에 낙타를 기른 적이 있는데 그냥 낙타나 키우며 살면 좋겠다는 거야. 그런 친구도 낙타를 키울 수 있는데 내가 왜 못 키우겠어? 그래서 그 친구 따라서 닝샤에 갔다가 낙타 구경을 좀 했거든. 그런데 낙타가 정말 버릴 게 하나도 없더라고. 다만 흠이 하나 있다면 노린내야. 노린내가 아주 끝내주지."

"낙타고 뭐고 간에 당신이랑 그런 쓸데없는 얘기 더 이상 하고 싶지 않아. 그런데 한마디만 기억해. 오늘부터 신발공장에서 있었던 일 절대로 다시 입 밖에 꺼내지 마. 내가 그놈 가만 안 둘 테니."

"누굴 뭘 어쩌겠다는 거야? 내가 벽돌로 찍어버리기까지 했다니까."

"벽돌 두 개로는 성에 안 차지."

"지금껏 말을 못했는데, 사실 벽돌 세 개를 던졌어."

"당신이랑 말장난할 여유 없어. 내가 미리 쓴소리를 좀 하겠는데,

신발공장에서 있었던 일 다시 한 번만 입 밖에 내면 당신하고 아주 끝이야."

무엇인가 더 하고 싶은 말이 목까지 차올랐지만 이번에는 판화도 그냥 꾹 눌러 담았다. 판화가 뎬쿼을 데리고 이리저리 돌아다니는 데에는 다 이유가 있었다. 뎬쿼이 돈을 많이 벌었다는, 다 쓸 수 없을 정도로 많이 벌었다는 사실을 마을 사람들에게 알려주고 싶었다. 그녀는 자기가 틀림없이 청렴한 관리이며, 마을 돈은 한 푼도 건드리지 않을 만한 여유가 있다고 알리고 싶었다. 뎬쿼이 실은 땡전 한 푼 없는 빈털터리라는 사실이 알려지는 날에는 그녀도 끝장이었다. 그녀가 포청천보다 청렴하다 할지라도 다른 사람들은 그녀가 탐관오리일지 모른다고 의심할 터였다.

어느새 날이 밝았다. 평소 이 시간이면 판화는 이미 잠자리에서 일어나 있었다. 하지만 이날은 전날 밤새도록 잠을 자지 못했기 때문에 침대에 조금 더 누워 있었다. 더우더우가 달려와 판화의 코를 꽉 꼬집었다. 그러고는 코를 잡아당겨 잠에서 깨웠다. 더우더우는 엄마에게 짧게 땋은 머리를 보여주려고 했다. 짧게 땋은 머리가 하늘을 향해 삐쭉 솟아올라 있었고 그 위에는 나비 모양의 붉은색 리본이 달려 있었다.

"누가 준 거야? 할머니가 줬어?"

더우더우가 고개를 저었다.

"아빠가 줬어?"

더우더우가 다시 고개를 저었다. 더우더우가 창밖을 가리키고는 밖으로 뛰어나갔다. 예전에 마을 사람들은 종종 더우더우에게 간식이나 장난감을 선물해주곤 했다. 그럴 때마다 판화는 더우더우에게 다른 사람들이 또 선물을 주면, "감사합니다. 괜찮아요. 집에 있어요" 하고 말하라고 가르쳤다. 커튼을 젖히자 창밖으로 샤오훙의 모습이 보였다. 아! 샤오훙이 준 것이구나. 그렇지 않다면 판화는 틀림없이 더우더우의 엉덩이를 때려주었을 것이다. 샤오훙은 마침 두 노인과 대화를 나누고 있었다. 두 노인네는 샤오훙의 말에 배꼽을 잡으며 박장대소했고, 더우더우는 샤오훙의 옷자락을 손에 꼭 쥔 채 폴짝폴짝 뛰었다. 옷을 걸치고 밖으로 나온 판화가 물었다.

"뭐가 그렇게 재미있으세요?"

아버지가 말했다.

"샤오훙한테 들어봐. 아주 웃겨 죽겠다."

샤오훙이 웃었다.

"그러게 말이에요.《서유기西遊記》보다 더 웃기지 뭐예요."

판화가 다시 물었다.

"도대체 뭔데 그래?"

샤오훙이 말했다.

"얼마오가 돌아왔어요. 여자 친구까지 하나 데리고요."

판화는 순간 기분이 좋아졌다.

"얼마오가? 여자 친구를?"

샤오훙이 그렇다고 대답했다. 샤오훙도 처음에는 뭔가 이상하게 여겼다. 누군가는 얼마오가 베이징의 나이트클럽에 있다고 하고,

또 누군가는 마카오의 카지노에 있다고 하고, 그리고 또 누군가는 베이징에도 있고 마카오에도 있다고 했기 때문이다. 얼마오는 자주 베이징에서 마카오로 다시 마카오에서 베이징으로 하늘 위를 훨훨 날아다니고 있었다. 언제부터인지 모르지만 샤오훙은 유머도 구사할 줄 알았다.

"이런 걸 두고 아침에는 화궈산花果山에 살고 저녁에는 수이롄둥水廉洞에 사는 거라고 하지요."

"설도 안 쇠고 명절도 그냥 넘기더니 이번에는 무슨 바람이 불어서 온 거래?"

"저도 그게 궁금해 죽겠다고요!"

"그리고 여자 친구까지? 그 여자 봤어? 혹시 그 여자도 하반신 장애야?"

"정말 웃긴 건 그 여자가 키는 저랑 비슷한데 글쎄 머리를 무슨 원숭이 털처럼 염색했다는 거예요. 둘이 같이 나란히 걸으면 어미 원숭이가 어린 수컷 원숭이 한 마리를 데리고 다니는 것처럼 보인다니까요."

그 말을 하면서 샤오훙이 다시 웃기 시작했다.

"결혼하려고 온 건가? 너 얼른 가서 반푼이도 결혼할 수 있는지 좀 알아봐."

"공연하러 왔대요. 사람들이 그러는데 그가 슈수이에 있대요. 꽤 많은 사람이 봤다는데요."

샤오훙이 얼마오의 소식을 전하기 위해 찾아온 것은 물론 아니었다. 샤오훙은 먼저 샹성 이야기를 꺼냈다. 조금 전에 오면서 샹성과 마주쳤는데 그가 약간의 윤곽을 잡았다고 말했다는 것이다. 그 외국인은 사실 중국인이며, 해방 전에 꼬리를 감추고 미국으로 내뺐다가, 나이가 지긋이 든 뒤에 꼬리를 바짝 세우고 돌아왔다고 했다. 어떤 의미에서는 금의환향이라고도 볼 수 있었다. 판화가 빗으로 머리를 빗어 내리며 말했다.

"좋아, 샹성한테 좀 더 알아보라고 해."

"저한테 전화하셨었죠?"

판화는 전닐 리하오 집 화장실에 쭈그려 앉아 샤오훙에게 전화를 걸었던 사실을 떠올렸다. 다행히 그날 샤오훙은 전화를 받지 않았다. 그렇지 않았다면 판화는 어떻게 이야기를 꺼내야 좋을지 몰랐을 것이다.

"아!" 하고 판화가 입을 열었다.

"칭수한테 전화를 했는데 전화기가 계속 꺼져 있지 뭐야. 그래서 너한테 할 수밖에 없었어. 칭수가 하는 일은 진전이 좀 있대?"

"아직도 사방으로 쉐어를 찾으러 다니고 있어요. 쉐어도 정말. 아이까지 내팽개치고 나가서 이렇게 오래 있다니, 진짜 모질어요. 계모라도 그렇게 모질진 못할 거예요."

판화는 쉐어라는 이름을 더 이상 듣고 싶지 않았다. 그 이름만 들으면 머리가 아팠다.

"금수만도 못해. 짐승도 제 새끼는 챙기는 법인데."

누군가 불쑥 끼어들며 한마디 거들었다.

"혹시 쉐어 심장은 살이 자라서 만들어진 게 아닐까?"

판화는 판치가 왔다고 생각했다. 하지만 뒤를 돌아보니 그곳에는 쉐스가 서 있었다.

쉐스 역시 소식을 전하러 왔다. 그는 누군가 쉐어를 목격한 사람이 있다고 했다. 머리를 빗고 있던 판화의 손이 떨리는 바람에 머리카락이 빗살 사이에 엉켜버렸다. 판화는 아파할 겨를도 없이 재빨리 되물었다.

"누가 봤대?"

쉐스는 여전히 같은 말만 했다.

"어떤 사람이 봤대요"

쉐스는 누구인지는 말하지 않았다. 이 사람은 항상 이랬다. 단 한 순간도 누군가에게 책잡힐 일 따위는 결코 하는 법이 없었다.

"여기 다른 사람 없어. 사실대로 말해봐!"

한참을 우물쭈물하던 쉐스가 겨우 입을 열었다.

"어제저녁에 톄쒀가 외출을 했대요. 다들 잘 몰랐을 거예요. 톄쒀가 요 이틀 동안 밥도 잘 먹고 잠도 잘 잤는데 글쎄 얼굴에 부스럼이 생겼다지 뭐예요."

순간 쉐스의 눈빛이 아주 묘해졌다. 판화는 그다음 이야기가 궁금했지만 그는 이야기를 하지 않고 웃기 시작했다. 웃음 역시 마찬가지로 묘했다.

판화가 말했다.

"그게 다 영양과다 때문이야!"

쉐스가 말했다.

"아무튼 부스럼이 났대요."

여전히 제대로 이야기하지 않았다. 판화가 말했다.

"알아들었다고. 부스럼이 났는데, 그래서?"

쉐스가 샤오훙 쪽을 힐끗 쳐다보더니 몸을 돌리며 나지막하게 말했다.

"나중에 그 부스럼이 가라앉았대요."

판화는 그제야 눈치를 챘다. 아! 그러니까 쉐스는 톄쒀가 섹스를 했다는 이야기를 하는 거로군. 샤오훙도 알아들었는지 발그스름해진 얼굴을 다른 쪽으로 돌려버렸다. 하지만 쉐스는 재빨리 한마디를 덧붙였다.

"전 아무 말도 안 한 겁니다. 얼굴에 난 부스럼이야 누구라도 볼 수 있을 테죠."

"어제 톄쒀가 어디 갔는지 알아?"

"내가 톄쒀한테 어디 가서 기분 풀었냐고 물었더니, 슈수이 쪽으로 좀 돌았다고 하더라고요. 뭐 진짠지 아닌지는 저도 잘 모르겠고."

판화가 잔뜩 화난 표정으로 물었다.

"칭수는 알고 있어?"

쉐스가 콧방귀를 뀌었다.

"흥! 칭수?"

그러면서 쉐스는 혀끝으로 이빨을 할짝거렸다. 칭수가 마치 요리 속에 섞여 들어간 모래알이어서 으적거리기라도 하는 것 같았다.

판화는 그의 그런 '으적거림'을 좋아한다. 정말 좋아한다.

쉐스가 다시 말했다.

"내가 누구 배 속에 들어앉은 기생충도 아니고. 그 인간이 아는지 모르는지 알 게 뭐요?"

그 말투가 아주 복잡 미묘했다. 보아하니 쉐스가 기생충을 언급하면서 사실은 그의 입장을 말하고 있는 것 같았다. 하지만 자세히 듣지 않으면 결코 그 심오한 의미를 깨달을 수 없었다. 그러니까 그건 칭수에 대한 일종의 질책이었다. 그가 단체정신이 없고 업무에 책임을 지지 않는다는 비판이었다. 그리고 다른 속뜻이 하나 더 있었다. 쉐스는 칭수와 한 패거리로 몰리기 싫다는 뜻을 판화에게 전하고 싶었다. 정책이 방향을 결정하고 엉덩이가 입장을 결정하는 법이다. 쉐스의 말은 결국 자신이 판화 곁에 엉덩이를 붙이고 앉아서 모든 것을 그녀와 함께 근심하겠다는 뜻이었다. 판화는 샤오훙을 바라보다가 다시 쉐스를 바라보았다. 그녀는 만족스러운 웃음을 짓고는 말했다.

"좋아! 그 얘기는 그만하지. 꼭두새벽부터 그 인간 얘기는 해서 뭐 해? 으적거리기나 하지!"

샤오훙의 말은 사실이 아니었다. 얼마오는 한참 전에 이미 돌아와 있었다. 귀도 눈도 모두 두 쪽씩이지만 언제나 듣지 못하는 것이 있고 보지 못하는 것이 있는 법이다. 판화는 샹닝의 아내 말을 들어

보는 편이 더 낫겠다고 생각했다. 정오가 가까워질 무렵 판화는 고기를 사기 위해 샹닝의 집을 찾아갔다. 고기를 산다는 것은 그저 핑계에 불과했고, 사실은 샹닝에게 약간의 관심을 보여주려는 의도였다. 샹닝은 결코 얕볼 수 있는 상대가 아니야. 꽤 많은 사람이 그의 비위를 맞추고 있잖아. 그의 칼자루를 이쪽으로 살짝 움직이면 살코기는 많아지고 비계는 적어진다. 저쪽으로 살짝 기울이면 살코기는 적고 비계는 많아진다. 샹닝네 정육점이야말로 소문의 집합소이자 교류의 장이었다. 사람들은 고기와 사골이 나오기를 기다리면서 집안일과 세상의 대소사에 관한 의견을 나누곤 했다. 그래서 언제나 샹닝이 들어 알고 있는 소식이 제일 많았다. 판룽이 말했던 웹사이트와 비슷했다. 어쩐지 샹성이 샹닝을 주목하더라니. 샹성이 안목이 있기는 하구나.

샹닝이 외출을 하자 집 안에는 새로 시집온 과부만 홀로 남아 있었다. 판화는 그녀가 기다란 장화를 신고 가죽 장갑을 낀 채 마당에서 돼지 내장을 씻고 있는 모습을 보았다. 구불구불하고 새하얀 돼지 내장이 대야에 한가득 담겨 있었다. 돼지 내장을 손질하려면 반드시 소다를 사용해야 한다. 이때 샹닝의 아내가 대야에 소다를 쏟아부었다. 그녀의 엉덩이는 모래를 치는 큼직한 체처럼 아주 컸다. 엉덩이가 그렇게 큼직하니 가슴이라고 빈약할 리 없는데, 아이를 낳지 않는다면 그야말로 크나큰 손실이었다.

"손님 왔어요."

판화가 큰 소리로 말했다. 샹닝의 아내가 고개를 돌려 판화를 발견하고는 앞머리를 쓸어 올리면서 수줍은 듯 "고모님" 하고 대답했다. 판화의 나이가 그녀와 비슷했기 때문에 그녀가 '고모님'이라고 부르는 소리를 듣자 여전히 조금 어색했다. 하지만 그렇게 불러주었으니 판화도 표시를 하지 않을 수 없었다. 판화가 우아한 태도로 말했다.

"항렬로 따지면 내가 고모뻘이지만 돈 버는 수완으로 따지자면 내가 고모님이라고 불러야지. 장사하는 데 돈 좀 보태줄까 해서."

"고모님은 고모님이죠. 어떤 상황에서도 고모님이시죠."

판화가 웃음을 띠고는 말했다.

"고기 사러 왔어."

평소대로라면 손님이 왔으니 샹닝의 아내는 신이 나 있어야 한다. 하지만 그녀는 갑자기 얼굴을 잔뜩 찌푸렸다. 그녀가 얼굴을 찌푸리자 판화는 그녀의 얼굴에서 고민의 흔적을 발견할 수 있었다. 양미간에는 일종의 원망도 서려 있었다.

"왜? 나한테 팔기 싫어?"

"내장밖에 안 남았어요."

"장사가 그렇게 잘되나? 우리 마을 살림살이가 확실히 나아지긴 했나 보네."

판화는, 이 내용은 꼭 덴췬에게 말해줘서 원고에 집어넣으라고 해야겠다고 생각했다. 생선이며 고기까지 푸짐하게 먹을 수 있는 수준으로 발전한 것도 쉬운 일이 아니다.

"너무 잘됐네. 온 마을 사람들이 하루 저녁에 돼지 한 마리를 거

317

뜬히 먹어치울 수 있다니. 정말 기쁜 일이군. 중산층이 되었어!"

판화가 막 신이 나 말하고 있는데 샹닝의 아내가 갑자기 발을 동동 구르면서 가슴 언저리에서 손짓을 해댔다.

"무슨 소리예요. 글쎄 그 반푼이가 몽땅 들쳐 메고 가버렸어요."

반푼이? 설마 얼마오가? 얼마오가 돌아왔어?

"얼마오 말하는 거야?"

"아마도요! 링페이도 왔던데. 샹닝이 그 사람들하고 잘 알아서 대신 들쳐 메고 갔어요."

그러고는 샹닝 아내가 지갑을 꺼내는 시늉을 하고는 낮은 소리로 판화에게 물었다.

"이웃 사람들이 그러던데. 링페이가 이런 짓을 한다면서요?"

"아직 젊잖아. 길을 좀 잘못 들어서긴 했는데, 바뀌면 되지."

고기를 사러 왔는데 고기가 없으니 그냥 돌아가야 할까? 아니다. 뭐라도 있으면 조금 사도록 하자. 판화가 무슨 내장이 남았는지 묻자 샹닝의 아내는 대장과 소장 그리고 돼지 간이 남았다고 했다. 원래 돼지 콩팥도 있었는데 한발 늦었다고, 칭린이 가져갔다고 했다. 샹닝의 아내는 정말 명랑한 사람이었다. 그녀는 칭린이 늑대랑 사람이랑 똑같아서 특정 부위를 먹으면 그 부위가 좋아진다고 했다며 큰 소리로 웃기 시작했다.

"그럼 돼지 간 좀 줘. 우리 아버지가 돼지 간 좋아하니까."

"돼지 간 좋아요. 제일 좋죠. 간에도 좋고 눈에도 좋고."

샹닝의 아내는 무게를 달면서 저울대를 높이 들어 올렸다. 판화는 속으로 생각했다. 저건 체면치레일 뿐이지. 예전에 어떤 사람이 샹닝댁 손이 날쌔지 않다면 그 집 저울추는 이미 사라져버렸을 것이라고 떠들고 다녔잖아. 샹닝의 아내가 돼지 간을 모아 비닐봉지에 담으며 말했다.

"그냥 가져가서 드세요. 절대로 돈 이야기 꺼내지 마세요."

판화는 돈을 꺼내면서 턱을 들이밀고 말했다.

"이러면 다음부터 안 올 거야. 말해, 얼마야?"

"아휴, 잠깐만요. 제가 어떻게 고모님 돈을 받아요! 그럼 이렇게 해요. 한 근에 여섯 냥인데 그냥 절반에 드릴게요!"

"잰 대로 정확히 계산해야지. 마을 밖으로 안 나가고 고기 살 수 있는 것만도 고마워해야 할 일인걸!"

샹닝의 아내는 돈을 받아 쑥스러운 듯 주머니 속에 넣고는, 주머니를 대야 옆에 놓고 저울로 눌러놓았다. 판화가 말했다.

"돈도 충분히 잘 버는데 앞으로는 어떻게 할 거야?"

"전 아무 생각 없어요. 제가 무슨 생각이나 있겠어요?"

"샹닝은? 남자들은 생각하는 게 우리 여자들하고는 좀 달라. 그러니까 여자들도 속으로 계산이 서야 한다고!"

샹닝의 아내 눈 주위가 갑자기 붉어졌다. 옷소매를 들어 눈가를 닦으며 말했다.

"그래도 고모님께서 절 생각해주시는군요."

"나야 당연히 자네를 생각하지. 하지만 내가 아무리 자네를 생각해줘도 그건 별것 아니야. 무엇보다 스스로 아끼는 법을 먼저 배워야 해."

샹닝의 아내가 갑자기 눈망울을 반짝이며 말했다.

"듣자 하니 한저우병원 의사가 그렇게 용하다고 하더라고요. 그 무슨 관인가를 잘랐다가도 다시 붙일 수 있다던데요?"

"누구한테 들었어? 셴위한테서?"

"샹성이 그랬어요."

"샹성이 뭘 안다고? 내가 셴위한테 물어봤는데 셴위도 확신하지 못하던걸. 셴위도 확신하지 못하는 일을 샹성이 어떻게 확신할 수 있겠어? 게다가 아이 낳는 건 양장피 장사가 아니잖아. 이렇게 하자. 바쁜 거 좀 지나고 나서 내가 병원에 한번 데리고 갈게."

판화는 속으로 샹성에게 욕을 한바탕 퍼부었다. 샹성이 수다스럽다고 욕한 것이 아니고 또 표를 매수하기 위해 날뛰고 다니는 꼴을 욕한 것도 아니다. 그가 진중하지 못해서 욕을 했다. 샹성아, 샹성아! 샹닝은 네 친척 동생인데, 잠자리 일을 어떻게 제수씨 앞에서 입 밖에 낼 수가 있는 거니? 판화가 웃으며 물었다.

"샹성이 직접 자기 입으로 말했어?"

"그럼요! 아주 생생하게 말했는데요."

판화가 웃음을 지으며 중얼거렸다.

"샹성아, 샹성아."

샹닝 아내의 눈이 휘둥그레졌다. 판화가 어떤 말을 하려는지 몰라서였다. 판화가 말했다.

"샹성을 남자라고 생각하면 안 돼. 여자들 일을 제일 많이 알고 있는 게 사실은 그 사람이라고. 호박씨 까고 들어앉은 벌레처럼 미주알고주알 모르는 게 없다니까!"

판화는 농담하는 말투로 말을 했다. 한숨을 내쉬고는 어떤 언질도 남기지 않았다. 잠시 뒤 판화가 얼굴에 웃음기를 거두고 입을 열었다.

"두 가지 방법을 준비해야 하는데, 두 가지 다 확실히 해야 돼. 하나는 병원에 가는 거고. 다음은 그러니까⋯⋯."

판화가 잠시 말을 멈추었다. 거기에는 의견을 들어보겠다는 의미가 담겨 있었다. 샹닝 아내는 분명히 그 '두 번째 방법'에 흥미를 느낀 듯 얼굴을 가까이했다. 판화는 그제야 입을 열었다.

"친정집 조카도 한번 고려해볼 수 있잖아!"

"친 혈육을 누가 주겠어요?"

"왜? 조카가 고모를 따라오는데 푸대접하겠어?"

"고모님 마음은 잘 받겠어요. 그런데 전 그런 말은 꺼내고 싶지 않네요."

"그러면 아무래도 병원에 가보는 편이 좋겠네. 돈을 써야 할 때는 확실하게 써야 해."

이 말은 어째 하나 마나 한 것 같네, 하고 판화는 생각했다. 판화는 돼지 간이 든 봉지를 내려놓았다. 그러고는 샹닝 아내의 손을 잡고 안채 입구 쪽으로 갔다. 의자 두 개를 가져와 판화가 먼저 하나에 앉고 샹닝의 아내 역시 다른 하나에 앉으라고 했다. 자리에 앉은 뒤에도 판화는 손을 놓지 않았다.

"내내 하고 싶었던 얘기가 있어."

"뭐든 다 얘기하세요. 고모님."

"그럼 정말 얘기해도 괜찮지? 내 말이 틀렸으면 그냥 못 들은 걸로 해. 그냥 듣고 한쪽 귀로 흘려버리라고. 알겠지?"

"고모님, 편하게 말씀하세요."

"병원에서 나팔관을 이어붙일 수 있다면야 당연히 제일 좋지. 그런데 혹시라도 그게 안 되면? 만약 잘 안 되더라도 괜히 여기저기 알리지 말고 그냥 다 잘됐다고만 해. 그게 자네 배 속에 들었는데 잘 붙었는지 안 붙었는지 누가 보나? 그러니까 여기저기 알릴 필요 없다고. 그러고는 둘이 나가서 얼마 동안만 좀 숨어 지내. 그렇게 오래 걸리지 않을 거야. 길어봐야 네다섯 달 정도. 나가 있을 때 아이 하나를 입양하는 거지. 안고 돌아와서 자네가 낳은 아이라고 하면 그걸 누가 알겠어? 애들은, 키워주는 사람 따라서 닮아가는 법이거든. 누구라도 아이를 보면 영락없는 샹닝의 씨라고 말할 거라고."

판화의 이야기를 들은 샹닝 아내의 입이 헤벌쭉 벌어졌다. 그때 개 한 마리가 담을 넘어 들어오더니 돼지 내장 한 줄을 물고 도망쳤다. 얼룩무늬 개여서 판화는 즉시 그게 링위안네 개라는 것을 알 수 있었다. 샹닝의 아내 역시 개를 봤지만 어쩐 일인지 아무런 반응도 보이지 않았다. 내장이 너무 길어 땅바닥에 질질 끌렸다. 개가 어떻게 해도 떨어져나가지 않았다. 뱅글뱅글 돌자 창자가 녀석의 온몸을 휘감기 시작했다. 보기에는 그 창자가 개의 배 속에서 삐져나온 것만 같았다. 순간 판화의 머릿속에 며칠 전 리톈슈李天秀네가 누렁이

322

한 마리를 잃어버렸다는 사실이 떠올랐다. 혹시 그 개도 저렇게 내장에 휘감겨서 샹닝에게 죽임을 당하지 않았을까 하는 생각이 들었다. 얼룩무늬 개는 조급해져 깨갱, 깨깽, 깽 하며 비명을 질렀다. 샹닝의 아내가 드디어 반응을 보였다. 처음에는 웃더니 나중에는 욕을 내뱉었다.

"뉘 집 개새끼야?"

그렇게 욕을 하면서도 샹닝의 아내는 자리에서 일어나지 않았다. 이후 개는 스스로 몸부림을 쳐 창자를 내팽개치고는 담벼락을 훌쩍 뛰어넘어 도망가버렸다.

"그 방법이 통할까요? 잘 안 될 것 같은데. 더군다나 우리가 어디에 숨어요?"

맞아, 이 사람들이 어디에 숨어야 하지? 판화는 순간적으로 생각이 나지 않았다. 덴쥔이 또 선전으로 간다면 쉽게 해결될 일이다. 신발공장 안에 방 한 칸만 빌리면 해결될 테니까. 문제는 덴쥔이 이미 갈 수 없게 되었다는 거였다. 판화가 말했다.

"좀 천천히 좋은 장소를 생각해보자고. 왜 그 광고에서 그러지 않았어? '배가 다리에 닿으면 뱃머리가 자연히 똑바로 돌려지고, 길이 있는 곳이라면 도요타가 달린다.' 급할 거 없어. 이 일은 다른 사람한테 절대 얘기하면 안 돼. 하늘이랑 땅이랑 자네랑 나랑, 이렇게만 알고 있으면 충분해."

샹닝의 아내가 혀끝으로 입술을 이리저리 할짝거렸다. 눈빛이 약간 멍한 것이 고민에 빠진 듯했다. 그러다가 또다시 잠깐 할짝대더니 멍하던 눈빛이 한순간 반짝였다.

"아휴, 팔자죠! 그럴 운명이면 낳고, 그럴 운명이 아니면 그냥 둘이 사는 거죠 뭐!"

샹닝의 집을 나선 판화는 설레설레 고개를 저으며 웃었다. 샹닝의 아내가 영악하네. 판화는 속으로 생각했다. 네가 무슨 일을 꾸미는지 내가 알아채지 못했을 것 같아? 사실 샹닝의 아내는 이미 마음을 정한 상태였다. 판화가 말한 대로 하고 또 아이 하나도 입양할 작정이었다. 하지만 그 방법을 알려준 사람을 포함한 그 누구도 알게 하고 싶지 않았다. 판화는 당연히 모두 눈치채고 있었다.

판화는 돼지 간을 들고 집을 향해 걸었다. 걷다가 불현듯 얼마오를 만나봐야겠다고 생각했다. 하지만 얼마오가 어디에 있지? 마을에는 진즉에 그의 집이 사라지고 없었다. 택지개발계획이 새로 나오던 해에, 얼마오의 부모가 남겨준 토담집 집터가 마침 도로로 수용되는 바람에 헐리고 말았다. 판화는 얼마오를 만나면 그에게 잘 좀 해명을 해야겠다고 생각했다. 어쨌든 얼마오에게 돈은 얼마든지 있으니, 그에게 택지를 조금 마련해주면 그곳에 짓고 싶은 건물을 지을 수 있다. 현재의 택지는 정원이 매우 컸다. 물론 화귀산을 세우거나 수이롄동굴을 파기에는 턱없이 부족했다. 하지만 얼마오 정도라면 열 명이 들어와 살고도 남을 규모였다.

판화의 추측은 여지없이 맞아떨어졌다. 그녀의 예상대로 얼마오는 링페이 집에 머물고 있었다. 링페이가 사는 집 역시 돈을 훔쳐서 얻은 건물이었다. 건물 앞에는 오래된 홰나무 한 그루가 있는데 몇몇 잔가지가 죽어 있었고, 또 몇몇 잔가지가 자라나 있었다. 평소에는 나뭇가지에 형형색색 비닐봉지가 가득 걸려 있어 바람이 불면 바사삭바사삭 소리를 내곤 했다. 그런데 지금은 나뭇가지 위에 원숭이 몇 마리가 엎드려 있고, 나무 아래쪽으로는 개 한 마리가 엎드려 있었다. 물론 진짜 원숭이는 아니었다. 엉덩이를 홀딱 까고 있는 몇몇 동네 꼬맹이들이었다. 원숭이는 아이들에게 영원한 애정의 대상이기에, 원숭이 흉내를 내는 얼마오는 당연히 아이들이 가장 사랑하는 사람일 수밖에 없었다. 얼마오를 똑똑히 보고 싶어진 아이들은 먼저 원숭이가 되어 나무에 올라 있었다. 판화가 세어보니 모두 일곱 개의 알궁둥이가 있었다. 판화는 본래 한바탕 혼쭐을 내 아이들을 쫓아버리려고 했다. 하지만 놀란 녀석들이 정말로 나무에서 떨어지기라도 했다가 개에게 물려버릴까 봐 걱정이 되었다.

판화는 아무 소리도 내지 않고 곧장 문을 향해 걸어갔다. 문 앞에도 몇 녀석이 바짝 엎드린 채 벌어진 문틈 사이로 안을 들여다보고 있었다. 판화는 그들의 머리를 옆으로 움직여 자신도 문틈을 통해 안쪽을 살펴보았다. 고기 냄새가 문틈으로 새어 나왔다. 의자에 비스듬히 기대어 앉아 이야기하고 있는 얼마오의 모습이 판화의 눈에 들어왔다. 링페이와 그 못된 패거리도 의자 주변에 둘러앉아 있었다. 샤오훙이 말한 여자도 바로 그곳에 있었다. 그런데 뭐 하고 있는 거야? 얼마오의 귀지를 파내고 있잖아! 샤오훙의 말 그대로였다.

여자의 머리카락은 정말 닭 볏처럼, 아니 원숭이 엉덩이처럼 새빨갛게 염색되어 있었다. 샹닝도 있었는데 샹닝은 고기를 삶고 있었다. 정원에는 큼지막한 솥 하나가 놓여 있었다. 집주인 링페이는 얼마오의 연설을 들으랴 고기 삶는 샹닝을 도우랴 정신이 없었다. 판화는 갑자기 얼마오가 목청을 높이는 소리를 들었다. 마치 수오리의 울음소리 같았다.

"규정! 중요한 건 바로 규정이야! 규정이 없으면 일이 안 된다고!"

판화는 무슨 규정을 이야기하는 것인지 제대로 알아듣지 못했다. 얼마오가 다시 입을 열었다.

"다음은 외국어. 우리 집에선 개도 외국어를 알아듣는다니까. 새끼 때 이름은 피피였는데, 다 자라고 나서는 피터라고 불러. P, E, T, E, R. 홍콩에서 데려온 녀석이야. 순종 페키니즈에 털이 새하얀 녀석인데 잡털 하나 없는 게 아주 잘생겼단 말이지. 잡털이 한 가닥이라도 있으면 내가 치샤오링퉁이 아니야."

그의 이야기를 듣는 내내 판화는 웃음을 참을 수가 없었다. 저팔계가 거울 앞에 서서도 여전히 자신이 정말 사람이라고 착각하는 격이었다. 판화는 문고리를 힘껏 두드렸다.

문을 열고 나온 사람은 링페이였다.

"고모님! 어떻게 오셨어요?"

"지나는 길에 그냥 한번 들러본 건데. 와! 여기에 사람들 많네."

빨강머리 아가씨를 힐끗 쳐다본 판화가 다시 말했다.

"야! 순두부도 있네."

링페이가 다급하게 손을 내저었다. 괜한 소리 하지 말라는 의미였다. 마지막으로 판화는 얼마오에게 눈길을 돌렸다.

"이게 누구……."

얼마오는 몸을 일으키더니 호색한 육포단(肉蒲團)처럼 의자 위에 쪼그려 앉았다. 판화가 다시 말했다.

"얼마오? 치샤오링퉁이라고? 설마 내 눈이 잘못된 건 아니겠지?"

옆에 있던 누군가가 바로 대꾸를 했다.

"정말이에요. 진짜 치샤오링퉁이라니까요."

판화가 "여어" 하면서 손을 내밀었다.

"자네 정말, 어떻게 먼저 인사도 안 해?"

얼마오는 턱밑의 수염을 만지작거리다가 손을 내밀었다. 그의 팔은 국수 써는 칼보다 약간 긴 정도였다. 판화가 앞으로 한 걸음 더 다가가서야 겨우 그의 손을 잡을 수 있었다. 악수를 건넨 얼마오가 의자 위에서 폴짝 뛰어내리더니 정중하게 손짓했다. 판화에게 안으로 들어가 이야기하자는 의미였다. 판화가 먼저 들어가라고 양보하자 얼마오가 말했다.

"지부서기님께서 먼저 들어가셔야죠."

판화는 얼마오가 비록 마을 밖을 떠돌고 있기는 하지만 이미 마을의 실세가 바뀐 사실은 알고 있구나, 하고 생각했다. 현관을 들어서던 판화는 고개를 돌려 샹닝과 가볍게 인사를 나누었다.

"샹닝, 같이 들어와서 얘기 좀 하지?"

샹닝이 재빨리 손을 내저으며 말했다.

"아이고, 아닙니다."

그러면서 정원에 놓인 커다란 솥을 가리켰다. 고기 삶느라 바쁘다는 의미였다. 판화는 링페이 패거리에게는 인사를 건네지 않았다. 그들 역시 눈치는 있어서 안으로 따라 들어오지 않았다.

자리에 앉은 판화는 얼마오에게 최근 몇 년 동안 어디에서 어떻게 굴러먹었는지 물으려 했다. 하지만 말이 입까지 나왔을 때 '굴러먹었는지'라는 말은 '발전했는지'로 바뀌어 있었다. 그 단어는 텔레비전에서 배웠다. 홍콩과 타이완 스타들이 바로 '발전'이라는 단어를 사용하곤 했다.

얼마오가 말했다.

"예전에는 사람들이 압제가 있는 곳에는 곧 저항이 있다고들 했잖아요. 그런데 그게 요즘은 변했어요. '돈벌이가 되는 곳이라면 반드시 치샤오링통이 서 있다'로 말이죠."

"고향 사람들은 자네가 어떻게 지내는지 항상 궁금해하고 있어. 자네가 출연한 영화는 마을 사람들이 모두 보았어. 딱 세 글자로, 훌륭해!"

얼마오가 손을 내저으며 말했다.

"별거 아니에요. 그냥 우정출연인데요 뭐."

판화는 순간 어떻게 이야기를 이어가야 할지 몰라 그저 얼마오의 얼굴만 바라볼 수밖에 없었다. 그녀의 눈빛에는 관심과 놀라움이 한데 뒤섞여 있었다. 판화가 겨우 입을 열었다.

"기왕 왔으니 며칠 더 있다 가. 고향도 많이 변했어. 백문이 불여

일건 아냐! 여기저기 돌아다니면서 구경도 좀 하고."

얼마오의 입에서 영어가 튀어나왔다.

"OK! 노력해볼게요."

판화가 문밖을 가리키며 물었다.

"고기는 다 삶아졌더라. 링페이가 친구 된 도리를 다하네. 사람이 의리가 있다니까."

"저 친구들이 저를 따라서 홍콩이고 마카오고 돌아다니면서 좀 크고 싶은가 봐요."

판화는 그 말에 흠칫 놀랐다. 저 인간들은 하찮은 재주 하나 없는데, 기껏해야 도둑질인걸. 저런 인간들이 홍콩이나 마카오를 활보하고 다니면 홍콩과 마카오 사람들은 그야말로 재앙을 만나는 거지.

"동의했어?"

얼마오가 흔들이 북처럼 머리를 흔들며 말했다.

"No, No, No. 아직 머리를 끄덕이지 않았어요. 좀 더 지켜봐야죠!"

"그래, 좀 더 두고 봐야겠지."

그때 빨강머리 아가씨가 안으로 들어와 얼마오에게 물 한 잔을 건넸다. 그녀가 막 나가려는 순간 얼마오가 마치 마술을 부리듯 잽싸게 담배 한 개비를 입에 물었다. 빨강머리 아가씨는 잠시 얼마오의 행동을 눈치채지 못해서 얼마오의 신경을 건드렸다. 얼마오가 '픽' 하고 있는 힘껏 의자를 내리치자 아가씨는 바로 라이터를 꺼내 얼마오에게 불을 붙여주었다. 그것참! 돈 있는 놈이 곧 상전이었다.

얼마오는 손을 휘휘 내저어 빨강머리 여자아이를 내쫓아버렸다. 판화가 조심스레 한마디 물었다.

"저 아가씨는……."

"나의 Fans. 여자 친구인 셈이죠."

판화는 이 'fans(숭배자)'를 '밥'이라고 알아들었다. 슈수이에서 '밥'은 특별히 아침식사를 의미했다. 판화는 얼마오가 한밤중에 생활하는 습관이 들어 시간까지 헷갈린다고 생각했다. 판화가 다시 말했다.

"한 번 돌아오기 쉽지 않지. 기왕에 왔으니 결혼까지 다 해버려."

"바빠요! 너무 바빠요."

"바빠도 결혼은 해야지! 누가 자네 곁에서 좀 챙겨줘야 나도 마음이 놓인다고."

얼마오가 귀를 만지작거리면서 말했다.

"류더화劉德華도 결혼 안 했고 장궈룽張國榮도 안 했잖아요. 류더화가 한 말이 진짜 쿨하다니까요. 좋은 풍격이 오래되어야 시야를 더 넓게 가질 수 있다고 했죠."

판화는 하마터면 웃음이 터질 뻔했다. 그건 마오쩌둥 주석의 시 아냐? 어떻게 류더화의 어록이 된 거지? 얼마오의 태도는 너무 건방져서 언젠가 곤두박질칠 게 틀림없어. 그렇게 되면 이 마을 사람들은 그를 조롱할 테고, 다른 마을 사람들은 관창 사람을 조롱할 거야. 그럼 안 되지. 내가 경고를 좀 해줘야겠어. 물론 선을 지켜서 얼마오의 감정이 상하지 않게 해야 해.

330

"얼마오, 만족할 줄 좀 알아. 저렇게 키 크고 늘씬한 아가씨가 자네와 함께 있는데. 자넨 복 받은 셈이야."

"그러니까 지금 제 키가 작다는 얘기를 하고 싶으신 거죠? 키 작은 게 뭐 또 어때서요? 작아도 중요한 건 테크닉이라고요."

됐다, 이 녀석은 머지않아 톡톡히 망신을 당하겠군.

"그럼 볼일 봐. 무슨 일 있으면 나한테 전화하고."

판화가 자리에서 일어서자 얼마오가 앉아 있던 의자에서 뛰어내리며 말했다.

"마을에서 부탁한 일은 진지하게 고려하고 있습니다. 최대한 시간을 내보도록 할게요."

판화는 어리둥절했다. 내가 언제 얼마오에게 일을 부탁했지? 판화가 말했다.

"그 말은······."

"샹성한테 다 들었어요. 지부서기님이 한 얘기라면서요. 그 일은 염두에 두고 있을게요."

판화는 문틀에 기대선 채 얼마간 다시 얼마오의 이야기를 들을 수밖에 없었다. 들어보니 샹성이 선거 전 마을에서 공연을 한번 열고 싶은데 그가 도와주었으면 했다는 것이다. 얼마오가 말했다.

"며칠 지나서 공연단을 데리고 올 거예요. 제 공연단은 원숭이극하고 패션쇼만 빼면 무슨 공연이든 다 할 수 있어요."

얼마오가 마당에 서 있는 빨강머리 아가씨를 가리키며 말했다.

"모델 애가 하나 있는데 쟤보다 훨씬 예뻐요. 우리 마을 장스류 있죠? 장스류도 진짜 예쁘잖아요? 하지만 나중에 제가 데리고 온 애하고 한번 비교해보세요. 걔가 아마 쥐구멍에라도 숨고 싶을걸요!"

"무슨 선녀라도 돼? 자세히 좀 봐야겠네!"

판화는 마당으로 나왔다. 링페이는 입가에 흥건하게 기름기를 묻힌 채 정신없이 뼈다귀를 뜯고 있었다. 저놈은 공장 입구에 있지 않고 또 저런 못된 친구들하고 어울리기나 하니. 조만간 제대로 망신을 한번 당해봐야겠군. 판화가 말했다.

"그렇게 맛있어?"

링페이는 눈치가 빨랐다. 판화의 말뜻을 알아차린 링페이가 재빨리 변명을 늘어놓았다.

"이제 갈 거예요. 배부르게 먹었으니 가야죠."

링페이의 친구 하나가 '순두부'의 한쪽 손을 잡고서 가까이 끌어당기며 말했다.

"배불리 먹어야 일을 잘 합죠. 낫을 잘 갈아둬야 땔나무도 잘 팰 수 있는 거 아니겠습니까!"

껄렁껄렁 빈둥빈둥! 저것들이 도대체 다 뭐 하는 놈들이야?

일기예보에는 비 소식이 있었다. 하지만 아침에 일어나보니 푸른 하늘은 구름 한 점 없이 깨끗했다. 담장 밑에 누렇게 시들어 있던 잡초가 아침 이슬을 머금고는 파릇파릇하게 변해 있었다. 놀랍게도 새싹까지 돋아났다. 새싹은 마치 콩나물처럼 가느다랗고 옅은 노란

색을 띠었다. 거리에는 바람에 잘려나간 나뭇가지가 마구 나뒹굴었다. 판화는 길을 가로막고 있던 나뭇가지를 길가로 치우고는 학교를 향해 걸어갔다. 그녀는 샹성의 장부를 확인해볼 생각이었다. 리하오의 말을 전부 믿을 수는 없지만 그렇다고 전혀 믿지 않을 수도 없었다. 샹성이 지부서기와 촌장을 겸임하고 싶어 하는 것 아니야? 선거에서 표 던져줄 사람들 좀 생겼다고 네놈을 막아설 사람이 없을 거라는 착각 따위는 하지 않는 게 좋을 거야. 장애물도 있지. 그게 바로 장부야. 곰보 현장 말이 맞아. 처먹은 만큼 토해내게 될 거야. 판화는 다시 이렇게 생각했다. 네놈에게 토해내게 하는 문제는 나중 일이고, 우선 얼마나 처먹었는지부터 확실히 알아두어야겠어.

그때 갑자기 먼발치에서 걸어오는 샤오홍의 모습이 보였다. 샤오홍은 야난과 야디를 데리고 있었다. 두 자매는 아래위로 청바지와 재킷을 입었는데 아주 세련되어 보였다. 판화는 재빨리 그들의 뒤를 쫓아가 야난의 소매를 잡아끌며 샤오홍에게 물었다.

"네가 사준 거야?"

"어디 그럴 짬이 있으려고요. 제가 중학교 다닐 때 입던 건데 막 수선했어요."

판화가 야디의 옷깃을 잡아당기며 말했다.

"하긴 그래! 산 게 어떻게 이렇게 몸에 꼭 맞겠어!"

"맞든 안 맞든 할 수 없는 거죠. 저한테도 그렇게 대단한 재주가 있더라고요."

"청수한테 수이윈촌水運村에 좀 다녀오라고 해. 그 동네가 강 하나를 사이에 끼고 난수이원南水運하고 베이수이원北水運 둘로 나뉘는데, 톄쉬네 외삼촌 집이 베이수이원에 있거든."

교문에 붙여놓은 포스터를 들여다보던 판화는 그제야 향 교육부에서 시범수업에 참석하기 위해 방문했을지도 모른다고 생각했다. 판화는 방향을 바꾸어 다시 돌아가려고 했다. 하지만 눈이 밝은 쉬 교장은 먼발치에서 그녀를 알아보고 기어이 학교 안으로 불러들였다. 향 교육부 관계자들은 아직 도착하지 않았다. 판화가 다른 선생들과 대화를 나누고 있을 때 쉬 교장이 시멘트를 다져 만든 탁구대 위에 올라가서 훈화를 시작했다. 두 마디 훈계를 하고는 호루라기를 불더니 학생들에게 알겠느냐고 물었다. 학생들이 일제히 소리쳤다.

"예! 알겠습니다!"

쉬 교장이 다시 한 번 호루라기를 불고는 말했다.

"게양! 연주!"

국가가 울려 퍼지고 오성홍기도 천천히 위로 솟아올랐다. 아이들은 국기를 바라보며 오른손을 정수리에 붙이고 팔뚝을 활처럼 둥그렇게 굽혔다. 오성홍기가 게양대 꼭대기에 걸리자 쉬 교장이 다시 한 번 호루라기를 불어 학생들에게 손을 내리고 차렷 자세를 취하도록 했다. 쉬 교장이 말했다.

"학생 여러분, 여러분에게 훈화를 해주기 위해 와주신 쿵 서기님을 환영합시다."

판화는 쉬 교장이 이런 수작을 부릴 것이라고는 전혀 예상하지 못했다. 하지만 다행히도 판화는 경험이 풍부했다. 현의 지사 앞에서도 발언한 적이 있어서 전혀 당황하지 않았다. 옛말에 산에 가면 그 산의 노래를 부르라고 했다. 그녀가 먼저 '쉬어!' 하고 소리쳤다. 그러고는 모두들 관창의 내일을 위해, 슈수이의 아름다운 내일을 위해, 그리고 중국의 찬란한 내일을 위해 열심히 공부하고 인류 문명이 이룩한 위대한 업적을 모두 받아들이며, 새로운 시대의 투사가 되기 위해 온 힘을 다해 노력해야 한다고 격려했다. 박수 소리가 일제히 울려 퍼지더니 마치 칼로 벤 듯 단번에 끊겼다. 쉬 교장이 다시 한 번 호루라기를 불고 말했다.

"해산!"

아마도 사전 지시가 있었던지 한 학급 학생들만 움직이지 않았다. 향 교육부에서 시범수업을 참관하기로 한 학급인데, 야난이 바로 그 학급 학생이었다.

쉬 교장이 근엄한 표정으로 말했다.

"세수 안 한 사람 손 드세요."

아무도 손을 들지 않았다. 판화는 문득 현인민대표대회에서 경험한 '거수' 사건이 떠올랐다. 당시 사회자도 똑같이 했다. 거수를 해야 하는 상황이 되면 사회자는 매번 마이크에 대고 큰 소리로 반대하는 사람은 손을 들라고 했다. 하지만 그 누구도 손을 들지 않았다. 손을 들면 '세수하지 않았음'을 인정하는 꼴이었다. 그래서 회의도 언제나 만장일치로 통과되곤 했다. 이번에는 쉬 교장이 방법을 바꿨다.

"세수를 한 사람 손 드세요."

그래도 모든 아이들이 손을 들었다. 판화가 답답해하고 있을 때

옆자리에 있던 교사 한 명이 판화에게 말을 걸었다.

"알아보시겠죠! 손을 높이 든 녀석들은 세수를 한 거예요. 저기 손을 낮게 든 대여섯 녀석은 세수를 안 한 거고요. 결국 애들은 애들이에요. 아직까지는 대놓고 거짓말하는 방법 같은 건 못 배웠죠. 거짓말도 그럴듯하게 하진 못해요."

당연히 쉬 교장의 예리한 시야도 피해갈 수 없었다. 쉬 교장이 말했다.

"지난주에 여러분한테 뭐라고 했죠? 한 사람도 빠짐없이 세수하라고 하지 않았나요? 왜 누군 하고 또 누군 안 한 거죠?"

쉬 교장이 학생들 대열 사이로 걸어 들어가다가 갑자기 언성을 높였다.

"왜?"

쉬 교장은 자신 있게 손을 치켜든 학생 하나를 골라 허리를 숙이고 검사했다. 그 학생은 상민의 아이인 아오윈奧運이었는데 바로 야난 앞에 서 있었다. 아오윈은 턱을 쳐들고 여전히 손을 든 채로 서 있었다. 녀석은 들고 있던 손을 점점 더 높이 올리더니 급기야는 깨금발까지 딛기 시작했다. 쉬 교장은 아오윈의 손은 보지도 않고 가볍게 고개를 끄덕였다. 쉬 교장의 시선은 사실 아오윈의 겨드랑이로 향해 있었다. 쉬 교장이 말했다.

"개인위생은 개인의 문제에 그치는 게 아닙니다. 이건 집단의 문제입니다. 둘 사이에는 변증법적 관계가 있죠. 아오윈 학생이 그 둘의 관계를 아주 적절하게 처리해냈어요."

'변증법적 관계'가 무엇인지 알 턱이 없는 아오윈의 자그마한 얼굴에 일순간 먹구름이 드리워졌다. 이어서 쉬 교장은 손을 낮게 든 학생을 검사했다. 역시나 세수를 하지 않은, '변증법적 관계'를 제대로 실천에 옮기지 못한 아이였다. 그 아이는 바로 얼렁二愣의 아들 모위摸魚였다. 모위는 여전히 손을 들고는 있었지만 점점 낮아지더니 결국 귓불 근처까지 내려와 있었다. 고개를 푹 숙인 채 얼굴도 들지 못했다. 쉬 교장이 말했다.

"모위 학생, 다른 친구들 얼굴만 얼굴이고 자기 얼굴은 얼굴 아냐? 다 똑같은 얼굴이잖아!"

판화는 하마터면 웃음을 터뜨릴 뻔했다. 그 까닭을 알고 있던 다른 교사들도 모두 웃음을 터뜨렸다. 쉬 교장이 다시 말했다.

"모위 학생, 설마 작정하고 우리 학교 얼굴에 먹칠을 하려는 건 아니겠지?"

모위가 기어드는 목소리로 말했다.

"내일은 꼭 씻고 올게요."

쉬 교장이 구부린 집게손가락으로 모위의 머리를 툭 한 번 쳤다.

"내일? 내일이면 너무 늦지 않겠어? 응?"

쉬 교장이 손목을 들어 시계를 들여다보고는 말했다.

"좋아! 전면적으로 실천합시다. 오늘은 더 이상 말하지 않겠어요. 지금부터 세수 안 한 사람은 얼른 우물가로 씻으러 간다!"

이번에는 대여섯이 아니었다. 대략 일고여덟 녀석이 우물가를 향해 뛰어가기 시작했다. 상이가 옆에서 한마디 거들었다.

"목도 씻어."

상이는 양복을 입고 넥타이까지 매고 있었다. 만약 농사일로 얼굴이 꺼칠해지지만 않았더라면 TV에 출연하는 학자처럼 보였을 것이다. 습관이 안 되어서인지 상이는 자꾸만 넥타이를 만지작거렸다. 판화는 상이에게 준비는 잘 되었는지 물었다. 상이는, 준비할 게 뭐 있나요, 진즉에 줄줄이 꿰고 있는걸요, 하고 말했다. 그러면서 이미 자기 배 속에 전부 준비되어 있다는 의미로 뱃가죽을 툭툭 두드리기까지 했다.

수업종이 울리자 상이는 수업을 하러 갔다. 판화는 잠시 쉬 교장의 안내로 교정을 거닐었다. 판화가 쉬 교장에게 물었다. 하루는 검열에 또 하루는 시범수업에, 학교 지출이 분명 더 늘겠네요? 쉬 교장이 잽싸게 영수증 몇 장을 꺼내 들었다. '샹성 동지' 사인은 이미 받았으니 지부서기님 결재만 떨어지면 '샹성 동지'로부터 돈을 받을 수 있다고 했다. 쉬 교장이 꺼낸 것은 유리와 맞춤 걸상 그리고 컬러분필 따위를 구매한 영수증이었다. 대단해, 정말 대단해. 유리 한 장에 20위안이야. 지난번 마을위원회 사무실 유리 두 장이 못 쓰게 돼 새로 갈아 끼운 것도 겨우 10위안 정도였는데. 무슨 방탄유리야, 아니면 X선이라도 비추는 유리일까? 걸상은 더 터무니없었다. 어떻게 겨우 사각 걸상 하나가 등받이 의자보다 더 비쌀 수 있지? 걸상을 산 거야 아니면 황제의자를 산 거야?

"직접 산 거예요, 아니면 샹성이 사 온 거예요?" 판화가 물었다.

쉬 교장은 샹성이 '몸소' 사 온 것이며, 어제저녁 다시 살펴보니 그래도 걸상 두 개가 부족해 상이가 우선 자기 집에서 네모난 걸상을 임시로 가져다놓았다고 했다. 상이가 학교의 발전을 응원하는 마음으로 여겨달라고 말했다는 것이다.

"상이의 마음은 우리가 잘 받았으니 한 이틀 지나면 다시 돌려주세요."

"상이 부인 페이전 동지는 생화 다발을 보내왔습니다."

"좋아요. 정말 훌륭해요. 페이전도 교사 출신이라는 사실이 전혀 부끄럽지 않네요."

판화가 영수증을 접어 주머니에 집어넣고는 말했다.

"또 어디 돈 들어갈 데 있으면 다 말씀하세요. 우리가 한꺼번에 처리해버리면 되니까."

쉬 교장의 얼굴에 웃음기가 맴돌았다. 그는 마치 괭이질이라도 하듯 턱주가리를 삐죽거렸다. 잠시 뒤 판화는 교정 담벼락에 난 구멍을 하나 발견하고는 웃으며 쉬 교장에게 물었다.

"저건 개 좋으라고 남겨둔 건가요?"

쉬 교장이 웃음을 터뜨리고 말했다.

"일전에 똥통에서 똥오줌이 넘쳐흐른 일이 있었어요. 그러자 글쎄 남학생 몇 녀석이 용변을 보러 여기로 기어 나갔어요."

판화는 곧 야오자촹의 변소가 떠올랐다. 변소 담벼락에 시커멓게 달라붙은 파리 떼 때문에 하마터면 먹은 걸 전부 게워낼 뻔했었다.

"지금도 밖으로 넘치나요?"

판화가 묻자 쉬 교장이 다시 웃기 시작했다.

"그거야 저기 저 하느님 기분에 따라 다르죠. 비를 내리시면 넘치고 안 내리시면 안 넘치고."

"그런데 어제는 비가 왔잖아요!"

"어제는 비가 많이 오지도 적게 오지도 않아서, 가득 차기는 했는데 넘치지는 않았어요. 딱 물 한 사발 채울 만큼 남았어요."

"방안을 마련해서 바로 저한테 알려주세요. 제가 서명해서 샹성한테 넘길 테니. 마침 요 며칠 샹성도 밖에 나갈 일 없으니까 얼른 처리하라고 할게요."

판화는 속으로 생각했다. 변소 수리는 정말 만만치 않게 돈이 들 텐데. 샹성! 어디 네 주머니 속으로 얼마나 챙길지 한번 지켜보겠어.

이때 학교 체육선생이 자전거를 타고 달려왔다. 얼마나 급히 달려왔는지 금방이라도 숨이 멎을 듯 헐떡거렸다. 그가 쉬 교장에게 말했다.

"마을에 들어섰어요. 놈들이 마을에 들어섰어요."

알고 보니 쉬 교장이 체육선생에게 보초를 세웠던 것이다.

쉬 교장의 호루라기 소리에 선생들은 일제히 밖으로 나와 학교 정문 양측에 줄지어 섰다. 여선생 하나가 꽃다발을 들고 나왔다. 당연히 페이전이 보내온 꽃다발이었다. 잠시 뒤에 향 교육부 관계자들이 도착했다. 그들도 훙치 승용차를 타고 왔는데 난위안향에서 봤던 차보다 더 낡아 보였다. 마치 저 북쪽 끝 상간링上甘嶺에서부터 몰고 내려온 듯 보였다. 쉬 교장의 소개가 끝나고 나서야 판화는 비로소 방문자가 여전히 '기회를 엿보는' 부주임이 아니라 향 교육부

주임이라는 사실을 알게 되었다. 판화는 정오에 있을 오찬 자리를 피하려야 피할 수 없다는 사실을 직감했다. 쉬 교장과 향 교육부 주임이 인사말을 나누는 사이 판화는 샤오훙에게 전화를 걸어 택시 한 대를 잡아타고 학교 정문으로 와 기다리라고 했다. 그러고는 다시 도로 서쪽에 있는 야생동물 요리 전문점에 전화를 걸어 음식을 미리 준비시켰다.

수업은 판화 역시 참관했다. 판화는 상이의 수업 내용이 〈귀 막고 훔친 방울〉(《여씨춘추呂氏春秋》에 나오는 이야기로, 방울을 훔치던 사람이 방울소리가 다른 사람들에게 들릴까 두려워 자기 귀를 막았다는 내용이다—옮긴이) 이야기라는 사실을 알게 되었다. 상이가 말했다.

"오늘 새로 할 이 수업은 아주 재미있어요. 여러분이 정확한 인생관과 가치관을 세울 수 있도록 도와줄 겁니다."

상이는 먼저 학생들에게 본문을 속으로 한 번 읽으면서 '장애물', 그러니까 잘 모르는 글자와 단어를 골라내라고 했다. 그리고 다시 아오윈을 일으켜 세워 본문을 큰 소리로 읽게 했다. 아오윈은 너무 흥분해서 시작부터 음을 높게 잡았다. 나중에는 점점 높아지더니 거의 매미 울음소리같이 되어버렸다.

상이는 중단시킬 수밖에 없었다.

"아오윈, 첫 단락 아주 잘 읽었어요. 다른 친구가 다시 두 번째 단락을 읽어보죠. 이번엔 여학생이 한번 읽어볼게요. 야난이 두 번째

341

단락을 읽어볼까?"

하지만 야난은 너무 낮은 소리로 읽었다. 갈수록 음이 낮아지더니 모깃소리처럼 되었다. 아이들이 긴장하네. 판화는 뒷줄에 앉은 아이들의 귓불이 벌겋게 달아오른 것을 발견했다. 하지만 상이에게는 아이들의 긴장을 풀어줄 좋은 방법이 있었다. 상이의 수업이 시작되자 아이들은 마치 자신들이 바로 도둑질 현장에 있기라도 한 듯 뒤에서 누군가 함께 수업을 참관하고 있다는 사실마저 잊어버렸다. 상이의 이야기는 정말 생동감이 넘쳐났다. 특히 도둑질 과정을 묘사하는 대목은 정말로 압권이었다. 상이의 동작 역시 훌륭했다. 허리 뒤로 굽히기, 다리 벌리기, 분필을 사용해 옆으로 구르기를 연기하는 모습은 생동감이 넘쳐흘렀다. 직업적 고수인 링페이가 봤다면 그 역시 자신의 부족한 능력에 한탄을 금치 못했을 것이다.

허리를 뒤로 굽히는 상이의 동작이 판화는 왠지 낯익었다. 잠시 뒤에야 비로소 판화는 그것이 페이전이 자주 취하는 동작이라는 사실을 떠올렸다. 페이전은 허리를 뒤로 굽혀 스웨터의 앞판이 정확히 배꼽까지 오면 그것이 딱 알맞은 길이라고 말한 적이 있었다. 하지만 페이전은 허리를 뒤로 굽힐 때 교태 가득한 얼굴을 하고 마치 벨리댄서처럼 가느다란 허리를 배배 꼬아댔다. 특별히 자신을 대단하게 여기는 모습이었다. 상이는 달랐다. 어떤 동작을 하든 근엄한 표정을 잃지 않았다. 그건 '태양 아래 가장 명예로운 직업'이 지닌 근엄함이었다. 하지만 바로 그 근엄함 때문에 이야기 속 도둑놈은 매우 정의롭고 용감하며 남다른 기개를 지닌 영웅적 인물로 비치고 말았다. 판화는 말썽쟁이 남학생이 도둑을 흠모해 자신도 한 번 시도해볼 생각을 할지 모르겠다고 생각했다. 사실 일부 학생들은 곧바로 반응을 보이며 탁자 밑에서 발을 이리저리 동동 굴러댔다. 전체적인 이야기를 끝마친 상이는 그제야 차례를 나누어 각 단락의 내용을 정리하기 시작했다. 그런 다음에 상이는 다시 학생들에게 중심 주제를 이야기해보라고 했다. 남학생 하나가 말했다.

"잘못된 걸 분명히 알면서도 그딴 짓을 했다니 정말 병신이에요."

상이가 말했다.

"그래요, 잘했어요. 그런데 '병신'이라는 말은 좀 정확하지 않아요. 어딘지 욕 같아요. 그리고 '그딴 짓을 했다'는 말도 맞지 않아요. 조금 경박하게 들리니 다른 말로 바꾸어야 합니다."

다른 학생이 말했다.

"잘못된 걸 분명히 알면서도 그렇게 행동하려 했다니 너무 어리석은 행동입니다."

무척이나 기뻤던지 상이의 입에서 영어가 다 튀어나왔다.

"Yes! Very good! 정말 잘했어요! 우리 모두 박수 쳐줘야겠죠?"

학생들이 일제히 박수를 치기 시작했다. 상이는 곧바로 그 학생의 말을 칠판에 옮겨 적고 아이들에게 그냥 베껴 쓰지 말고 '마음속 깊이 새겨' 두라고 했다. 이어서 상이는 본문의 내용을 배우고 나서 모두들 어떤 교훈을 얻었는지 질문했다. 한 학생이 올바른 인생관과 가치관을 세우는 게 중요하다고 대답했다. 다른 학생 하나는 반드시 영리한 사람이 되어 자신의 재능을 조국에 바치겠다고 말했다. 상이가 다시 모위를 불러 일으켜 세웠다. 모위가 대답했다.

"방울을 훔칠 때는 귀를 막으면 안 돼요."

아이들은 물론 수업을 참관하고 있던 선생들까지 한꺼번에 웃음을 터뜨렸다. 그것은 한 편의 연극이었다. 모위는 바로 콧잔등에 새하얀 분칠을 한, 우스꽝스러운 행동을 전문적으로 하는 없어서는 안 되는 배역이었다. 물론 모위에게 그것은 결코 연극이 아니었다. 모위는 연극 무대 위에 선 배우임과 동시에 바로 그 캐릭터 자신이었다. 판화도 웃기는 했지만 곰곰이 생각해보니 모위의 말이 틀렸다고만 볼 수도 없었다. 하지만 상이는 모위의 대답이 틀렸다고 생각했다.

"모위 학생, 다시 한 번 더 깊이 생각해봅시다. 예를 들어 인생관 같은 거라면?"

"방울을 훔치면 안 됩니다. 방울을 훔치면 나쁜 학생이에요."

판화는 모위의 대답에 일리가 있다고 생각했다. 하지만 상이는 이 관문을 넘어서지 못했다. 혹은 '교수법 요강'이라는 관문을 넘어서지 못한 걸 수도 있었다. 상이가 다시 일깨워주기 시작했다.

"모위 학생, 그러면 그 사람은 왜 착한 학생이 아닌 거죠? 그건 혹시 그 사람이 무언가를 세우지 못했기 때문은 아닐지……."

결국 모위는 상이에게 아주 모범적인 답안을 제시했다.

"올바른 인생관을 세우지 못했기 때문입니다."

복사꽃이 한가득 날아올라 상이의 얼굴 위로 떨어졌다. 상이는 넥타이를 만지작거리면서 말했다.

"여러분, 모위 학생의 대답이 맞았어요 틀렸어요?"

아이들의 우렁찬 대답소리가 마치 칼로 베어낸 듯 질서정연하게 울려 퍼졌다.

"맞! 았! 습! 니! 다!"

상이가 다시 물었다.

"모위 친구가 여러분 수업을 방해했나요?"

누군가는 방해했다고 하고 또 누군가는 방해하지 않았다고 했다. 상이는 자신의 넥타이가 마치 '방해꾼'이라도 된다는 듯 두 손으로 힘껏 잡아 올리더니 이내 다시 느슨하게 풀어놓으면서 말했다.

"선생님 생각에는 방해가 되지 않았어요. 혹시 그렇게 보일지도 모르지만 사실은 아니에요. 우리 모위 친구 머리가 조금 부족한 건 사실이지만 선생님과 학우들의 도움으로 앞사람을 따라잡고 있어요. 이건 여러분한테도 좋은 기회예요. 어떤 기회일까요? 그건 바로 친구를 도울 수 있는 기회예요. 남을 돕는 기쁨이 어떤 건지 여러분 모두가 배울 수 있는 좋은 기회예요. 모두 대답해보세요. 모위 친구에게 당연히 박수를 쳐줘야 하지 않을까요?"

상이는 시간을 매우 정확하게 사용했다. 단 30초도 허투루 낭비하지 않았다. 박수 소리가 멈춤과 동시에 쉬는 시간을 알리는 학교 종이 울렸다.

향 교육부 관계자들은 역시 맡은 바 임무에 충실했다. 수업이 끝나자 잠시 쉴 틈도 없이 곧바로 평가회의를 소집했다. 판화도 요청을 받아들여 자리에 참석했다. 사람들은 상이의 수업을 아주 높이

평가했다.

"지식과 사상 그리고 재미가 모두 아주 훌륭하게 결합되어 있어요."

"책임자 동지께서 관창촌에 보내주신 지원에 감사드리고자 또여러분께 더 많은 가르침을 부탁드리고자 제가 여기 계신 책임자분들께 조촐한 식사자리를 마련했습니다. 안심하십시오, 절대로 부담스러운 자리 아닙니다. 아주 조촐합니다. 사양하지 말아주십시오. 사양하셔도 소용없습니다. 이미 준비를 다 해놓았거든요. 이렇게들하시죠. 일단 회의를 하고 계시면 제가 다시 한 번 가서 확인해보도록 하겠습니다."

회의실을 빠져나온 판화는 마치 당나귀가 맷돌을 굴리듯 탁구대주변을 끊임없이 맴돌고 있는 상이를 발견했다. 판화를 보더니 상이가 말했다.

"모위 저거 진짜 돌대가리예요. 하마터면 저놈 때문에 일을 싹다 망칠 뻔했잖아요. 정말 귀싸대기라도 한 대 날려버리고 싶었다니까요."

"그럴 필요까지 있어? 손가락 다섯 개 길이가 전부 같을 수는 없는 거지 뭐."

"하긴 그래요. 그나마 다행인 게 반면교사는 되겠네요."

판화가 웃으며 말했다.

"상이, 자네 덕에 내가 오늘 돈 좀 쓰게 생겼어. 점심때 야생동물요리를 대접하려고 준비했어. 지금 나랑 같이 가보자고. 점심은 당신이 모시고 식사하고."

"제가 그럴 자격이 되나요?"

"아이고! 말하는 것 좀 봐. 일일 마을위원회 주임인 내가 괜찮다면 괜찮은 거야. 그냥 그렇게 해."

두 사람을 태운 택시가 고속도로에 올랐다. 차 안에서 판화는 상이에게 산아제한계획 문제는 모두 출제했는지 물었다. 상이는 기본적인 출제는 끝냈지만 몇몇 부분은 조금 더 심사숙고할 필요가 있다고 했다. 그러면서 산아제한계획은 국가의 기본 정책이니 결코 소홀히 다룰 수 없어서, 좋은 문제를 출제하기 위해 리하오에게 책을 빌리는 것 말고도 신화서점에 수차례 들러 관련 자료를 한가득 구입했다고 말했다. 판화가 말했다.

"나중에 영수증 가져다줘. 전부 정산해줄 테니까."

다시 상이가 말했다.

"마르크스 생일 문제는 아무래도 한 번 더 내죠. 마르크스레닌주의는 유행을 타지도 않는 거니까."

판화가 웃으며 말했다.

"그거야 자네 소관이지."

톨게이트를 얼마 남겨두지 않은 지점에서 고속도로를 빠져나와 비포장도로를 따라 서쪽으로 400여 미터를 더 달리자 울창한 숲이 눈에 들어왔다. 숲을 통과하자 다시 저수지 하나가 보였다. 숲과 저수지 중간에는 나무 탑을 세워 둔 작은 집이 있는데 누추하기 짝이 없어서 마치 허름한 외양간처럼 보였다. 물가에서는 요리사 두 명이 한창 산비둘기와 참새를 잡고 있었다. 냉장고에서 꺼낸 번데기는 해동 중이었다. 꿩 한 마리는 벌써 배를 갈랐고 꼬리깃털은 투명한 셀로판지에 예쁘게 싸여 있었다. 알록달록 눈부신 그 꼬리깃털은 주빈에게 증정할 선물이었다. 여동생 판룽의 서재에도 비슷한 깃털이 있다. 지난번에 판화는 바로 판룽과 제부를 따라 이곳에 왔었다. 당시 방 안에는 호롱불이 밝혀져 있었는데 제부 말로는 이른바 '분위기'를 위해서라고 했다. 이 식당에서는 야생동물에 별도의 이름을 따로 붙여놓는다. 참새는 댕기물떼새, 산비둘기는 아시아비둘기라고 부르고, 꿩은 거꾸로 참새라고 부른다.

숲 속에서 판화가 상이에게 물었다.

"이제 좀 홀가분해졌겠네. 괜히 아픈 데 건드리려는 건 절대 아닌데, 전에 자네가 그 아이 낳으려고 했을 때 힘들어서 진짜 죽도록 고생했잖아. 그런데 또 해보고 싶어? 또 해보고 싶어도 그게 그렇게 쉽게 허락되는 일은 아닐 텐데."

상이가 한숨을 내뱉으며 말했다.

"조설근曹雪芹(《홍루몽》을 쓴 중국 청대의 소설가―옮긴이) 말이 딱 맞아요. 계집아이는 물이랬잖아요! 이런 씨발. 내 운명엔 물이 모자라요."

"뭔가 부족할 땐 그걸 즐기면 되는 거지. 아마 페이전이 하는 말을 들었을 거야. 쉐어가 또 임신했다고. 걔는 사내아이 하나 낳고 싶어 하지만 생각을 좀 해봐. 어디 낳고 싶은 대로 그렇게 낳아지느냐고?"

그 말을 듣자마자 상이는 당황하기 시작했다. 당황한 기색은 손에서 드러났다. 상이는 두 손으로 넥타이를 꽉 잡아당겼다. 어찌나 팽팽하게 잡아당겼는지 얼굴이 다 시뻘게졌다. 잠시 후 상이는 다시 넥타이를 조금 느슨하게 풀어놓더니 결국에는 아예 끌러버렸다.

"지부서기님, 농담하시는 거죠. 페이전이 그걸 어떻게 알겠어요? 페이전은 몰라요. 저랑 내기해도 돼요."

"그럼 자네는 그 일에 대해 알고 있는 건가?"

상이가 침을 삼키며 말했다.

"약간은 알고 있는 것 같아요."

알고 있는 것 같다니? 희한한 말이다. 판화가 다시 물었다.

"어디서 들었지?"

상이가 나뭇가지 끝을 바라보면서 말했다.

"갑자기 생각이 안 나네요."

"샹성한테 들은 거지? 샹성 그 인간은 다 좋은데 입이 너무 싸단 말이야."

"아마도 샹성한테 들은 거 같기는 한데. 그게 정확하지가 않아요. 요 이틀 수업 준비를 하느라 너무 정신없어서 다른 일은 머릿속에 들어가지도 않더군요."

"노력은 배신하지 않는다더니, 수업 정말 잘했어. 자네가 선생이어서 학생들이 복 받은 거지. 쉬 교장도 그랬잖아, 자네가 공립학교 교사들보다 훨씬 수업 잘한다고. 방금 생각난 건데 쉬 교장한테 얘기할지는 아직 안 정했지만, 자네가 정식으로 채용이 되든 안 되든 내년 1월부터 공립학교 교사가 받는 만큼 월급을 주려고 해. 동일 노동에 동일 임금이어야지. 걔들보다 일도 훨씬 잘하는데 돈은 적게 받았으니 이미 많은 희생을 한 셈이지.”

판화의 말을 들은 상이가 얼른 귀를 막았다. 물론 방울도둑 흉내를 낸 것은 아니었다. 믿기 힘들다는 제스처였다.

“일이 성사되기 전엔 누구한테도 얘기하지 마. 상성한테도 안 돼.”

“걱정 마십시오. 제 도끼에 발등 찍히는 일은 없을 겁니다.”

판화는 이야기가 끝나면 택시를 이용해 곧장 마을로 돌아갈 계획이었다. 하지만 문득 그냥 이렇게 가버리면 약간 갑작스러워서 잘난 척하는 태도로 보일 것 같았다. 판화는 다시 쉐어와 톄쒀 이야기를 꺼냈다.

“틈나면 톄쒀랑 얘길 좀 해봐도 괜찮을 거야. 톄쒀한테 바보처럼 굴지 말고 하루빨리 쉐어 배 속을 정리하라고 해. 자네야 교양인인데다가 모범적인 산아제한정책 실행자이니 자네 말은 듣겠지.”

“제가 의사도 아니고, 그 친구가 왜 제 말을 듣겠어요. 셴위를 찾아가야죠.”

“예전에 쉐어랑 셴위 부인이랑 한 번 크게 싸운 적 있지? 쉐어는 아직 족제비가 닭 생각해주는 격이라고 여길걸.”

닭이라는 말을 꺼내자 판화는 꿩의 꼬리 깃털이 떠올랐다.

“그 화령花翎 봤어? 맞아, 셀로판지에 싸여 있던 그거 말이야. 전통극을 보면 왜 장수들이 머리에 그런 거 꽂고 나오잖아. 조금 이따가 자네가 그걸 향 교육부 주임한테 줘. 그건 아주 길한 물건이야. 머리에 화령을 달라는 의미니까!”

향에서 연락이 왔다. 모든 촌의 '우두머리'들은 향으로 와서 회의에 참석하라는 내용이었다. 뉴 향장이 또 허세를 떨 모양이었다. 뉴 향장은 성이 공연히 뉴₮가 아니다. 그는 소처럼 되새김질하기를 좋아한다. 다만 소가 되새김질하는 것은 여물이고, 뉴 향장이 되새김질하는 것은 현 간부들의 보고라는 차이가 있을 뿐이었다. 물론 뉴 향장은 되새김질할 때 다른 내용을 조금씩 덧붙이기도 했다. 대체 무슨 내용을 덧붙이려는 걸까? 사실 별로 깊이 생각할 필요도 없었다. 대충만 짐작해봐도 십중팔구 빤했다. 그저 현 지도자의 지시사항에 담긴 정신과 왕자이향의 구체적인 현실을 적절하게 접목해 왕자이향만의 특색을 지닌 길로 나아가야 한다는 이야기를 하는 데 불과할 터였다. 그 '특색'은 주로 숫자, 그러니까 일종의 비율로 표현되었다. 통상 비율은 20퍼센트였다. 가령 현 지도자가 경작지를 삼림으로 환원하라고 강조하면서 각 촌에서 100무씩 실행해야 한다고 하면, 뉴 향장은 20퍼센트를 더해 120무를 요구하는 식이었다. 만약 현 지도자가 경제 작물이 농작물의 30퍼센트를 점해야 한다고 강조하면, 뉴 향장은 이 비율을 50퍼센트까지 끌어올릴 것이다. 그러다 보니 우스꽝스러운 꼴을 당하는 경우도 있었다.

작년에 한차례 소란이 있었다. 당시 현 지도자는 본래 각 촌의 보유지방세를 10퍼센트 정도 낮춘 25퍼센트로 잡아야 하지만, 농민의 부담을 덜기 위해 30퍼센트로 5퍼센트 정도만 낮춘다고 말했다. 뉴 향장이 돌아와 '왕자이이향의 현실과 결합시키자'마자 그 비율은 어느새 50퍼센트가 되어버렸다. 할당량 감소폭을 줄인 것이 아

니라 오히려 올려버린 것이다. 그 사실을 안 현장이 그를 불러 한바
탕 욕을 퍼부었다. 이봐 뉴 씨! 뉴 씨! 대가리에 뿔이 돋치더니 이젠
아주 간땡이까지 부은 거야? 모든 현에서 다 당신처럼 하면 우리는
도대체 뭘 먹고 뭘 마시라는 거야? 동북풍이나 먹고 서북풍이나 마
시라고 할까? 어? 전체 현에서 전부 다 당신처럼 하면 농민들이 단
맛도 좀 보고 또 나가서 아르바이트도 할 수 있겠네? 어? 뉴 향장은
나중에 사석에서, 현장이 백분율을 올렸다가는 또 금방 내렸다고
투덜거렸다. '바지 속에서 방귀를 뀌면 나가는 길은 두 개'인 법이
다. 뉴 향장은 한쪽 길만 알고 다른 쪽은 몰라 결국 큰 사고를 치고
야 말았다. 당시 뉴 향장의 두 눈에는 하루가 멀다 하고 시뻘건 핏발
이 서 있었다. 화내야 할지 억울해야 할지조차 분간할 수 없을 지경
이었다. 아무튼 그의 모습은 곧 누구랑 붙기라도 할 것처럼 사람들
을 두렵게 했다.

　뉴 향장이 또 뭘 되새김질하려는 거지, 하고 판화는 생각했다. 이
제 곧 선거이니 선거 기간의 안전 문제를 강조하려는 게 분명해. 공
연히 문제 일으키지 말라는 뜻이겠지. 서로 치고받는 폭력사태를
지난 선거에 비해 20퍼센트 내려야 하는 건가.

　칭수가 차를 몰고 사람을 만나러 가버리는 바람에 판화는 택시를
타거나 승객을 모아 운행하는 소형버스를 타고 왕자이에 갈 수밖에
없었다. 함께 길가에서 차를 기다리고 있는 관창 사람들이 몇 명 있
었다. 그들이 판화에게 어디로 가는지 묻자 판화는 왕자이에 회의
하러 가는 길이라고 했다. 그러면서 그녀는 뉴 향장 욕을 한바탕 해

댔다.

"진짜 피곤해 죽겠어. 뉴 향장 그 인간 밥 먹고 할 짓이 없나. 항상 쓸데없는 일을 만든다니까!"

일반적인 상황에서, 마을 사람들이 가장 증오하는 대상은 향 간부들이다. 마을 사람들의 눈에 비친 향 간부들은 예쁜 구석이라고는 전혀 없었다. 제기랄, 마을에 이것 해라 저것 해라 지시하는 일밖에 모른다. 간부와 대중 사이에는 언제나 한 세대를 건너뛴 친근함이 존재했다. 농민은 향 간부는 믿지 않지만 도리어 그 위의 현장을 신뢰했다. 향간부는 현장을 신뢰하지 않지만 그 위의 시장을 믿고 따랐다. 현 간부는 자연스레 시장을 신뢰하는 것이 아니라 성 대표를 신임했다. 부처님 경전은 훌륭한데 주지스님이 엉망으로 읽는 거다. 잠시 뒤 판화의 말소리가 끝나자 누군가 옆에서 한마디 거들었다.

"뉴 향장도 그저 철 지난 메뚜기일 뿐이에요. 현장이 조만간 손볼 겁니다."

판화가 말했다.

"맞아. 발버둥질해봐야 며칠 안 갈 거야!"

하지만 뉴 향장은 결코 철 지난 메뚜기가 아니었다. 가을걷이 후의 메뚜기는 제멋대로 날뛰기 일쑤였지만 뉴 향장은 달랐다. 그는 아주 제대로 뛰었다. 판화가 향 정부청사 광장에 들어섰을 때 뉴 향장은 비서와 배드민턴을 치고 있었다. 공중에 높이 뜬 셔틀콕을 향해 힘껏 뛰어오른 뉴 향장이 '제길' 하면서 힘껏 아래로 내리쳤다.

뉴 향장의 온몸은 순색으로 도배되어 있었다. 하얀 스웨터와 하얀 바지에 흰색 운동화 차림이었다. 원래는 백발이어야 하지만 머리를 검은색으로 염색한 상태였다. 주변 구경꾼들의 박수 소리가 울려 퍼졌다. 뉴 향장에게 '킬'당한 비서는 '보스'의 경기 스타일이 마치 올림픽 금메달리스트 리링웨이李玲蔚 같은 느낌이 난다고 아첨했다.

비서란 직업은 언제나 눈으로 여섯 곳을 보고 귀로는 팔방의 소리를 들어야 하는 법이다. 판화를 발견한 비서의 눈빛이 잠시 반짝였지만 바로 인사를 건네지는 않았다. 하지만 처신이 매우 훌륭했다. 그가 사이드라인 쪽으로 쳐낸 셔틀콕은 마치 눈이라도 달린 듯 판화의 발 바로 앞에 떨어졌다. 비서는 그제야 판화를 발견한 척하며 말했다.

"어! 오셨네요. 보스께서 줄곧 기다리고 계셨어요!"

그제야 판화는 다른 마을의 '우두머리'들은 오지 않았다는 사실을 발견했다. 오로지 그녀 혼자밖에 없었다. '보스'라고 불린 뉴 향장은 라켓을 내려놓고 타이피스트 아가씨가 건네준 수건으로 얼굴과 목을 닦았다. 이어서 수건으로 감싼 손가락 끝으로 귓구멍을 닦아내더니 다시 머리를 빗어 내렸다. 몸단장을 마친 뉴 향장은 자신과 함께 들어가자는 의미로 판화에게 손짓을 했다. 판화는 뉴 향장을 따라 사무실로 들어섰다. 뉴 향장은 타이피스트 아가씨가 건네준 물을 한 잔 입안 가득 들이켰다. 하지만 그는 물을 삼키지 않고 고개를 뒤로 젖혀 가르랑가르랑 입가심을 했다. 그러곤 생활용수를 절약하기 위해서였는지 물을 뱉지 않고 그냥 꿀떡 삼켜버렸다. 물을 삼킨 뉴 향장은 고개를 돌려 판화를 바라봤다. 그 눈매가 마치 피의자를 심문하는 것처럼 자못 매서웠다. 뉴 향장은 물 한 모금을 더 마시고는 다시 입을 헹구기 시작했다. 이번에는 물을 삼키지 않고 전부 뱉어냈다. 또다시 입가를 훔치고 난 뉴 향장이 드디어 입을 열었다.

"쿵 촌장님, 앉으라고 하지 않으면 계속 서 계실 겁니까?"

분위기가 심상치 않잖아, 하고 판화는 생각했다. 판화는 무거운 분위기를 조금 누그러뜨릴 생각에 일부러 농담투로 말했다.

"향장님께서 아직 안 앉으셨는데 제가 어떻게 앉겠어요, 감히!"

"다 괜찮아요?"

뉴 향장이 자리에 앉으며 물었다. 막연한 질문에 판화는 어떻게 대답해야 좋을지 알 수 없었다. 그저 하하거리고는 대답했다.

"그런대로 괜찮아요!"

뉴 향장이 갑자기 진지한 태도로 말했다.

"구체적으로 말씀하세요. 어떤 면에서 괜찮고 어떤 면에서 안 괜찮은지, 아니면 모든 면에서 괜찮다는 말인지."

"열 손가락이 전부 가지런할 수는 없는 법이잖아요. 아무래도 몇몇 사업은 진행이 쉽질 않네요."

뉴 향장이 책 한 권을 펼쳐 들었다. 《영어회화 300구》로 보였다. 하지만 책을 펼치자마자 금방 다시 덮어버렸다.

"그래도 좀 더 자세히 얘기해봐요. 도대체 어떤 일이 잘 안 된다는 거죠?"

판화는 난감했다. 난 뭐든지 잘 처리해왔어. 그런데 유독 제지공장 그 골칫덩어리는 아직도 수습하지 못하고 있으니. 하지만 그 사실은 말할 수 없다. 그 이야기를 꺼내면 곧 뉴 향장을 인간도 아니라고 욕하는 셈이나 마찬가지잖아. 아휴, 이건 벌집이야. 함부로 건드릴 수 없어. 뉴 향장의 재촉이 시작됐다.

"얘기해봐요. 문제가 생겼다고 겁내지만 말고. 문제점을 제대로 파악하지 못하는 게 정말 무서운 거죠. 종기에 고름이 찼으면 얼른 째고 짜내야지."

판화는 속으로 생각했다. 이런 개 같은 새끼. 이것도 아니고 저것도 아니고, 도대체 무슨 뜻이야? 안 되겠어. 저런 놈한테 코가 꿰일 수는 없지. 차라리 내가 미리 선수를 쳐 저놈의 코를 잡아끄는 편이 낫겠어.

"뉴 향장님, 관창에 암행감찰 나간 적 있으시죠? 무슨 문제가 있었는지 전부 솔직하게 말씀해주세요. 저희 마을위원회에서는 향장님 지시사항을 반드시 실제 상황에 적용할 겁니다."

뉴 향장은 반쯤 주먹을 말아쥔 채 탁자 위에 놓았던 손을 번쩍 들어 올려 손바닥이 보이게 쫙 펼쳤다. 뉴 향장의 책상 위에도 국기 하나가 걸려 있었다. 그의 손바닥이 국기 아래까지 올라가더니 다시 내려왔다. 그러고는 다시 올라갔다. 무슨 기공이라도 연마하고 있는 거야? 판화가 속으로 이런 생각을 하고 있는데, 뉴 향장이 입을 열었다.

"쿵 촌장, 쿵 촌장님. 모든 일을 철저하게 준비해야지, 그러지 않아서 새는 부분이 있으면 안 되지요."

뭐가 새고 말고야. 저 자식이 지금 이 왕고모님한테 무슨 수수께끼라도 내겠다는 거야 뭐야?

"지적해주시면 확실히 고치도록 할게요."

뉴 향장이 산아제한정책 문제를 거론하리라고는 전혀 예상하지 못했다. 그의 귀는 개보다 더 예민했다. 이미 야오쉐어라는 이름 석 자까지 모두 알고 있었다. 뉴 향장이, 야오쉐어라는 여자가 잔뜩 부른 배를 하고 도망친 것 아닙니까, 하고 물었다. 판화의 해명이 시작되기도 전에 뉴 향장이 탁자를 내려쳤다.

"계획 외 임신이라니! 당신들 대체 간땡이가 얼마나 부은 겁니까?"

판화는 숨길 수 없었다. 결국 야오쉐어가 임신했다는 사실을 인정할 수밖에 없었다. 하지만…….

뉴 향장은 그녀의 말이 끝나기도 전에 '에잇' 하는 소리와 함께 자리에서 벌떡 일어났다.

"하지만은 뭔 놈의 하지만이야? 망할 놈의 하지만! 배때기! 배때기! 당신은 어떻게 그놈의 배때기 하나를 제대로 관리하지 못하는 겁니까?"

"저도 얼마 전에 겨우 알았습니다. 지금 수술해도 안 늦어요. 수술로 그냥 떼버리기만 하면 되는 건데!"

"말이야 그럴싸하지! 원래 좋은 일은 집안 문도 못 건너지만 나쁜 일은 천 리 밖까지 가는 법입니다. 이제 온 세상 사람들이 다 알아버렸어요."

뉴 향장이 자기 얼굴을 '철썩, 철썩' 소리가 나도록 내리쳤다.

"당신들 때문에 정말 내가 아주 얼굴을 들고 다닐 수 없어요!"

판화는 속으로 생각했다. 그거야 리톄쒀가 저지른 짓이지. 당신이 한 짓도 아니면서 대체 뭐가 얼굴을 들 수 없다는 거야? 하지만 판화는 이내 그 말의 의미를 곰곰이 생각해봤다. 누군가 이번 사건을 현에 제보하는 바람에 현에서 조사를 나왔구나. 하지만 대체 누가 윗선에 줄을 대는 능력이 있는 거지? 이어진 뉴 향장의 말에 판화는 다소간 이해가 되었다. 뉴 향장이 말했다.

"사실 말이죠, 털어서 먼지 안 나는 동네가 어디 하나라도 있겠어요! 우리 왕자이향이 더러우면 저 난위안향이라고 그리 깨끗할 리 없다고요. 그런데 더러운 건 어쨌든 더러운 거잖아요. 그러니까 어떻게든 이불로 덮어서 겉으로는 안 드러나게 하려는 거라고요. 그런데 당신은 전 세계가 다 알도록 했으니 아주 잘하셨습니다!"

씨발, 그러니까 류쥔졔가 그 일을 폭로한 거야? 쥔졔! 아! 쥔졔! 이 병신 같은 새끼가 나를 아주 잡는구나!

단단히 마음먹는 것 외에는 판화에게도 별다른 방법이 없었다. 그녀는 뉴 향장에게 쉐어의 임신 문제는 자신이 책임지고 최대한 빠른 시일 내에 해결하겠다고 말하는 수밖에 없었다.

"제가 어떻게 처리하는지 한 번 두고 보시죠."

판화의 말이 끝나자 뉴 향장은 전화를 해 타이피스트 아가씨를 불러 판화에게 물을 한 잔 따라주라고 했다. 타이피스트 아가씨가 나가자 뉴 향장이 고개를 절레절레 저으며 웃음을 터뜨렸다. 그 뜬금없는 웃음소리에 판화의 가슴이 두근대기 시작했다. 뉴 향장은 말투를 바꾸었다. 그녀를 '쿵 촌장'이라고 하지도 않고 그저 '판화'라고 바꾸어 불렀다. 뉴 향장이 말했다.

"판화, 나는 내 편한테만 화를 내. 다른 사람들은 내가 화내는 걸 보고 싶어도 못 본다니까. 너무 마음에 두지 말아."

뉴 향장은 당장에 자신의 성이라도 바꿀 것처럼 보였다. 만약 이 세상에 당나귀를 뜻하는 '뤼驢'씨가 있다면 뉴 향장은 얼마 안 있어 '뤼'씨로 성을 바꾸었을 것이다.

"내 비록 성이 뉴씨긴 하지만 당나귀 기질도 있어. 일단 성질이 급해. 그리고 고집이 세지. 내 일이 제대로 안 풀려도 화가 나는데 다른 인간들이 나더러 일을 잘못했다고 하면 분노가 치밀어. 그리고 이 분노를 그냥 삼킬 수가 없어."

그러더니 뉴 향장은 다시 판룽 이야기를 꺼냈다.

"내가 판룽이 쓴 글을 자주 봐. 제법 노련한 데다 신랄하기까지 하던데. 그게 어디 예쁘장한 여자가 쓴 글 같은가? 꼭 루쉰魯迅이 쓴 글 같더라니까."

그러면서 뉴 향장은 슬쩍 자신의 '속내'를 드러냈다.

"솔직한 말로, 나는 당신이 규정을 제대로 이해하지 못해 밖에서 화를 당할까 봐 걱정이야. 정치판에서 굴러먹는다는 건, 그야말로 자루 속 고양이를 사는 것과 같아. 수놈일지 암놈일지, 검은 고양이일지 흰 고양이일지, 얼룩 고양이일지 누런 고양이일지, 페르시안 고양이일지 알 수 없어. 그러니까 조심해야 돼. 말 많이 하지 말고."

뉴 향장의 말뜻은 아주 분명했다. 판화에게 더 이상 류쥔제와 접

촉하지 말라는 충고를 하고 있는 것이다. '자루 속 고양이 사기!' 이야기를 마친 뉴 향장이 이번에는 갑자기 판화의 칭찬을 늘어놓기 시작했다.

"오늘 연기력 아주 좋던데! 내가 무슨 일로 자기를 찾은 건지 아무 말도 안 했더니 그저 아무것도 모르는 척하고. 아주 좋았어! 때로는 귀머거리인 척 벙어리인 척할 필요도 있는 법이니까. 내가 진짜 화난 거라고 생각하지 마. 전혀 아니야. 기분은 아주 좋아! 자기가 이렇게 발전한 모습을 보이는데 내가 어떻게 안 기쁘겠어? 기분 좋다고! 어느 해던가 설날 만찬 자리에서 불렀던 노랫말처럼, 오늘은 정말이야, 정말 즐거워."

마지막 '오늘은 정말이야, 정말 즐거워'라는 말을 할 때는 뉴 향장의 말투가 어느새 표준어로 바뀌어 있었다. 하지만 뉴 향장이 너무 목소리를 꺾는 바람에 '정말'이라는 단어가 약간 '젓말' 같기도 하고 또 '점알' 같기도 했다.

판화는 침을 삼키고 웃음을 꾹 참았다. 뉴 향장은 계속해서 판화에게 질문을 해댔다. 업무상 무슨 어려움이 있는지 솔직하게 알려주면 조직에서 해결하는 데 도움을 주겠다고 했다. 그러면서 다시 이번 선거에 자신이 있는지 물었다. 판화가 말했다.

"뽑히면 한 번 더 하는 거고, 떨어지면 그냥 때려치우는 거죠 뭐."

뉴 향장이 또다시 판화를 추켜세웠다.

"일편단심 충성심에 양수겸장이라! 좋아! 그런데 나는 당신이 연임할 거란 사실을 잘 알고 있어. 말인지 노새인지는 외양간에서 끌고 나와 타보면 바로 알 수 있거든. 다른 사람한테 관찰촌을 맡기면 영 마음이 놓이질 않아. 쓸데없는 주둥아리들만 한 무더기니 나 원 참!"

"아휴! 아무튼 전 이미 다 준비됐어요. 만약 이번 선거 떨어지면 그냥 선전으로 갈 거예요. 남편이 거기서 사업을 하는데 마침 도와줄 사람도 좀 필요하고 해서."

판화의 말에 뉴 향장의 표정이 잔뜩 일그러졌다.

"그게 무슨 소리야? 허튼소리 집어치워! 며칠 전에 〈동방시공東方時空〉이라는 프로그램을 봤는데 거기 나오는 얘기가 아주 그럴듯하더라고. '한 개인이 부유하다고 부자가 아니라, 모든 인민이 부유해야 비로소 부자이다.' 그때 생각했지. 저건 바로 판화 당신을 두고 하는 이야기가 아닐까? 당신 같은 사람이 모질게 온 마을 사람들 나 몰라라 내팽개치고 저 혼자 돈이나 벌겠다고 뛰어다닌다는 건 믿을 수 없어."

그 어떤 노래보다도 기분 좋은 찬사였다. 판화는 생각했다. 눈치 챘네. 내가 분명히 연임할 거라는 사실을 눈치챘어. 그러니 저런 말을 늘어놓는 거겠지. 판화는 또 생각했다. 연임되면 우선 제지공장부터 손을 대야겠어. 바람막이 노릇 하던 당신이 어떻게 나오는지 보고 싶군.

마을로 돌아오는 길에 보니, 거리 곳곳은 이미 각양각색의 표어로 가득 차 선거 분위기를 물씬 풍기고 있었다. 표어 하나가 판신네 외양간 난간에 비스듬히 붙어 있었다.

'인민의 간부는 인민의 손으로, 인재를 뽑자!'

그곳에서 두어 걸음 더 걸어가면 바로 링후이의 집이다. 링후이는 마을의 이발사다. 그의 집 대문에는 사시사철 나무 간판 하나가 붙어 있었다. 원래는 '태평양 이발소'라고 적혀 있었는데 나중에 '대서양 미용실'로 바뀌었다. 언젠가 판화는 그에게 가게 이름을 바꾼 이유를 물은 적 있었다. 그러자 그는 태평양은 아무래도 조금 촌스럽고, 그래도 대서양이 더 서구적인 느낌이 난다고 했다. 도대체 어째서 대서양이 태평양보다 서구적이라는 걸까? 판화는 도저히 이해할 수가 없었다. 링후이의 집 대문에는 칼로 깊숙이 판 대련 한 폭도 걸려 있었다.

'들어올 땐 까치머리 공붓벌레, 나갈 땐 말끔한 백면서생!'

일정한 시간이 지나면, 링후이는 붉은 잉크로 음각한 글씨 위에 덧칠을 하곤 했다. 이 대련은 참 잘 썼다. 링후이는 자신이 생각해냈다고, 그러느라 혈압이 오를 지경이었다고 엄살을 부렸다. 그런데 지금은 이 대련이 붉은 종이로 덮이고 새로운 대련 한 폭이 걸려 있었다.

'무대에 오를 땐 전전긍긍, 무대에서 내려갈 땐 사뿐사뿐!'

처음에는 다소 어색하고 말도 되지 않는 듯 보였지만, 다시 한 번 곱씹어보니 참으로 훌륭한 문구였다. 언어는 구어체인데 내용은 오히려 우아했다. 그야말로 관료가 올라야 할 진정한 경지가 아닌가! 링후이 이 사람은 정말 대단해, 나름 글깨나 읽었네, 하고 판화는 생각했다. 칭수를 데려와서 좀 배우라고 해야겠어. 그때 링후이가 마침 물을 쏟아버리려고 가게 밖으로 나왔다. 판화가 말했다.

"링후이, 이 대련 정말 잘 썼네! 이번엔 혈압 오르지 않았어?"

링후이는 판화를 보더니 다시 고개를 돌려 대련을 바라보고 '푸하' 하고 웃기 시작했다. 링후이는 그 대련은 아이들에게 보여주기 위해 쓴 것이라고 대답했다. 어른들이 아이들을 '대서양'에 데리고 올 때면, 아이들은 하나같이 울고불고 고함을 지르며 머리를 깎지 않으려 발버둥을 쳤다. 그래서 아이들한테 머리를 잘 깎으면 머리가 귀를 찌르지 않아 아주 개운하고 시원하다는 사실을 알려주려는 의도라고 했다.

"다른 의미는 없어요. 정말로 다른 의미는 없어요."

차라리 아무 말도 하지 않았으면 좋았을 것을. 말을 해서 도리어 '의미가 있다'는 게 확인되어버렸다. 판화가 웃으며 자리를 떴다. 두어 발짝 내딛던 판화가 다시 고개를 돌려 링후이를 향해 두 손을 공손히 모으고 허리를 숙이며 사업 번창을 기원했다.

길을 걷던 판화는 뭔가 수상쩍다고 생각했다. 거리가 아주 조용했다. 사람 그림자 하나 눈에 띄지 않았다. 끊임없이 들리던 개 짖는 소리 역시 사라져버렸다. 칭린네 문 앞을 지날 때 판화는 칭린의 집 대문이 자물쇠로 채워져 있는 것을 발견했다. 마을에서 누가 죽기라도 한 것일까? 판화는 혼자 생각에 잠겼다.

마을에서 누군가 죽으면 사람들이 몰려들어 그 집 주변을 에워싸곤 한다. 명분이야 고인의 유족에게 위로를 전하기 위해서라지만,

사실은 그저 구경거리를 놓치기 싫어서다. 상주가 어떻게 곡을 하는지, 누가 진심으로 울고 누가 우는 척하는지, 누가 가장 듣기 싫게 울고 또 누가 가장 감동적으로 우는지 구경하려는 것이다. 저녁이 되면 고수를 청한다. 상주들은 먼저 고수에게 절을 올려야 한다. 상주가 절을 마치기 전에 고수들은 곧바로 나팔을 불고 북과 기름칠을 한 커다란 딱따기를 두드리기 시작한다. 나팔 소리의 처연한 선율은 사람들의 심장을 찌른다. 딱따기 소리는 아주 격정적이어서 사람들의 심장을 갈기갈기 찢어놓는다.

이어서 악사들은 두 무리로 나뉘어 자세를 잡고 시합을 벌인다. 한편에서 〈느린 소리聲聲慢〉를 연주하면 다른 한편에서는 〈원망하는 소리聲聲怨〉를 연주한다. 느린 소리와 원망하는 소리 사이에는 상주들의 울음소리와 구경꾼들의 탄식소리가 섞여든다. 한쪽에서 〈붉은 살구가 담장을 넘다紅杏出牆〉를 연주하면 다른 쪽에서는 〈하늘 가득 흩날리는 눈飛雪滿天〉을 연주한다. 붉은 살구가 막 담장을 넘어서자마자 흩날리는 눈발을 만났으니, 쇠락하는 운명을 피할 길이 없지 않은가? 그래서 상주들은 다시 울고 구경꾼들 역시 탄식을 이어간다. 한쪽에서 〈선녀가 꽃을 뿌린다天女散花〉를 불면 다른 쪽에서는 〈떨어진 꽃잎 흩날리고落英繽紛〉로 맞받아친다. 천상의 선녀가 흩뿌린 꽃조차 결국 한 줌 흙으로 되돌아갈 운명인데, 속세의 범부야 말할 나위도 없지 않은가? 구경꾼들은 상주에게 울지 말라며 사람이 죽으면 되살아날 수는 없으니 그리 운다고 살아날 리 없다고 위로의 말을 건넨다. 마지막으로 고수들이 〈상서로운 용과 봉황龍鳳呈祥〉

을 한 번 더 연주한다. 마치 고인들이 이미 승천하여, 남자는 용이 되고 여자는 봉황이 된 것만 같다. 어쨌든 이 모든 게 지극히 상서롭고 평화로운 모습이다.

그때 판화의 귓가에 희미한 울음소리가 들렸다. 울음소리는 바람에 나부껴 어느 방향에서 들려오는지 알 수 없었다. 판화는 머릿속으로 마을의 노인들을 차례차례 헤아려보았다. 하지만 누가 죽은 것인지 도저히 떠오르지 않았다. 판화가 다시 앞을 향해 발걸음을 옮기자 울음소리가 자신의 뒤편에서 들리는 듯했다. 판화가 몇 발짝 뒷걸음질 치자 울음소리가 조금씩 또렷하게 들리기 시작했다. 아! 그 소리는 뜻밖에도 칭린의 집에서 흘러나오는 소리였다. 정말 이상한 일이었다. 판화는 느린 걸음으로 칭린네 집 앞으로 가서 문틈 사이로 안을 들여다보았다. 마당에는 아무도 없었다. 다만 뼛조각 몇 개가 바닥에 나뒹굴고 있을 뿐이었다. 뼛조각은 아주 깨끗하고 옥처럼 반짝반짝 광이 나 있었다. 틀림없이 늑대가 혀로 깨끗이 핥았을 것이다. 판화의 가슴이 철렁 내려앉았다. 설마 늑대가 사람을 물어 죽였나? 다시 한 번 뼛조각을 자세히 살펴보니, 돼지 뼈 같지도 않고 소뼈 같지도 않았다. 판화는 감히 계속 상상을 이어갈 수 없었다. 연달아 몇 걸음이나 뒷걸음쳤다. 하지만 다시 생각해보니 아니었다. 그런 건 불가능했다. 늑대 식욕이 아무리 왕성하기로서니 사람 하나를 통째로 먹어치울 수는 없잖아? 설사 잡아먹었다 하더라도 저렇게까지 깨끗하게 핥아먹기란 불가능해.

판화는 그때서야 문고리를 두드렸다. 칭린의 아내가 거의 내달리

다시피 안에서 뛰어나왔다. 눈가에는 여전히 눈물이 고여 있었지만 얼굴에는 이미 웃음기가 번지고 있었다.

"돌아왔구나! 돌아왔어!"

그녀는 뛰쳐나오면서 "후이후이"라고 소리치기까지 했다. 판화는 상황을 알아차렸다. 칭린의 아내는 칭린이 후이후이를 데리고 돌아왔다고 생각한 것이다. 그런데 칭린도 후이후이도 보이지 않자 그녀는 다시 울기 시작했다.

"울긴 왜 울어!"

판화가 말했다. 문틈으로 보이는 사람이 판화임을 알아차린 여자의 울음소리가 더 커졌다. 그리고 지부서기님이 제발 좀 알아서 해달라고 사정하기 시작했다. 판화는 도대체 무슨 일인지 물었다. 하지만 그녀는 이쪽을 가리키고 저쪽을 가리키고 또 발도 동동 구르기만 하면서 좀처럼 입을 열지 않았다. 다시 묻자 이제는 아예 땅바닥에 무릎을 꿇고 앉아 얼굴을 감싸 쥔 채 대성통곡을 해댔다. 판화가 소리를 질러댔다.

"울지 마! 일어나!"

칭린의 아내가 옷깃으로 눈물을 닦아내고는 일어섰다. 그녀는 횡설수설 한참을 이야기했다. 판화는 겨우 상황을 파악했다. 알고 보니, 칭린이 싸움을 시킨다면서 후이후이를 데리고 나갔다는 것이다. 어디에서 싸움을 하는지 묻자 그녀는 또다시 동쪽을 가리키고 서쪽을 가리키더니, 심지어 하늘을 가리키기도 했다. 마을이 이렇게 조용한 이유가 설마 사람들이 전부 싸움을 하러 가서일까? 서늘

한 기운이 등줄기를 타고 올라왔다. 뒤통수까지 올라왔다가 다시 돌아 두 다리를 타고 내려갔다. 이어서 판화는 두 다리가 쉴 새 없이 떨리는 것을 느꼈다.

판화는 먼저 제지공장을 향해 달려갔다. 멀리서 보니 제지공장 정문에는 아무도 없었다. 하지만 그녀의 두 다리는 여전히 그곳을 향해 달리고 있었다. 공장 앞에 도착한 판화는 입구에 세워놓은 사자상을 어루만졌다. 사자상의 입 안쪽에는 동그란 돌멩이 하나가 들어 있다. 평소에 아이들이 워낙 만지작거리기를 좋아해서 주판알처럼 반질반질해져 있었다. 판화가 손으로 만져보니 싸늘했다. 사자상의 발가락 사이는 온통 홰나무 낙엽으로 가득했다. 집어 든 낙엽 한 장을 들여다보던 판화는 그것을 원래 있던 자리에 다시 내려놓았다.

잠시 뒤에야 그녀는 집으로 돌아가야 한다는 사실을 떠올렸다. 마을 사람들이 모두 싸움에 가담했다 하더라도 아버지마저 갔을 리는 없었다. 물론 덴쿤은 틀림없이 갔을 것이다. 덴쿤은 선전에서 두들겨 맞은 경험이 있다. 한 번 실패하면 그만큼 약아지는 법이니, 갔다 하더라도 절대 앞으로 나서지는 않을 터였다. 판화는 집을 향해 내달렸다. 촌장이 된 이후로 판화는 마을에서 단 한 번도 뛰어다닌 적이 없었다. 언제나 느긋하고 점잖은 태도로 길을 걸었다. 아주 오래전 초등학교에 다니던 시절에는 매일 지금처럼 뛰어다니곤 했다. 고등학교에 입학한 이후로는 거의 뛰어다니지 않았다. 뛰어야 할 때는 체조시간뿐이었다. 그녀는 달리거나 체조를 할 때 자신의 젖

가슴이 봉긋하게 솟아오르고 있다는 사실을 알게 되었다. 마치 어린싹 사이에 숨어 있는 참외처럼 조금씩 부풀어 오르고 조금씩 팽창해갔다. 한참을 뛰어다니다 보면 옷에 쓸린 젖꼭지가 단단해져 있었다. 마치 가시 돋친 나뭇가지 위에 숨어 있는 멧대추 같았다. 조금 더 시간이 흐른 어느 날, 학교 뒤편 숲 속에서 덴쿤은 그 대추알을 자신의 입안에 머금었다. 하지만 지금 판화는 달려가면서도 자기 유방이 참외 같다고 느껴지지 않았다. 오히려 가을을 지난 조롱박 같다고 느껴졌다. 두 조롱박이 이리저리 흔들리면서 지지대조차 흔들어 쓰러뜨리는 형국이었다. 정말 그랬다. 집 앞에 도착한 그녀는 그야말로 녹초가 되어 있었다.

다행이다. 문은 닫혀만 있고 자물쇠는 채워져 있지 않았다. 대문을 와락 열어젖혔다. 집 안에는 아무도 없었다. 토끼 한 마리만 허리를 곧추세우고 앞다리 두 짝을 가슴팍에서 늘어뜨리고 서 있었다. 마치 그녀를 전혀 모르겠다는 듯이 호기심 어린 새빨간 두 눈으로 그녀를 응시했다.

잠시 뒤 와자지껄한 소리가 들렸다. 유치원 꼬마들이 시끄럽게 떠드는 소리 같기도 했다. 이번에는 똑똑히 들었다. 소리는 학교가 있는 방향에서 들려오고 있었다. 판화는 서둘러 학교를 향해 달렸다. 학교를 지나 언덕에 이르기 전 판화의 눈에 리하오의 양 떼가 들어왔다. 양 떼 울음소리에는 두려움과 불안이 담겨 있었다. 양 떼 울음소리 사이에 어떤 이질적인 소리가 섞여 있었다. 그 소리는 언덕 위에서부터 들려왔다. 누군가 칭강의 이름을 부르는 소리가 들렸다. 그제야 판화는 결국, 이런! 분명히 궁창 사람들과 싸움이 났구나, 하는 생각이 들었다.

　판화가 도착했을 때 궁창 사람들은 이미 돌아가버리고 없었다. 날은 벌써 어두워졌지만 판화는 여전히 만면에 희색이 완연한 사람들의 표정을 읽을 수 있었다. 전쟁에서 승리한 기쁨의 표정이었다. 판화는 누구 하나 맨손인 사람이 없다는 사실을 발견했다. 남자들은 호미와 삽을, 여자들은 밀방망이와 채소를 볶을 때 사용하는 철제 주걱을 손에 쥐고 있었다. 판화를 가장 먼저 발견한 사람은 더우더우였다. 더우더우의 손에도 무기가 들려 있었다. 버드나무 가지 한 가닥이었다. 더우더우가 버드나무 가지를 휘휘 휘두르면서 폴짝폴짝 달려왔다. 판화의 품속으로 뛰어든 더우더우가 판화에게 매달리며 그녀를 꼭 껴안았다. 판화에게는 이미 아이를 안아줄 힘조차 남아 있지 않아 똑바로 서라고만 말했다. 더우더우가 '앙' 하고 울음을 터뜨렸다. 더우더우가 울음을 터뜨리자 사람들이 판화를 발견했다.
　"드디어 나타나셨군."
　이 말은 링후이가 내뱉었다. 저런 백정새끼가, 돌대가리 같은 놈이 뭐라고? 드디어 나타나셨군? 내가 어디 일부러 숨기라도 했단 말이야? 판화가 링후이에게 물었다.
　"거기는 뭐 역할 좀 하셨나?"
　링후이가 머리를 긁적이며 말했다.

"힘 좀 써볼까 했는데, 놈들이 벌써 뿔뿔이 흩어져버린 뒤라."

저런! 이제 보니 옆에서 전쟁을 구경만 하고 있었구나. 링후이의 사촌형 링원이 말했다.

"아하! 승리 결과를 확인하러 오셨어요?"

그야말로 듣기 거북한 소리였다. 남의 성과나 슬쩍 가로채려 한다는 의미가 담겨 있었기 때문이다. 판화가 말했다.

"부상당하진 않았지?"

링원이 말했다.

"그런 꼬락서니들이 어디 감히 이 몸한테 가까이 올 생각이나 하겠어요? 왔으면 아주 죽여놨을 겁니다."

역시 싸우지 않았다는 소리였다. 판화가 말했다.

"안 다쳤으면 됐어요."

그때 칭수가 다가왔다. 칭수는 군용 벨트를 손에 든 채 거들먹거리며 말했다.

"칼끝에 피 한 방울 안 묻히고 확실하게 대승을 거두었어요."

판화는 정말 묻고 싶었다. 너는 쉐어를 찾으러 가지 않았어? 근데 어떻게 여기 나타난 거야? 하지만 판화는 묻지 않았다. 오히려 한바탕 칭수를 칭찬해주었다.

"칭수는 필요한 곳이면 어디라도 나타나네!"

"중요한 건 마른 강아지의 버릇없는 콧대에 한 방 먹였다는 거죠."

칭수가 마른 강아지 이야기를 꺼내자 판화는 바로 칭린네 늑대가 떠올랐다.

"칭린은? 그 집 늑대는?"

"저 늑대 녀석도 공을 세웠어요."

늑대는 알고 보니 판화 옆에 있었다. 철창 우리 안에 갇혀 있었다. 늑대가 어디서 이런 전투 광경을 보았겠는가? 녀석은 머리를 꼬리 밑에 파묻은 채 사시나무 떨듯 바들바들 떨고 있었다. 철창이 철컹철컹 흔들리기까지 했다. 털 빠진 봉황은 닭보다 못하고 간이 콩알만 해진 거대한 회색 늑대는 강아지보다 못하구나. 겁을 잔뜩 집어먹은 거대한 회색 늑대의 모습은 초라한 떠돌이 개보다도 보잘것없었다. 늑대는 마치 천식을 앓고 있는 듯 쉴 새 없이 그르렁댔다. 칭수가 말했다.

"녀석이 공을 세웠어요. 정말로 공을 세웠다니까요."

칭린이 늑대를 대신해 마땅히 해야 할 일이었다며 겸손을 떨었다. 그러면서 그는 자신의 늑대는 칭찬을 들어서는 안 된다고 했다. 칭찬을 들으면 얼굴을 붉히고 꼬리로 얼굴을 가린다면서. 판화가 칭수에게 물었다.

"공을 세웠다면서? 어떻게 세웠다는 거야?"

칭수의 대답은 이랬다. 마른 강아지가 몰고 온 군대 중에도 무척 사나운 개 한 마리가 있었다. 그런데 늑대 냄새를 맡자마자 놀라 오줌을 지리더니 고개를 돌리고 그대로 줄행랑을 쳐버렸다.

판화는 도대체 왜 싸움이 벌어졌는지 묻고 싶었지만 참았다. 판화가 나지막한 목소리로 칭수에게 다른 마을 간부도 현장에 있었는지 물었다. 칭수는 올 만한 사람은 전부 왔다고 했다.

"샹성은?"

"샹성만 안 왔어요. 샹성은 외교 업무 중 아닌가요?"

판화는, 좋아, 아주 다행이야, 그가 이곳에 있었다면 정말로 큰일이지, 하고 생각했다. 샹성이 칭수처럼 허세를 부린다면 아마 마을 사람들은 그를 무슨 영웅쯤으로 생각했을지도 모른다.

바로 그때 누군가의 울음소리가 들렸다. 남자의 울음소리가 이어졌다 끊어졌다 하고 있었다. 판화는 울음소리를 듣고 그가 샤오훙의 아버지임을 알아차렸다. 판화는 서둘러 달려갔다. 칭강 어머니의 무덤가에 한 사람이 쓰러져 있었고, 또 한 사람이 쪼그려 앉아 있었다. 쓰러져 있는 사람은 샤오훙이었고, 쪼그리고 앉아 있는 사람은 당연히 그녀의 아버지였다. 온몸이 흙투성이가 되어버린 샤오훙은 새우처럼 잔뜩 몸을 웅크리고 있었다. 판화가 큰 소리로 불러봤지만 그녀는 아무런 반응도 없었다. 다시 한 번 소리쳐 부르자 샤오훙의 몸이 잠깐 펼쳐지더니 다시 움츠러들고 말았다. 판화가 손을 잡고 부축해 일으키려 하자 누군가 판화를 밀쳐냈다. 판화는 그가 누구인지 알아보았다. 바로 샤오훙의 아버지였다. 샤오훙 아버지가 갑자기 판화의 멱살을 움켜쥐더니 고함을 치기 시작했다.

"내 딸 살려내. 내 딸 살려내라고. 쟤가 다 널 위해서 그런 거야."

덴쥔이 둘 사이를 비집고 들어와 미처 입도 열지 않았는데, 샤오훙 아버지가 또 덴쥔의 멱살을 움켜쥐었다.

"넌 왜 안 뛰어들었어? 너 사내새끼잖아? 그런데 왜 안 뛰어든 거냐고?"

판화는 그제야 상황을 파악했다. 샤오훙이 무덤 구덩이 속으로 뛰어들었던 것이다. 저물녘 무덤 구덩이 안은 깜깜했다. 판화가 봐도 구덩이가 얼마나 깊은지 알 수 없었다. 판화가 "아이고!"라는 소리를 냈다. 그리고 허리라도 다쳤으면 안 되는데, 하고 생각했다.

그 순간 샤오훙이 입을 열었다. 하지만 소리가 너무 작아 판화는 똑똑히 듣지 못했다. 판화는 바닥에 엎드려 샤오훙에게 무슨 이야기냐고 물으려 했다. 하지만 샤오훙 아버지가 다시 한 번 판화를 밀쳐내고서 자신이 직접 바닥에 엎드렸다. 잠시 뒤 그가 또다시 판화의 멱살을 잡았다.

"내 딸은 이 지경이 됐는데도 그저 네 걱정을 하잖아! 마을 사람들 걱정뿐이라니까!"

판화가 다급한 목소리로 샤오훙이 도대체 뭐라고 했는지 물었다. 샤오훙의 아버지가 말했다.

"촌장을 난처하게 하지 말래! 그리고 또 누가 다쳤는지 물었어!"

말을 마치고 샤오훙의 아버지가 다시 울기 시작했다. 가슴을 두드리고 발을 동동거리면서 하늘을 향해 긴 울음을 뱉어냈다. 하지만 그의 한쪽 손은 여전히 판화를 움켜쥐고 있었다. 판화가 그의 손을 떼어내려 했지만 도저히 떼어낼 수 없었다. 판화는 한편으로는 그 손을 떼어내려 애쓰면서 고함을 쳤다.

"의사 불러요! 빨리 의사 부르라고! 셴위를……"

셴위는 이미 자리를 떠나고 없었다. 절반은 의사나 마찬가지인 셴위의 아내 추이셴이 누군가의 손에 이끌려 나타났다. 추이셴은 샤오훙의 이마를 만져보고 콧구멍을 더듬었다. 그녀가 다시 샤오훙의 눈꺼풀을 뒤집으려는 순간 샤오훙이 추이셴의 손을 가로막았다. 추이셴의 손이 샤오훙의 입가에 닿았다.

"피야! 온통 피잖아!"

추이셴이 자신의 손을 들어 올리면서 놀라 소리를 지르기 시작했다. 짐수레가 도착했다. 판화는 샤오훙을 안고 수레에 올라탔다. 하지만 샤오훙의 아버지가 판화를 끌어내리더니 자신이 직접 올라탔다. 판화도 샤오훙의 입가에 묻은 피를 보았다. 사람들 틈바구니를 빠져나온 뒤 샤오훙의 아버지가 수레를 멈추라고 말했다.

"엔지니어 양반께 수고를 끼칠 수는 없는 노릇이지."

판화는 그제야 수레를 끌던 사람이 덴췬이라는 사실을 발견했다. 덴췬은 이러지도 저러지도 못한 채 그냥 그 자리에 멈춰 섰다. 그때 링원이 다가와 덴췬의 손에서 수레를 거의 빼앗다시피 가져가버렸다.

판화는 병원까지 함께 따라갔다. 하지만 이상하게도 셴위를 찾을 수 없었다. 셴위의 아내 추이셴 역시 그가 어디로 갔는지 알지 못했다. 판화가 말했다.

"얼른 왕자이병원으로 가죠."

그때 샤오훙은 이미 말을 할 수 있는 상태였다. 샤오훙이 판화를 보면서 힘겹게 웃음을 지었다. 하지만 얼마 못 가 쓴웃음으로 변했다. 판화가 재빨리 다가가 샤오훙의 손을 꼭 붙잡았다. 샤오훙이 말했다.

"저 안 죽어요!"

판화의 눈에서 눈물이 왈칵 쏟아졌다. 샤오훙이 다시 입을 열었다.

"요 계집애가 망신 준 건 아니죠?"

아주 낮은 소리였지만 판화는 알아들을 수 있었다. 판화는 무릎에 힘이 빠지면서 하마터면 털썩 무릎을 꿇을 뻔했다. 샤오훙이 그녀의 아버지에게 말했다.

"아빠가 오해하는 거예요. 지부서기님 원망하지 마세요."

아주 오랜 시간, 판화는 누군가 자신을 지부서기라고 부르면 말속에 뼈가 있다고 느껴져 마음속으로 화가 끓어오르곤 했다. 하지만 지금은 '지부서기'가 가장 듣기 좋은 호칭인 것 같았다. '판화' '촌장' '주임' '왕고모님'보다도 듣기 좋았다. 그 호칭은 천상에서 연주하는 음악에 비견될 수 있었다.

다행히도 샤오훙은 허리를 삐끗하고 뒤통수가 약간 까진 정도 말고는 다른 근육이나 뼈가 다치지 않았다. 일반적이라면 다음 날에는 퇴원할 수 있었다. 하지만 판화는 샤오훙의 퇴원을 절대로 허락하지 않고 다시 검사를 해봐야 한다고 주장했다. 마을에서 많은 사람들이 병문안을 오고 싶어 했다. 판화는 샤오훙에게 그들을 만나고 싶은지 물었다. 샤오훙이 말했다.

"시키는 대로 할게요."

그 후 마을 사람들이 다시 병문안을 오자 판화는 일부러 샤오훙의 상태가 매우 심각하다고 말했다. 의사가 환자는 말을 많이 해서는 안 되고 안정을 취해야 한다고 했다면서. 샤오훙은 병실에 가만히 누워 대화를 들었다. 잠시 뒤 샤오훙이 판화에게 말했다.

"다음엔 그렇게 말하지 말아주세요. 제가 뭐 한 게 있다고 그래요."

"그게 무슨 말이야! 난 사람들에게 우리 마을에서 여자들이 남자들보다 강하다는 사실을 알려주고 싶은 거야. 일이 생기면 여자들은 몸을 사리지 않고 나서는데, 사내놈들은 하나같이 모두 쏙 들어간 자라 모가지야."

샤오훙 집안의 친척 몇 명도 문안을 왔다. 그때마다 샤오훙은 소문나면 좋을 것 없으니 병이 가볍다면서, 절대 심각하다고 말하지 말라고 부탁했다. 그러면서 샤오훙은 갑자기 이불로 자신의 얼굴을 가렸다. 판화는 단번에 알아차렸다. 샤오훙은 창피해하고 있었다. 샤오훙은 자신의 병에 관한 소문이 갈수록 심각해져서 무슨 후유증에 시달린다는 정도까지 와전되면 이후에 짝을 찾을 때 문제가 생길까 봐 걱정하고 있는 것이다. 판화는 속으로 생각했다. 혹시 얘 아직도 다른 동네로 시집가고 싶은 거 아냐? 퇴원하면 다시 강의 좀 해줘야겠네.

이날 셴위도 병원으로 샤오훙을 찾아왔다. 의사였기 때문에 판화는 그의 방문을 허락했다. 그런데 웬일인지 샤오훙의 아버지가 반대하고 나섰다. 노인네가 셴위를 가리키며 말했다.

"어디 갔던 거야? 샤오훙이 하마터면 잘못될 뻔했다고. 알기나 해?"

판화가 재빨리 셴위를 한쪽 구석으로 끌고 가 노인네가 충격을 받아서 그러니 평소와 똑같이 생각하지는 말라고 타일렀다. 셴위는 웃기만 할 뿐 별다른 말을 하지 않았다. 판화가 갑자기 "아차!" 하고는 물었다.

"맞아! 어딜 갔던 거야? 평소에는 온 마을을 잘만 싸돌아다니더니, 정작 필요할 땐 코빼기도 찾을 수 없고!"

셴위가 손바닥으로 자기 입을 가리고 은밀하게 소곤거렸다.

"슈수이병원에 갔었어요."

"뭐라고? 마을에서 또 누가 다친 거야?"

셴위가 다시 손으로 입을 가리고 말했다.

"마른 강아지도 다쳤어요."

"마른 강아지가 다쳤다는 얘기는 못 들었는데? 그래, 얼마나 다쳤대?"

"그건 잘 모르겠고, 아무튼 다쳤어요. 내가 놈들한테 강제로 잡혀서 마른 강아지 차를 타고 왕자이에 갔거든요. 그런데 왕자이에 도착했더니 사람들이 갈 거면 슈수이로 가자는 거예요. 그래서 나도 하는 수 없이 그놈들 따라서 슈수이로 갔지요. 걱정 마세요. 죽지는 않을 테니까요. 이틀 지나면 바로 퇴원할 겁니다."

판화는, 나중에 마른 강아지가 엄청난 의료비 청구서를 가지고 와서 관창촌에서 처리해달라고 하면 어떡하지, 하고 생각했다. 하지만 이내 생각을 고쳐먹으니 마음이 금세 편안해졌다. 좋아! 당신도 어진 인물은 아니잖아. 그러니 내가 의롭지 않다고 뭐라고 하지 말라고. 샤오훙 치료비는 당신이 처리해주길 기다리면 되니까. 두고

377

봐! 네놈이 퇴원하기 전까진 샤오훙도 절대로 퇴원 안 시킬 테니까!

샹성 역시 샤오훙을 보러 돌아왔다. 구둣발에 몇 번 차이기라도 했는지 샹성의 얼굴은 매우 어두웠다. 샤오훙을 봤을 때만 잠깐 입을 벌리고 웃었다. 판화는 샹성을 데리고 밖으로 나와 일처리는 어떻게 되었는지 물었다. 샹성은 아무래도 일이 틀어진 것 같다고 말했다. 도대체 어떻게 된 사정이냐고 묻자 그는 한동안 아무 말도 하지 않았다. 연신 담배를 뻐끔대던 그가 바닥에 가래침을 뱉자 마침 그곳을 지나던 의사가 한마디 주의를 주었다. 의사가 사라지자 샹성은 또 가래침을 뱉었다. 일부러 더 큰 소리로 뱉었다. 판화는 샹성의 반응이 뭔가 이상하다고 생각했다. 그래서 무슨 일이 생긴 거야, 하고 물었다. 샹성은 담배꽁초를 화단 쪽으로 내던져버리더니 표독스럽게 말했다.

"누군가 미리 손을 써놓은 것 같아요."

너무 막연한 대답이었다. 판화는 누가 사전에 손을 썼다는 것인지 또 어떻게 손을 썼는지 물었다.

"고양이는 고양이의 길이 있고, 개는 개의 길이 있어요. 각자 나름의 방식이 있는 법이죠. 남자는 서고 여자는 쪼그리고 앉는 것처럼, 다 각자의 방법이 있는 겁니다. 한마디로 딱 잘라 얘기하기 어려운 일이지요."

말을 마친 샹성이 웃음을 띠었다. 차가운 웃음이었다. 순간 판화는 온몸에 소름이 돋을 뻔했다. 샹성은 다시 담배 한 개비를 입에 물었지만 두어 모금 빨고는 내던져버렸다.

"이런 좆같은! 슈수이로 양장피나 팔러 가든지 해야지 원."

"이제 막 왔는데 벌써 가려고? 머리를 좀 써야 하는 일도 있잖아. 생각 좀 해보고 가."

"머리를 쓰기는 무슨 머리를 써요. 일이 이 지경이 됐는데 또 무슨 얼어 죽을 생각을 해요. 전 그냥 양장피나 팔러 가는 편이 낫겠어요!"

판화가 버럭 화를 냈다.

"아주 잘 돌아간다! 샤오훙이 저 지경인데 자네는 떠나겠다고 하고, 칭수는 제 밑도 제대로 못 닦고 있질 않나! 빨리 말해! 일이 어떻게 되어가고 있냐고?"

판화는 속으로 생각했다. 넌 아주 쉽구나. 엉덩이 툭툭 털고 떠나겠다고? 아직 계산 다 안 끝났어. 학교 쪽 문제야 돈 문제니까 잠깐 미뤄둬도 상관없어. 하지만 마른 강아지 문제는 그야말로 정치적인 문제라고. 안정과 단결에 영향을 줄 거야. 애초에 마른 강아지한테 칭강 어머니 무덤을 파내게 하자고 제안한 사람이 너였잖아. 근데 지금은? 하마터면 사람 목숨이 날아갈 뻔했다고.

병실 주변은 온통 사람들로 바글거렸다. 판화는 그런 장소에서는 되도록 언쟁을 피하고 싶었다.

"정 가겠다면 가야지. 하지만 가더라도 내일 가."

샹성도 동의했다. 그때 또다시 마을 사람들이 찾아왔다. 판화가 막 자리를 뜨려던 차에 샹성이 다시 입을 열었다. 판화는 샹성이 먼저 자발적으로 마른 강아지 이야기를 꺼내리라고는 전혀 예상하지 못했다.

"슈수이병원에 갔었어요. 빌어먹을. 옆에 사람들만 없었으면 확 그냥 모가지를 졸라 죽여버리는 건데!"

그러면서 샹성은 힘껏 목을 조르는 시늉을 해댔다. 그의 몸짓과 표정에서 정말로 마른 강아지를 목 졸라 죽여버리고 싶어 한다는 게 느껴졌다.

그날 그들은 칭수의 차로 함께 돌아갔다. 칭수는 린수이촌臨水村으로 가는 길이었다. 쉐어 이모할머니의 조카 집이 바로 린수이에 있었다. 칭수는 가는 길에 잠시 병원에 들러 샤오훙을 만났다. 쉐스도 린수이에 갔다. 아무래도 나이 탓에 많이 힘든지 그는 대화 몇 마디도 채 나누지 못하고 바로 곯아떨어졌다. 그는 옷으로 얼굴을 덮고는 코까지 골았다. 칭수는 그날 일을 되짚어보면서 무력이 사용되었으니 부상은 피할 수 없었다고 했다. 막강하기 그지없는 미국도 언젠가 인질을 구출하면서 대원 몇이 부상을 입었다고 했다. 판화는 그가 매일 미국, 미국 하는 소리를 가장 들어줄 수 없었다. 판화가 말했다.

"좀 진지하게 말해. 그날 도대체 어떻게 싸움이 난 건지."

칭수는 리드미컬하게 핸들을 두드리면서 빙그레 웃고는 기억을 더듬기 시작했다. 칭수는 그날 막 차를 몰고 나가려던 순간 누군가 소리치는 소리를 들었다고 했다.

"궁촹 놈들이 나무를 훔친다……."

"궁촹 새끼들이 나무를 훔쳐……."

칭수는 황급히 차에서 뛰어내렸고 누군가 마을 뒤편을 향해 달려가는 장면을 목격했다. 그는 마을의 치안위원으로서 당연히 손 놓고 구경만 할 수 없어서 그자를 추격했다고 했다. 샹성이 물었다.

"누가 맨 처음 소리를 질렀어?"

칭수가 말했다.

"그건 나도 잘 모르겠어. 아무튼 누군가 소리를 질렀다고!"

"씨발! 누가 소리를 친 건지 목소리를 듣고도 모르겠어?"

샹성은 화가 난 듯 보였다. '씨발'이라는 두 글자를 아주 또렷하게 발음했다. 아무래도 일상적인 욕지거리가 아니라 실질적인 어떤 내용이 담겨 있는 것 같았다. 칭수가 멍한 얼굴로 무심결에 브레이크를 확 밟자 차가 심하게 요동쳤다. 샹성은 끝까지 캐낼 기세로 다시 추궁했다.

"도대체 누구냐고!"

"진짜야. 제대로 못 들었다니까. 그게 아마 나이가 좀 든 것 같기도 하고. 오지랖이 넓은 사람이겠지 뭐."

샹성이 쉐스에게 물었다.

"삼촌! 그 사람 칭마오 아니에요?"

연달아 두 번을 물었지만 쉐스는 그저 그르렁거리며 코를 골기만 할 뿐 아무런 반응이 없었다. 그때 칭수가 끼어들었다.

"맞다! 확성기에서 나는 소리는 내가 똑똑히 들었어!"

판화는 "그래?" 하고 소리쳤다. 확성기로 방송까지 했구나. 칭수가 말했다.

"샤오훙이 확성기로 언덕 위에서 사고가 났다, 언덕 위에서 사고가 났다, 그랬어요. 나무를 훔친다고 하지 않고, 그냥 사고가 났다, 사고가 났다고만 했어요."

판화는 생각했다. 샤오훙은 아직 젊으니 갑작스러운 일에 흥분했던 거야. 에잇! 그것도 다 내 탓이지. 내가 이미 동의한 거란 사실을 미리 귀띔만 해줬더라도 샤오훙이 그렇게까지 흥분하지는 않았을 텐데. 하지만 일이 이 지경이 되었으니 무슨 말을 해도 다 늦어버렸어.

샹성이 다시 욕을 해대기 시작했다. 이번에 그가 내뱉은 욕은 "이런 쌍, 니미 씨발!"이었다. 어찌나 힘을 주어 욕을 했는지 침이 판화의 손까지 튀었다. 차 안 분위기가 갑자기 싸늘해졌다. 판화는 배짱깨나 있는 여자였다. 그런 상황에서도 그녀는 차창 밖을 바라보며 조용히 앉아 있었다. 마치 현장시찰이라도 나온 듯했다. 하지만 칭수는 그런 무거운 분위기를 견디지 못했다. 그가 쭈뼛거리며 말했다.

"음악이라도 들을까요?"

아무도 그의 말에 대꾸하지 않았지만 칭수는 그래도 음악을 틀었다. 〈서유기〉에 등장하는 노래였다.

그대는 짐을 메고 이 몸은 말을 끌며
일출을 맞이하고 저녁노을 보냅시다
험난한 길 잘 닦아 큰길 만들었으니
위험을 무릅쓰고 다시 출발하세
다시 출발하세

노래를 듣자 판화는 얼마오가 떠올랐다. 판화가 채 입을 떼기도 전에 칭수가 먼저 이야기를 꺼냈다. 칭수가 상성에게 물었다.

"당신이 얼마오더러 돌아오라고 했다던데?"

상성은 아무 대꾸도 하지 않았다. 칭수가 다시 물었다.

"얼마오한테 돌아와서 공연을 좀 하라고 했어? 나 원 참! 어디 부를 사람이 없어서 하필이면 얼마오를 불렀어!"

판화는 조금씩 거칠어지는 상성의 숨소리를 들을 수 있었다. 금방이라도 폭발해버릴 것만 같았다. 칭수가 휘파람을 불고는 또다시 질문을 던졌다.

"공연은 언제로 정한 거야? 선거 전이야 아니면 선거 끝난 뒤야? 어?"

상성은 여전히 아무 대답이 없었다. 칭수가 계속 말했다.

"둘 다 장점이 있을 거야. 선거 전에 하면 일출을 맞이하는 형국이고, 선거 이후라면 험난한 길을 잘 닦아놓은 뒤일 테니 말이야."

상성은 그래도 아무런 소리를 내지 않았다. 칭수도 더 이상은 묻지 않고 다시 음악을 틀었다.

그대는 아시나요

그대는 아시나요

꽃이 질 때까지도 기다렸어요

그대는 아시나요

그대는 아시나요

꽃이 질 때까지도 기다렸어요

칭수가 말했다.

"샹성, 이 아저씨께서 틀어주신 이 부분 듣기 좋지 않나?"

허! 칭수가 감히 샹성 면전에서 어른 행세를 하다니! 마른 강아지가 틀린 말을 하지 않았어. 칭수가 경솔하기는 하지만 주도면밀한 면도 지니고 있어. 지금 일부러 샹성의 성질을 긁고 있잖아. 게다가 뭐 '꽃이 질 때까지도 기다렸어요'라고? 말 속에 뼈가 있어. 그 둘은 원래 같은 배를 탄 사이였다. 하지만 지금 둘 사이는 틀어져버렸고 칭수가 샹성의 밑바닥까지 들춰내려고 하는 것이다. 결국 샹성이 입을 열었다.

"내가 네 아저씨다!"

칭수가 바로 맞받아쳤다.

"이런 예의도 모르는 놈! 항렬이라는 것은 벌써 2천 년이 넘은 제도야. 아저씨는 아저씨고 조카는 조카지! 그게 어떻게 거꾸로 바뀌어? 내가 네 아저씨라고! 미국엘 가도 내가 네놈 아저씨라고!"

샹성은 더욱 막무가내였다.

"그럼 내가 네 할아비다!"

'쾅' 소리와 함께 차가 멈춰 섰다. 칭수의 동작이 아주 날랬다. 차에서 뛰어내려 조수석 문을 와락 열어젖히더니 샹성의 멱살을 거칠게 움켜쥐었다.

"위아래도 없는 놈! 다시 한 번 말해봐!"

아! 정말 해가 서쪽에서 뜰 일이었다. 놀랍게도 칭수가 감히 샹성에게 행패를 부렸다. 샹성 역시 그 정도 상황까지는 전혀 예상하지 못했다. 놀라서 눈알 두 쪽이 밖으로 튀어나올 것만 같았다. 하지만 샹성은 역시 샹성이었다. 그는 매우 침착했다. 샹성은 헛기침을 한 번 하고는 말했다.

"이 손 놓지!"

칭수는 손을 놓기는커녕 샹성의 멱살을 두 번 흔들기까지 했다. 샹성이 '허허' 하고 웃음소리를 내고는 말했다.

"손 좀 놓으시지."

"씨발놈아! 놓긴 뭘 놔!"

칭수의 입에서 쌍욕이 쏟아져 나오자 샹성의 기가 꺾였다. 어깨에만 간신히 힘을 주고 있었다. 게다가 샹성은 말투까지 변해 목소리가 벌레 우는 소리처럼 가늘어졌다.

"셋 센다. 이 손 놔라."

판화가 터져 나오려는 웃음을 꾹 참으며 말했다.

"농담한 걸 진짜로 받아들이면 어떡해? 칭수, 얼른 다시 타."

샹성은 이미 셋을 세기 시작했다. 자못 진지한 태도로 한 음절 한 음절 기다랗게 끌며 숫자를 셌다. 그런데 숫자를 세는 방법도 아주 특이했다. 숫자 하나를 셀 때마다 그 뒤에 부연 설명을 덧붙였다.

"하-나-. 아직도 이 손 안 놔? 그럼 둘 센다. 두-울-. 놓을 거야 안 놓을 거야? 안 놓으면 셋까지 센다. 진짜 셀까? 내가 셋까지 세도 후회하지 마. 네 체면 생각해서 처음부터 다시 한 번 센다. 하나……

두울…… 이래도 안 놔? 둘 다음은 셋이야."

그때 칭수가 슬그머니 손을 놓았다. 그는 샹성을 차 안으로 밀어넣고는 비로소 손을 놓았다. 그때 쉐스가 잠에서 깼다. 기지개를 켜며 늘어지게 하품을 하던 쉐스가 입을 쩝쩝 다시며 말했다.

"꿈을 꿨어. 꿈속에서 손자 녀석한테 숫자 세는 법을 가르쳐주었는데, 셋까지 세고는 깼어."

차가 다시 출발하자마자 샹성이 갑자기 손을 내저으며, 차 세워, 차 세워 하고 소리쳤다. 그는 오늘 슈수이에 식품위생감사가 있다는 사실이 갑자기 생각났다고 했다. 빨리 돌아가 그 개 같은 놈들을 잘 구슬려야 하고, 이튿날에는 또 그 새끼들에게 식사 대접까지 해야 한다고 했다. 판화는, 이건 선거전에서 물러나겠다는 선언이나 다름없잖아, 하고 생각했다. 판화가 말했다.

"그렇게 중요한 거야? 내일 가도 안 늦잖아!"

"안 돼요. 잘 몰라서 그러는데, 그 새끼들은 교활한 놈들이에요. 사람이 지들 옆에 있을 때랑 없을 때랑 너무 다르다니까요. 그중에 전역한 군인 출신 한 놈이 있는데 그게 진짜 교활한 새끼예요. 내가 조만간 손봐줄 거예요."

판화는 당연히 그가 다른 사람을 빗대어서 칭수 욕을 한다는 사실을 알고 있었다. 욕할 테면 해. 어쨌든 칭수도 별로 좋은 인간은 아니니까. 판화가 말했다.

"그럼 어쩐담? 자네가 운전해서 가든지 아니면……"

"내가 차를 가져가면 당신들은 어쩌려고요? 그냥 택시 타는 게 낫겠어요."

"그럼 영수증 받아놔. 돌아와서 처리해줄 테니까."

차에서 내린 샹성은 오던 길로 되돌아갔다. 넓은 도로 위에 선 샹성의 가냘픈 뒷모습은 마치 바람결에 흔들리는 나뭇가지 같았다. 불현듯 판화의 마음이 아려왔다. 진심으로 안타까운 마음에 그녀의 눈에도 반응이 나타났다. 눈가가 축축해졌다. 판화는 앞으로 마을에서 돈 벌 기회가 생기면 반드시 샹성을 먼저 챙겨줘야겠다고 마음속으로 맹세했다. 사람은 삼생三生을 같은 배로 함께 건넌다고 하지 않던가! 같은 조직에서 수년 동안 벗한다는 것은 분명 쉽지 않은 일이다.

그랬다! 사실 터놓고 말해서, 샹성은 그저 가시 있는 남가새 풀에 불과했다. 발바닥 살가죽을 뚫고 들어온 한 줄기 남가새. 아프다고 말하자니, 사실은 아프지 않다. 발바닥에는 굳은살이 박여 있어서 그렇게까지 아프게 할 수 없다. 하지만 아프지 않다고 말하자니, 사실 조금은 아프다. 두 어깨를 짓누르면 남가새도 굳은살을 뚫고 살 속을 파고들 수 있기 때문이다. 이제 됐다. 샹성이 미리 선거에서 물러났다는 것은 남가새를 뽑아낸 일이나 마찬가지였다. 발걸음을 옮길 때도 한결 가뿐해졌다. 판화는 생각했다. 칭수? 칭수는 작은 연못물조차도 제대로 흐리지 못하는 미꾸라지에 불과해. 성가신 일이나 벌이지 않도록 잘 지켜보기만 하면 돼.

샤오훙은 벌써 퇴원을 했지만 판화는 그녀에게 어떤 일도 맡기지 않았다. 샤오훙은 뒤통수에 난 상처 부위의 머리카락을 깎아내고 그 위에 거즈를 붙이고 있었다. 판화는 꼭 마스크를 거꾸로 뒤집어 쓴 것 같다며 놀려댔다. 판화는 특별히 실크 스카프를 한 장 사서 머리를 감싸라고 샤오훙에게 주었다.

그날 판화는 직접 퀴즈대회를 주관했다. 즐거운 일인지라 샤오훙도 불러 본부석에 앉혔다. 상품도 아주 푸짐했다. 샤오훙의 사촌오빠가 실어 온 '좋은 세월' 비누는 딱 한 종류였지만 그것 말고도 타월과 침대 시트, 영어교재인 《영어회화 300구》와 테이프까지 마련되어 있었다. 한 문제만 맞혀도 비누 하나와 타월 한 장을 상품으로 받을 수 있었다. 가장 쉬운 문제는 바로 마르크스의 생일을 맞히는 문제였다. 이미 여러 번 출제된 적이 있었기 때문이다. 판화가 마르크스의 생일이 언제인지 묻자 이제 막 관청으로 시집온 새색시 하나를 빼놓고는 모든 사람이 손을 들었다. 판화는 도살꾼 샹닝의 아내도 손을 든 것을 보고 생각했다. 나이가 조금 있긴 하지만 그래도 시집온 지 얼마 안 됐는데 이 단골 문제를 안단 말이야? 판화는 그녀를 가리키며 일어서라고 했다. 샹닝의 아내가 말했다.

"마르크스가 막 태어나자마자 자본주의의 따귀를 한 짝 한 짝 때려 '오오' 하고 울게 했대요."

"그러니까 그게 도대체 며칠일까요?"

"얘기했잖아요! '오오' 하고 울었다고! 5월 5일이잖아요!"

판화가 사람들에게 물었다.

"샹닝 부인의 대답이 맞나요?"

절반 정도는 정답이라고 하고, 또 절반 정도는 아니라고 소리쳤다. 판화가 말했다.

"좋아요. 맞았는지 틀렸는지는 상이 선생님께서 대답해주실 겁니다."

상이는 비누 하나와 타월 한 장을 집어 든 뒤 판화의 손에 있던 마이크를 건네받아 단상 아래로 내려왔다. 상이가 먼저 비누와 타월을 샹닝의 아내에게 건네주고 나서 물었다.

"그럼 말씀해보세요. 마르크스가 태어난 해는 언제일까요?"

샹닝의 아내가 대답했다.

"한 짝 한 짝이니까 1212년이잖아요!"

상이가 말했다.

"아닙니다. 반 점 감점이에요."

말을 하면서 상이는 그녀에게 주었던 타월을 다시 가져왔다. 그러고 나서 대답이 틀린 이유를 설명해주었다.

"주의하세요. '십팔 십팔' 욕을 한 겁니다. '한 짝 한 짝' 때린 것이 아니라. 그러니까……."

상이가 표준어로 말투를 바꾸어 말했다.

"정확한 정답은요, 마르크스의 생일은 1818년 5월 5일입니다. 1212년 5월 5일이 아니에요."

샹닝의 아내는 물론 자리에 있던 모든 사람이 즐거운 웃음을 터뜨렸다. 판화는 마이크를 샤오홍에게 건네며 진행을 부탁했다. 판화가 웃으며 말했다.

"난 내려가서 문제를 맞혀볼게. 나도 상품을 타가야지."

샤오훙이 마이크를 받아들고 말했다.

"샹닝 부인 참 씩씩하셔요. 상으로 테이프 하나 더 주죠. 좀 전에 같이 손들었던 사람들한테는 비누 하나씩 주고요."

판화는 아래에서 머물지 않았다. 몇 사람이 참석하지 않았다는 사실을 발견했기 때문이다. 우선 평소 소소한 선물 챙기기를 좋아하던 칭마오의 아내가 오지 않았다. 페이전도 보이지 않았지만 이해할 수 있었다. 남편이 문제 출제자였기 때문이다. 페이전에게는 미리 비누 한 박스와 타월 반 박스를 보내주었다. 톄쒀는 집에 머물면서 반성하라는 의미로 참석을 허락하지 않았다. 판화는 마을을 한 바퀴 돌면서 그들이 무엇을 하고 있는지 살펴볼 생각이었다. 아울러 조용한 곳을 찾아 잠깐 머물면서 가까운 장래의 계획을 구상해볼 요량이었다. 칭린네 집 앞에 거의 다다랐을 무렵 판화는 장스류를 발견했다. 아! 장스류도 참석하지 않았구나! 판화는 그녀가 참석하지 않은 이유가 아마 워낙 고상해서 마을행사에 참석하는 일을 하찮게 여겨서일 것이라고 생각했다. 뭐랄까? 칭마오의 소개로 마을 조직을 통해 입당하기는 했지만 그녀는 사상적으로 결코 당원이라고 볼 수 없었다. 하루 종일 슬리퍼를 질질 끌며 마을을 무대로 모델 워킹이나 하며 돌아다니는데, 어디에 당원 같은 면모가 조금이라도 있단 말이야? 하지만 지금 그녀는 슬리퍼를 끄는 대신 롱부츠를 신고 있었다. 털바지를 입은 그녀의 엉덩이가 꽉 조였다. 장스류는 판화를 등진 채 노래를 흥얼거리며 걸어가고 있었다. 그녀가 목소리를 가다듬었다.

"아―오! 아―오!"

그 소리가 마치 갈매기 울음소리 같기도 하고, 삼류영화에 나오는 교성 같기도 했다. 아무튼 그녀는 음탕했다. 탱탱한 엉덩이부터 목구멍까지 음탕하기 짝이 없었다. 심지어 늑대들도 반응을 보였다. 그녀가 그렇게 '오―'라고 하고 나면 잰걸음 소리가 들렸다. 그것은 늑대들이 달릴 때 나는 잰걸음 소리였다. 칭린이 때마침 현관으로 나왔다가 박수를 치며 생글생글 웃고 있었다.

판화는 칭린 이 녀석이 돈벌이에 미쳐서 마을행사에도 참석하지 않았다고 생각했다. 하지만 칭린이 박수를 치는 모습은 전혀 미친 것 같지 않았다. 오히려 어딘지 모르게 이름난 사업가를 닮아 있었다. 무심하면서 심지어 자상해 보이기까지 했다. 그는 누군가 암캐를 끌고 왔다고 생각해서 손님을 맞으러 나온 것 같았다. 하지만 장스류를 보자마자 어느새 사업가 같은 풍모는 완전히 잃어버리고 자기 허벅지를 내리치며 말했다.

"젠장! 난 또 교배시키러 온 줄 알았네."

장스류가 누구인가? 그녀는 장스잉의 언니이자 현장의 친척이었다. 슈수이에서는 말 그대로 '황제의 친척'인 셈이니 만만히 볼 사람은 아니었다. 장스류가 말했다.

"그럼 당신 와이프하고나 교미를 시키든지!"

"나 지금 진지하다고. 당신이 오니까 우리 집 늑대가 잠도 제대로 못 자잖아."

"이런 미친! 뭔 헛소리래!"

"정말이라니까. 보라고. 낮에는 꿈쩍도 안 하던 놈이 지금은 저렇게 날뛰고 있잖아."

때마침 도착한 판화가 칭린을 나무랐다.

"칭린! 헛소리 집어치워!"

장스류는 두 손을 허리에 짚은 채로 욕을 퍼붓기 시작했다. 허리에 손을 짚는 동작마저도 아름다웠다. 시골 촌부인 쉐어 같은 여자 따위와 비교할 수 있는 수준이 아니었다. 장스류는 손등을 안쪽으로 하고 손가락을 치켜세우고 있었다. 경극 배우들의 손동작 같았다. 장스류가 욕을 퍼부었다.

"너야말로 진짜 개새끼야! 너희 가족 전부 싹 다 개새끼들이라고!"

그 말을 듣고 칭린이 취한 동작은 마치 소림사의 스님이 펼치는 무술 같았다. 자신의 까까머리를 스윽 한 번 문지르더니 허리를 숙이고 장스류를 향해 곧장 돌진해 들어왔다. 장스류는 황급히 판화 품으로 몸을 숨겼다. 판화가 몸을 돌려 검은색 가죽노트를 집어 들더니 칭린의 까까머리를 향해 그대로 내리쳤다.

"꼬락서니하고는! 자네도 늑대 같은 성격이 생겼나!"

칭린은 화를 내기는커녕 자기 머리통을 살살 어루만지며 방향을 바꾸어 돌아갔다. 판화는 다시 몸을 돌려 장스류를 타일렀다.

"스류 동생! 저놈은 상놈이야. 저놈하고 상종할 필요 없어!"

판화는 장스류를 직접 집까지 데려다주었다. 장스류는 여전히 화가 가라앉지 않는 모양이었다. 판화는 장스류를 따라서 칭린 욕을 한바탕 퍼부었다. 이윽고 판화는 화제를 돌려 장스류의 남편 리둥팡 이야기를 꺼냈다. 장스류는 둥팡이 매부를 따라 외지에서 공사를 진행하고 있다고 했다. 판화가 무슨 공사인지 묻자 스류는 슈수이에 교량을 가설한다고 했다. 판화가 짐짓 자신은 아무것도 모르겠다는 듯 되물었다.

"와! 도로 깔고 다리 놓는 거면 덕을 쌓고 선행을 하는 셈이네. 대규모 공사인가 봐? 당신 매부는 뭐 하는 사람인데?"

"별거 안 해요. 그냥 다리 수리하고 도로 포장하는 거죠. 둥팡이 따라간 것도 용돈벌이나 좀 할까 해서인걸요. 겨우 1만 위안이나 될까! 잇새에도 끼울 수 없을 정도죠 뭐."

판화가 장스류의 손을 자신의 무릎 위에 올려놓고 다독이며 말했다.

"스류! 그냥 만족하며 살아. 잇새를 너무 크게 벌리지 말고. 물론 둥팡이 스류를 아내로 맞이한 건 다 그 조상님들께서 덕을 쌓으셨기 때문이지."

말이 나온 김에 판화는 톄쒀 이야기도 꺼냈다.

"사람은 다 자기 나름대로 사는 거야. 톄쒀도 똑같이 도로공사 하잖아. 그런데 1년 내내 겨우 볼품없는 구두 몇 켤레밖에 못 번다고."

판화가 한숨을 내쉬며 말을 이었다.

"쒜어는 또 어떻고! 돈도 별로 못 벌어. 겨우 닭 몇 마리 치는 게 전분데. 심지어 임신까지 했다더라고. 조만간 또 1만 위안 정도 벌금을 물어야 하겠지. 생각하기도 싫을 거야."

장스류가 말했다.

"들었어요. 심지어 어떤 사람들은 제 여동생이 실수했다고 하더라고요."

"여동생이? 아니 왜 동생을 들먹인대?"

"마을에서 누군가 함부로 혀를 놀리고 다니는 바람에 다 들었어요. 어떤 사람은 저한테 돈까지 주면서 동생한테 말 좀 해달라던데요. 다음 신체검사 때도 그냥 못 본 체 눈 딱 한 번만 감아달라고요."

"스류! 우리는 당원이야. 그렇게 해서는 안 돼!"

"누가 아니래요! 그 여자들한테도 얘기했어요. 난 아이 낳는 게 세상에서 제일 짜증 난다고요. 애가 도대체 뭐가 좋아요? 똥오줌이나 싸질러대고. 차라리 개를 키우는 게 나아요."

판화는 장스류가 아이를 낳지 않을 것임을 잘 알면서도 이렇게 말했다.

"그건 아니지. 스류도 이제는 아이 하나쯤 생각해봐. 둥팡이 돈을 그렇게 잘 버는데 나중에 누구라도 그 돈 써야 하잖아. 아무튼 스류가 그 여자들 돌려보낸 건 칭찬받을 일이긴 해."

판화가 다시 갑자기 질문을 던졌다.

"난 아직도 잘 모르겠어. 쉐어가 임신을 한 게 스류 여동생하고 무슨 관계라는 거야? 여동생은 왕자이병원에서 신체검사를 하지 않아? 설령 뭔가 잘못했다 한들 동생을 탓해서는 안 되지! 만약 검사 장비가 잘못된 거라면 사람을 원망해서는 안 되는 거잖아."

"그러게 말이에요. 게다가 열 번에 한 번 실수하는 거라면 모르지만, 백 번에 한 번 실수하는 정도야 어쩔 수 없죠!"

판화는 진심으로 장스류에게 말해주고 싶었다. 어느 마을에서 그런 실수가 나오더라도 자신은 모두 이해할 수 있다고. 그저 이해하는 정도가 아니라 아마 기쁘기까지 할 것 같다고. 하지만 관창촌에서는 절대 안 된다고. 판화는 자리에서 일어나 허리를 두드리며 말했다.

"스류가 그 얘길 하니까 또 골치가 아파오네. 쉐어가 정말 날 너무 비참하게 만들어. 난 가야겠어. 쉐어의 일을 처리하러 가야 해. 쉐어 그 계집애는 조그만 사고라도 쳤다 하면 금세 꼬리를 감추고 숨는다니까. 얼른 잡아다가 다시 검사 좀 시켜봐야겠는데 어디로 숨은 건지 알 수가 없네!"

"설마 하늘로 솟기라도 했겠어요? 멀리는 못 갔을 거예요. 어느 구석으로 숨어든 건질 몰라서 그렇지!"

"그럼 좀 말해봐. 걔가 어느 구석에 숨어 있을 것 같아?"

"입에 풀칠하기도 힘든 형편이니 분명히 여관 같은 곳에 있지는 않을 거예요. 어쨌든 누군가 먹을 밥을 챙겨다주기는 하겠죠?"

"쉐어 소식 들리거든 나한테 꼭 알려줘. 내가 당원 자격으로 비밀은 꼭 지킬 테니까."

"정말 얼른 찾아내시면 좋겠어요. 그래야 제 동생이 쉐어 대신 누명을 쓰지 않을 테니까요. 마을 뒤편 펌프실, 제지공장, 학교 창고까지 전부 뒤져보세요. 그런데 전 정말 아무 말도 안 한 거예요. 쉐어

같은 사람들이 머리카락은 길지만 식견은 짧잖아요. 괜히 서로 척지고 싶지 않아요."

　판화는 줄곧 장스류를 속없는 여자라고 생각해왔다. 늘어놓는 이야기도 항상 초점이 없어서 당시에는 크게 개의치 않았다. 이튿날 아침 링페이로부터 그가 제지공장에서 쉐어를 목격했다는 이야기를 전해 듣고서야 판화는 비로소 장스류가 제지공장을 언급했다는 사실을 떠올렸다.

　그날 아침 판화는 칭수를 보내 톄쒀의 먼 친척 집에 다시 한 번 다녀오라고 했다. 칭수를 보내자마자 링페이가 왔다. 링페이가 들어오며 말했다.

　"다리 밑에 사람이 있어요."

　판화는 링페이가 도둑질을 언급한다고 생각해 손을 흔들면서 말했다.

　"보고는 일주일에 한 번이면 돼."

　링페이는 그 자리에서 꼼짝 않고 다시 한 번 다리 밑에 사람이 있다고 말했다. 짜증이 난 판화가 한마디 던졌다.

　"제대로 좀 말해봐. 죽은 사람이야 산 사람이야?"

　"죽은 사람 같아요."

　그 말에 놀라 자리에서 벌떡 일어선 판화가 황급히 링페이를 추궁했다.

"진짜 죽었어?"

링페이도 정확히 보지는 못했다고 했다. 이런 제길! 설마 쉐어는 아니겠지? 설마 쉐어가 강물에 투신한 것은 아니겠지? 판화는 다시 링페이에게 그 사람이 남자인지 아니면 여자인지 물었다. 링페이는 여자라고 했다. 당황한 판화가 탁자를 내리쳤다.

"멍청하게 뭘 하고 있는 거야? 빨리 가서 건져내야지!"

"건질 필요 없어요. 벌써 물가로 나와 있어요."

판화가 거친 숨을 몰아쉬면서 링페이에게 남자인지 여자인지 똑똑히 보았냐고 다시 한 번 물었다.

"절 너무 얕잡아보시는 거 아니에요? 이렇게 다 큰 사람이 설마 암수 구분도 제대로 못할 거 같아요?"

판화가 나지막한 소리로 물었다.

"혹시 그게 쉐어인지 아닌지 보지 못했어?"

"쉐어? 리톄쒸네 쉐어요? 제가 어제도 쉐어를 봤으니 분명히 그 여잔 아니에요."

순간 판화는 아무런 반응도 하지 못했다. 허둥지둥 문밖을 나서고서야 비로소 제정신이 돌아온 듯했다.

"뭐라고 했어? 네가 쉐어를 봤다고? 어디서 봤는데?"

"제지공장에서요. 왜요?"

쉐어 일과 비교한다면 익사 사건은 두 번째였다. 판화는 문을 열고 다시 사무실로 되돌아와 매우 진지하게 링페이에게 물었다.

"장난하면 안 돼. 쉐어를 언제 봤다고?"

판화의 반응에 링페이는 아리송하다는 표정을 지었다.

"어제 봤다니까요. 무슨 일인데요?"

판화는 그에게 바싹 다가가 작은 목소리로 물었다.

"잘못 본 거 아니지? 확실하지?"

그녀의 표정에 겁을 먹은 링페이가 뒤로 물러섰다. 말도 약간 더 듬었다.

"쉐어야 벌써 나이 든 아줌마죠. 순두부들은 흔하다고요. 그 여자 랑은 정말 아무 짓도 안 했어요."

"좋아. 그래야지! 너는 아무것도 못 본 거야. 누구한테도 절대 말 하면 안 돼."

"알겠어요. 일부러 쉐어를 거기에 숨겨둔 거죠? 아무한테도 말 안 할게요. 그런데 페이전은 벌써 알고 있어요."

판화가 깜짝 놀라 말했다.

"페이전이 어떻게 알겠어?"

"밥을 가져다주더라고요!"

판화는 순간 무엇인가가 숨을 막아버린 것만 같았다. 잠시 뒤에 야 판화는 깊은숨을 내쉬었다. 그녀가 링페이에게 물었다.

"페이전이 너도 봤어?"

"보긴 뭘 봐요! 제가 바보같이 페이전한테 들키기나 하고 그럴 거 같아요?"

판화는 정말 링페이에게 뽀뽀라도 해주고 싶었다. 판화가 말했다.

"절대로 그 여자들한테 들키면 안 돼. 며칠만 지나면 이 왕고모님께서 친히 상을 내려줄 거니까."

　그제야 판화는 물에 빠져 죽은 사람을 확인하러 강가로 가야 한다는 사실을 떠올렸다. 그런데 링페이가 갑자기 자기 자랑을 늘어놓기 시작했다. 얼마오가 자기한테 극단에서 마술 공연을 해보라고 권했다는 것이다. 예전에 그런 일을 한 사람은 기본적으로 기량이 좋아서 마술도 빨리 배운다고, 3개월이면 무대에 설 수 있다면서. 하지만 그는 아직 승낙하지 않고 있다고 했다. 아직 왕고모님의 은혜에 보답하지 못했다는 것이 바로 그 이유였다. 판화가 말했다.

　"그게 무슨 뜻이야? 지금은 가고 싶어졌어?"

　"지금 고민 중이에요!"

　"앞으로는 그냥 집에서 일하는 게 나가서 버는 거보다 더 나을 수도 있어. 어차피 돈벌이 아냐? 돈을 많이 벌 수 있는 곳에 있어야지."

　"왕고모님의 가르치심이 지당하십니다."

　판화는 링페이에게 죽은 사람은 대체 어떻게 된 사정이냐고 물었다. 링페이는 어제저녁에 다리 밑에 사람 하나가 숨어 있는 것을 목격했다. 대체 누구일까? 물건을 훔치고 그곳에 숨었는데 들킬까 봐 감히 나오지 못하는 걸까? 쉐어가 제지공장에서 물건을 훔쳐서 인적이 드문 깊은 밤까지 기다렸다가 나오려는 걸까? 그는 누가 더 오래 버티는지 두고 보자는 생각으로 이른바 '버티기'를 시작했다. 감방생활 시절 링페이의 다른 능력은 늘지 않았어도 '버티기' 실력 하나만큼은 확실하게 성장했다. 그는 계속 버텼다. 동이 틀 무렵에야 그는 비로소 무엇인가 잘못되었음을 직감했다. 내려가서 보니, 육

시랄! 알고 보니 이미 죽은 사람이었다. 헛되이 '버티기'를 했던 셈이었다.

그들이 강가로 갔을 때 이미 소식을 들은 사람들이 모두 달려와 있었다. 아이들은 마치 명절이라도 쇠는 듯 폴짝폴짝 뛰어다녔다. 사람들이 판화에게 길을 내주었다. 강가로 내려가 살펴본 판화는 비로소 안도의 한숨을 내쉬었다. 죽은 사람은 관청 사람이 아니었다. 불어난 강물에 상류에서부터 떠내려온 것이 분명했다. 그러다 비가 잦아들고 수위가 낮아지면서 기슭으로 떠밀린 듯했다. 이때 셴위도 현장에 도착했다. 사람들은 다시 한 번 그에게 길을 터주었다. 셴위는 시신을 살펴보면서 마치 검진이라도 하듯 한참 동안 아무 말도 하지 않았다. 이윽고 셴위는 나뭇가지 하나를 집어 들고 시신의 머리카락을 들어 올리고 또 눈꺼풀을 뒤집어보기도 했다. 갑자기 시신의 입에서 민물 게 한 마리가 기어 나왔다. 구경꾼들이 조용히 뒤로 한 걸음 물러섰다.

셴위는 게를 옆으로 치워버리고는 다시 나뭇가지로 여자의 신발을 들추어보았다. 신발은 발에 신겨져 있었다. 끈고리가 달린 헝겊 신발이었다. 나뭇가지로 신발을 벗겨낸 셴위는 여자의 허리춤을 뒤져보기 시작했다. 셴위의 아내 추이셴이 그의 뒤에서 '흐음' 하는 소리를 냈지만 셴위는 전혀 아랑곳하지 않았다. 판화가 말했다.

"아무래도 먼저 경찰에 알리는 게 좋겠어!"

셴위는 아무런 대꾸도 없이 계속 뒤적이기만 했다. 여자의 바지에는 가죽 벨트가 아닌 헝겊 조각을 엮어 만든 허리띠가 매여 있었다. 어떤 사람은 셴위가 계속 아래쪽을 살펴보길 기다리고 있었다. 하지만 셴위는 그러지 않았다. 사람들은 더 이상 그 여자를 보고 있지 않았다. 모두들 셴위를 바라보고 있었다. 셴위가 느릿느릿 손을 내저으며 말했다.

"경찰에서도 관여하려 들지 않을 게 분명해요. 이 사람은 이곳 사람이 아니니까요."

판화가 물었다.

"대체 어느 지역 사람이지?"

셴위가 한참을 뜸 들이고는 입을 열었다.

"칭린이 알겠네요. 상민도 당연히 알 겁니다. 산시山西 사람이에요."

칭린이 막 현장에 도착하자마자 셴위가 하는 말을 듣고는 황급히 사람들 틈바구니를 헤집고 나와 들여다보았다. 하지만 그는 전혀 감을 잡지 못했다. 셴위가 말했다.

"그 허리띠하고 신발 끈고리 좀 보라고. 발톱이 결정적이네. 발톱 사이에 아직도 석탄가루가 끼어 있잖아! 확실해! 산시 사람이야. 칭린 부인하고 동향이라고."

판화가 말했다.

"경찰에서 어떻게 신경 쓰지 않을 수 있겠어? 어쨌든 사람이 죽은 거잖아!"

이미 누군가 파출소로 전화를 걸었다. 산시 사람인 것 같다는 말에 파출소 측에서 이렇게 대답했다.

"우선 제자리에 그대로 묻어두세요. 늑대가 물어 가지 않도록 하세요."

파출소로 전화를 건 사람이 통화 내용을 판화에게 전했다. 판화가 아직 무슨 말인가 묻기도 전에 칭린이 먼저 버럭 화를 냈다.

"늑대가 어떻게 이딴 걸 먹겠어? 그것들이 얼마나 까다로운데. 입이 아주 짧다고!"

톄쒀도 구경을 나왔다. 그러다 판화가 자신에게 주의를 기울이고 있는 것을 보고는 시선을 피해버렸다. 판화는 그의 옆을 지나가면서 일부러 한마디 던졌다.

"자네도 보러 왔군. 너무 놀라서 오줌이라도 지릴 판이지?"

톄쒀는 아무 대꾸도 하지 않았다. 판화가 말했다.

"아무래도 우리 내일 난청즈南程子에 한번 다녀와야겠어. 자네 진외종조부가 난청즈 사람이지?"

"빨리 좀 찾아보세요. 전 누군가 밥해주기만을 기다리고 있습니다."

30분 전에 이 말을 들었더라면 판화는 화가 치밀어 올라 반쯤 정신이 나갔을지 모른다. 하지만 지금 판화는 아무렇지도 않았다. 화가 나기는커녕 쾌감마저 느껴졌다. 언제든지 독 안에 든 쥐를 잡을수 있다는 쾌감이자, 관람권을 손에 쥔 채 입장 시간만 기다리는 듯한 희열이었다. 판화는 갑자기 정중하게 변했다. 톄쒀의 어깨까지 토닥이며 말했다.

"좋아! 아주 좋아! 구경거리나 기다리고 있어!"

공기가 상쾌했다! 한바탕 비가 휩쓸고 지나간 자리에는 푸른 밀 이삭이 넘실댔고 대기는 싱그러운 풀냄새로 가득 찼다. 그 냄새는 약간 달착지근하면서도 약간 쌉싸름했다. 희미하면서도 시원한 것이 가슴속이 편안했다. 판화는 기분이 홀가분했다. 저녁에 회의를 할 때, 무대 용마루 양 끝으로 보이는 짐승 머리도 판화에게는 아름다워 보였다. 달빛도 좋았다. 상현달은 마치 아가씨가 입술을 살짝 벌리고 열은 웃음을 짓고 있는 것처럼 아름다웠다. 판화 역시 웃고 있었다. 하지만 웃음을 얼굴에 내비칠 수는 없었다. 마음속에 감춰두어야만 했다. 회의가 시작되었다. 판화는 먼저 쉐스와 칭수에게 종합보고를 하라고 했다. 최근 임시로 샹성의 역할을 대신하고 있던 쉐스가 학교를 관리하기 시작했다. 쉐스는 학교 화장실 굴착공사를 이미 시작했으며 다음 단계는 담쌓기 작업이어서 도자기 타일을 준비해야 한다고 했다. 판화가 말했다.

"그 일은 쉐스가 책임지고 진행하세요. 돈이 필요하면 얼마든지 쓰고. 아무리 빈곤해도 교육을 빈곤하게 할 순 없죠!"

칭수는 사람 찾는 일의 경과를 보고했다. 자신이 현재 과도한 업무를 수행하다 쌓인 피로 때문에 운전할 때마다 졸기 일쑤라고 했다. 그러면서 샹민이 산시로 차를 달리고 싶다고 하면서도 자신들에게 차를 빌려주려 하지 않는다는 내용도 전했다. 쉐스가 말했다.

"그 사람이야 장사꾼인걸요. 그저 돈 몇 푼 더 벌려는 게죠. 차량 사용료를 조금 올려주면 더 이상 괜한 트집은 안 잡겠죠."

판화가 말했다.

"맞아. 좀 올려주지 뭐. 그밖에 또 무슨 단서가 있는지, 경비는 얼마나 들었는지 등 전부 보고하세요."

칭수는 차량 연료비에 교량 통행료며 식비 영수증까지 모두 샹성의 사인이 필요한데 그가 손을 놓고 있어서 자신이 가지고 있을 수밖에 없다고 했다.

"그래요. 알겠습니다. 전부 나한테 제출하도록 하세요. 이번 일 끝나면 한꺼번에 정산해줄 테니까."

판화는 칭수가 피는 담배가 말보로인 것을 보고 물었다.

"담배 산 건 영수증 안 끊었나요?"

"담배는 됐습니다."

"공무는 공무지요! 어딜 가든 상대방한테 좋은 담배 몇 개비 권하는 거야 당연한 예의니까! 내일부터는 그것도 영수증 처리 하시고."

그리고 나서 판화는 다음 업무로 이야기를 넘겼다. 간단히 정리하자면 두 가지 업무였다. 하나는 계속 사람을 찾는 일이고, 다른 하나는 선거 계획이었다. 그런데 그 두 가지는 마치 뫼비우스의 띠처럼 얽혀 있어서 안팎이 서로 구분되지 않았다. 판화가 말했다.

"설령 내가 이번 선거에서 떨어지더라도 차기 마을위원회 주임에게 쉐어 뒤처리를 맡길 수는 없는 일이죠. 지금 여기 모인 분 가운데 누가 차기 주임으로 선출될지는 나도 알 수 없지만 그게 누가 되었든 내 책임은 반드시 다할 거예요."

이렇게 이야기를 하면서 판화의 눈시울이 갑자기 붉어졌다. 스스로에게 감동한 것이다. 쉐스가 말했다.

"판화! 이건 정말 감동적이네요."

판치가 말했다.

"사람 마음이란 것도 다 살이 자라 만들어졌죠. 하고 싶은 말이 있거든 다 털어놔요. 전부 다 이해해줄 수 있어요."

판화가 말했다.

"예를 들어보죠! 차기 마을위원회 주임이 칭수라면……."

칭수가 냉큼 자리에서 일어났다. 판화가 자리에 다시 앉으라는 신호를 보내고는 말했다.

"예를 들어보자는 거죠. 만약 칭수가 당선이 됐는데 앉을 새도 없이 쉐어가 아이를 낳아버린다면, 상부에선 난리가 나서 칭수를 바로 해임하겠죠. 그런 걸 뭐라고 하면 좋을까요? 저팔계가 인삼과를 먹으려다가 맛도 못 보고 내려와버리는 격이죠. 물론 설령 그런 일이 생긴다 해도 칭수가 제 욕을 하지는 않을 겁니다."

칭수가 다시 자리에서 일어섰다. 판화가 이번에는 손으로 그를 눌러 다시 자리에 앉혔다. 판화가 말했다.

"앞으로의 일은 샤리 자동차를 그전처럼 달리게 하는 겁니다. 그래서 그전처럼 쉐어를 찾는 거예요. 개인적인 생각인데 앞으로는 칭수가 이 일을 도맡아줬으면 해요."

판화의 손이 줄곧 어깨 위에 놓여 있었기 때문에 칭수는 일어나고 싶어도 자리에서 일어날 수 없었다. 하지만 칭수의 입은 얼굴에 나 있지 엉덩이에 나 있는 것이 아니었다. 그래서 자리에 앉은 채 자신의 의사를 표시할 수 있었다.

"젠장! 저만 밖에서 뛰어다니라는 게 말이 됩니까?"

판화가 말했다.

"자기 장점을 잘 좀 발휘해보라는 거죠! 첫째, 당신이 본래 그 일의 한 부분을 책임졌고. 둘째, 운전할 줄 알고. 셋째, 군인 출신이라 무술을 배웠잖아요. 쉐어를 발견하면 혼자서도 충분히 처리할 수 있을 텐데 뭘."

칭수는 부루퉁한 표정으로 자리에 앉은 채 잠시 아무런 대꾸도 하지 않았다. 판화가 다시 말했다.

"두 번째 사안은 선거예요. 퀴즈대회가 끝났는데 효과가 아주 좋아요. 이제 사전에 투표용지를 제작해야 하는데 해야 할 일이 산더미 같으니. 그 업무는 나와 쉐스 둘이 맡도록 하죠. 어때요, 쉐스?"

"저는 조직의 의견에 따르겠습니다."

판화가 다시 샤오훙에게 지시했다.

"홍보작업은 아직 계속해야 하고. 샤오훙, 내일부터 안내방송으로 하루 세 번씩 홍보 좀 해줘."

말을 마친 판화가, '동지'들 다른 의견은 없습니까, 하고 물었지만 아무도 입을 열지 않았다. 그 모습을 지켜본 판화가 말했다.

"그럼 우리 거수로 통과시킬까요?"

그때 칭수가 자리를 박차고 일어섰다. 아하, 미꾸라지가 드디어 물결이라도 일으켜보려고 튀어 올랐구나. 그런데 가능할까? 절대로 불가능하지. 어른들이 말씀하셨잖아. 미꾸라지 한 마리는 물거품을 일으키지 못하고, 벼룩 한 마리는 침대보를 받치지 못한다고!

하지만 칭수는 자신이 미꾸라지이고 벼룩이라는 사실을 모르고 있다. 칭수가 말했다.

"목이 멘다고 밥을 굶을 수는 없습니다. 쉐어 일은 일단 좀 놔두고 우선 선거부터 집중해서 치르자고요!"

"칭수, 당신이 그 세 가지 조건 가운데 하나라도 부합한 사람을 찾아낼 수 있다면 나도 당신더러 가란 소리 안 할 겁니다."

"결국 날 이런 식으로 옭아맬 속셈이잖아요!"

"좋아요. 그럼 그 올가미를 풀어드려야겠군. 이렇게 하죠. 마을 자금으로 운전기사 하나 고용합시다. 난 매일 차를 타고 사방팔방 사람 찾으러 다닐 테니까 대신 칭수가 마을 업무를 책임지는 겁니다. 모두 거수로 결정하죠. 소수는 다수의 의견을 따르는 겁니다. 찬성하는 사람은 거수하세요."

판화의 말에 칭수도 손을 들지 못했다. 다른 사람들은 말할 필요도 없었다. 그런데도 판화는 샤오훙에게 인원수를 정확히 파악한 뒤 회의록에 기록해두도록 했다.

판화가 막 산회를 선포하려던 순간 강당으로 웬 사람들이 들이닥쳤다. 그들은 당나귀 수레까지 끌고 들어와 있었다. 수레 위에는 노부인과 젊은 처자가 함께 앉아 있었다. 말투를 듣고 판화는 그들이 산시 사람들이라는 사실을 금세 알아차렸다. 얼렁이 그들을 데려온 것이다. 얼렁은 판화를 가리키며 그녀가 마을의 책임자라고 일러주었다. 수레를 몰고 온 남자가 갑자기 무릎을 꿇더니 판화를 향해 머리를 조아렸다. 판화의 짐작은 틀리지 않았다. 바로 물에 빠져 죽은 여자의 가족이었다. 남자는 죽은 여자의 남편이었고 노부인은 시어머니였다. 판화는 그들을 자리에 앉힌 뒤 차분하게 이야기를 시작했다. 남자가 불쑥 쓰레기통에 버려진 컵라면 박스를 가리키며 물었다.

"저게 뭐랍니까?"

판화는 남자가 너무 허기가 져서 먹을 걸 좀 달라는 말을 에둘러 표현했음을 알아차렸다. 판화가 칭수에게 요깃거리를 마련해 오도록 했다. 칭수는 고분고분 심부름을 하러 나섰다. 판화는 문 앞에 서 있는 아가씨를 보고는 남자에게 저 아가씨는 누구냐고 물었다. 남자는 자신의 처제라고 대답했다. 아가씨가 발을 동동 구르고는 들어와 말했다.

"이 씨발놈의 새끼야! 누가 네놈 처제를 하겠대!"

남자가 황급히 아가씨를 향해 허리를 굽히자 여자는 몸을 돌려 다시 문 뒤로 숨어버렸다. 남자가 말했다. 그는 '갓난쟁이'를 벌써 셋이나 얻었는데 모두 계집애라고 했다. 꿈에서라도 '고추' 달린 '갓난쟁이'를 하나 얻고 싶었는데 낳고 보니 또 '계집애'였다는 것이다. 그때 칭수가 컵라면을 사 들고 돌아왔다. 판화가 칭수에게 말했다.

"얼른 가서 톄쒀 좀 불러와요. 와서 잘 좀 들어보라고 해요."

칭수가 이번에는 썩 내키지 않는지 문가에 삐딱하게 기대선 채 말했다.

"지금 숨찬 거 안 보이세요?"

"알았어요! 그럼 숨 좀 돌리고 얼른 다시 가보세요."

쒀스가 끼어들었다.

"아니면 제가 갈까요?"

판화가 말했다.

"그럴 필요 없어요. 칭수한테 가라고 해요. 이건 저 사람 일이에요."

단단히 화가 난 칭수가 말했다.

"좋아! 아주 좋아! 아주아주 좋다고! 내가 안 가면 내가 당신 손자다!"

말을 마치고는 어기적거리며 밖으로 나갔다. 판화가 말했다.

"꼬락서니하고는! 저 버릇 또 나왔네!"

그러더니 판화는 남자에게 일단 컵라면부터 먹고 난 뒤 다시 이야기하자고 했다. 노부인은 라면 면발조차 제대로 씹어 넘기지 못하고 있었다. 판화가 쉐스에게 말했다.

"얼른 칭수한테 전화해서 빵 하나 사 오라고 하세요."

쉐스가 말했다.

"그냥 제가 다녀올게요."

"아니에요! 그가 자신에게 더 많은 책임을 부여해달라고 요구하지 않았어요? 빵 하나 더 사 온다고 무거워 죽는 것도 아닌데!"

남자는 순식간에 라면을 다 먹어치웠다. 다 먹고는 다시 이야기를 시작하려 했다. 판화는 그에게 물을 좀 더 마시라고 권했다. 아가씨도 배가 많이 고팠는지 벽을 바라보고 선 채 컵라면을 조금씩 먹고 있었다. 먹으면서도 눈물을 흘렸다. 잠시 뒤 칭수가 톄쒀와 함께 도착했다. 톄쒀가 들어오자 판화는 톄쒀에게 자기 자리를 내주며 말했다.

"이쪽이 바로 우리 책임자예요. 다시 얘기해보세요!"

판화의 말을 사실로 여긴 남자가 땅바닥에 엎드려 톄쒀를 향해 머리를 조아리더니 다시 자초지종을 설명하기 시작했다. 그러니까 네 번째 아이도 낳고 보니 계집아이였다. 엄마라는 사람은 얼굴을 돌리고 산파에게 '갓난쟁이'를 물독에 집어넣으라고 했다. 평범한 아기들은 보통 물속에 담갔다 빼기를 서너 번 되풀이하면 금방 질식해 죽기 마련인데, 그 아이는 명줄이 길었는지 기도가 막힌 채 기절만 할 뿐 죽지 않았다. 하는 수 없이 다시 집어넣을 수밖에 없었다.

"살인마!"

젊은 아가씨가 갑자기 외마디 고함을 내질렀다. 잠시 멍하니 서 있던 남자가 젊은 아가씨를 향해 웃음을 짓더니 다시 톄쒀를 보며 이야기를 이어갔다. 산파가 '정말로 아이를 집어넣어요?' 하고 물어서 그는 아내에게 물어봐야 한다고 했다. 남자가 젊은 아가씨에게 말했다.

"언니한테 물어봤다고. 언니도 아무 말 없었다니까. 아무 소리 없으면 그게 동의한 거지 뭐야!"

아가씨가 발을 동동 구르며 울음 섞인 목소리로 말했다.

"헛소리! 저 개 같은 주둥이에 재갈을 물려요! 다 헛소리야!"

판화는 여자에게 다가가 손을 꼭 잡고 눈물을 닦아주었다. 판화가 작은 목소리로 말했다.

"저 사람이 또 무슨 헛소리를 하는지 들어보자고요."

그러고 나서 판화가 다시 남자에게 물었다.

"그래서 그렇게 빠뜨려 죽인 거예요?"

"아니 글쎄 두 번씩이나 물에 더 담그고서야 겨우 죽지 뭡니까! 그 갓난쟁이 명줄이 그렇게 질기더라니까!"

판화는 그제야 사건의 내막을 가늠할 수 있었다. 정신적 충격을 감당하지 못한 산모가 강물에 투신해 자살한 사건이 틀림없었다. 판화는 그들에게 아무것도 묻지 않았다. 판화는 톄쒀에게 질문을 하도록 할 생각이었다. 판화가 톄쒀에게 말했다.

"당신이 좀 물어봐요. 아기 엄마가 어떻게 죽게 된 건지? 물어보라니까!"

톄쒀는 한쪽으로 시선을 돌려버렸다. 판화가 다시 남자에게 물었다.

"아기 엄마가 어떻게 죽게 된 건지 다시 한 번 우리 책임자에게 이야기해보세요. 강에 투신한 거죠?"

남자가 털썩 무릎을 꿇더니 울먹이며 말했다. 출산한 여자들은 한 달 동안 문밖에 나설 수 없지만 아기 엄마가 사람들이 부주의한 틈을 타 몰래 빠져나가버렸다는 것이다. 마을 사람 중에는 강가를 서성이며 죽어버린 갓난쟁이를 찾는 그녀를 목격한 사람도 있었다고 했다. 그렇게 그들은 강줄기를 따라 이곳까지 찾아오게 되었다.

판화가 사람들에게 말했다.

"다들 들으셨죠? 얼마나 생동감이 넘칩니까! 톄쒀! 당신이 목석 같은 사람일지라도 뭔가 느끼는 게 있을 겁니다!"

그때 남자가 불쑥 톄쒀를 향해 머리를 조아리며 부탁이 있다고 간청했다. 그 말에 놀라 자리에서 벌떡 일어난 톄쒀가 황급히 판화 뒤로 몸을 숨겼다. 판화가 그를 다시 의자에 눌러 앉히며 말했다.

"일단 앉아요. 또 어떤 이야기를 하는지 잘 들어보셔야죠."

남자는 '귀한 마을'의 '명당자리 한 뙈기'를 빌려 그곳에 아내를 묻고 싶다고 했다. 또다시 자리에서 일어난 톄쒀가 이번에는 샤오 훙 뒤로 몸을 숨겼다. 판화가 어떻게 대답을 할지 고민하고 있는데 판화를 대신해 샤오훙이 먼저 입을 열었다.

"어떤 요구든 다 괜찮지만 그것만은 들어드릴 수 없겠네요. 우리 마을 사람들은 사망하면 화장을 하거든요!"

판화는 생각했다. 샤오훙이 무척 냉정하구나. 나라면 절대 저렇게 말할 수 없을 거야. 뜻밖에 남자가 화장에 동의하지 않고 다음에 봉분을 세우러 오겠다고, 그때는 선산에 모실 수 있을 거라고 말했다. 그러자 젊은 아가씨가 끼어들며 자신은 화장에 찬성한다고 말했다. 남자가 가슴을 치고 발을 동동 구르며 아가씨에게 말했다.

"다 태워버리고 나면 아무것도 안 남잖아!"

아가씨가 말했다.

"화장이 뭐가 어때서! 저우언라이도 덩샤오핑도 다 화장했는데!"

그녀는 화장하고 남은 뼛가루를 가져가 침대 맡에 두고 언니와 영원히 함께하겠다고 했다. 남자가 갑자기 생떼를 부리기 시작했다. 자기 수중에는 땡전 한 푼 남지 않아서 화장하려고 해도 할 방법이 없다는 것이었다. 아가씨가 마음을 가라앉히고 말했다. 일단 언니를 매장했다가 이곳에서 일해서 번 돈으로 화장해 돌아가겠어요.

어쨌든 언니를 다른 집안 묘소에 들일 수는 없다고 했다.

젊은 아가씨가 주관도 있고 아주 똑똑하네. 깊은 산에서 아름다운 새가 나오는 법. 외모만 보더라도 아가씨는 샤오훙보다 3할은 더 예뻤다. 판화는 그 아가씨가 링페이와 아주 잘 어울린다고 생각했다. 두 사람 모두 딱히 의지할 곳 없는 처지이고, 금꽃이 은꽃과 어울리고 긴 호박이 둥근 호박과 어울리니 서로 마다할 이유도 없었다. 판화는 곧바로 그 아가씨가 사무실에서 지낼 수 있도록 조치해주었다. 나머지 두 모자는 어떻게 해야 할까? 아휴, 내가 그렇게까지 관여할 수는 없어. 그 둘은 무대 위에서 자라고 하면 되지 뭐.

샤오훙 역시 젊은 아가씨를 눈여겨보았다. 앞마당으로 나선 샤오훙이 말했다.

"그 아가씨 꽤 반반하네요!"

"링페이한테 소개해줄까 하는데, 네가 보기엔 어때?"

판화는 샤오훙이 자신의 말에 분명 기뻐할 것이라고 생각했다. 하지만 뜻밖에도 샤오훙의 표정이 일그러졌다.

"링페이는 '순두부'가 있지 않아요? 차라리 리하오한테 중매를 서주는 게 더 좋을 것 같은데요. 두 분은 오랜 친구잖아요? 어때요?"

역시 샤오훙은 속이 깊었다.

"반대만 하지 않으시면 지금 돌아가서 이불을 가져다가 리하오한테 이리 가지고 오라고 할게요."

판화는 샤오훙의 말에 동의할 수밖에 없었다. 말을 마친 샤오훙은 한시가 급하다는 듯 서둘러 밖으로 뛰어나갔다. 두 줄로 땋아 내린 갈래머리 한 쌍이 마치 경주마의 꼬리처럼 달빛 아래에서 흔들렸다. 잠시 뒤 샤오훙이 다시 돌아와 숨을 헐떡이며 말했다.

"방금 전엔 사람들이 너무 많아서 제가 말씀드리지 못한 일이 있어요."

"편하게 말해. 내가 대신 처리해주면 되잖아."

"3년 전 선거 때 현에서 극단을 초청해 공연했잖아요. 이번에 우리도 공연 한번 하시죠. 선거법 좀 홍보하는 셈 치고요."

"참! 얘기 안 해줬으면 깜빡할 뻔했네. 어떤 걸로 공연을 하면 좋을까?"

"아무거나 무슨 극이든지 다 괜찮아요. 그냥 구경거리 하나 만드는 거니까요. 내일은 시내에 가서 아버지 약 좀 지어드리려고 해요. 아버지가 너무 놀라셔서요. 의사가 약 처방까지 벌써 다 해줬는데 여태 짓지도 못했지 뭐예요. 가는 김에 겸사겸사 극단에 들러서 인사나 좀 할까요?"

"현대극이면 좋겠는데."

"아무래도 전통극이 더 좋을 거 같아요. 노인들이 좋아하잖아요. 더우더우 할아버지랑 할머니도 좋아하시던데. 걱정 마세요. 배우들은 버드나무를 먹고서 광주리를 싼다고 하잖아요. 배 속에서 짜 맞추는 재주가 있다고요. 일단 간단히 안부나 물으면서 적당한 때에 와서 산둥콰이판山東快板(작은 대나무 조각으로 만든 악기를 연주하며 이야기나 노래를 하는 전통 설창 예술—옮긴이) 가락으로 선거랑 가족계획 홍보를 좀 하라고 하죠. 아마 분명히 마음에 들어 할 거예요."

"〈상서로운 용과 봉황〉이란 작품 있잖아? 유비劉備가 데릴사위 된다는 그 내용. 우리 집 어르신들은 그걸 제일 좋아하셔."

샤오훙이 자기 아버지도 그 극을 좋아한다고 했다. 그러면서 그녀는 예극豫劇(허난성 일대의 지방 전통극—옮긴이)에서는 〈상서로운 용과 봉황〉이라고 하지만 경극京劇에서는 〈감로사甘露寺〉라고 부르는데 사실 그 둘이 같은 작품이라는 설명까지 덧붙였다. 샤오훙 이 계집애는 정말 아는 것도 많아! 판화가 말했다.

"그럼 〈상서로운 용과 봉황〉으로 하자. 좋은 일을 바라면서."

샤오훙이 다시 물었다.

"얼마오는요? 얼마오가 데려온 사람들도 슈수이에서 공연하잖아요. 그쪽에선 모델 공연까지 한다던데요. 젊은 사람들은 아무래도 그런 걸 좋아할 테니 아예 그쪽도 불러올까요?"

"얼마오는 뭐, 어떻게 해도 괜찮아!"

원래 그날 저녁 제지공장에 한번 들러봤어야 했다. 하지만 판화는 가지 않았다. 스스로에게 가지 못하도록 명령을 내렸다. 판화는 어쩐지 이 상황도 연극인 것만 같았다. 그 공연에 등장하는 인물 중에는 칭수와 샹성 그리고 상이도 있는 셈이다. 상이를 떠올리자 판화는 화가 났다. 내가 너한테 그렇게 잘해주었는데, 넌 나한테 이런식으로 한다 이거지! 자리 하나 차지하지 못하는 주제에 뭘 더 해보겠다는 거야? 암탕나귀로 수탕나귀를 바꾸어서 잇속을 챙기시겠다! 판화는 도저히 이해할 수가 없었다. 아무리 생각해봐도 가능성은 단 한 가지였다. 샹성이 교육업무를 담당했을 당시 아마도 상이와 작당해 횡령한 것 같았다. 하지만 상이도 얼마 챙기지는 못한 게 분명했다. 샹성이 어떤 인물인가? 단돈 1위안조차 둘로 쪼개 쓰지 못해 안달이 나 있는 인간이 어떻게 상이에게 한몫 떼어줄 수 있겠어? 기껏해야 몇천 위안 정도였겠지! 판화는 더 이상 조급해하지 않았다. 상이 스스로 찾아와서 그녀에게 잘못을 시인할 때를 기다리면 되었다.

하지만 겨우 하루 사이에 판화는 참을 수 없게 되었다. 마치 새끼고양이 한 마리가 배 속에 들어앉아 있는데, 새끼 고양이가 장난이 심해 조막만 한 발톱으로 그녀를 긁어대는 것 같았다. 속이 다 스멀거리도록 긁어댔다. 그날 오후가 되자 판화는 정말 참을 수 없어졌다. 판화는 덴쥔에게, 나랑 함께 공연 보러 가지 않을래, 하고 물었다. 덴쥔은 한창 경선 강령의 초안을 작성하던 중이었고, 마침 제지공장 활용 문제에 관한 내용을 써내려가고 있었다. 덴쥔은 현지 기후에 적합한 동물이라면 어떤 것이라도 종합적으로 고려해야 한다고 했다. 판화가 말했다.

"일단 지금은 나하고 제지공장에 가자고. 거기서 지금 공연한다잖아. 보고 나면 당신이 영감을 좀 받을지도 모르지!"

"여전히 양식장은 할 생각 없나 봐?"

"기르자고! 왜 안 해? 벌써 양식을 시작했는데. 쉐어가 저기서 애하나를 기르고 있다고!"

판화는 망원경을 들고 서 있는 덴쿼의 모습이 가장 눈에 설었다. 하지만 지금은 망원경을 꼭 챙겨 가야 한다며 덴쿼을 상기시키고 있었다.

다릿목에 도착한 판화는 우연히 링페이와 마주쳤다. 링페이는 지저분하기 짝이 없는 대리석 사자상에 기댄 채 '순두부' 하나와 시시덕대고 있었다. 판화는 얼마오가 마을로 돌아온 그날 그 '순두부'를 한 번 본 적이 있었다. 그때 그 '순두부'는 다른 남자의 손을 잡고 있었다. 지금 판화는 그녀의 모습을 더 이상 눈 뜨고 봐줄 수가 없었다. 산시 아가씨에 비하면 서구화되어 있었지만 약간 저속한 느낌을 주었다. 가죽 치마를 입고 눈가는 판다처럼 칠을 해놓았으며 머리는 요정이라도 되는 듯 접란처럼 올려붙여놓았다. 판화가 링페이를 불렀다.

"쉐어 찾으러 간 거 아니었어? 여기서 뭐 하고 있는 거야?"

"다른 사람이 대신 지키고 있어요!"

링페이는 생각이 치밀했다. 자기 대신 두 불량배 친구들을 보내지켜보라고 했다면서 쉐어가 그들을 모르니 아무런 의심을 하지 않을 것이라고 했다. 판화가 사람들과 함께 직접 가보라고 했지만 링페이는 하늘빛을 한 번 보더니 시간이 너무 이르다고 했다. 판화는 날이 벌써 어둑해지려는 판에 이르긴 뭐가 이르냐며 한마디 쏘아붙였다. 하늘은 확실히 어두워지고 있었다. 먹구름이 몰려들고 있었기 때문이다. 뭉실뭉실 피어오르는 먹구름은 마치 한 편의 연극 같았다. 공연하는 배우들처럼 하나같이 시커먼 얼굴에 소매를 늘어뜨

리고 곤봉을 휘두르거나 혹은 무대 이쪽 끝에서 저쪽 끝까지 공중
제비를 넘었다. 금방이라도 비가 쏟아질 것 같았다. '순두부'가 앞장
서고 판화는 링페이와 함께 그 뒤에서 걸으며 대화를 나누었다. 판
화가 링페이에게 일부러 이렇게 말했다.

"저 아가씨 괜찮네! 적당히 얘기가 됐으면 그냥 데려와도 되겠어!"

링페이가 손바닥으로 입을 가리며 말했다.

"쟤 걸을 때 약간 다리 벌리는 거 안 보여요?"

링페이의 낮은 목소리에서 알 수 없는 묘한 느낌이 전해졌다. 판
화가 말했다.

"다리 안 벌리고 어떻게 걸어?"

"샤오훙은 안 벌려요. 샤오훙은 걸을 때 두 다리가 아주 딱 붙어 있
다고요. 일단 가랑이가 벌어진다는 건 낙태 경험이 있단 얘기예요."

도대체 무슨 헛소리야! 판화가 한 대 쥐어박으려는 시늉을 했다.
링페이는 재빨리 몸을 피했다가 금방 다시 가까이 다가와 말했다.

"지금 전 저 여자애랑 일부러 어울리는 거예요. 샤오훙 화나게 하
려고요. 샤오훙이 질투하라고요."

"집어치우셔! 샤오훙은 너 같은 녀석들 아는 척도 안 할 거야."

어느덧 그들은 제지공장의 서쪽에 도착했다. 주위에 아무도 없는
것을 확인한 링페이가 만족스러운 표정을 지으며 말했다.

"효과가 있어요. 샤오훙이 벌써부터 찾아와서는 저랑 이야기도
하려고 하고, 거기다 비누도 두 개씩이나 주고 갔어요. 천 리를 온
거위털이 선물로는 변변치는 못해도 그 정성만큼은 지극한 법 아니

겠어요!"

아, 링페이는 아직도 꿈을 꾸고 있구나. 판화가 말했다.

"샤오홍이 리하오한테도 두 개 보내줬다던데 그건 어떻게 설명할래? 못하겠지!"

링페이가 "칫" 하는 소리를 내뱉었다.

"그건 달라요. 저한테 준 비누는 '좋은 세월' 상표라고요. 그러니까 저한테 좀 더 앞을 내다보라는 거죠. 의미심장하잖아요! 게다가 저하고 마음 터놓고 이야기도 하면서 프로그램도 하나 생각해보라고 했어요."

그건 좀 희한하네. 링페이가 대체 무슨 프로그램을 준비할 수 있지?

링페이가 허리를 숙여 판화의 발 앞을 가로막고 있는 나뭇가지를 한쪽으로 치워버리고는 말했다.

"샤오홍이 선거 분위기를 좀 띄워달랬어요. 돼지기름 속에서 탁구공을 어떻게 낚아채는지 공연해달래요. 그래서 그러겠다고 승낙하고 준비하고 있어요."

판화는, 꽤나 영리한 사람이 어떻게 한순간에 그토록 멍청해질 수 있지, 하고 생각했다. 정말로 귀신에 홀리기라도 한 것 같았다. 비아냥거림을 무슨 표창장처럼 생각하고 있으니 말이다. 판화는 들판에 서서 뎬쥔을 기다리면서 한동안 아무 말도 하지 않았다. 링페이는 쉬지 않고 떠들어댔다. 그는 벌써부터 샤오홍을 '우리 홍이'라는 애칭으로 불렀다.

"저도 처음에는 우리 흥이한테 승낙을 안 했어요. 사람을 때려도 얼굴은 때리는 게 아니고, 욕을 해도 단점까지 들춰내선 안 되죠! 그런데 나중에 흥이한테 사상 교육을 받고 나서야 생각이 좀 트이더라고요. 우리 흥이가 그러더군요. 이 한 발만 걸어나가면 바로 내가 철저하게 개과천선했다는 걸 증명하는 셈이라고요. 내가 배운 걸 인민을 위해 기부할 수 있게 된다고 말이에요. 흥이 입에서 거창한 말이 쏟아져 나오는 바람에 숨이 턱턱 막혔어요. 약간 따라가기가 힘들기는 했는데 그래도 정말 감동적이었어요!"

판화는 터져 나오려는 웃음을 억지로 참았다. 링페이의 이야기가 계속 이어졌다.

"우리 흥이가 또 그랬어요. 셴파가 제 옆에서 반주를 할 거라고."

셴파라고? 그 장님 셴파? 판화는 약간 놀랐다. 셴파라면 베이징 지하철역에서 얼후 연주를 하면서 점괘나 보며 지낸다고 하지 않았나? 판화는 셴파가 마치 예술가처럼 머리를 길게 기른 채 자기 앞에 놓인 찻잔에 사람들이 던져주는 동전으로 생활한다는 소식을 들은 적이 있었다. 그런데 지금 그 셴파까지 돌아왔다고?

"만났어?"

"물론 봤지요. 마누라까지 데리고 있던데요."

판화가 웃으며 말했다.

"마누라? 셴파 마누라? 잘못 본 거 아냐? 셴파는 곧 여든이라고!"

"여든까지는 아니에요. 물어봤는데 일흔일곱이래요. 셴파 셴파 칠십칠, 마누라 얻어 팔십일, 아들 낳고 구십구, 손자를 안으면 백십."

"그만해! 입만 열면 시작이야!"

"이거 다 센파가 자기 입으로 얘기한 거라고요. 공연할 때 센파가 이 대목을 부를 거예요. 그럼 저는요? 전 탁구공을 건지는 거죠. 연달아서 백십 개를 건져야 해요."

"좋아. 너는 탁구공을 잡고 센파는 반주를 한다. 좋아! 역시 샤오훙이 엄청난 계획을 세웠네."

이어서 판화는 기왕 샤오훙이 그에게 마음이 있다고 하니 다시는 그 '순두부'와 어울리면 안 된다며 링페이를 훈계했다. 순간 링페이의 표정이 묘하게 변했다. 링페이가 말했다.

"사랑이란 냄비에 담긴 물 같은 거예요. 우리 훙이 물이 아직 안 끓어올라서 마지막 불씨 하나가 부족해요. 저 순두부가 바로 그 불씨란 말이죠!"

제지공장의 서쪽 구역에는 원래 꽤 넓은 살구나무숲이 있었는데 다자이를 배우는 그해에 하나도 남김없이 벌목되었다. 지금은 황무지에 위에 잡초와 가시나무 그리고 멧대추나무가 퍼져 있었다. 간혹 살구나무 몇 그루도 찾아볼 수 있는데 모두 벌목 이후 남아 있던 뿌리에서 자란 것이다. 나무도 사람의 손길이 필요하다. 사람의 손길이 닿지 않은 나무는 야생나무가 되어버려 왜소해지고 모양마저 제대로 갖추지 못한다. 판화가 뎬쥔에게 말했다.

"이 황무지도 써넣을 만한 내용이지. 과수를 좀 심든지 아예 가축을 치든지 하면 되잖아? 한번 잘 생각해봐!"

"낙타 키우기 딱 좋겠네. 역시 낙타가 제일 좋아. 가뭄도 잘 견디

421

지 성질도 괜찮지. 낙타는 온몸이 다 보물이라고. 예전부터 생각해 봤는데, 낙타가죽으로 구두를 만드는 거야. 이런 건 아무도 안 해. 잘만 하면 특허출원 신청도 할 수 있어."

덴쿼은 아직도 헛꿈을 꾸고 있었다. 여기서 어떻게 낙타를 사육한다는 말이지? 낙타는 사막에서 사는 동물이다. 판화는 바쁜 시기가 지나가면 반드시 덴쿼을 병원에 데리고 가서 뇌에 무슨 문제라도 있는지 검사를 해봐야겠다고 생각했다. 아! 지금도 입만 열면 낙타 타령이니, 이게 병이 아니면 또 뭐겠어?

공장 담벼락에는 구멍이 하나 뚫려 있었다. 학교 담장에 뚫린 구멍보다 조금 더 컸다. 판화가 말했다.

"이 구멍으로는 오토바이도 드나들 수 있겠지?"

덴쿼이 말했다.

"낙타는 못 지나가겠는데."

판화가 째려보자 덴쿼은 찍소리도 하지 못했다. 구멍은 베어낸 살구나무와 멧대추나무 가지로 가로막혀 있었다. 나뭇가지가 놓인 모습과 바닥에 찍힌 발자국을 살펴보던 링페이가 손가락을 튕기고는 말했다.

"아무도 안 왔네요."

"네 친구는?"

"다 안에 있어요."

링페이가 나뭇더미 틈새로 나뭇가지를 들춰내자 과연 젊은 사람 둘이 보였다. 남녀 한 쌍이었다. 그들은 배드민턴을 치고 있었는데,

멀리서 바라보니 마치 그림자극을 감상하는 것처럼 느껴졌다.

"저 두 사람 지금 애정의 도피행각을 벌이고 있는 거 맞지?"

"비슷해요."

판화가 손가락으로 링페이의 관자놀이를 짓누르며 말했다.

"너! 언제쯤 날 안심시키고 너의 홍이를 안심시킬 수 있을까?"

젊은 한 쌍이 뜰 안에 커다란 천을 깔아놓았는데, 기계장비를 덮어둘 때 사용하는 방수용 범포였다. 범포 위에는 볏짚이 쌓여 있었다.

덴쿤이 말했다.

"야! 정말 로맨틱하네! 조만간 선전 지역과도 비교할 수 있겠어!"

링페이가 말했다.

"무슨 말씀이세요! 선전이야말로 유행을 이끄는 곳인데요! 선전에서는 젊은 친구들이 골프를 치는데, 슈수이의 젊은이들은 기껏해야 배드민턴밖에 못 치잖아요."

판화가 말했다.

"여보세요들, 본론으로 좀 들어갈 수 없을까?"

링페이는 얼굴을 찌푸리고 서둘러 '업무보고'를 시작했다. 그런데 링페이의 '업무보고'는 질문을 하거나 중요한 대목에서 뜸을 들이는 방식이었다. 그가 판화에게 물었다.

"저기 저 자동차 타이어 위에 있는 거 보셨어요? 그게 뭔지 맞혀보실래요?"

그건 네모난 상자였다. 멀리서 바라보니 비닐천을 덮어놓은 유골함 같았다. 판화가 덴쿤의 망원경을 건네받아 자세히 들여다보았지만 여전히 어디에 사용하는 물건인지 알 수 없었다. 판화가 링페이를 쏘아보자 그는 감히 더 이상 뜸을 들이지 못했다. 링페이는 텔레비전이라고 했다. 그러면서 어제저녁에는 쉐어도 텔레비전을 보러 나왔다고 말했다.

"페이전은 안 봤어?"

링페이는 막 옮겨놓은 텔레비전이라 자신도 잘 모른다고 했다.

"저거 훔친 거지?"

"저거 제 텔레비전이에요."

"네 텔레비전은 훔친 거 아니야? 내가 모를 줄 알아? 다음부터는 절대로 그러면 안 돼."

링페이가 실실거리며 다시 마당에 놓인 커다란 광고판을 가리켰다. 그러면서 쉐어가 바로 그 광고판 뒤에 있는 방에 숨어 있다고 했다. 링페이는 잘못 알고 있었다. 그건 광고판이 아니라 '환경오염관리 카운트다운' 홍보 간판이었다. 판화는 '카운트다운' 마지막 날 성안에 있는 신문사와 텔레비전 방송국에서 그곳을 방문했던 일을 기억하고 있었다. 그날 밤 자정이 막 지난 시간, 판화는 기자들을 데리고 제지공장이 비밀 배수구를 통해 오염된 폐수를 몰래 방출하는 장면을 촬영했다. 그 일은 집권 기간 중 그녀가 이룩한 가장 훌륭한 업적이었다.

그때 갑자기 홍보 간판이 이리저리 흔들렸다. 바람이 불기 시작했다. 한바탕 광풍이 몰아친 뒤 소나기까지 쏟아졌다. 늦가을에는 참으로 보기 드문 폭우였다. 잠시 후 세차게 퍼붓던 빗줄기 사이로 하늘빛이 서서히 밝아왔다. 판화는 담장 너머 커플을 지켜보기만 할 뿐 안으로 들어가지는 않았다. 그들은 아주 즐거워 보였다. 둘은 마치 단비를 만난 귀뚜라미 한 쌍처럼 이리저리 뛰어다녔다. 판화는 온몸이 흠뻑 젖었다. 덴쿤이 자기 옷을 벗어 그녀를 덮어주려 했지만 판화는 한사코 거절했다. 그녀는 그대로가 좋다며, 비를 맞으니 시원하고 상쾌하다고 했다. 판화는 정말로 기분이 좋았다. 굵직한 빗방울이 마치 포도송이처럼 사랑스럽기까지 했다. 그래도 링페이가 옷을 벗어주자 판화는 사양하지 않았다. 그녀는 속으로 생각했다. 지난번에 톄쒀가 비를 흠뻑 맞았던 건 나한테 고육지책을 쓰기 위해서였지. 하지만 나는? 내가 왜 쉐어한테 고육지책을 써야 하는 건데? 그럴 필요는 없잖아! 판화는 링페이의 옷을 뒤집어쓰고는 폭우가 그치기를 기다렸다.

소나기는 그리 오래가지 않는 법이다. 과연, 폭우는 불시에 왔다 금세 사라졌다. 불과 밥 한 공기 해치울 시간에 하늘은 다시 맑게 개어 있었다. 빗방울이 땅바닥을 구르던 나뭇잎을 적시고 지나갔다. 본래 누르스름했던 들풀의 색이 짙어져 검은빛으로 바뀌었다. 젊은 커플은 소나기가 퍼부을 때는 밖에 있더니 비가 그치자 오히려 집 안으로 들어가 다시는 나오지 않았다.

텅 빈 앞마당을 응시하던 판화의 머릿속에 어떤 생각이 하나 스쳤다. 바로 페이전이 오기를 기다려 그녀가 어떻게 연기하는지 지켜보자는 계산이었다. 심지어 판화는 최초로 신고를 한 인물이 바로 페이전이라는 사실을 쉐어에게 알려주고 싶은 충동까지 느꼈다.

물론 판화는 그렇게 하지 않을 것이다. 무엇보다 그런 행동은 간부라는 신분에 어울리지 않고, 다음으로는 페이전과 쉐어 그리고 테쒐와 상이 모두에게 죄를 짓는 셈이기 때문이었다. 판화는 몸서리를 치고는 생각했다. 그냥 페이전의 소굴로 바로 쳐들어가 아무것도 모른 척하고서 페이전이 집에서 무슨 일을 꾸미는지 확인해보는 편이 더 좋지 않을까?

그때 쉐어가 나타났다. 그녀는 한껏 부른 배를 앞으로 쭉 내민 채 정원을 거닐었다. 그녀의 행동은 어딘지 모르게 소녀 같아 보였다. 웅덩이에 고인 물을 발끝으로 살며시 건드리고는 마치 애교라도 부리듯 '아이' 하는 소리를 내질렀다. 쉐어는 웃고 있었다. 배드민턴 라켓을 집어 든 쉐어가 이쪽을 향해 스매싱 동작을 취하고 다시 저쪽을 향해 리시브 동작을 했다. 그러더니 깔깔 웃음을 터뜨렸다. 판화는 쉐어의 웃음소리가 그토록 예쁘리라고는 전혀 예상하지 못했다. 마치 옥구슬 같았다.

판화도 미소를 지었지만 소리를 내지는 않았다. 판화의 얼굴은 마치 한 떨기 꽃송이처럼 새빨갛게 상기되어 있었다. 아니, 한 송이가 아니라 두 송이, 세 송이, 셀 수도 없이 많은 꽃송이 같았다. 얼굴의 근육 하나하나가 모두 꽃송이인 듯 얼굴 한가득 흐드러지게 피어나 있었다. 조금 전까지 멀쩡하게 서 있던 판화는 갑자기 휘청거리더니 털썩 주저앉을 뻔했다. 링페이가 부축해 일으켜 세우자 판화는 그를 밀쳤다. 그리고 갑자기 다시 돌아가기 시작했다. 판화의 발걸음이 점점 빨라졌다. 달음박질에 가까운 빠른 발걸음에 조금 전 비에 흠뻑 젖은 그녀의 머리카락이 흩날렸다. 판화는 지금 페이전의 집으로 황급히 달려가고 있었다. 페이전이 도대체 어떻게 자신을 농락하고 있는지 확인하고 싶었다. 설마 페이전도 쉐어처럼 즐거워하고 있는 게 아닐까? 판화는 마음속으로 놀라서 고함을 질러댔다. 하늘이시여! 이 세상에서 설마 저 하나만 쓸데없는 걱정을 하고 있나요?

날은 벌써 저물고 있었다. 가축들은 다시 마을로 돌아갔다. 거리는 아주 지저분했다. 곳곳에 똥이 가득했다. 오리똥, 거위똥, 양똥, 쇠똥, 어쨌든 모두 악취가 진동했다. 소 판매업자인 칭서가 또 소 두 마리를 몰고 돌아오고 있었다. 한 마리는 암소인데 배가 잔뜩 불러 있었다. 보아하니 칭서가 또 송아지를 팔러 외양간을 떠날 날도 머지않아 보였다. 판화가 소 두 마리 사이를 뚫고 지나갈 때 그녀의 급한 발걸음에 놀란 수컷이 갑자기 방방 날뛰며 발길질을 해댔다. 억센 쇠꼬리가 판화의 얼굴로 날아들었다.

페이전은 한창 요리를 하는 중이었다. 요리를 하면서 노래를 부르고 있었다. 혹시 그녀가 볶고 있는 것이 배추는 아닐까? 왜냐하면 그녀가 지금 부르는 노래가 〈배추〉였으니까.

'작은 배추야, 밭이 노랗구나. 두세 살인데, 어머니를 잃었구나.'

슬프고 애절한 노래였지만 아주 즐거워 보였다. '치지직' 하는 소리와 함께 요리가 냄비에서 접시로 옮겨졌다. 판화가 정원에 들어서자 새콤한 향기가 코끝을 찔렀다. 배추식초볶음인가 보구나. 판화가 페이전을 부르려는 순간 다시 그녀의 노래가 시작됐다. 이번에 부르는 노래는 〈징강산 밑자락에 호박 심자〉였다.

작은 호미 손에 들고
징강산 밑자락에 호박 심자
구덩이 파, 씨앗 뿌려
한 바가지 샘물 떠서 새싹 띄워
태양빛 비춰 키워, 비이슬 뿌려 길러
길고 긴 넝쿨이라, 헤이야! 헤이야!
시렁 위로 오른다네, 헤이야! 헤이야!
나팔 같은 금빛 꽃을
불고 불면 호박이 맺히죠
맺혀요, 호박이 맺혀요

판화는 생각했다. 페이전은 교사 출신으로 전혀 손색이 없어. 노래를 정말 잘하네. 특히 '헤이야! 헤이야!' 하는 부분을 부를 때에는 아이 같은 느낌마저 나잖아. 페이전은 여태껏 단 한 번도 꽃봉오리를 터뜨린 적 없는 소녀 같아! 판화의 마음속에 불길이 일더니 화르륵 치솟아 올라 온몸이 부들부들 떨릴 지경이었다. 하지만 판화는 스스로에게 냉정해져야 한다고 타일렀다. 원래부터 연극이나 보러 왔을 뿐인데 뭘 흥분해? 고양이에게 배워야 해. 고양이는 쥐를 잡아서 잠시 동안 가지고 논 뒤에 비로소 잡아먹잖아. 판화는 마치 고양이처럼 가만히 허리를 구부린 채 페이전이 있는 주방으로 사뿐사뿐 걸어 들어갔다. 페이전의 어린 아들 쥔쥔軍軍이 한쪽에 서 있다가 엄마 손을 잡아당기며 다시 한 번 노래를 불러달라고 했다.

페이전이 말했다.

"징강산의 어린이는 너만큼만 크면 호박도 심을 수 있어요. 이건 누구한테 배운 거죠?"

"선생님한테 배웠어요."

"이런 망할 ×, 저번에 말해주지 않았어? 마오 주석님께 배운 거라고! 어쩜 기억력이 요만큼도 좋아지지 않을까?"

"생각났어요. 주더朱德 사령관님도 있잖아요. 주 사령관님은 변신하는 인형을 가지고 있어요?"

판화가 손가락으로 쥔쥔의 머리를 쓰다듬으며 말했다.

"있어요. 권총도 있고."

깜짝 놀라 고개를 돌린 페이전이 판화를 발견하더니 이내 웃기 시작했다.

"어머! 지부서기님이시네요!"

페이전은 목이 있는 스웨터 대신 기름때로 얼룩진 군용 셔츠를 걸치고 있었다. 셔츠는 조끼처럼 길이가 짧아 안에 입은 속옷이 훤히 드러났다.

"어떤 요리를 이렇게 맛있게 하는 거야? 냄새 정말 좋네!"

페이전이 볶고 있는 것은 배추가 아니었다. 감자식초볶음이었다.

호박 요리도 한 대접 가득 쌓여 있었다. 감자를 보자 판화는 예전에 페이전이 알려준 감자의 신통한 효험이 생각났다. 감자가 여자 자궁에 알칼리성분을 공급해 아들을 잘 낳을 수 있도록 도와준다고 했다. 하지만 판화는 감자가 아닌 호박 이야기를 꺼냈다.

"난 호박이 제일 좋더라. 어디 솜씨 한번 맛보게 해줘."

그런데 판화가 젓가락으로 집어 든 것은 호박이 아닌 감자였다. 그녀의 행동은 아주 자연스럽고 일상적이었다. 일상적이어야 친밀감이 드러나기 때문이다. 판화가 두 눈을 지그시 감았다. 기가 막힌 별미에 그만 홀려버렸다는 표정이었다. 그러더니 이번에는 호박을 집어 들었다. 이번에는 눈을 감지 않았다. 반대로 두 눈을 휘둥그레 부릅뜨면서 너무 맛있어서 그저 놀라울 뿐이라는 표정을 지었다.

"식당 열어도 되겠네. 혹시 내가 언제 손님 초대할 일 생기면 와서 요리 좀 부탁해! 사례는 꼭 따로 할게. 안 그러면 누가 우리 보고 친한 언니 동생 같다고들 하겠어?"

"서기님도 참! 놀리지 마세요."

"정말이야. 안 그래도 덴쿤이 손님 좀 초대하려는데 내가 워낙 요리를 못해서 사람을 하나 구해볼까 했거든."

"그게. 상이는 아직도 만날 내가 한 음식은 돼지한테나 먹이는 거 같대요."

"이 호박요리 정말 잘 했어. 오리알도 넣은 거 맞지?"

"링원네 오리알은 너무 비싸서 우리는 사지도 못해요. 그건 그냥 달걀노른자예요."

판화가 웃으며 말했다.

"내가 먹기에는 딱 좋은데. 그런데 덴췬은 아무래도 좀 시큼하다고 할 거 같네. 식초도 좀 친 거 맞지?"

"식초 좋잖아요. 뇌혈관도 부드럽게 해준대요. 지식인들 뇌혈관은 꼭 밀대처럼 약하고 얇은 거 같아요. 지식인들이 여리잖아요!"

상이가 아직 정식으로 임용되기도 전인데 페이전은 말끝마다 '지식인' 운운하고 있었다.

"임신한 여자들은 다 식초를 좋아하지. 나도 더우더우 가졌을 때 식초 없이는 끼니를 못 때우는 바람에 식초 단지가 되어버렸다니까. 지식인들께선 비웃으시겠지만 글쎄 방귀 냄새까지 다 시큼할 정도였지 뭐야!"

판화는 걸상을 옮겨 와 앉았다. 대추나무로 만들었는지 걸상이 아주 단단하고 묵직했다. 하지만 다시 한 번 자세히 살펴보니 대추나무는 아닌 것 같았다. 무늿결이 대추나무보다 한결 더 고왔다. 대추나무 무늿결은 인두로 지진 모양인데, 의자에 난 무늿결은 마치 수를 놓은 듯 보였다. 설마 오크나무로 만든 의자는 아니겠지? 그해 제지공장에서 오크나무로 만든 걸상을 대량으로 들여왔다. 공장에서 그중 몇 개를 집으로 보내왔지만 판화는 거절했다. 페이전이 다른 일에 정신이 팔린 틈을 타 판화는 걸상을 뒤집어서 살펴보았다. 역시 걸상 밑바닥에 '왕자이 제지공장'이라는 문구가 새겨져 있었다. 태양은 다리 없이도 온 세상을 떠다닐 수 있지만 의자는 다리가 있어도 다닐 수 없는 법이다. 이건 상이가 한 짓이 분명했다! 자기 집에 있던 의자는 학교로 보내버리고 제지공장 회의실용 걸상을 슬쩍 가져온 것이다. 그야말로 살쾡이와 태자를 바꿔치기한 셈이군!

판화는 걸상을 다시 바로 해놓은 뒤, 미소를 지으며 상이는 어째서 아직까지 돌아오지 않는지 물었다. 페이전은 상이가 줄곧 늦게 돌아왔다고 했다. 최근에는 진학률을 높일 생각에 마치 개가 뒤에서 쫓아오기라도 하듯 잠시도 긴장을 늦추지 못한다고 했다. 갑자기 쥔쥔이 끼어들어 아빠가 술 마시러 나가면서 손수건도 가져갔다고 했다. 판화가 손수건은 왜 가져갔지 하고 묻자, 쥔쥔은 아빠가 술을 배 속으로 삼키지 않고 전부 손수건에 뱉어낸다고 했다. 이 꼬마는 장성해서 입대하게 되면 특무중대로 배치될 것이 분명했다. 하지만 판화는 오히려 쥔쥔에게 꾸짖듯 말했다.

"쥔쥔! 그렇게 함부로 말하면 안 돼!"

쥔쥔이 대답했다.

"알겠습니다. 지금까지 누구한테도 말한 적 없어요!"

됐다! 특무중대는 못 되겠다. 페이전 역시 웃음을 참지 못했다. 페이전이 판화에게 말했다.

"애가 하는 헛소리 귀담아듣지 마세요. 애아버지 금방 들어올 거예요."

"그래. 잠깐 기다리지 뭐. 상이하고 할 얘기도 좀 있고."

페이전이 판화에게 밥을 건넸다. 판화는 잠시 사양을 하고는 밥그릇을 받아들었다. 그리고 상이의 정식 임용 이야기를 꺼냈다. 페이전이 말했다.

"저희는 별 상관없어요. 선물 같은 거 보낼 돈도 없고요. 그냥 운에 맡길 수밖에요."

판화가 밥그릇을 내려놓으며 말했다.

"그런 자세로는 힘들어. 1퍼센트의 가능성만 있어도 100퍼센트 노력해야 하는 거야."

이때 쥔쥔이 다시 끼어들었다.

"샹성 아저씨가 우리 아빠 교장 선생님 시킬 거라고 그랬어요."

페이전의 얼굴색이 확 바뀌더니 갑자기 걸상을 집어 들어 쥔쥔을 내려치려 했다.

"야! 이 꼴통아!"

쥔쥔이 울음을 터뜨리자 페이전이 소리쳤다.

"엄마 죽기라도 했어? 어디서 곡소리야! 꺼져!"

쥔쥔이 서럽게 울면서 밖으로 나갔다. 아이들은 거짓말을 못한다니까! 판화는, 이 밥을 내가 공연히 먹은 것은 아니군, 하고 생각했다. 판화가 페이전에게 말했다.

"왜 그래! 애가 틀린 말을 한 것도 아닌데! 그건 본래 내 의견이었어. 샹성 그 사람한테는 아무 얘기도 하면 안 된다니까. 하여간 말을 입에 가만히 담아두지 못해."

식사를 마친 판화는 오한이 느껴졌다. 소나기에 흠뻑 젖었던 탓에 감기에 걸린 것 같았다. 하지만 판화는 자리에서 일어날 생각이 없었다. 그녀는 페이전이 어떻게 쉐어한테 식사를 전해주는지 확인하고 싶었다. 페이전은 매우 인내심이 있었다. 다시 스웨터를 짜기 시작했다. 하지만 판화는 페이전이 당황하고 있음을 알아챘다. 무릎 위에 놓인 털실뭉치가 두 번씩이나 땅바닥으로 굴러떨어졌다. 당연히 페이전이 참지 못하고 결국 먼저 쉐어 이야기를 꺼냈다. 페이전은 뜨개질바늘로 머리를 긁적이며 무관심한 듯이 물었다.

"쉐어가 어딘가로 숨어버렸다면서요? 어디 친척 집에 놀러 갔을까요, 아니면 달걀이라도 팔러 갔을까요?"

"그 얘긴 지금 별로 하고 싶지 않아. 맞아. 어떤 사람들은 쉐어가 도망갔대. 도망칠 테면 도망쳐보라지! 뛰어봤자 부처님 손바닥인걸."

"어떤 사람들은 제가 신고한 거라고 쓸데없이 떠들고 다니던데요. 서기님, 전 서기님한테 아무 얘기도 한 적 없잖아요."

판화가 웃으며 말했다.

"나한테 무슨 얘기를 했다고 그래? 그걸 내가 왜 모르겠어?"

"그런 헛소리는 함부로 하면 안 되죠. 대대손손 원수가 되는데요."

"사실 나 쉐어가 어디 숨어 있는지 알아. 페이전, 누가 나한테 페이전이 쉐어랑 만난 적이 있다더라고. 그래서 내가 그 사람들한테 한소리 해줬지. 페이전이 어떻게 그런 짓을 할 수 있겠냐고. 페이전이 누구야? 페이전은 지식인이야. 지식인은 항상 규정을 준수하고 거시적인 관점에서 모든 일을 바라보는데 어떻게 그런 바보 같은 짓을 할 수 있겠느냐고 말했지. 그리고 내가 또 그 사람들한테 물었어. 당신들이 페이전이 쉐어하고 만났다고 하는데 그러면 당신들도 분명 쉐어를 본 적 있는 거 아니냐. 빨리 말해라, 쉐어가 어디에 숨어 있지? 하고 말이야."

"맞아요! 정말 말은 분명하게 해야 해요. 안 그럼 진짜 그놈의 주둥이를 확 찢어버려요!"

그때 상이의 어린 아들 췐췐이 깨끗하게 핥은 그릇을 손에 들고 들어왔다. 기억력이 형편없는 녀석은 어느새 엄마 팔을 잡아당기면서 텔레비전을 보여달라고 보챘다. 판화는 아이가 방에서 텔레비전을 보았으면 했지만 페이전은 전혀 그럴 생각이 없었다. 그녀가 험악한 표정으로 췐췐을 다시 내쫓았다. 이번에는 아주 멀리 내쫓아버렸다. 아이가 또 울면서 다시 밖으로 나갔다. 페이전은 췐췐이 들고 온 그릇을 부엌으로 가져갔다. 판화는 페이전이 설거지를 마치고 올 것이라고 생각했지만 뜻밖에도 페이전은 곧바로 되돌아왔다. 페이전이 미처 입을 열기도 전에 판화가 선수를 쳤다.

"그런데 사람들 하는 얘기가 꽤 생생해. 페이전이 매일 쉐어 밥을 챙겨주는데 글쎄 얼마나 사려가 깊은지 반찬마다 식초를 넣어준다잖아. 심지어 쉐어가 호박달걀볶음을 좋아해서 그것도 만들어준다던데. 더 기가 막힌 건 그 달걀을 전부 톄쒀가 가져다준다는 거야."

판화도 그저 나오는 대로 내뱉은 말이었다. 판화는 페이전이 자신이 한 이야기를 완강히 부정할 것이라 예상했다. 털실뭉치가 다시 땅바닥으로 굴러떨어졌다. 이번에는 판화가 털실뭉치를 대신 집어 들었다. 페이전에게 털실뭉치를 건네주며 판화가 말했다.

"아예 그 달걀도 몽땅 톄쒀가 직접 낳은 거라고들 하지!"

판화도 생각하지 못했다. 전혀 예상하지 못했다. 놀랍게도 페이전이 그 자리에서 모든 사실을 시인해버렸다. 그런데 페이전의 말솜씨가 절묘했다. 그야말로 감쪽같은 언변이어서 판화는 그저 감탄할 수밖에 없었다. 털실뭉치를 받아든 페이전이 입으로 먼지를 훅 불며 말했다.

"전 쉐어가 도망쳤다는 말 안 믿어요. 어디로 도망을 가겠어요? 전 쉐어가 도망친 게 아니란 거 다 알아요. 지금 제지공장에 있어요."

"제지공장?"

판화가 몸을 앞으로 쭉 내밀고서 무릎에 살며시 손을 얹었다. 그리고 동그란 털실뭉치를 꽉 움켜쥐었다. 페이전은 판화에게 대신 털실뭉치를 들고 있으라고 하고는 실타래를 풀었다가 다시 둘둘 감기 시작했다. 페이전이 실타래를 감아올리면서 아주 자연스럽게 말했다.

"쉐어는 그냥 한 이틀 정도 거기 숨어서 톄쒀 생각이 좀 바뀌길 기다리는 것뿐이에요! 톄쒀가 그렇게 아들 타령을 한다잖아요. 그게 어디 낳고 싶다고 그냥 낳아진대요? 판다 새끼를 낳으면 몇십만 위안 정도는 거뜬히 받고 팔 수 있겠지만 그럴 수야 있나요?"

"판다는커녕 고양이 새끼도 못 낳지."

"그렇잖아요! 쉐어는 톄쒀가 그 이치를 제발 좀 깨우쳤으면 하는 거라고요."

"톄쒀 그 인간 진짜 앞뒤로 꽉꽉 막혔네. 나무토막이야, 아니, 고철 덩어리야."

"톄쒀 생각이 좀 바뀌면 그때 쉐어를 불러내서 톄쒀한테 보내려고 생각하고 있어요. 지금 상황에서는 일단 당신에게 맡기는 수밖엔 없겠네요."

"페이전 자네가 정말 세심하게 처리했군."

판화는 페이전이 여전히 속내를 모두 드러내지 않았다고 생각했다. 그녀가 이렇게 했던 것은 사실 자신에 대한 쉐어의 의심을 없애기 위해서였다. 페이전! 아! 페이전! 정말 대단하구나! 빌어먹을! 정말 고고하기 짝이 없으시네! 이어진 페이전의 말에 판화는 다시 한 번 경악했다.

"사실 쉐어한테 밥 챙겨주는 걸 눈치챘단 사실도 전 벌써 다 알고 있었어요. 샤오훙이 알고 있는 걸 당신이 모를 리 있어요? 오늘이 샤오훙이 밥을 챙겨줄 차례거든요. 샤오훙이 그러더라고요. 요즘처럼 중요한 시기에 쉐어의 임신 사실이 많은 사람에게 알려지면 안 된다고요."

샤오훙이? 샤오훙도 알고 있었다고? 샤오훙도 쉐어한테 밥을 챙겨주고 있다고? 판화의 머릿속이 '윙' 하고 울리고, 귓속도 '윙' 하고 울렸다. 이후로도 그 소리는 떠나지 않고 계속 그녀의 귓가에 남아 있었다. 털실뭉치를 손에 쥔 판화는 꼼짝도 하지 않고 앉아 있었다. 털실뭉치는 가벼웠지만 그녀는 팔뚝이 점점 시큰거리는 느낌이 들었다. 털실이 아니라 쇠뭉치를 들고 있는 것처럼 허리까지 욱신거렸다. 이제는 거꾸로 페이전이 판화를 비판하기 시작했다. 페이전이 판화에게 말했다.

"딱히 뭘 탓하려는 건 아닌데요, 당신이 들어왔을 때부터 뭘 하려는 건지 다 알고 있었어요. 굳이 말을 빙빙 돌리기만 하더군요. 전 당신을 친언니처럼 생각해왔어요. 그러면 당신도 저를 친여동생처럼 대해줘야 하는 거 아니에요……?"

페이전이 또 뭐라고 했지만 판화의 귀에는 제대로 들어오지 않았다. 판화의 눈에는 그저 페이전의 입술이 움직이고 있고, 입가로 하얀 거품이 비누거품처럼 맺히는 것만 보였다. 판화는 조금 추웠다. 눈꺼풀이 떠지지 않았다. 사실 판화의 온몸은 마치 다리미처럼 뜨겁게 달아올라 있었다. 하지만 판화의 정신은 여전히 아주 또렷했다. 어떻게 결말을 지어야 할지 잘 알고 있었다.

"쉐어가 그곳에서 먹을 것도 있고 마실 것도 있다니 안심이네. 한이틀 더 거기서 지내라고 하지! 톄쉬 머리도 마냥 고철 덩어리는 아니잖아? 고철 덩어리도 녹아내리는 때가 있으니까."

상이의 집을 나선 판화는 정상이 아니었다. 처음에는 머리가 무겁고 다리는 부들부들 떨렸다. 마치 머리가 무거운 돌덩이로 변하고 두 다리는 솜뭉치 위를 걷고 있는 것 같았다. 하지만 몇 걸음 못가 거꾸로 머리가 가벼워지고 다리는 무거워졌다. 묵직한 돌덩어리가 다리에 묶여 있는 듯했다. 판신네 외양간 앞을 지날 때 판화는 난간에 기대어 잠시 숨을 골랐다. 소가 풍선껌을 씹을 때처럼 쩍쩍거리는 소리를 내면서 쉴 새 없이 되새김질을 해대고 있었다. 칭린네늑대도 울고 있었다. 길지 않은 울음소리가 가쁜 숨을 몰아쉬듯 끊어졌다 이어지기를 반복했다. 계속 들어보니 어느새 늑대 울음소리는 사라지고 개 짖는 소리로 바뀌어 있었다. 한 마리가 아니라 떼거리로 짖고 있었다. 판화는 칭린네 늑대가 분명히 또 새신랑이 되어 있는 것이라고 생각했다. 칭린은 자기네 늑대가 교미할 때면 온 동네 개들이 울부짖는다고 했었다. 수컷들은 질투해서 울부짖고 암컷들은 부러워해서 울부짖는다나. 아무튼 모든 개가 반응하고 있었다. 개 짖는 소리 속에서 어떤 사람이 쾌판 가락을 연주하기 시작했다. 저건 틀림없이 셴파가 연주하는 쾌판이다. 옛날에 셴파는 마오쩌둥 문예사상 선전대에서 쾌판을 연주한 적 있었다. 과연 셴파가 연주하는구나. 그의 목소리에는 활력이 넘쳐흘렀다. 아들도 거뜬히 낳을 수 있을 것 같았다. 어쨌든 일흔일곱 살 먹은 노인네 같지는 않았다.

> 석류나무 가지 위에 앵두가 익어가네
> 옥토끼는 서편에서 올라와 동쪽으로 떨어져요
> 남정네들 잘 좀 들어봐요
> 아낙들도 가만히 들어봐요
> 베이징엔 사람이 많지만
> 이 내 마음은 언제나 관창에 있어
> 고개 들어 바라봐도 별 하나 보이지 않고
> 고개 숙여 바라보면 구덩이뿐
> 그 구덩이 바로 전철역이라 부른다네
> 전철역에 파를 심으니
> 파 위에는 얼음이 맺히고
> 담장 위엔 등을 밝히고
> 등불 뒤엔 대못 박히고

못 위에는 활을 걸고

활 위에는 솔개가 누워 있고

솔개가 깃을 펴고 관창으로 돌아간다

마을에 들어서 아가씨를 만났지요

아가씨여 아가씨여 정말로 예쁘지만

그만 마스크를 거꾸로 썼네

그 아가씨 이름은 바로 멍샤오홍

죽음을 무릅쓰고 무덤으로 뛰어드니

소식 들은 셴파 눈에 눈물이 주룩주룩

이게 바로 살아 있는 레이펑이 아닐는지

샤오홍 아가씨가 식사를 배달하니

관창의 우물물은 여전히 달콤하죠

탕수생선은 거위만큼 큼직하고

기름에 부친 두부에 갈빗대도 푸짐하네

제지공장 강바닥에 길게 늘어선 부추

언덕 위 땅바닥에서 우렁이를 잡아오네

셴파는 좋은 날을 보내니

꿈속에서도 디스코를 추고 있어

북을 불고 나팔 치고

트럭을 메고 가마를 운전해

거꾸로 된 이야기, 이야기를 뒤집어

석류나무 가지 위에 앵두가 맺힌다네

아침해가 동녘에서 떠올라 온 세상을 비출 적에

도둑은 어둠을 더듬어 항아리를 훔쳐가고

귀머거리는 소리 듣고 바빠지기 시작하고

벙어리는 소리치며 집 밖을 나서지요

도둑 머리 한 가닥 뽑았는데

가만히 살펴보니 스님임을 알겠구나

스님은 투표하려 왔다는데

순간의 실수로 창문에 부딪히니

창문 안 사람들 몰래몰래 웃고 있네

쾌판을 노래하지 않고 얼후만 울리네

암탉이 굶주린 독수리를 입에 물었는데

알고 보니 셴파가 신방에 들었다네

코카콜라는 갈증을 못 풀고

펩시콜라로는 만사가 번잡할 뿐

투표할 때 모두모두 오세요

셴파가 여러분께 결혼사탕 드립니다

셴파 이 '굶주린 독수리'가 정말로 신방을 차렸다는 말인가? 도대체 진짜야 가짜야? 셴파가 돌아왔다는 사실을 나는 어떻게 전혀 모르고 있었을까? 셴파는 이제 막 마을로 돌아왔는데도 많은 것을 알고 있잖아. 심지어 샤오훙이 마스크를 거꾸로 뒤집어쓰던 일까지 알고 있으니 분명 예삿일이 아니야. 장수 유비가 아이를 내던진 것

441

이 백성의 마음을 얻기 위함이었다면, 샤오훙이 마스크를 뒤집어 쓴 것 역시 사람들의 마음을 잡기 위함이었다. 잠시 생각에 잠겨 있는데 셴파가 얼후를 켜기 시작했다. 보아하니 셴파는 십팔반무예를 모두 뽐내려고 하는군! 셴파는 텔레비전 시청을 해본 적이 없을 텐데 쑹주잉도 알고 있었다. 지금 그가 연주하는 곡이 바로 쑹주잉의 〈오늘은 좋은 날〉이었다. 원래는 밝고 명랑한 곡이지만 얼후의 선율을 타자 마치 슬픔에 흐느끼는 느낌이 들었다. 〈오늘은 좋은 날〉 연주가 끝나자 다시 〈제갈량의 조문〉이 시작됐다. 이건 리하오를 위해 켜는 곡이겠지? 리하오는 〈공성계〉를 부를 줄 아니 〈제갈량의 조문〉도 부를 줄 알 것이다. 과연 판화의 귓가에 리하오의 노랫소리가 들려왔다.

> 영전에서 옛 벗이 충혼을 기립니다
> 그 평생 추억하니 이 내 마음 아프다오
> 이 아우와 함께 오吳나라를 보우하려 그대 심혈 다했다네
> 시상구柴桑口에 지휘봉 쥐고 삼군을 통솔하며
> 조조를 무찌르려 예를 갖춘 그대가 이 내 몸을 찾았으니
> 우리 둘 첫 만남에 오랜 친구처럼 서로 지음知音이길 청했다네
> 막사를 마주하고 앉아 고담준론 나눴지
> 함께 천하의 거사를 논하여 조조군을 대파했지

리하오의 목소리는 깨진 징처럼 쉬어 있어서 약간 음흉하고 음험

하게 들렸다. 그 손에 들고 휘두르는 것이 제갈량의 깃털부채가 아니라 장비張飛의 장팔사모丈八蛇矛나 이규李逵의 커다란 도끼처럼 느껴졌다. 판화는 설령 주유周瑜가 살아 돌아온다 해도 리하오의 노래 한 곡에 그대로 다시 줄행랑을 칠 거라고 생각했다.

잠시 뒤 판화는 상이를 발견했다. 상이는 술에 취해 비틀댔다. 그런데 누군가 곁에서 상이를 부축하고 있었다. 바로 샤오훙이었다. 역시 지식인은 달랐다. 술 취한 순간까지도 상이는 결코 예의를 잃지 않았다. 상이는 샤오훙의 몸에 구토를 해서는 안 됐다며 연신 사과를 해댔다.

"정말 창피해서 얼굴을 들 수 없네요. 내 뺨이라도 후려쳐버리고 싶습니다. 사실 나 많이 안 취했어요. 이렇게 기쁜 일이 생겼는데 내가 어떻게 취할 수 있겠어요! 안 취했어요! 몇 잔 더 마셔도 괜찮다니까요!"

"그래요. 안 취했어요. 아직 더 마실 수 있으세요!"

"돌아가서 샹성한테 얘기하라고요. 내가 난 안 취했다고 그러더라고."

"안 취하셨어요. 그 사람이 취했지요."

상이가 다시 말했다.

"학생이고 학부모고 전부 내 말을 믿어요. 당신은 믿어요? 심지어 그 얼렁처럼 멍청한 놈도 자식 출세를 바라는데, 내 말 안 들으면 되겠어요?"

"안 되죠. 누가 된다고 해도 절대 안 되죠. 당신이 최고죠!"

두 사람이 저 멀리 사라져버린 뒤에도 진한 술 냄새가 여전히 판화의 코끝에 맴돌았다. 불현듯 공기 속에서 한 줄기 풀냄새가 피어올랐다. 후끈거리는 열기와 함께 짙은 구린내도 느껴졌다. 소가 되새김질하는 소리가 잦아들었다. 소 역시 그 냄새를 맡은 듯했다. 이후 시간이 조금 더 흐른 다음에 냄새가 한 번 더 짙어졌다. 몽롱한 와중에 결국 판화는 그것이 신선한 소똥 냄새임을 알아차렸다.

아! 전에 사람들이 뭐라고 했더라? 다들 나더러 소똥더미에 꽂힌 한 송이 꽃이라고 했는데, 지금은 정말로 그렇게 되었구나. 난간을 따라 내려올 때 판화의 머릿속은 여전히 빙빙 돌고 있었다. 며칠 뒤 샤오훙이 마을위원회 주임으로 당선되면 사람들이 또 뭐라고 할까? 솔직히 샤오훙이야말로 진짜 꽃이지. 소똥에 꽂힌 진짜 생화네! 발그스레하고 예쁘기 그지없지!

날은 갈수록 쌀쌀해졌지만 판화의 이마는 오히려 더 뜨거워지기만 했다. 그때 현에서 회의가 열렸다. 현에서는 모든 향과 촌급 책임자들은 반드시 참석해야 한다고 강조했다. 휴가도 신청할 수 없었다. 쉐스와 판치가 누구를 회의에 보내야 좋을지 의견을 구하기 위해 판화를 찾아왔다. 판화가 말했다.

"당신들 둘 중 누가 가도 괜찮을 거 같은데."

쉐스가 말했다.

"난 늙었어. 다리도 불편하고. 그만 관둘래."

판치가 질세라 말했다.

"내가 쉐스보다 한 달하고도 닷새나 나이를 더 먹었으니 쉐스가 못 뛰겠다면 난 더더욱 뛸 수 없지."

"난 귀도 어둡다고. 당신도 귀 어두워?"

"그래, 동생. 난 귀만 어두운 게 아니라 눈까지 침침하다고!"

판화는 둘의 말다툼 따위는 듣고 싶지 않았다. 판화가 말했다.

"그럼 그냥 칭수를 보내죠 뭐."

판치가 말했다.

"칭수? 그 생각 없는 놈이 또 당신을 힘들게 할지 모르는데, 걱정도 안 돼?"

판화는 두 사람의 의중을 확실히 파악했다. 그들은 샤오훙을 보내고 싶은 거다. 하지만 판화는 도저히 그렇게 대답할 수 없었다. 마지막에는 그래도 판화가 먼저 말을 꺼냈다.

"샤오훙이 마을에서 시녀 노릇 실컷 했으니까 밖에 나가서도 시녀 노릇 하라고 하죠!"

하지만 샤오훙은 회의에 가지 않았다. 현 회의에 참석한 사람은 칭수였다. 샤오훙이 칭수를 보낸 것이었다. 현 회의가 끝나자 칭수는 관창촌 위원회로 전화를 걸어왔다. 그는 전화로 외자 유치에 성공한 공로를 인정해 현에서 궁창촌을 칭찬하더라는 소식을 전했다. 아이고야! 누가 상상이나 했을까! 놀랍게도 거액을 투자했다는 사람이 다름 아닌 쿵칭강이었다. 그 미국인이 바로 쿵칭강이었다. 대륙에서 타이완으로, 타이완에서 다시 미국으로 건너갔다던 바로 그

쿵칭강 말이다! 마을에는 금세 소문이 퍼졌다. 누군가는 쿵칭강이 후레자식 같은 놈이라며 욕을 해댔다. 제깟 놈이! 빌어먹을! 궁챵 사람들이 너를 키워주었대? 아니잖아! 분명히 우리 관챵 사람들이 키워주었는데 말이야! 그런데 네놈이 관챵으로 돌아오지 않고 궁 챵으로 가? 왜? 도대체 왜? 그게 다 근본을 잊어버렸기 때문이 아니 면 뭐겠어? 샤오훙은 네 엄마 무덤 지키느라 죽기를 무릅쓰고 구덩 이 속으로 뛰어들었다가 하마터면 궁챵 사람들한테 산 채로 매장까 지 당할 뻔했는데, 아는 거야 모르는 거야? 어?

또 어떤 사람은 칭강이 미국에서 나쁜 짓만 배워왔다고도 했다. 미국놈들이 원래부터 별로 좋은 놈들이 아니야. 왜 연합뉴스 같은 데서 종일 떠들어대잖아. 그놈들이 오늘은 여기를 괴롭히고 내일은 저기를 괴롭힌다잖아. 수중에 더러운 돈 몇 푼 쥐었다고 거들먹거 리면서 사람들 괴롭히는 것밖엔 할 줄 모르는 놈들이라고. 씨발! 그 런 놈들이 저 멀리에만 있을 줄 알았지 누가 이렇게 바로 코앞에 있 으리라고 상상이나 했겠어? 이거야말로 지금 그놈들이 아주 괴롭 힐 작정을 하고 관챵 사람들 머리 위에다 오줌발을 갈기고 있는 셈 이라니까.

셴위의 견해는 조금 독특했다. 그는 생리학적 관점에서 이야기를 풀어냈다.

"미국 새끼들 몸이 워낙 좋다 보니까 종종 그걸 마구 놀려요. 이 렇게 저렇게 마구 놀리다 보니 엄마만 알고 아빠는 모르는 페미니 즘 사회가 된 거죠. 칭강도 미국에서 오래 살더니 결국 잡종이 돼버린 겁니다."

링원이 말했다.

"셴위, 그 얘기에는 동의할 수 없어. 칭강이 잡종이라고? 아니지! 아무리 과부 집 대문 앞엔 바람 잘 날 없다지만, 그래도 그 엄마가 칭강을 낳을 때까지만 해도 아직 과부는 아니었다고! 설령 잡종이라 하더라도 우리 관창 사람의 잡종이잖아. 칭마오, 얘기 좀 해보세요. 칭강네 엄마가 우리 마을 누구하고 재미 본 적 있어요?"

칭마오가 말했다. 우리 마을은 예의가 있는 고을이야. 마을에서 누가 누구랑 그런 짓을 했다는 거야? 어? 아냐! 여태껏 그런 일은 없었다고! 그러니까 만약 칭강이 잡종이라면 관창 사람하고 섞인 잡종은 아니야. 그놈은 궁창 쪽이랑 섞인 잡종일 수밖에 없어. 그 엄마가 시집올 때부터 이미 배가 불러 있었잖아!

그런데 칭마오가 말머리를 돌리더니 또 말했다.

"물론 그땐 사람들이 좀 봉건적이어서 그런 일이 일어날 수 없었어. 그러니까 아무리 곱씹어봐도 칭강은 결국 순수한 관창 사람이야. 그놈이 왜 관창에 투자하지 않는지야 하늘이 알고 땅이 알고 당신이 알고 내가 알잖아. 아무튼 이거야말로 다 삶아놓은 오리가 날아가버린 꼴이야."

그때 샹민이 차를 몰고 나타났다. 그는 궁창에서 돌아오는 길이라고 했다. 칭강 엄마의 무덤을 살펴보았는데 마른 강아지가 잘해놨던데요. 칭강 엄마 무덤을 아주 근사하게 꾸몄더라고요. 취푸에 있는 공자 무덤보다 훨씬 더 호화롭게 꾸며놓았어요. 무덤 앞에서는 스님들이 독경을 하고 또 예수쟁이들도 경을 읽고 있었어요. 한 쪽에서 한 단락을 읽고 나서 잠깐 쉬고 있으면 이쪽에서 읽는 거죠. 이어서 샹민은 자신이 눈여겨본 예수쟁이가 한 명 있는데 말솜씨가 정말 대단했다고 했다. 마른 강아지 말에 따르면 그 사람은 과거에 촌장도 지낸 적이 있었다. 샹민은 반드시 그를 베이위안의 교회에서 빼내 왕자이로 데려다놓겠다고 맹세했다.

샹민의 말이 채 끝나기도 전에 누군가 마른 강아지 욕을 해대기 시작했다. 마른 강아지야말로 빌어먹을 새끼라고. 그 개새끼가 도중에 끼어들지만 않았어도 다 삶아놓은 오리가 날아가버렸겠어? 오리 얘기가 나오자 최우선 발언권은 오리랑 거위를 사육하는 전문 농민 링원에게로 돌아갔다. 링원이 말했다.

"다 삶아놓은 오리가 어떻게 날아갈 수 있겠어? 난 종종 오리를 삶아대는데 여태껏 한 번도 본 적이 없어. 이러쿵저러쿵해봐야 어쨌든 원래부터 제대로 삶아진 오리가 아니었던 거야!"

샹민이 말했다.

"잘 익혔더라도 어쨌든 딴 놈 먹으라고 차린 요리였어. 빌어먹을! 우리가 궁짱 놈들 식사감이 돼버린 꼴이라니까!"

그들의 대화는 결국 판화의 귀에까지 들어가고야 말았다. 아주 여러 해 동안 판화는 단 한 번도 울어본 적이 없었다. 하지만 그날 판화는 목놓아 울고 말았다. 아무리 달래도 달랠 수 없었다. 판치가 판화를 찾아왔을 때 그녀는 여전히 울음을 그치지 못하고 있었다. 판치가 한마디 던졌다.

"판화! 자네 왜 여자처럼 굴어!"

순간 판화가 울음을 딱 그쳤다. 어안이 벙벙한 탓에 울고 있다는 사실도 잊어버렸다. 그녀는 속으로 생각했다. 내가 언제 여자가 아니었어? 난 원래부터 여자였다고! 판화가 다시 울기 시작했다.

선거 하루 전 현의 극단이 도착했다. 이들은 〈상서로운 용과 봉황〉을 무대에 올렸다. 얼마오도 도착해 있었다. 그들은 희극 무대가 아닌 학교 운동장에서 공연을 했다. 판화가 집에서 링거를 맞는 동안 어머니는 공연을 보러 갔다. 아버지까지 더우더우를 데리고 얼마오를 만나러 나가버리자 집에는 판화와 덴쮠 둘만 남았다. 덴쮠은 침대 맡에 앉아 판화에게 먹일 사과를 깎다가 손가락을 베이고 말았다. 그런데 덴쮠은 사과를 내려놓고는 칼로 자기 손가락을 깎기 시작했다. 판화가 황급히 칼을 빼앗았다. 판화는 그제야 알아차렸다. 덴쮠이 밖에서 정신적 충격을 받았구나. 아주 심하게 받았어. 서둘러 병원에 가서 진찰을 받아야 했다. 덴쮠이 또다시 낙타 이야기를 시작했다. 낙타가 정말 좋아! 온몸이 다 보물이야! 이전에 판화는 그 말을 듣고 아무런 대꾸를 하지 않았다. 하지만 이날 판화는 그의 말에 맞장구를 쳐주었다.

"맞아! 낙타한테 빗질도 해주고 털도 골라주고 예쁘게 꽃단장시켜서 사람들하고 사진 찍는 모델 시키자!"

그때 문밖에서 노크소리가 들렸다. 판화가 커튼을 살짝 들춰보니 샤오훙과 셴위의 모습이 선명히 들어왔다. 샤오훙의 손에는 더우더우가 잡혀 있었고, 더우더우의 손에는 솜사탕이 하나 들려 있었다.

샤오훙의 행동에는 거리낌이 없었다. 방 안으로 들어서자마자 판화의 침대 맡에 앉더니 판화의 손을 이불 속에서 꺼내 자기 볼에 가져다 댔다.

"열은 좀 내렸네요." 샤오훙이 셴위에게 말했다.

판화는 줄곧 자는 척하고 있다가 갑자기 눈을 뜨며 놀란 듯 말했다.

"어머! 언제 온 거야? 아이고, 이제는 일어나 앉아서 이야기도 못 나누겠네."

샤오훙이 손가락을 입에 대고는 "쉿!" 하는 소리를 냈다.

"말씀하지 말고 몸이나 잘 추스르세요. 간 떨어질 뻔했잖아요. 얼마나 위험했다고요! 소한테 밟히지 않은 게 천만다행이에요! 만약에 그랬으면 판신네 소를 싹 다 잡아버렸을 거예요."

정말 어이가 없네. 아직 취임도 하지 않았는데, 내가 말도 못하게 해! 덴줸은 한쪽에서 샤오훙을 보면서 미소 지었다. 아주 끔찍한 미소였다. 심지어 손을 뻗어 샤오훙 머리에 난 상처 자국을 만져보려고까지 했다.

판화가 말했다.

"덴줸, 가서 샤오훙 물 한 잔 따라줘."

방을 나서면서도 덴줸은 히죽거리기를 멈추지 않았다. 셴위가 덴줸의 모습을 지켜보면서 슬며시 고개를 저었다. 샤오훙 역시 미소를 지었다. 하지만 그녀의 미소는 판화를 향한 것이었다. 인자하면서도 기품이 흐르는 미소였다. 샤오훙은 한 손으로 판화를 잡고 다른 손은 판화의 손목 위에 얹고서 셴위에게 물었다.

"이번엔 다른 손에 놔야겠지요?"

셴위가 말했다.

"그럼 바꾸지 뭐!"

판화가 말했다.

"안 그래도 돼. 그거 좀 안 바꿨다고 사람이 죽진 않아."

셴위는 주사기를 손에 든 채 누구 말을 들어야 할지 몰라 판화를 보았다가 다시 샤오훙을 보았다. 판화는 샤오훙 손에 잡혀 있던 손을 빼내 이불 속으로 넣어버리고 셴위에게 원래 손에 주사를 놓아달라고 했다. 판화가 샤오훙에게 말했다.

"쉐어 말이야······."

판화가 말을 마치기도 전에 샤오훙의 표정이 일그러졌다.

"치료가 7할이고 요양이 3할이에요. 제 말 좀 들어요. 그냥 눈 감고 마음이나 잘 가라앉히세요."

판화가 다시 말했다.

"내 말은 쉐어가 어쩌다 그런 열악한 곳까지 숨어들게 됐냐는 거야."

이번에는 샤오훙의 얼굴이 일그러지지 않았다. 샤오훙은 손으로 흔들거리는 링거병을 붙잡고 눈도 따라 링거병을 바라보았다.

"쉐어도 참 모질죠. 톄쒀도 뿌리치고 두 딸내미까지 나 몰라라 하고는 결국 그렇게 숨어버린 걸 보면."

샤오훙은 아직 인정하지 않는구나. 덴쿤이 물컵을 받쳐 들고 한

편에 서 있다가 말했다.

"쉐어! 배불뚝이!"

판화는 덴쿼을 밖으로 내보내려 했지만 덴쿼은 제자리에 꼼짝 않고 선 채 계속 그 말만 했다. 쉐어, 배불뚝이. 결국 샤오훙이 해명을 늘어놓기 시작했다.

"그거 다 부부 둘이서 상의한 거래요. 그 부부는 정말 깡통 속에 든 오줌이에요. 기껏 생각해낸다는 게 온통 지린내 풍기는 것뿐이니."

샤오훙은 여전히 자기 잘못을 시인하지 않고 있었다. 심지어 빗대어 꾸짖기까지 하다니. 계속 말하다가는 낯빛까지 변할 태세였다. 그때 센위가 주사를 다 놓고는 옷매무시도 다듬지 않고서 말했다.

"저 갑니다. 이따가 다시 올게요."

판화가 말했다.

"공연 보러 가! 덴쿼도 주사 뽑을 줄 아니까."

더우더우가 말했다.

"나도 뽑을 줄 아는데!"

언제 그랬는지 더우더우는 스웨터와 털바지까지 전부 벗어버리고 팬티 바람으로 침대 밑에서 흐느적거리고 있었다.

샤오훙이 말했다.

"야! 더우더우 정말 똘똘하네! 얼마오 공연을 보더니 모델 워킹까지 금방 배웠네!"

그 말에 더욱 의기양양해진 더우더우는 엉덩이를 실룩거리며 모델 워킹을 흉내 냈다. 그러면서 입으로는 솜사탕을 할짝댔다. 물론 판화는 그것이 샤오훙이 사준 솜사탕이라는 걸 잘 알고 있었다. 판화가 더우더우에게 소리쳤다.

"너 왜 다른 사람한테 아무거나 막 받아먹어? 평소에 내가 뭐라고 그랬어? 말해봐!"

더우더우의 혓바닥이 밖으로 나왔다가 너무 놀라 다시 입속으로 들어가지도 못하고 그대로 있었다. 판화가 한 번 더 소리쳤다.

"말해봐! 내가 뭐라고 그랬어? 다시 한 번 말해보라고!"

더우더우가 그제야 '왕' 하고 울음을 터뜨리고는 울면서 대답했다.

"고맙습니다. 괜찮아요. 우리 집에도 있어요."

샤오훙은 판화를 말리지도 더우더우를 달래지도 않았다. 샤오훙이 뎬쥔에게 말했다.

"그럼 부탁 좀 할게요. 판화를 잘 돌보는 게 마을을 위해 공헌하는 거니까. 혹여 판화한테 폐렴이나 심근염 같은 거라도 생겨 무슨 문제가 발생하면 내가 정말 가만 안 두겠어요."

판화는 들으면 들을수록 심사가 뒤틀렸다. 샤오훙이 지금 혹시 자신에게 심근염에 걸리라고 저주를 퍼붓는 게 아닌가 하는 생각 때문이 아니었다. 그것은 바로 호칭 때문이었다. 샤오훙은 지금껏 단 한 번도 판화의 이름을 부른 적이 없었다. 하지만 지금은 입만 열었다 하면 '판화' '판화'였다. 판화는 도저히 적응할 수가 없었다. 샤오훙이 방을 나서자 판화는 바로 더우더우를 침대 위로 안아 올렸다. 더우더우도 울음을 그쳤다. 그런데 판화가 갑자기 더우더우의 뺨을 후려쳤다. 더우더우가 울음을 터뜨리자 뎬쥔도 따라 울기 시작했다. 덴쿤의 울음소리는 마치 돼지 잡는 소리 같았고, 더우더우의 울음소리는 꼭 양 잡는 소리 같았다. 판화는 울지 않았다. 판화는 누구부터 달래야 할지 몰라 심란하기만 했다.

이튿날 선거가 진행되던 시간, 판화의 열은 이미 가라앉았다. 그녀는 회의장에 나가지 않고 자기 집 정원에 앉아 있었다. 마을의 확성기를 새로 바꾸었는지 소리가 아주 맑고 깨끗했다. 마침 청수가 가장 좋아하는 〈베이징 찬가〉가 울려 퍼지고 있었다. '아침노을 찬란하니, 위대한 거인들은 앞으로'라는 가사가 흘러나왔다. 가족들은 모두 투표를 하러 갔다. 더우더우마저 할아버지 할머니를 따라나섰다. 집에 남은 것은 판화와 토끼 몇 마리뿐이었다. 그녀는 뉴 향장이 회의를 주재하는 소리를 들었다. 뉴 향장은 관챵촌을 위해 막대한 공헌을 한 전임 마을위원회에 왕자이향을 대표해 감사 인사를 전한다고 했다. 그는 특별히 '쿵판화 동지'를 칭송하면서 그녀에게는 인민의 이익을 위해 자신의 몸을 낮춰 헌신하는 고귀한 정신이 깃들어 있다고 찬사를 보냈다. 그리고 이것은 관챵촌 간부들이 이어받아야 할 '가보'이며, 결코 잃어서는 안 된다고 강조했다. 그다음으로 후보자 연설이 이어졌다.

첫 번째 연사로 나선 사람은 바로 멍샤오훙이었다. 멍샤오훙은 평소 마이크 앞에 서기만 하면 언제나 표준어를 사용했다. 하지만 이때만큼은 본고장 사투리를 썼다. 그녀는 제지공장 개조에 관해 집중적으로 언급했다. 제지공장이 관챵촌에 들어선 것은 관챵의 자랑이며 관챵촌에 대한 향정부의 신임을 보여준다고 말했다. 멍샤오홍은 향 지도부와 긴밀히 협조해서, 한 손에는 생산성 향상 또 한 손에는 환경오염 방지를 쥐고, 두 손을 단단히 맞잡겠다고 강조했다. 그녀의 목소리가 갑자기 낮아지더니 이미 세상을 떠난 자기 오빠 이야기를 꺼냈다. 그녀는 아마도 잘못 안 듯했다. 뜬금없이 자기 오빠의 죽음이 하천 오염 때문이었다고 말했기 때문이다. 그녀는 자신이 그 누구보다도 환경오염을 증오하는 사람이니 그 점에 대해서는 모두들 안심하라고, 제지공장과 협력해 반드시 잘 처리할 것이라고 했다. 그러고 나서는 목소리 톤이 다시 높아졌다. 제지공장을 주식회사로 전환한 뒤 관챵촌에서 100만 위안 상당의 주식을 매입할 계획이며, 혹시라도 마을에서 원하는 사람이 있으면 누구나 주주가 될 수 있다고 했다. 향에서도 이미 동의했다고 밝혔다. 샤오홍은 다른 지역에서 사업 중인 관챵 사람들 몇 명이 이미 주식을 매입하겠다고 약속했다는 내용을 특별히 전했다. 샤오홍이 언급한 이름 가운데는 장스류의 남편 리둥팡과 리쉐스의 아들 리샤오솽李小雙 그리고 쿵판화의 여동생 쿵판룽도 있었다. 판룽도 주식을 매입한다고? 판화는 자기 귀를 의심하지 않을 수 없었다. 샤오홍은 제지공장 측이 관챵촌의 잉여 노동력 문제, 즉 '배부르게 밥 먹고 할 일 없는' 문제부터 우선적으로 해결할 계획이라고 했다. 그녀, 관챵촌 인민의 딸은 마치 자기 집안 어르신을 봉양하듯 관챵촌 사람들에게 지극한 효심을 보이고 있었다.

잠시 뒤 어떤 사람이 그녀에게 질문을 던졌다. 판화는 목소리를 듣고 질문한 사람이 바로 리상이라는 사실을 알 수 있었다. 상이가 말끔한 표준어로 던진 질문은 산아제한정책 문제였다. 그렇구나, 상이 선생은 역시 산아제한정책의 모범이었구나. 샤오훙은 우선 상이 선생에게 감사의 뜻을 전하며 상이 선생님이야말로 '천하가 근심하기 전에 누구보다 먼저 근심하는' 분이라며 추켜세웠다. 그러면서 조치가 타당하기만 하면 마을의 남녀노소를 막론하고 모두가 자신을 이해해줄 것으로 믿는다고 했다. 이어서 샤오훙은 실제 사례를 하나 들었다. 비록 병원 측의 진단 착오였기 때문에 쉐어가 임신한 일을 질책할 수는 없지만, 쉐어가 그래도 사리에 밝은 사람이고 조직에 협조하며 진지하게 문제를 해결하고 있다고 했다. 그녀는 산아제한정책 문제를 처리할 때 반드시 '인과 의'를 지켜나가겠다고 했다. '인하지 않고 의롭지 않게' 연금을 하거나 아이를 떼어버리는 일은 더 이상 없을 것이라고 강조했다. 판화의 귓속에 '찌찌' 하는 소리가 들리고 머릿속은 '윙' 하고 울렸다.

곧이어 샹민이 화장 문제를 거론했다. 마을에서 사람이 죽으면 반드시 화장을 해야 하는데, 다른 마을 사람이 관청에 와서 죽어도 화장을 해야 하는지, 화장 비용은 누가 부담해야 하는지 물었다. 샤오훙은 당연히 사망자 가족이 비용을 지불해야 한다고 했다. 누군가, 맞아요, 우리 마을 사람이나 다른 마을 사람이나 모두 똑같은 사람이죠, 하고 호응했다. 이어서 한바탕 시끄럽게 언쟁하는 소리가 전해졌다. 뉴 향장이 "여러분, 조용히 해주세요" 하고 직접 중재에 나설 수밖에 없었다. 샤오훙은 며칠 전 강가로 떠내려온 시신은 이미 화장을 했으며 비용 역시 누군가 지불했다고 전했다. 어떤 사람이 화장 비용을 누가 댔냐고 캐물었다. 샤오훙이 대답했다.

"며칠 뒤 모두 함께 결혼 축하주를 들 때 모든 사실을 알게 될 겁니다. 그때가 되면 축하주만 마시는 게 아니라 통구이 양 한 마리까지 먹을 수 있을 거예요."

그러자 리하오가 비용을 지불했다는 사실을 모든 사람이 알게 되었다. 판화는, 보아하니 리 철지팡이도 마을위원으로 선출되겠구나, 하고 생각했다.

샤오훙의 연설이 끝나자 판화는 뒤이은 칭수의 연설을 기다렸다. 그런데 갑자기 음악이 울려 퍼졌다. 어! 지금 곧바로 투표를 시작하는 건가? 보아하니 칭수 역시 경선을 포기한 듯했다. 이번에는 음악이 바뀌었다. 〈해방군 행진곡〉이었다. 판화는 두 손으로 토끼에게 풀을 골라주고 있었다. 두 다리가 선율에 따라 박자를 맞추었다. 때로는 느릿하고 때로는 경쾌한 리듬이 흘러나왔다. 그리고 마치 강아지가 제 꼬리를 물려고 하는 것처럼 처음과 끝이 이어졌다.

잠시 뒤 음악이 갑자기 멈추었다. 샤오훙이 다시 한 번 연설을 시작했다. 당연히 취임 연설이었다. 샤오훙은 이전처럼 표준어를 사용했다. 샤오훙의 표준어는 매우 유명한 진행자 니핑倪萍을 연상시킬 정도로 훌륭했다.

"와아!" 하는 환호성과 함께 청중의 감정이 들끓기 시작했다. 하지만 샤오훙이 무슨 말을 했는지 판화는 똑똑히 듣지 못했다. 누군가 폭죽을 터뜨렸기 때문이다. 마치 섣달 그믐날처럼 '쾅쾅!' 하고 요란한 소리가 울려 퍼졌다.

말할 필요도 없이, 저녁이 되자 마을은 섣달 그믐날 같은 분위기가 되었다. 길목마다 가로등이 환하게 켜지고 확성기에서는 전통극과 만담이 흘러나왔다. 자오번산과 그의 TV 단막극 〈지팡이를 팔다〉도 들을 수 있었다. 자오번산의 지팡이가 팔려나가자마자 셴파가 뒤를 이었다. 이번에는 실황중계였다. 셴파의 얼후 연주는 정말 경쾌했다. 얼후가 아니라 신이 난 말과 소가 목청껏 노래를 부르는 것 같았다. 셴파가 신바람 나게 연주를 하고 있는데, 확성기에서 갑자기 샤오훙의 목소리가 들렸다. 오늘부터 마을의 전기요금은 제지공장 측에서 부담하며, 전기 사용방식은 향후 '수요에 따른 분배' 원칙을 적용하겠다는 내용이었다. 덴컬의 솜저고리를 걸치고 마당에 앉아 있던 판화는, 내일 집안 전구를 모조리 100와트짜리로 바꿔야겠다고 생각했다. 판화의 무릎 위에서 털실뭉치가 이리저리 흔들리며 춤을 췄다. 그녀는 더우더우에게 줄 새 스웨터를 짜고 있었다. 인민중재위원을 연임하게 된 판치가 곁에 앉아 판화의 뜨개질 솜씨를 칭찬했다. 판화가 말했다.

"아직은 괜찮지만, 너무 오랫동안 바느질을 놓았더니 손가락이 발가락보다 더 둔해진 거 같아. 언제 페이전한테 가서 겨드랑이 부분은 어떻게 짜야 하는지 좀 물어봐야겠어."

판치가 판화의 아버지에게 말했다.

"우리 동생 바느질 솜씨 좋은 건 제가 알아봤었죠."

판화의 아버지가 물었다.

"그 칭수 말이야, 늘 한자리 꿰차고 싶어 하지 않았어? 근데 대체 왜 아직 별것 안 하고, 여태 '부녀 다루는 일'을 하고 있대?"

판치가 혀를 끌끌 차며 말했다.

"다음 선거를 기다려야죠 뭐. 샤오훙이 자기는 딱 한 번만 하고 임기 끝나면 그냥 제지공장에서 일하는 평범한 근로자로 살고 싶다고 했으니까요."

판화의 아버지가 말했다.

"그럼 너도 아직……."

말을 끝까지 하지는 않았지만 판치는 그 의미를 바로 알아차렸다. 자신이 연임한 사실을 이야기하는 것이다.

"아저씨! 우리 삼촌! 그 친구가 저를 계속 쓰는 건 말이죠. 벼룩의 간을 빼먹으려는 거죠!"

판치가 말한 '그 친구'란 물론 샤오훙을 가리켰다. 말을 정말 잘했다. 대체 샤오훙을 욕하는지 칭찬하는지 분간하기 어려웠으니 말이다. 이번에는 판화의 어머니가 말했다.

"샤오훙은 뭣 때문에 쉐어를 숨겨뒀대? 나도 다 늙어서 거기까진 도통 머리가 안 돌아가네."

다리를 떨고 앉아 있던 판치가 큰 소리로 웃으며 말했다.

"샤오훙 말로는 제지공장 사람들 대신 집이나 좀 지키게 한 거라던데요. 나중에 수고비도 따로 챙겨줘야 한대요."

판치는 목소리를 낮추며 슬며시 정보 하나를 더 누설했다.

"쉐어 둘째 딸 야디 있잖아요. 다른 사람한테 줘버렸대요. 샹닝한테 줬대요. 벌써 이름까지 링띠ﾠ弟로 바꾸었대요. 샹성은 슈수이로 이사 갈 거고요."

판화는 속으로 '아하' 하고 소리쳤다. 내가 왜 그 생각을 못했지? 그렇군! 이제 쉐어는 아이를 낳을 수 있어. 하지만 사내아이를 낳을 수 있기를 바라야지. 판화가 물었다.

"샹닝은 돼지 안 잡는데?"

판치가 턱을 들이밀고는 말했다.

"돼지 잡는 거야 어디서든 할 수 있는 거잖아. 슈수이에서 하면 돈도 더 벌 수 있고."

사실 판치는 판화에게 주식 매입을 권유하기 위해 찾아왔다. 관창촌에서 문제를 만들지만 않는다면 제지공장은 그야말로 노다지라는 사실을 누구나 다 알고 있잖아. 그런데 왜 투자하지 않는 거야? 투자해. 판룽까지 투자한 마당에 대체 무엇 때문에 주식을 사지 않는 거야? 판화는 아버지에게 판룽이 정말로 투자를 했는지 물었다. 아버지가 대답했다.

"했어. 내가 판룽 대신 신청했어. 판룽이 전화해서는 언니가 드디어 쿵씨 집안에 아들 하나 안겨줄 수 있게 되었다고 하더라고."

판룽이 이제는 흡족해하겠네. 그 애는 늘 내가 자기 남편을 귀찮게 했고, 언젠가 자기 남편 앞길을 가로막을 거라고 하지 않았어? 이제부턴 누구도 귀찮게 하지 않겠지. 판화가 다시 물었다.

"제부는 국장이 될 거라면서요?"

아버지가 말했다.

"아직은 발표 안 났어. 언제 셴파에게 가서 점괘나 좀 봐야겠어."

판치가 말했다.

"거 봐. 국장님 부인도 투자했다는데 자넨 그래도 안 할 거야?"

판화는 속으로 생각했다. 난 투자를 하고 싶어도 할 수가 없어. 덴쿤의 치료비를 마련해야 하거든. 판치가 덴쿤에게 담배를 한 대 건넸다. 시가였다.

"사람 마음이란 게 다 살이 자라서 만들어진 건데, 이 상황이 되니 내 마음도 좋지만은 않아. 판화 마음이 넓기에 망정이지, 안 그랬으면 내 낯짝 하나 둘 곳조차 없었을 거라고. 안 그래? 덴쿤?"

덴쿤은 말귀를 전혀 알아듣지 못하고, 표독스럽게 한마디 쏘아붙였다.

"좆같은! 난 낙타를 기를 거라고. 낙타 가죽으로 구두도 만들 수 있다니까."

"어쩐지! 사업을 할 생각이었구나. 그럼 이런 주식 따윈 성에 안 차는 게 당연하지!"

불현듯 판화의 머릿속에 덴쿤이 쉐어를 위해 수선해놓은 신발 몇 켤레가 떠올랐다. 그녀는 판치에게 신발을 가져가서 쉐어에게 전해주라고 했다. 수선비는 따로 받지 않겠어. 새로 가죽 몇 조각을 덧대고 굽 두 개를 갈아 끼웠는데, 가죽 한 장은 3위안, 구두 굽 하나는 5위안이야. 근데 쉐어의 주머니 사정이 좋지 않으면 그것도 됐다고 해줘.

461

거리는 요란한 발걸음 소리로 가득했다. 현관 쪽을 내다보던 판화는 샤오훙과 칭수 그리고 리하오를 발견했다. 리하오는 두 손으로 유리 액자 하나를 들고 있었다. 판화는 그들이 자신에게 보내는 액자라는 걸 알아챘다. 절뚝거리며 걷는 리하오의 걸음걸이를 따라 유리 액자도 이쪽저쪽으로 흔들렸다. 마치 밝은 햇빛 아래에서 요동치는 거울 같았다. 예상이 빗나가지 않는다면 액자에 쓰인 문구는 '한 송이 꽃에 하나의 세계가 있다'임이 분명했다. 판화의 집 입구에 거의 도착하자 샤오훙이 유리 액자를 건네받아 직접 들고 서 있었다. 벌써 문밖까지 마중을 나간 판치는 매우 분주해 보였다. 아주 잠깐 판화가 고개를 들었다. 조명이 비추지 않는 곳이 어두컴컴하면서 드넓게 펼쳐져 있었다. 발걸음 소리가 점점 더 가까워졌다! 마치 이제 막 하늘에서 들려오는 것 같았다. 이제 막 하늘에서.

제1회 중국어 도서 미디어대상 수상사

이 작품은 조밀하게 이어진 소소한 사건을 통해 향토 소설에 관한 독자의 인식에 도전하고 있다. 리얼은 중국 현대문학 이후의 향토 서사 전통에 질문을 던지고 스스로 방향을 바꾸었다. 향토를 상상과 담론의 대상에서 당당한 현실적 주체로 바꾸어냈으며, 향토 중국의 소란하고 혼잡한 풍경마저 복원해냈다. 나아가 경계 짓기 어려운 무한한 가능성을 포함하고 있는 진실도 되살려냈다.

'석류나무에 앵두가 열리듯'이라는 말은 유희적인 민간 속담이다. 이도 저도 아니고 웃을 수도 울 수도 없다는 뜻으로, 거대한 계획과 전체 청사진이 실제 삶과 부닥치면서 빚어낸 뜻밖의 결과를 말한다. 소설은 이 속담을 제목으로 선택해 깊이 있고 진지한 현실적 풍자미를 보여준다. 거대 담론이 향토의 환경 속에서 와해되는 모습이 시골 마을의 선거 과정을 통해 재미있게 드러난다.

이 책은 중국 현대 향토 서사의 전체적인 맥락 속에서 차분한 어조로 독창적 가치를 만들어냈다. 그 어슴푸레한 웃음소리는 '전기傳奇'와 '고난'이 이제껏 단순화하고 은폐한 중국 향토를 들추어냈다. 또한 오만한 사상과 경직된 감정을 일시에 허물어뜨렸다.

이러한 점을 고려하여 평가위원회는 이 책에 제1회 중국어 도서 미디어대상·문학 분야 도서상을 수여하는 바이다.

제1회 중국어도서
미디어대상·문학 분야 도서상
평가위원회

2005년 3월 5일

제1회 중국어 도서 미디어대상 수상 소감

　몇 년 동안 나는 대중매체와 거리를 유지하기 위해 노력해왔다. 문학잡지에 작품을 발표하는 것 이외에는 대중매체와 관련된 활동에 거의 모습을 드러내지 않았다. 물론 건전한 공공의 장을 만들기 위해서는 미디어 육성과 참여 그리고 감독이 필요하다는 사실을 알고 있다. 하지만 날로 강화되는 대중매체의 상업적 성격을 바라보자니, 어쩔 수 없이 경각심을 유지할 수밖에 없었다.

　이런 까닭에 이 책이 제1회 중국어 도서 미디어대상을 받자 매우 놀랐다. 그리고 이것이 대중매체가 주최하는 중국의 첫 번째 '비상업적' 도서상임을 알고 나서, 나의 놀람은 기쁨과 불안으로 바뀌었다. 상업성이 주류가 되어 스며들지 않은 곳이 없는 시대에, 이 상이 지닌 '비상업성'에 매우 존경하는 마음을 보낸다. 나는 이것이 미디

465

어가 자신의 가치를 재평가하고 바로잡는 과정이라고 본다. 또 미디어가 두 가지 상반된 성격 사이에서 나누는 의미 있는 대화라고 생각한다.

몇 년 전에《감언이설花腔》을 쓸 때 나는 현대성의 여정에서 지식인이 맞닥뜨린 어려움에 관심을 기울였다. 나는 역사는 과거형만이 아니라 현재진행형이고 또한 미래형이라는 사실을, 우리들의 현실과 꿈이라는 사실을 절실하게 인식했다. 이 책은 나의 두 번째 장편소설이다. 여기서는 1990년대 이후 중국 향토의 역사적 변혁에 대해 이야기했으며, 이러한 역사적 변혁 속에서 중국의 향토가 맞닥뜨릴 수 있고 또 이미 맞닥뜨린 여러 가지 어려움에 관심을 기울였다. 하지만 나는 이 작품이 단지 향토의 삶을 묘사한 소설일 뿐이라고 여기지는 않는다. 만일 우리가 같은 공공의 장에서 생활하고 있음을 인정한다면, 이 이야기는 바로 우리 자신의 이야기다. 나는 자신이 향토와 무관하다고 여기는 한 지식인에게 다음과 같은 이야기를 한 적이 있다. "당신이 적어도 달에서 살고 있는 게 아니라면, 당신이 중국의 도시에서 살고 있든 미국의 도시에서 살고 있든 간에, 중국 시골에서 발생한 이 '희비극'은 당신 삶에, 즉 당신의 현재와 미래 삶에 영향을 줄 겁니다. 자신에게 미래가 없다고 여기지만 않는다면 말입니다. 하지만 달에서 산다고 향촌과 무관할까요? 정말 그렇다면 그 달은 분명 중국의 달이 아닐 겁니다."

공공의 장과 전문적 품성은 '지식인'이라는 단어의 기본적인 의미를 드러낸다. 지식이 잘게 갈라지고 전문성이 강화되는 추세는 현대사회의 필연적 요구이자 이 시대 밥그릇의 요구이다. 그러나 그것은 결코 지식인이 사회에 대한 관심을 끊었다는 의미가 아니다. 오히려 지식인 스스로 자신의 전공에서 출발해 세심하고 끈기 있게 건전한 공공의 장을 만들어내야 한다. 이것이 상호작용의 관계이다. 작은 시내가 강물을 향해 달려가고, 강물이 또다시 무수한 시내가 되는 원리와 같다. 나는 문학과 다른 인문학이 지금처럼 주변화된 적이 없었으며, 또 더욱 심하게 주변화되리라는 사실을 인정하지 않을 수 없다. 하지만 주변화가 공백을 뜻하지는 않는다. 또한 포기를 의미하지도 않는다. 물론 원망하거나 감정적으로 일을 처리하는 것을 의미하지도 않는다.

이렇게 얽히고설킨 모호하고 애매한 현실에 직면해서, 공적인 사회와 개인의 내재적 경험 사이에서 어떻게 효과적인 관계를 맺고, 문학적 방식으로 정확하고 힘 있게 표현할 수 있을까? 작가들의 입장에서 말하자면, 이것은 아마도 가장 도전적인 작업이다. 나는 이 책에 쏟아진 수많은 독자의 칭찬과 질책을 충분히 이해할 수 있다. 나는 내 창작이 사실은 막 시작되었음을 인정해야 하고, 또 기쁘게 인정한다. 나는 아직 이야기하지 못한 많은 이야기가 있다. 아직 표현하지 못한 많은 생각이 있다. 그리고 아직 독자와 교류하지 못한 많은 곤혹스러움이 있으며, 모두와 함께 나누어야 할 많은 아름다운 상상이 있다. 그래서 나는 1차 평가위원회와 최종 평가위원회에 감사드린다. 나는 이 상을 평가위원회가 나를 너그럽게 봐주고 격려하고 기대한다는 의미로 받아들이고 싶다. 다른 후보자 몇 분의 작품을 진지하게 읽어보았다. 그들의 작품 가운데 많은 것들은 이미 문학사에서 중요한 위치를 차지하고 있으며, 나와 동시대 사람들에게 커다란 영향을 주기도 했다. 이 자리를 빌려 그분들에게 감사하고 싶다. 동시에 〈신경보新京報〉와 〈남방도시보南方都市報〉가 '비상업적'인 중국어 도서의 건강한 발전을 위해 힘써준 데 대해서도 진심 어린 감사를 드린다.

리얼

2005년 3월 5일

『석류나무에 앵두가 열리듯』

김순진

리얼의 『석류나무에 앵두가 열리듯石榴樹上結櫻桃』는 2004년에 출판된 리얼의 두 번째 장편소설이다. 이 작품은 관좡 마을의 촌장 선거를 둘러싸고 벌어지는 여러 가지 일에 대해 묘사하고 있다. 촌장 선거에서 승리하기 위해 마을위원회 주임인 쿵판화는 국가 정책인 가족계획을 마을에서 충실하게 이행시키고, 외자 유치 기회를 잡으려고 애쓴다. 가족계획의 숫자를 초과하여 임신한 쉐어를 찾아내 낙태를 시키고자 애쓰며, 한편으로는 투자를 위해 현장탐방을 온다는 미국 자본가를 끌어들이기 위해 노력한다. 그리고 또 한편으로는 자신의 경쟁자라고 생각되는 후보자들을 끊임없이 경계한다. 그런데 결과적으로 자신의 수족과 같다고 여긴 수하 샤오훙에게 자리를 뺏기고 만다.

이 소설은 출판된 후 같은 해에 〈신경보〉와 〈남방도시보〉가 연합하여 주최한 제1회 '중국어 도서 미디어상'에서 2004년도 문학류 도서상을 받았다. 리얼은 수상소감에서 이 소설이 대중매체가 주는 '미디어상'을 탔다는 것에 대해 놀라움을 표현하고, 또 이 상이 중국의 대중매체가 개최하는 첫 번째 '비상업적' 도서상이라는 것을 알게 된 후의 놀라운 기쁨과 불안함을 표현하였다. 그 불안감이 무엇인지에 대해 분명하게 밝히지는 않았지만, 그는 이어서 "상업성이 주류의식이 되고 스며들지 않은 곳이 없는 시대에, 난 이 상이 지닌 '비상업성'에 매우 존경의 마음을 보낸다. 나는 이것이 미디어가 자신의 가치를 재평가하고 교정하는 과정이라고 본다. 그리고 미디어가 두 가지 성격 사이에서 진행하는 의미 있는 대화라고 생각한다." 라고 했다.

미디어가 지닌 두 가지 성격, 즉 '상업성'과 '비상업성'은 문학의 범주에서 보자면 '대중성'과 '순수성'으로 치환될 수 있다. 리얼이 미디어가 두 성격 사이에서 진행되는 대화를 이해했듯이, 중국의 '미디어상' 역시 리얼 소설의 '대중성'과 '순수성' 사이의 대화를 이해한 것일지도 모른다. 리얼은 '석류나무에 앵두가 걸렸네'라는 유희적인 민간의 속담을 이용해 1990년대 이후 중국 농촌 사회의 변화를 보여주고 있다. '석류나무에 앵두가 걸렸네'라는 말의 의미는 이도저도 아니고 웃을 수도 울 수도 없다는 의미로, 거대한 계획과 전체적인 청사진이 진실한 삶 속에서 가져온 뜻밖의 결과를 말하다. 대중적인 민간의 유희적인 속담과 '거꾸로 말하기'라는 말장난을 사용하여 중국의 농촌을 배경으로 한 현대 사회의 진지한 단면을 보여주고 있다. 문학의 '대중성'과 '순수성'을 담아냈다는 의미에서, 그리고 농촌 사회의 모습을 해학적으로 담아냈다는 점에서, 이 작품은 1940년대 대표적인 중국 농촌문학가인 자오수리趙樹理의 작품에 비견될 수 있다고 본다.

이 작품의 제목은 두 가지를 의미하고 있다. 하나는 '원칙적으로는 석류나무에 앵두가 열리는 것이 불가능하다.' 라는 것이고, 다른 하나는 '결과적으로 석류나무에 앵두가 열렸다.'라는 것이다. 중국의 몇몇 비평가들이 지적했듯이 이 작품에서 석류나무와 앵두는 각각 판화와 샤오훙을 가리키고 있다. 小紅(샤오훙)이라는 이름이 작고 붉은 앵두를 떠올리기도 하지만, 촌장 선거를 앞두고 관창에 와서 공연을 하는 셴파의 쾌판 노래 구절이 직접적으로 이러한 사실을 말해주고 있다.

"거꾸로 된 이야기, 이야기를 뒤집어
석류나무 가지 위에 앵두가 맺힌다네."

하지만 실상 이 작품에서 석류나무와 앵두가 누구를 상징하고 있는가보다 더욱 중요한 것은, 어떻게 석류나무에 앵두가 열리듯 예상치 못한 일이 발생했는가 하는 점이다.

이를 위해서는 무엇보다 마을 위원회 주임인 판화라는 인물에 대한 분석이 필요하다. 판화는 그 스스로 누구보다 잘 마을을 관리하고 있으며 공명정대하고 청렴하다고 생각한다. 누구보다 앞장서서 국가 정책에 부합된 실천을 하고자 했다. 그리고 이러한 판화의 모습은 중국의 지방 관리들에게서 흔히 볼 수 있는 모습이다. 판화가 국가 정책에 부응하여 행한 중요한 두 가지 일은 가족계획을 실천하는 것과 죽은 자들의 땅을 산 자에게 내어주는 무덤 정리였다. 그런데 공교롭게도 딱 한 명씩 누락자가 발생한다. 쉐어는 병원검사까지도 피해가면서 계획 외 임신을 하였고, 쿵칭강의 어머니 묘가 모두의 머리에서 잊혀진 채 정리되지 않았다. 사실 이 두 가지 일만 발생하지 않았거나 잘 처리되었다면 쿵판화는 무사히 마을 촌장으로 당선되었을지도 모른다. 하지만 결코 이 두 사건이 쿵판화가 마을 촌장이 되지 못하도록 한 결정적인 요인은 아니다.

쉐어의 임신 사실을 판화에게 알린 사람은 판화가 세 번째 아이를 낙태시켜 버렸던 페이전이다. 판화는 페이전이 셋째 아이를 낙태하였기에 쉐어가 셋째 가진 것을 질투한다고 여겼다. 하지만 작품의 말미에서 밝혀진 것처럼 도망간 쉐어를 보살펴 준 사람 중의 하나가 바로 페이전이었다. 판화는 주임이라는 직책을 수행하면서 국가 정책을 원칙적으로 실천하려 했지만 그 과정에서 많은 사람들의 원망과 슬픔을 만들어 냈다. 신속하게 일을 처리하기는 했지만 그 과정에서 자잘한 권력을 남용하기도 하였다. 이러한 판화의 처신은 동창인 리하오의 입을 통해 신랄하게 비판된다.

"손가락으로 한 번 잘 꼽아 봐. 그 중에서 누가 당신하고 마음이 잘 맞지? 전부 당신 때문에 처분 받았던 사람들 아닌가. 어떤 사람은 당신이 강제로 낙태시켰고, 어떤 사람은 나무를 훔쳤다고 당신이 벌금을 물렸고. 칭시마누라는 아직 덜 여문 옥수수 몇 개 훔쳤다가 회의 때 당신한테 욕을 먹었잖아."

가족계획에 어긋난 일이 발생하면 마을 간부들은 자리에서 물러나고 주요 책임자들은 더 이상 마을 선거에 입후보할 수 없다는 상부의 명령으로 인해 판화는 규정에 어긋나는 아이가 태어나지 못하도록 강제한다.

반면 샤오홍의 처신은 판화와는 매우 달랐다. 샤오홍은 판화 앞에서는 보잘 것 없는 계집종의 역할을 자처하면서 필요할 때는 참모의 역할도 수행했다. 동시에 국가 정책과 마을 사람들의 욕망 사이에서 때로는 단호하게, 때로는 현명하게 또 때로는 가식적으로 줄타기를 했다. 쉐어가 세 번째 아이를 갖고 숨어버리자 판화는 쉐어를 찾아내 낙태를 시키기 위해 온갖 수단과 방법을 다 쏟아붓는다. 샤오홍은 옆에서 이를 돕는 듯이 보이지만, 결국 뒤로는 쉐어의 둘째 아이를 아이가 없는 샹닝에게 보내 합법적으로 아이를 낳을 수 있도록 해준다. 마을에 하나 남은 무덤의 주인을 판화는 궁챵 궁웨 이홍에게 파가도록 했지만, 샤오홍은 무덤 속으로 뛰어들어 머리가 깨지는 상처를 입으며 지켜낸다. 물론 당시에는 궁챵마을에서 나무를 훔쳐간다는 유언비어가 돌고 이를 지키기 위한 행동이었지만, 결과적으로 투자를 위해 온 미국인이 바로 무덤 주인의 아들인 쿵칭 강임이 밝혀지면서 이들의 행동은 전혀 다른 결과는 낳게 된다. 무덤의 소유는 결국 쿵칭강이 지닌 자본을 끌어들이는 열쇠였기 때문이다. 결국 온몸을 다 던져 진정으로 마을을 지키려는 사람은 판화가 아니라 샤오훙이라는 믿음을 갖도록 한다. 또 샤오훙은 마을로 흘러들어온 자살한 여인의 시신 처리 문제도 여인의 여동생과 마을의 노총각 리하오를 연결시켜줌으로써 해결한다.

판화의 행위는 물길을 막아 더 큰 홍수를 일으킨 곤鯀의 치수治水 방법에 비유할 수 있다면, 샤오훙의 방법은 물길을 튼 우禹임금의 행위에 비유될 수 있다. 결국 판화와 함께 촌장 후보가 되리라고 예상했던 멍칭수 마저도 경선을 포기하고, 석류나무에 새빨간 앵두가 열렸다. 열릴 수밖에 없었다.

판화에서 샤오훙으로의 세대교체는 단순한 권력 싸움에서 누가 이겼는가의 문제가 아니다. 어쩌면 그것은 혁명과 같은 것이다. 권력을 쟁취하기 위해 판화는 규범에 따라 마을 사람들을 제약하고 단속했지만, 샤오훙은 사람들의 욕망을 읽어내 그 욕망에 부합하는 해답을 던져주었다. 그것은 경쟁자인 판화 모르게, 심지어 자신이 판화의 경쟁자임을 숨기면서 은밀하게 행해졌다. 다수 인민의 독재를 이야기했던 사회주의 국가에서 국가 권력과 인민의 욕망이 충돌하고 있다는 사실, 인민들에게 상처를 주지 않고 그들의 욕망을 충족시키기 위해서는 기존의 권력 시스템을 기만해야 한다는 사실, 그래서 인민의 욕망을 읽어내는 것이 '거꾸로'라는 사실, 어쩌면 이것은 작가 리얼의 숨겨진 혹은 작가조차도 의식하지 못한 새로운 흐름에 대한 반응일지도 모른다. 소설 속에서 종종 노래로 등장하는 '거꾸로 말하기'는 이러한 새로운 혁명적 패러다임에 대한 대중의 욕망을 보여주고 있다.

하지만 그 욕망의 내용을 들여다보면 혈통에 대한 욕망, 권력에 대한 욕망 그리고 자본에 대한 욕망 그리고 곳곳에서 드러나는 개인의 안위를 추구하려는 욕망 등이다. 아들을 낳기 열망하는 혈통에 대한 욕망은 다소 구시대적이기는 하지만, 그 이외의 욕망들은 사실 모든 인간의 내면 속에서 보편적으로 발견되는 것들이다. 판화의 마을이 쿵孔씨와 멍孟씨 집성촌이고 마을위원회 사무실 역시 예전의 공자 사당을 사용하고 있음을 생각하면, 관장촌 마을 사람들에게 남겨진 혈통 중시 사상 역시 어느 정도 이해는 할 수 있다. 그 외의 다른 욕망들은 매우 보편적인 전지구화 된 욕망들이다.

작품의 배경이 되고 있는 관장촌 사람들 모습이나 관장촌의 풍경속에서 특별하게 도시와 대비되는 모습을 찾아보기는 힘들다. 다만 마을 외관이라도 '도시화'를 시켜 성 정부 소재지의 위성도시가 되고자 하는 바람 속에서 스스로 도시가 아니라고 여기는 정체성을 엿볼 수 있을 뿐이다. 그런데 이것 역시 도시화가 되면 간부들이 승진을 하기 때문에 지닌 간부들의 욕망이지, 일반 대중들이 열망하는 모습은 아니다. 심지어 이 작품의 배경이 농촌이라고 하는 사실은 작품이 밀밭 이야기로 시작하고 판화가 농사일을 한다고 하는 묘사를 통해서만 알 수 있을 뿐이다.

그럼에도 불구하고 작가 리얼은 "중국 향토에 대한 소설을 쓰는 것이 나의 오랜 꿈이었다."라고 서문을 시작함으로써, 중국의 농촌과 중국의 향토에 대해 쓰고자 했다는 의도를 분명하게 밝히고 있다. 분명 리얼은 이 작품에서 1990년대 이후 중국 농촌의 변화에 대해 이야기하고자 했으며, 이러한 변화 속에서 중국의 농촌 사회가 맞닥뜨릴 수 있고 또 이미 맞닥뜨린 여러 가지 어려움에 관심을 기울였다. 하지만 그는 여기서 단순히 중국 농촌 사회에 대해서만 이야기하고자 한 것이 아니다. 그는 '농촌의 이야기'가 농촌의 이야기가 아니라 도시에 살든 농촌에 살든, 심지어 중국이 아닌 다른 국가에서 살든 동시대를 살아가고 있는 모든 현대인의 삶에 영향을 주는 '우리의 이야기'임을 강조하고 있다.

그런데 바로 이러한 이유 때문에 리얼의 『석류나무에 앵두가 열리듯』이 중국의 향토서사 전통에 질문을 던지고 새로운 향토소설의 장의 열었다는 평가를 받고 있다. 그리고 바로 이는 2004년 '중국어 도서 미디어상'을 수상한 또 하나의 이유라고 보여진다.

이 작품은 조밀하게 이어진 소소한 사건을 통해 향토 소설에 관한 독자의 인식에 도전하고 있다. 리얼은 중국 현대문학 이후의 향토 서사 전통에 질문을 던지고 스스로 방향을 바꾸었다. 향토를 상상과 담론의 대상에서 당당한 현실적 주체로 바꾸어냈으며, 향토 중국의 소란하고 혼잡한 풍경마저 복원해냈다. 나아가 경계 짓기 어려운 무한한 가능성을 포함하고 있는 진실도 되살려냈

다.('중국어 도서 미디어대상' 수상사)

　나아가 바로 이러한 이유 때문에 이 작품은 2007년 독일에서 큰 센세이션을 일으키기도 하였다. 심지어 2008년 메르켈 독일 총리가 중국을 방문해 당시의 중국 총리 원자바오溫家寶를 만났을 때 독일어판『석류나무에 앵두가 열리듯』을 선물로 건네 놀라움을 안겨주기도 하였다. 2007년 4월 독일의 저명한 출판사인 DTV출판사에서 출판된 독일어판은 두 달 이내에 매진되고 짧은 시간에 4차까지 발행하였다. 이후 독일 출판사는 리얼만을 위해 낭송회를 갖기도 하고, 독일의 아우디 자동차 회사에서는 리얼의 독일행을 위해 5만 유로를 찬조하기도 하였다. 사실 리얼 역시『석류나무에 앵두가 열리듯』이 독일 독자들에게 열렬한 환영을 받는 것에 대해 의아스러워했다. 이에 대해 독일 번역가 테크라Thekla는 그 이유에 대해 "그들은 중국 향촌이 전지구화 과정이 이렇게 깊이 개입되어 있다는 것에 매우 놀랐습니다."라고 밝혔다.* 중국의 향촌이 서방에서 상상한 향촌의 모습을 지니고 있지 않다는 사실에, 또 전지구화 과정이 중국의 향촌에까지 미쳤다는 점에 놀라 센세이션을 불러일으켰다는 사실이 오히려 놀랍기만 하다. 바로 이러한 이유 때문에 독일 독자들은 '중국 사회의 문을 여는 열쇠'라는 선전 문구를 허리춤에 매단 이 소설을 앞다투어 읽었다. 그리고 2008년 3월 펭귄그룹에서는

---

* 「그들이 나를 왜 좋아하는지 모르겠습니다(不知道為什麼他們喜歡我)」,『南方周末』, 2008. 11. 6.

영어로 번역되어야 하는 중국 작가 세 사람을 발표하면서 톄닝鐵凝, 쟈핑와賈平凹와 함께 리얼을 포함시켰다.

사실 시골 사람들과 도시인의 욕망은 크게 차이가 나지 않는다. 더구나 첨단 문물이 세계를 장악하고 있는 현대 사회에서 도시와 시골이라는 공간은 이미 그 차이를 상실했다고 할 수 있다. 어쩌면 농촌과 도시의 차이를 만들려는 것, 그것은 바로 안주할 공간에 대한 염원을 지닌 도시의 욕망일지도 모른다.

대부분의 문학 작품에서 향촌은 언제든지 돌아가도 받아주는 어머니의 신화가 존재하는 공간으로 묘사되었다. 때로는 욕을 하기도 하고, 비판을 하기도 하고, 찬미를 하기도 하고, 또 때로는 노골적인 은밀함과 폭력성을 이야기하기도 하지만 이 모든 감정의 저변에는 모성과 연관된 심원한 원형적 의미가 담겨있다. 하지만 이 작품은 이러한 향촌과 향토의 신성함과 아우라를 완전히 삭제해 버렸다. 그리고 그 자리를 세속화된 욕망에 내주었다. 이러한 신성함과 상징을 깨는 것이 바로 리얼이 이 작품을 창작한 목적이기도 하다. 그는 양훙梁鴻과의 대담에서 "우리들의 임무는 이러한 환상(정신적 귀향)을 깨뜨리는 것이다."*라고 밝혔다.

리얼이 서문에 밝힌 것처럼 시골 향촌의 이야기는 '다른 곳'에서 발생하는 것이 아니며, 또한 단지 '향촌의 이야기'만도 아니다. 그들의 이야기는 우리가 도시에서 살든 향촌에서 살든 우리의 현재와

---

* 李洱, 梁鴻, 「백과전서식 서사(百科全書式的敍事)」, 『西部·華語文學』, 2008年 第2期, 117쪽.

미래의 삶과 연관되어 진행되고 있다. 어쩌면 중국의 한 향촌의 이야기가 바로 우리의 이야기인지도 모른다.

리얼은 본래 이 소설을 장이나 절 구분 없이 이어나갔다. 그것은 인간의 삶의 과정이 구분되거나 인간과 인간의 관계가 나뉘어지는 것이 아니라는 생각을 형식 자체에서 담고 싶었기 때문이다. 하지만 이번에 국내에서 출간하면서는 독자들의 가독성 편의를 위해 3장으로 나누었음을 밝혀둔다.

석류나무에 앵두가 열리듯

© 리얼, 2018

초판 1쇄 인쇄일 2018년 6월 28일
초판 1쇄 발행일 2018년 7월 13일

지은이   리얼
펴낸이   정은영
주간   배주영
마케팅   이경훈 한승훈 윤혜은 황은진
제작   이재욱 박규태

펴낸곳   (주)자음과모음
출판등록   2001년 11월 28일 제2001-000259호
주소   04047 서울시 마포구 양화로6길 49
전화   편집부 (02)324-2347, 경영지원부 (02)325-6047
팩스   편집부 (02)324-2348, 경영지원부 (02)2648-1311
이메일   munhak@jamobook.com

ISBN 978-89-544-3884-1 (03820)

이 도서의 국립중앙도서관 출판시도서목록(CIP)은 서지정보유통지원시스템 홈페이지
(http://seoji.nl.go.kr)와 국가자료공동목록시스템(http://www.nl.go.kr/kolisnet)에서
이용하실 수 있습니다.(CIP제어번호: CIP2018017778)